ALIDA LEIMBACH

Mord im Strandcafé

ALIDA LEIMBACH

Mord im Strandcafé

KRIMINALROMAN

GMEINER

Im Ehnried 5, 88605 Meßkirch
Telefon 07575/2095-0
info@gmeiner-verlag.de

1. Auflage 2025

Satz: Mirjam Hecht
Umschlaggestaltung: U.O.R.G. Lutz Eberle, Stuttgart
unter Verwendung eines Fotos von: © Joachim B. Albers / stock.adobe.com
Seite 6/7 und Absatzmarker: Hans-Michael Kirstein (HMK)
Druck: GGP Media GmbH, Pößneck
Printed in Germany
ISBN 978-3-8392-0808-3

Ein Schiff, das im Hafen liegt, ist sicher. Aber dafür werden Schiffe nicht gebaut.

John A. Shedd

JUIST
NORDERNE
BORKUM
NORDEN
EMDEN

SPIEKEROOG
WANGEROOGE
RUM
LANGEOOG
RICH
HMK '22

KAPITEL 1

Freitag, 2. August, 23.20 Uhr

»Notruf Polizei, Leitstelle Aurich. Was kann ich für Sie tun?«

Die Stimme der Polizistin klang jung. Das beruhigte Dana Weghorst etwas. Die richtigen Worte zu finden, fiel ihr trotzdem schwer. Vorsichtig spähte sie durch die Tür zwischen Küche und Gastraum. Unter einem Tisch hatte sich eine Blutlache gebildet. Der Schiffsdielenboden war im Umkreis von mindestens fünf Metern übersät mit dunkelroten Spritzern. Ihre Chefin saß am letzten Tisch am Fenster, der Oberkörper war nach vorn gesackt und lag auf dem Tisch. Ihr Kopf war zur Seite gekippt. In der rechten Schläfe klaffte eine große Wunde, aus der immer noch Blut quoll. Ihre blond gefärbten Haare waren strähnig und blutverschmiert.

Die Studentin aus Münster, die während der Sommermonate im Juister Strandcafé jobbte, hielt sich die freie Hand vor den Mund, um nicht laut zu schreien.

»Was ist passiert? Ich höre Ihnen zu! Wer spricht und wo ist es passiert? Falls nötig, werde ich eine Polizeistreife vorbeischicken.«

»Ich kann nicht … Ich …«

»Werden Rettungskräfte benötigt?«

»Hier gab es ein Blutbad«, flüsterte Dana ins Handy. »Kommen Sie bitte schnell, ich bin allein und weiß nicht, was genau passiert ist. Es ist schrecklich.« Dana konnte ihren

Mund beim Sprechen kaum bewegen; ihr Kiefer war völlig verkrampft.

»Wie heißen Sie und von wo rufen Sie an?« Die Polizistin der Einsatzzentrale formulierte ihre Worte so akzentuiert, als spräche sie mit einem kleinen Kind oder einer dementen Person.

»Mein Name ist Dana. Ich bin die Aushilfe.«

»Wo sind Sie? Ich brauche die genaue Anschrift!«

»Weiß ich nicht. Strandcafé«, hörte Dana sich sagen. »Irgendwo auf Juist hinter dem Deich.« Vor lauter Aufregung fiel ihr der Name des Cafés nicht mehr ein. Sie war vollkommen blockiert.

»Wie viele Personen sind im Café?«

»Nur ich. Und die Chefin.«

»Wie heißt Ihre Chefin?«

Vor Aufregung biss sich Dana auf die Zunge. Das konnte nicht wahr sein, ihr fiel nicht einmal mehr der Name ihrer Chefin ein. Das musste der Schock sein. Sie zitterte am ganzen Körper. Nervös drehte sie eine Haarsträhne zwischen ihren schwitzigen Fingern. Sie befürchtete, die Beamtin würde sie nicht ernst nehmen, aber sie wusste es einfach nicht.

Die letzte halbe Stunde hatte sie zitternd vor Angst und handlungsunfähig in der Küche des Strandcafés verbracht, unter der Arbeitsplatte, auf der Speisen und Getränke zubereitet wurden. Dann erst hatte sie sich aufgerappelt und beim Aufstehen gespürt, dass ihre Beine vom langen unbequemen Hocken im Schneidersitz taub geworden waren.

Das Handy, das sie für den Anruf benutzte, gehörte ihr nicht. Ihr eigenes Smartphone konnte sie nicht holen. Das lag drüben im Gastraum auf einem Ecktisch, an dem sie vor Kurzem eine kleine Mahlzeit eingenommen hatte. Zunächst hatte sie voller Panik befürchtet, sie könne deswegen keinen Notruf absetzen, sich dann aber zum Glück daran erinnert, dass die Besitzerin des Strandcafés in der Küchenschublade ein altes Nokia für Anrufe aufbewahrte, um ihr iPhone vor Fettspritzern zu schützen und weil sie bei der Arbeit nicht von privaten Nachrichten abgelenkt werden wollte.

»Hallo?«

In Danas Ohren rauschte es. Sie war halb besinnungslos vor Angst und Verzweiflung. »Ich bin noch dran«, sagte sie leise.

»Gut. Alles wird gut. Versuchen Sie, sich zu entspannen. Was ist passiert?«

»Ein Mann hat geschossen.«

»Wann?«

»Ich weiß nicht … vielleicht vor einer halben Stunde. Vielleicht ist es auch länger her. Ich konnte mich bis eben nicht bewegen. Ich hatte auch keine Stimme mehr.«

»Sind Sie verletzt?«

»Nein.«

»Und Ihre Chefin?«

»Sie ist tot.«

»Sind Sie sicher? Oder können Sie ihr erste Hilfe leisten, bis Rettung kommt?«

»Sie ist tot. Das weiß ich genau.«

»Können Sie sich in Sicherheit bringen?«

»Ich bin in der Küche. Die Tür ist nicht abschließbar.«

»Wie heißt das Café? Versuchen Sie, sich zu erinnern, ich bleibe in der Leitung.«

»Ich … äh …« Danas Kopf fühlte sich an wie in einem Schraubstock. Darin war nichts als Watte und Leere. Absolute Leere.

»Ist es ein Täter oder sind es mehrere?«

»Ich meine, nur einer. Ein Mann.«

Dana zog sich in den hintersten Winkel der Küche zurück. Dort hockte sie sich auf einen Schemel und verschränkte ihre Beine, weil sie so sehr zitterten.

Sie hörte eine weitere Frage der Polizistin wie aus weiter Ferne, verstand jedoch deren Bedeutung nicht. Sie war außerstande, einen einzigen klaren Gedanken zu fassen.

Unaufhörlich stellte die Frau von der Notrufzentrale Fragen, die kaum zu ihr durchdrangen.

»Halt! Ich höre was«, sagte Dana leise. »Ich glaube, er ist noch da.«

»Wer ist da? Wo sind Sie? Ich werde sofort Einsatzkräfte zu Ihnen schicken, aber ich muss wissen, wohin.«

»Ich … Augenblick …«

»Rettung kommt, aber wir brauchen die Anschrift«, drängte die Polizistin mit steigender Ungeduld in der Stimme.

»Moment.« Dana hörte ein Geräusch, ein Rascheln, ein leises Schleifen. Sie sprang auf und spähte wieder durch den Türspalt in den Gastraum. Der Schreck fuhr ihr in die Glieder. Sie konnte ihn sehen. Er war noch da! Der Täter trug Handwerkerkleidung, eine schwarze Hose mit vielen Taschen und Leuchtstreifen an den Seiten. Gerade näherte er sich ihrer Chefin und hielt kurz inne. Langsam beugte er sich über sie und zog sie brutal an den Haaren hoch. Er betrachtete sie eine Weile mit gehässigem Grinsen und ließ dann los. Es gab ein hässliches Geräusch, als ihr Kopf mit voller Wucht auf die Tischplatte knallte.

Der Mann zog einen Stift aus der Hosentasche, nahm einen Bierdeckel und kritzelte etwas darauf.

»Nebenan ist der Mörder«, sagte sie kaum hörbar. »Ich sehe ihn.«

»Wissen Sie, wie er heißt?«

Danas Herz raste wie wild. Ihr Hals fühlte sich so trocken und pelzig an, dass sie das Gefühl hatte zu ersticken. Kräftig atmete sie gegen eine drohende Ohnmacht an. Sie konnte sich kaum auf den Beinen halten, fühlte sich schwach wie bei einer schweren Grippe.

»Bleiben Sie ruhig«, versuchte die Polizistin sie zu beschwichtigen. »Es kommt Hilfe. Ich schicke sofort jemanden los. Sagen Sie mir nun bitte, wohin!«

Dana keuchte mit offenem Mund. Sie hatte Angst, sich mit ihrem Atmen zu verraten, und starrte wie gebannt durch den Türspalt.

»Warten Sie …« Die Studentin schrie auf, als die Tür mit einem Ruck aufgerissen wurde. Vor ihr stand der Täter. Noch nie hatte sie in so kalte Augen geblickt. Seine Hände waren blutverschmiert. Er wischte sie an seiner Hose ab, die von dunklen Flecken übersät war.

Das alte Nokia fiel ihr aus der gefühllos gewordenen Hand. Blitzschnell hob er es auf, drückte die rote Taste und ließ es in der Seitentasche seiner Arbeitshose verschwinden. »Scheiße«, zischte der Täter, »wusste ich doch, dass hier noch jemand ist. Die anderen Handys habe ich schon ausgeschaltet, nicht dass du denkst, du könntest mit denen weitermachen.« Er deutete mit dem Kopf in Richtung Gastraum. »Wer zur Hölle bist du?«

Dana bekam keinen Ton heraus, starrte ihn nur mit offenem Mund an.

Er kam einen Schritt auf sie zu. »Warst du die ganze Zeit über hier?«, fragte er bedrohlich leise. »Hast du alles mitbekommen?«

Wie hypnotisiert fixierte sie seine Augen und schüttelte leicht den Kopf.

Mit einer unwirschen Handbewegung fuhr er sich durch die kurz geschnittenen dunkelblonden Haare. »Was mache ich jetzt mit dir …? Shit, Shit, Shit!«

»Ich habe nichts gesehen«, beeilte sie sich zu sagen, »ich weiß nichts, bitte, tun Sie mir nichts! Lassen Sie mich gehen. Ich werde nichts verraten.« Flehentlich führte sie ihre Hände wie zum Gebet zusammen. Das Adrenalin bewirkte, dass wieder etwas Kraft in ihren Körper zurückkehrte.

»Du hast schon was gesagt«, knurrte er. »Eben am Telefon.«

»Nein, nichts. Ich habe nichts gesagt.«

»Ich habe es doch gehört. Mit wem hast du gesprochen?«

»Mit niemandem.«

»Lüg nicht!«, schrie er sie an. »Du hast die Polizei gerufen!«

»Mit meinem Freund«, stotterte sie. »Ich habe nur gesagt, dass ich jetzt Feierabend habe und gleich nach Hause komme. Er wartet auf mich mit dem Abendbrot. Nichts weiter.«

»Er wartet mit dem Abendbrot«, höhnte er, »wie fein. Trautes Heim, Glück allein, was? Aber ich fürchte, das Frauchen kommt heute nicht nach Hause. Aus dem romantischen Dinner wird nichts.«

»Bitte!«, brachte Dana weinerlich hervor. »Es bleibt unser Geheimnis. Ich werde niemandem etwas verraten.«

»Ich werde das Ding hier checken. Wenn ich die Nummer der Polizei sehe, bringe ich dich um.«

»Ich bin nicht dazu gekommen, ihnen zu sagen, wo …«

»Halt's Maul!«

»Ich will nach Hause. Bitte! Mein Freund …«

»Hast du nicht zugehört? Du wirst nicht mehr nach Hause kommen«, sagte er tonlos und blickte sich hektisch um. »Dein Lover wird sein Abendbrot ohne dich einnehmen müssen.«

»Bitte!«, flehte sie ihn an. »Ich tue nichts. Ich habe nichts gesehen. Ich werde Sie nicht anzeigen, das verspreche ich. Das da draußen geht mich nichts an. Ich mische mich nicht in die Angelegenheiten anderer Leute ein. Lassen Sie mich gehen!«

»Keine Chance. Du bist eine Zeugin. Ich kann dich nicht laufen lassen.« Gehetzt drehte er seinen Kopf wieder in alle Richtungen. »Das wird nichts. Du kommst mit.«

»Was haben Sie vor?« Sie schluckte. Auf keinen Fall wollte sie auf sein Duzen eingehen. Niemals würde sie ihn duzen.

Er antwortete nicht, starrte mit weit aufgerissenen Augen an ihr vorbei. »Gib mir ein Glas Wasser«, forderte er.

Taumelnd begab sie sich zum Schrank mit den Gläsern und holte eins heraus. »Mit oder ohne Sprudel?«, fragte sie routiniert.

Er winkte ab. »Scheißegal. Leitungswasser.«

Sie ließ kaltes Wasser ins Glas laufen. Es war ein viel zu harter Strahl, der auf ihre Arme und Hände spritzte. Zitternd reichte sie ihm das Glas. Dass sie so eine Angst empfinden konnte! So eine lähmende, blockierende, paralysierende Angst.

Er zog etwas aus seiner Jackentasche, riss mit den Zähnen die Verpackung auf, schüttete den Inhalt ins Glas und reichte es ihr. »Trink!«, befahl er.

»Was ist das?« Sie starrte in die milchig-trübe Flüssigkeit.

»Es wird dich nicht töten. Trink!«

»Das kann ich nicht.«

Blitzschnell griff er in die Innentasche seiner Arbeitsweste und zog eine Pistole heraus, die er beidhändig auf sie richtete. Ein fieses Klicken verriet, dass er sie entsichert hatte. »Los jetzt, tu, was ich dir sage!«, schrie er. »Du trinkst sofort das Glas in einem Zug leer, oder du bist tot!«

Seine emotionslosen Augen schwächten sie. Sie wagte nicht mehr zu widersprechen. Vorsichtig führte sie das Glas zum Mund, schnupperte an dem Getränk, widerstand dem Drang, es in die Spüle zu kippen. Beim Gefühl des kalten Laufs an ihrer Schläfe hätte sie sich fast eingenässt.

Sie hatte mal in einem Krimi gelesen, dass es helfen könnte, den Täter in eine Konversation zu verwickeln. »Wer sind Sie eigentlich?«, presste sie mit kehliger Stimme hervor. »Sind Sie zum ersten Mal hier? Kennen Sie Frau Flemming?« Sie stutzte, als sie merkte, dass ihr der Name ihrer Chefin wieder eingefallen war. Das musste das Adrenalin sein. Zu dumm, dass sie vorhin am Telefon diese Blockade hatte! »Ich werde nichts verraten, versprochen, ich kenne Sie ja nicht, könnte Sie gar nicht beschreiben, denn Sie sehen ganz normal aus. Ich weiß nicht mal Ihren Namen. Ich mochte Frau Flemming auch nicht. Sie war nervig und anstrengend, hat mich oft angeschnauzt, deshalb verstehe ich Ihre Wut und werde nichts sagen. Wir halten zusammen, okay?«, sprach sie hektisch weiter, »kommen Sie, wir beide sind ein Team.«

Er friemelte einen Schalldämpfer auf die Mündung der Waffe. Deshalb hatte sie den Schuss vorhin nur wie aus weiter Ferne gehört. Im ersten Moment hatte sie gedacht, es wäre etwas umgefallen. Das passierte öfter und hatte sie nicht beunruhigt. Unruhig war sie erst geworden, als es still geworden war im Gastraum. Da erst hatte sie nachgesehen.

»Halt's Maul!«, herrschte er sie an und schlug ihr mit der Waffe gegen das Ohr. »Hör auf zu labern, sonst schieße ich dich über den Haufen wie deine großartige Chefin! Und benutze in meiner Gegenwart nie wieder ihren Namen, hörst du? Susanne Flemming gibt's nicht mehr!«

Das Geräusch des Schlags mit der Waffe gegen ihr Ohr hörte sich in ihrem Kopf an wie ein Schuss. Ihr wurde schwarz vor Augen, und sie taumelte. Hinter ihr stand ein Stuhl, an dessen Lehne sie sich krampfhaft festklammerte. »Brauchen Sie Informationen?«, presste sie unter Todesangst hervor. »Ich kann Ihnen etwas über Frau … Also, wenn Sie wollen, kann ich Ihnen alles über sie erzählen, was ich weiß. Eine unangenehme Person, ich verstehe Sie, ich mochte sie auch nicht. Ich bin auf Ihrer Seite. Vielleicht hilft Ihnen das.«

»Runter mit dem Zeug!«, befahl er. »In einem Zug!«

Kritisch musterte sie die trübe Flüssigkeit, ließ sie in dem Glas kreisen. Doch als sie seinen Blick bemerkte, kalt und gefühllos, zu allem entschlossen, wusste sie, dass sie keine Wahl hatte. Sie hielt sich die Nase zu und stürzte das bitter schmeckende Getränk herunter.

»Was war das denn?«, fragte Miriams Kollege Jan, der mit ihr zusammen Nachtdienst in der Auricher Notrufzentrale hatte.

»Da war eine Frau in der Leitung, eine junge Frau, würde ich sagen, der Stimme nach. Sie hat von einem Überfall auf Juist berichtet, in einem Café, konnte mir aber weder den Namen der Inhaberin sagen noch ihren Aufenthaltsort. Sie war vollkommen durcheinander.«

»Ein Überfall? Auf Juist? Seltsam, da passiert normalerweise nichts. Fühlte sie sich bedroht?«

»Sie sprach von einem Blutbad. Von einem Täter, der ihre Chefin erschossen hat.«

»War das Ernst oder war sie betrunken?«

»Für mich hörte es sich real an. Falls es real war, stand sie unter Schock. Sie redete wirr und konnte meine Fragen nicht beantworten. Aber sicher bin ich mir nicht. Es könnte sich auch um einen Scherz gehandelt haben.«

»Von wo hat sie angerufen? Hast du eine Handynummer?«

Miriam nickte. Sie hatte noch nicht viel Berufserfahrung und nie zuvor mit einem Überfall zu tun gehabt. Bisher hatte sie in ihrer Dienstzeit nur die Meldung von Unfällen, Streitigkeiten oder häuslicher Gewalt aufnehmen müssen.

»Ruf mal zurück.«

Das tat sie umgehend. »Ausgeschaltet«, sagte sie und wechselte einen Blick mit ihrem Kollegen.

»Zu blöd, dass ich selbst gerade am Telefon war, sonst hättest du den Anrufer laut stellen können. Aber ich musste eine

Streife in die Innenstadt schicken. Rangelei von vier Männern mitten auf dem Marktplatz.«

»Ich habe es mitbekommen«, sagte Miriam niedergeschlagen. »Wir können das Handy nicht orten. Es muss sich um ein antiquiertes Modell handeln, einen Dinosaurier unter den Handys, da geht das nicht.«

»Wir versuchen es über eine Funkzellenabfrage«, schlug Jan vor. »Wir müssen wenigstens herausbekommen, über welchen Funkmast sie sich eingewählt hat. Auch, wenn das nur sehr ungenau ist. Aber so viele Strandcafés kann es auf Juist nicht geben.«

»Ist gut«, meinte Miriam.

»War das Café belebt? Hast du noch andere Stimmen gehört?«

»Nein, es war vollkommen ruhig. Sie sprach von einem Strandcafé hinter dem Deich.«

»Seltsam. Und du hältst den Anruf wirklich für echt? Oder hat sich mal wieder jemand einen Streich erlaubt? Wir hatten das gerade, erinnere dich.«

Miriam zuckte mit den Schultern. »Die Anruferin wirkte sehr aufgeregt. Ich glaube nicht an einen Missbrauch.«

»Eine junge Frau und ein uraltes Handy? Das kann ich mir kaum vorstellen.« Er tippte sich an die Stirn.

»Viele junge Leute möchten nachhaltig leben«, gab Miriam zu bedenken. »Sie lehnen die moderne Technik ab, widersetzen sich Trends, um keine Mitläufer zu sein und sich nicht vom Mainstream abhängig zu machen, und klinken sich bewusst aus den sozialen Medien aus. Das wiederum ist ein Trend, obwohl sie Trends ja eigentlich nicht mögen.«

»Okay, wir schicken vorsorglich eine Streife vorbei. Die sollen alle Strandcafés auf Juist in Deichnähe checken.«

KAPITEL 2

Samstag, 3. August, 8.45 Uhr

An Deck der Inselfähre Frisia IX von Norddeich nach Juist roch es nach Dieselöl. Der Schiffskapitän steuerte durch kabbeliges Wasser, auf dem ein paar Möwen schwammen. Inga Akkermann genoss die Ruhe vor dem Sturm. Ein harter Arbeitstag lag vor ihr, wie jeden Sonnabend, wenn sie gemeinsam mit ihren Kolleginnen mit der Frisia IX von Norddeich nach Juist fuhr, um die Großreinigung von Ferienwohnungen und auch einiger Gastronomiebetriebe vorzunehmen. Sie hatte schlecht geschlafen, fühlte sich matt und ausgelaugt und wusste nicht, wie sie die nächsten Stunden überstehen sollte. Zum wiederholten Male warf sie einen Blick auf ihre neue Sportuhr. Ihr Mann hatte sie ihr zum Geburtstag geschenkt, damit sie ihre Schritte zählen und somit ein wenig stolz auf sich sein konnte, wenn sie ihr angestrebtes Tagesziel erreicht hatte. An ihren freien Tagen erreichte sie höchstens 7.000 Schritte. Heute würden es mehr als 14.000 werden, das wusste sie.

Vor ihr lagen noch etwa 30 Minuten Fahrzeit. Norddeich hatten sie schon lange hinter sich gelassen. Der Schiffsmotor brummte, die Kunststoffbank vibrierte, und Gischt lag in der Luft. Die Reinigungsfachkraft hoffte, dass der kühle Fahrtwind bis zur Ankunft auf Juist ihre Lebensgeister wecken würde. Sie wollte allein sein mit sich und ihren Gedanken, die um ihren Mann Fred kreisten und die immerwährende Frage, ob sie ihn endlich verlassen sollte oder nicht. Seit Jahren quälte sie sich mit diesen Fragen herum, aber ihr fehlte der Mut für einen Neustart. Und das Geld. Mit dem wenigen, das sie mit dem wöchentlichen Putzen auf der Insel verdiente, könnte sie nicht einmal die Miete für eine eigene kleine Wohnung bestreiten. Inga Akkermann versuchte, sich mit einem Sudoku-Rätsel abzulenken, doch es fiel ihr schwer, sich darauf einzulassen.

Die Fähre steuerte direkt auf die lang gezogene Insel Juist zu, um dann wieder abzudriften. Inga kannte die Strecke in- und auswendig. Gleich würde sie erneut einen Schlenker machen, um das Anlegen am Hafen vorzubereiten. Wenn das Seezeichen auftauchte, das mit seiner Segelform ein wenig an den Burj al Arab, eines der architektonischen Wahrzeichen von Dubai, erinnerte, hätten sie es geschafft.

Dicht drängten sich wenig später die Passagiere am Ausgang des Schiffes. Vorfreude auf den Urlaub lag in der Luft. Der Sonnabend war bekannterweise der Wechseltag auf der Insel. Urlauber fuhren ab, und neue Gäste reisten an. Die meisten Bundesländer hatten Sommerferien.

»Moin«, rief sie einer Frau mit orangefarbenem Kapuzenpullover zu – ihrer etwa gleichaltrigen Kollegin Alke. »Da seid ihr ja, ich dachte schon, ihr hättet das Schiff verpasst. Wir sehen uns gleich am Anleger!«

»Wolltest wohl noch was pennen an Bord, wa?«, antwortete Alke fröhlich. »Ich nehm's dir nicht krumm, du kennst mich ja! Können nicht alle so bekloppt sein wie Steffi und ich und in aller Frühe schon Halligalli machen.« Alke war bekannt für ihr unbeschwertes Lachen, in das Steffi einstimmte.

Die Kolleginnen winkten und strömten mit der Menge auf die Gangway.

Am Anleger standen Handwagen für den Gepäcktransport bereit. Viele waren mit Nummern oder den Namen der

Unterkunft gekennzeichnet. Einige Feriengäste kannten sich aus und steuerten sofort auf »ihren« Karren zu, um ihn mitsamt Gepäck hinter sich herzuziehen. Es waren aber auch bereits Angestellte der Juister Hotels oder Pensionen vor Ort, um den Urlaubern mit ihrem Gepäck behilflich zu sein.

»Du liebe Güte, ist das voll«, stöhnte Inga Akkermann, als sie endlich aufgeholt hatte. Sie schulterte ihren Rucksack und sog die frische Meeresluft tief in ihre Lungen. »Wo seid ihr heute eingesetzt? Wisst ihr das schon?«

»Ein Ferienhaus in Hafennähe«, sagte Steffi. »130 Quadratmeter auf zwei Etagen mit großer Terrasse, viel technisches Brimborium. Nur sechs Stunden sind dafür angesetzt. Ein ziemlicher Stress! Aber Alke und ich sind ein eingespieltes Team. Und du, Beka?«

»Ich habe zwei kleine Wohnungen auf der Wattseite. Jeweils zwei Räume. Ältere Leute, wurde mir gesagt, sehr ordentliche Stammgäste. Das dürfte schnell gehen.«

»Boah, Beka, wie machst du das nur? Du kriegst immer die Senioren, und Alke und ich haben die Familien mit kleinen Kindern und Hunden am Hals. Ich protestiere! Total ungerecht so was.« Steffi knuffte Beka freundschaftlich in die Seite. »Nur Spaß, du kennst mich ja. Hey, was ist mit dir, Inga?«

»Ich darf heute ein Strandcafé reinigen. Die haben normalerweise jemanden dafür, aber die Person ist ausgefallen. Mit Lokalen habe ich es nicht so. Ferienwohnungen sind mir lieber, besonders die mit nur zwei Leuten. Will jemand tauschen?«

»Direkt am Strand?«, wollte Alke wissen.

»Am Hauptbadestrand.«

»Hui, nicht von schlechten Eltern, Inga, Urlaubsfeeling zum Nulltarif.« Alke rollte die Augen. »Jede Woche sind wir hier auf Juist, auf dem schönsten Sandhaufen der Welt, und haben nichts davon. Zero. Null. Inga kann heute zwischendurch wenigstens ein Kaffeepäuschen einlegen und ihre

Nase in die Sonne halten. Strandcafé – hm –, das muss man sich mal auf der Zunge zergehen lassen!«

»Wir können gerne tauschen.«

»Nee, Inga, lieb gemeint, aber lass mal, ich nehme die Familie mit Kleingetraddel. Ich bin Leid gewohnt.« Alke lachte herzlich.

Der Fußweg war kurz. Die Fahrräder, die die Firma den Reinigungskräften für ihren Arbeitseinsatz auf der Insel zur Verfügung stellte, standen schon bereit. Es waren Lastenfahrräder, die viel Platz für Taschen und das umfangreiche Putzmaterial boten. Lachend und schwatzend fuhren die Frauen zunächst zur Agentur, meldeten sich zum Dienst und holten die Putzutensilien ab. Dann trennten sich ihre Wege.

»Bis später!«, rief Inga und schwang sich in den Sattel. Am späten Nachmittag würden sie sich am Anleger wiedertreffen.

Inga hatte es nicht eilig; erst in einer halben Stunde war Dienstbeginn.

Reinigungstrupps machten sich an die Arbeit, den Strand und die Promenade mit groben Besen zu säubern. Am Strand waren außerdem kleine Bagger und Planierraupen im Einsatz, um die Ebene für die Strandkörbe schön flach zu planieren. Früher wurden noch Burgen rund um die Strandkörbe gebaut und mit Muscheln kunstvoll verziert, aber das war wegen des Küstenschutzes seit Langem verboten.

Die Besitzer der benachbarten Cafés waren damit beschäftigt, Sonnenschirme und Klappliegestühle aufzustellen, und legten für kälteempfindliche Gäste bunte Fleecedecken bereit.

Inga Akkermann sah das Strandcafé Boje 8 sofort. Sie wunderte sich, dass die Tür offen stand und im Gastraum Licht brannte.

Inga stieg vom Lastenfahrrad ab, stellte es in den dafür vorgesehenen Ständer, nahm den Behälter mit den Reinigungsutensilien von der Ladefläche und schloss das Rad ab. Langsam ging sie auf das Lokal zu, mit einem plötzlich einsetzenden mulmigen Gefühl, denn es war ungewöhnlich, dass in den Objekten, in denen sie morgens putzte, jemand vor ihr da war.

Inga Akkermann beschleunigte ihre Schritte. Das ungute Gefühl verstärkte sich. Ein rauer Wind frischte auf und zerzauste ihren überlangen Pony.

Sie betrat den Eingangsbereich. Auch dieser war hell erleuchtet.

»Hallo?«, rief sie zaghaft. »Ist da jemand? Frau Flemming? Ich bin's, Inga Akkermann, ich komme von der Firma Clean & Clever. Ich bin heute Ihre Putzfee!«

Niemand antwortete.

Sie wartet sicher im Gastraum auf mich und will mir alles haarklein erklären, wahrscheinlich traut sie mir nicht, dachte sie unbehaglich. Sie kennt mich schließlich nicht. Wird schon alles seine Richtigkeit haben.

»Frau Flemming? Hallo! Sind Sie da?«, rief sie lauter. Womöglich war Frau Flemming schwerhörig.

Noch immer kam keine Antwort. Inga Akkermann spähte in den Gastraum. Die Kronleuchter waren hell erleuchtet. Ihr fielen die Scherben auf dem Boden auf, das Durcheinander auf den Tischen. Jemand hatte vergessen abzuräumen. Dann schlug ihr plötzlich ein süßlicher Geruch entgegen, sodass sie sich instinktiv die Hand vor die Nase hielt. Es wird Zeit, dass hier ordentlich sauber gemacht wird, dachte Inga und trat näher. Sie fand die Küche und verschaffte sich einen raschen Überblick. Auf der Arbeitsplatte befand sich ein Teller mit den matschigen Pommes mit Majo, daneben lagen ein Messer und eine aufgeschnittene Limette. Eine halbvolle Flasche Gin stand neben der Spüle, daneben eine volle Flasche Tonicwater. Es sah aus, als habe jemand einen Drink vorbereiten wollen und sei dabei unterbrochen worden.

»Frau Flemming?«, rief sie wieder, diesmal noch lauter. »Sind Sie da?«

Wieso lässt Frau Flemming alle Lichter brennen, fragte sie sich. Warum hat sie nicht wenigstens die Küche halbwegs aufgeräumt? Arbeitsvorbereitung war so wichtig in Ingas Job, sie war das A und O. Ohne die richtige Vorbereitung und Mithilfe seitens des Kunden würde sie in sechs Stunden niemals fertig werden. Sie dachte an Beka, die die kleinen Seniorenwohnungen putzen durfte, und beneidete sie glühend.

Inga verließ die Küche und betrat den Gastraum. Da hinten lag etwas. Da sie kurzsichtig war, aber keine Brille tragen wollte, trat sie näher heran. Auf dem Boden lag eine zerknitterte Visitenkarte, die sie aufhob und einsteckte. Sie trat näher, prallte aber zurück, als der Geruch stärker wurde – ein durchdringender Gestank nach Eisen und Urin.

Und dann sah sie die Frau, die blutüberströmt mit dem Oberkörper auf einem der hinteren Tische lag. Ihre blonden Haare waren blutverschmiert. Die Blutlache hatte fast den Nebentisch erreicht und war verdickt und bräunlich.

Inga Akkermann schlug sich die Hand vor den Mund. Was war hier los?

»Frau Flemming?«, wisperte sie. Vorsichtig trat sie auf die Frau zu und berührte sie, tastete mit ihren Fingern zum Gesicht hin. Ungläubig betrachtete sie ihre Hände. Sie waren voller Blut.

Inga merkte, wie ihr Kopf zu Watte wurde, wie sich ihre Wangen plötzlich pelzig anfühlten. Sie verspürte schlagartig eine ohnmächtige Kraftlosigkeit, die vom Hals ausging und ihren ganzen Körper erfasste. Ihre Beine knickten ein, sie fiel auf die Knie, sank kraftlos zu Boden. Ihr Kopf bemühte sich krampfhaft, logische Gedanken hervorzubringen, aber ihr Gehirn war wie benebelt.

Sie spürte, wie ihr der Schweiß ausbrach und von der Stirn ins Dekolleté tropfte. Sie schwitzte und fror gleichzeitig.

Als sie sich langsam aufrappelte, bemerkte sie zwei halb volle Cocktailgläser – Aperol Spritz, wie Inga Akkermann trotz des Nebels in ihrem Gehirn erfassen konnte. Neben dem Kopf der Toten lag ein Bierdeckel, auf dem jemand mit schwarzem Filzstift krakelige Buchstaben hinterlassen hatte. Mit angehaltenem Atem las Inga Akkermann den Text auf dem zerknickten Pappdeckel und lief schreiend ins Freie.

Im Wintergarten der Pension Annis Ankerglück hing Kaffeeduft in der Luft. Die Sonne schien durch die großen Fenster, die zur Straße hin ausgerichtet waren, auf der gerade eine junge Familie mit Bollerwagen vorbeizog. Darin saßen – inmitten von Strandtaschen, Eimern und Schaufeln – zwei Kleinkinder mit Gummistiefeln und gestreiften Baumwollmützen. Aus der Ferne waren Pferdegetrappel und das Rufen eines Kutschers zu hören.

»Frau Dierken«, rief ein Gast aus dem hinteren Teil des Frühstücksraums, »kann ich bitte noch ein Ei haben? Ein Dreiminutenei, wie immer. Bitte nicht böse sein, aber das Ei war heute steinhart und der Kaffee zu dünn!«

Die Wirtin Anni Dierken seufzte leise. Herr Meier war nicht der einzige Gast, der sich an diesem Morgen beschwert hatte. »Ja, sicher«, beeilte sie sich zu sagen, »ich kümmere mich gleich darum.«

»Warten Sie mal, Frau Dierken«, sagte der Pensionsgast, »ich habe einen neuen Witz für Sie. Warum lässt ein Ostfriese ein Centstück auf einer Parkbank liegen? Na, eine Idee?

Okay, passen Sie auf: damit er immer etwas Geld auf der Bank hat!« Er lachte dröhnend und wartete gespannt auf ihre Reaktion.

Anni verzog keine Miene.

»He, was ist los?«, hakte er nach. »Verstehen Sie keinen Spaß mehr?«

Die Wirtin achtete nicht auf ihn. Zerstreut sammelte sie ein paar Tischdecken ein, brachte sie in den Hauswirtschaftsraum und warf sie vor die Waschmaschine. Sie ging zurück in den Wintergarten und wusste nicht mehr, was sie da wollte. Erst als sie die beleidigte Miene von Herrn Meier bemerkte, fielen ihr wieder das Dreiminutenei und der Kaffee ein.

Die Gäste merkten also schon, dass mit ihr etwas nicht stimmte. Sie hatte vergessen, Milchkännchen aufzufüllen und Zuckerstreuer auf den Tischen zu verteilen. An den Vierertischen hatte sie nur für zwei eingedeckt und dabei auch noch die Kaffeelöffel vergessen. Einem jungen Paar hatte sie aus Versehen eine Kanne mit koffeinfreiem Kaffee hingestellt. Und alles aus einem einzigen Grund: Onno war wieder da. Seinen Entlassungstermin aus der JVA Aurich hatte die Justiz zehn Monate vorverlegt. Seit sie mit Onno wieder unter einem Dach lebte, hatte sie keine Nacht mehr durchgeschlafen.

Wenn ihre Gäste wüssten, dass ein Frauenmörder mitten unter ihnen im Frühstücksraum saß, Käsebrötchen vertilgte, Kaffee trank und die Tageszeitung las, würden sie vermutlich sofort ihre Koffer packen und die nächste Fähre nehmen.

Drei Tage, hatten sie gesagt, drei Tage sollte sie ihn aufnehmen, bis er etwas Neues gefunden hätte. Der Bewährungshelfer würde ihn bei der Suche nach Arbeit und einer neuen Bleibe unterstützen. Und nun waren schon fünf Tage daraus geworden.

Dabei bestand Hoffnung. Auf Juist gab es einige Stellenausschreibungen. Köche und Küchenhelfer wurden gesucht für Hotels und Gaststätten. Das traf sich gut, denn Onno war ausgebildeter Koch. Auch Dienstleister für die Reinigung von Ferienwohnungen wurden dringend benötigt sowie Helfer für den Fahrrad- oder den Strandkorbverleih. Außerdem brauchte Hajo jemanden, der ihm auf dem Reiterhof unter die Arme griff. Er suchte Stallburschen oder Gespannführer für seinen Fuhrbetrieb. Das wäre doch etwas für Onno. Er hatte immer schon gut mit Tieren umgehen können. Als Kind hatte er sich fürchterlich aufgeregt, wenn jemand sie schlecht behandelte.

Das passte eigentlich nicht zusammen. Wie konnte jemand, der ein so mitfühlendes Herz hatte wie Onno, eine Frau umbringen?

Während Anni den Eierkocher bediente und neuen Kaffee aufsetzte, beobachtete sie eine Fliege, die um das Küchenfenster herumschwirrte. Nicht einmal Fliegen konnte Onno etwas zuleide tun. Er ließ sie einfach gewähren, beobachtete still ihr Treiben und öffnete dann ein Fenster, um sie ins Freie zu lassen.

Wann hatte er sich so verändert? Wann war aus dem lieben, braven Jungen ein Schwerverbrecher geworden? War sie schuld? Hatte sie etwas falsch gemacht, etwas übersehen? Sicher, wegen der Pension hatte sie immer viel um die Ohren gehabt, musste fast rund um die Uhr einen Betrieb führen, der ihr viel abverlangte, ohne Urlaub, ohne Sonn- und Feiertage, da war die Zeit manchmal zu knapp für ein stilles, in sich gekehrtes Kind wie Onno, das ihre Anwesenheit und Zuneigung besonders gebraucht hätte.

Jeden Tag fragte sie ihren Sohn, ob er aktiv geworden sei und wegen der Stellen nachgefragt hätte. Jedes Mal nickte er eifrig und betonte, er habe sich auf jede freie Stelle beworben.

Aber Anni hatte da ihre Zweifel.

Zurück im sonnendurchfluteten Wintergarten setzte sie ein strahlendes Lächeln auf, um Herrn Meier Kaffee und Eier zu servieren.

»Ich wollte doch nur eins«, grunzte er.

»Das andere geht aufs Haus«, sagte sie augenzwinkernd und schenkte ihm mit zittrigen Händen ein.

KAPITEL 3

»Da hätte man sich einmal freinehmen können«, sagte Marvin Gissemann von der Juister Polizeistation, »und dann rückt Cheffe in letzter Minute damit heraus, dass er zu einer Hochzeit nach Leer muss.«

»Das war schon länger geplant«, bemerkte sein etwa gleichaltriger Kollege Sebastian Jonker. »Davon spricht er seit Wochen. Eine Nichte von ihm heiratet, sein Patenkind, deswegen konnte er nicht absagen, obwohl er Familienfeiern hasst. Hat er jedenfalls gesagt.«

»Möchte noch jemand Kaffee? Du vielleicht, Sebastian? Es ist keiner mehr da, aber ich kann gerne einen aufsetzen.«

»Nur, wenn noch jemand einen mittrinkt«, sagte Sebastian höflich. Der rothaarige Hüne mit dem spärlichen Bartwuchs gehörte erst seit Anfang der Hauptsaison zum Team und war eifrig darum bemüht, es allen recht zu machen. Zuvor hatte der junge Familienvater auf der Nachbarinsel Borkum ermittelt. »Ich möchte nicht der Einzige sein, der die Kaffeevorräte plündert.«

»Bist du nicht«, beruhigte ihn Marvin. »Ich beteilige mich gerne am Plündern.« Schon füllte er Wasser in den Behälter. »Kaffeepulver scheint allerdings ausgegangen zu sein.«

Laureen, die Polizeischülerin im dritten Semester, die gerade ein Praktikum auf der Insel Juist absolvierte, holte eine Packung aus dem Nebenzimmer. »Ich trinke auch einen mit«, sagte sie. »Torben und ich waren ja schon früh am Strand im Einsatz. Aurich hat einen Notruf gefunkt. Angeblich ein Überfall in einem Juister Café. Wir haben aber nichts gefunden. Alles sauber so weit. Die Anruferin soll verwirrt geklungen haben. Vielleicht hatte sie zu viel Alk erwischt oder gekifft, keine Ahnung. Kein Name, keine Adresse. Ihr Handy war zuletzt in der Nähe des Wasserturms eingewählt. Danach wurde es ausgeschaltet. Wir sind dort in der Nähe auf eine Gruppe von jungen Leuten gestoßen, die wirklich ordentlich gebechert hatte. Einer von denen schwankte wie ein Boot bei Windstärke zwölf.«

»Habt ihr sie befragt?«

»Natürlich. Eine junge Frau mit knallrot gefärbten Haaren gab vor, diejenige gewesen zu sein, die angerufen hätte. Sie wäre fast Opfer eines Raubüberfalls geworden. Jemand hätte ihre Vape stehlen wollen, aber sie hätte den Kerl mit ihrem Geschrei in die Flucht geschlagen. Die anderen brüllten vor Lachen.«

»Vape? Was ist das?«, wollte Sebastian wissen.

»Eine E-Zigarette«, klärte Marvin ihn auf. »Du willst mir doch wohl nicht erzählen, dass du nicht weißt, was eine Vape ist.«

»Jetzt weiß ich es ja!« Sebastian räusperte sich und wurde knallrot, was ihm öfter passierte und aufgrund seines hellen Hauttyps gut sichtbar war. Schnell drehte er sich von den anderen weg, in der Hoffnung, dass sie es nicht bemerkten.

»Hoffentlich seid ihr auf diese Provokation nicht eingegangen«, äußerte Marvin. »Das hängt bestimmt mit der Geburtstagsparty zusammen.«

Laureen zog sich rückwärts aufs Sideboard und schlug ihre langen Beine übereinander. »Noch eine Party? Habe ich was verpasst?«

»Nach Mitternacht soll es am Kurplatz Remmidemmi gegeben haben«, gab Marvin zur Antwort. »Ich habe vorhin Meldung bekommen. Ein Touri ist wohl 30 geworden und hat mit seinen Jungs die Sau rausgelassen. Daraufhin hat sich ein anderer Urlaubsgast beschwert, dass er wegen Ruhestörung nicht schlafen konnte. Wir sollten heute Nacht mal Patrouille laufen, hat er gemeint. Er hätte kein Interesse an einem Juister Ballermann. Das ist die Kurzversion. Der Mann war ziemlich aufgebracht. Mir scheint, dass er etwas übertrieben hat. Nächstes Jahr will er auf eine kleinere Insel.«

»Was, noch kleiner?«, dröhnte Torben Dankwort, der gerade das Büro betreten und nur den letzten Satz mitbekommen hatte. Torben war ein sportbegeisterter Kraftprotz, von Insidern manchmal liebevoll »Michelin-Männchen« genannt, weil er nicht nur täglich zum Pumpen ging, sondern auch diverse proteinhaltige Nahrungsmittel zum Muskelaufbau konsumierte.

»Na, dann greif mal ordentlich durch, sorg heute Nacht für Ruhe und Ordnung«, sagte Laureen kichernd, »lass deine Muckis spielen und zeig ihnen, wo der Hammer hängt!« Lachend ging sie an ihren Schreibtisch zurück.

Torben starrte erst auf ihren wippenden Pferdeschwanz und dann etwas zu lang auf ihren knackigen Po.

KAPITEL 4

Kriminalkommissarin Swantje Brandt rangierte ihren Polo in eine Parklücke, schaltete den Motor ab, legte die Hände auf das Lenkrad und atmete tief durch. Sie wollte die letzten Zeilen des Liebeslieds von Ina Müller noch hören und fühlen: »Fast drüber weg«. Es passte so gut zu ihrer gegenwärtigen Situation.

Wehmütig blickte sie zum Küchenfenster ihres ehemaligen Reihenhauses im Osnabrücker Stadtteil Wüste hinüber. Dort brannte wegen des regnerischen Tages Licht. Sie sah Holger und seine Neue unter der Pendelleuchte sitzen und frühstücken. Sie kannte die geblümte Kanne, die sein rotblond gelockter Rauschgoldengel gerade in der Hand hielt. Es war ihre Kanne, die sie auf einem Flohmarkt in den Niederlanden erstanden hatte. Es war ihr Tisch, den sie und Holger von einem Schreiner hatten anfertigen lassen, und sie kannte den Kaffeebecher, den ihr Mann seiner Neuen in diesem Moment entgegenstreckte. Es war der himmelblaue Becher mit Holgers eingraviertem Namen und dem aufgedruckten Seehund, den diese Frau ihm letztes Jahr zum Geburtstag geschenkt hatte. Mit diesem Becher hatte alles angefangen.

Noch war es ihr Mann. Noch war es ihr Haus, zumindest vom Gefühl her. Das Haus war viele Jahre lang ihre Heimat gewesen, und sie hing sehr daran. Insa, die gemeinsame Tochter, war hier aufgewachsen, hatte im schmalen Garten hinter dem Haus geschaukelt und im Sandkasten gespielt. Als Insa zu groß dafür geworden war, hatte Swantje ihre Liebe zur Arbeit im Garten entdeckt und oft stundenlang darin gewerkelt. Sie hatte einen Teich mit Seerosen angelegt und viele insektenfreundliche Blumen gepflanzt. Aber dann hatte sich Holger in diese andere Frau verliebt und Swantje kurz vor Weihnachten eröffnet, dass er sie verlassen würde. Und da es sein Elternhaus war, das er geerbt hatte und ihm allein gehörte, blieb ihr nichts anderes übrig, als sich eine neue Bleibe zu suchen.

Obwohl sie schnell eine Wohnung gefunden hatte, die schick, modern und pflegeleicht war, trauerte sie ihrem alten Zuhause hinterher. Sie gehörte hierher, in dieses Haus, diesen Garten, an diesen Küchentisch mit Holger. Ein Kloß bildete sich in ihrem Hals, und Tränen rannen ihre Wangen herunter, als ihr wieder einmal bewusst wurde, was sie verloren hatte.

Gestern hatten Holger und sie telefoniert, weil sie die restlichen Kartons abholen wollte, die sich im Flur stapelten. Sie sollte aussteigen und einfach klingeln, aber sie traute sich nicht. Ihr fehlte die Kraft dazu. Sie wollte die Idylle nicht stören, obwohl sie als Ehefrau jedes Recht dazu gehabt hätte. Minutenlang blieb sie im Auto sitzen, ohne noch einmal zum Fenster zu schauen. Zweimal noch hörte sie das Lied von Ina Müller. Dann startete sie den Motor, wendete und fuhr zu ihrem neuen Zuhause.

Anni Dierken hielt es nicht länger in der Pension aus. Sie holte ihr Fahrrad aus der Garage, denn sie musste raus, an die frische Luft, dahin, wo sie zwischen Salzwiesen und Marsch ihre Lungen freipusten konnte. Sie wusste eine Stelle am hellen feinsandigen Strand, an der nicht viel los war, trotz Hochbetriebs in der Sommersaison. In einiger Entfernung stellte sie ihr Fahrrad ab. Barfuß lief sie über den feinen Sand, genoss die Kühle unter ihren Füßen und die Brise, die vom Meer herübergeweht kam. Anni stapfte über Muschelfelder, dann durchs schlickige Watt, durchs Geflecht der Priele, in der sich Wattwürmer und winzige Meerestiere tummelten. Auch wenn sie als Insulanerin jeden Tag die gute salzhaltige Luft genießen konnte, kam sie nicht oft dazu – zu viel Arbeit, zu vieles, das auf ihren Schultern lastete und das sie bewältigen musste, Tag für Tag. Heute war es anders. Sie wusste, dass sie Kraft tanken musste, bevor sie zusammenbrach.

Ihr Sohn war wieder da. Sie konnte ihm kaum in die Augen sehen. Sie fürchtete sich vor Onno, der seinem Vater so ähnlich war, nicht nur vom Aussehen her, sondern auch vom Charakter. Sie dachte an den Nachmittag, als sie ihren Mann tot in seinem Hobbykeller gefunden hatte. Das Gefühl von damals war wieder gegenwärtig – eine Mischung aus Bestürzung und Erleichterung. Endlich war sie diesen Tyrannen los gewesen. Sie war frei gewesen und hatte ein neues Leben beginnen können. Aber sie erinnerte sich daran, wie schlimm es gewesen war, es Onno sagen zu müssen. Seinen Blick würde sie nie vergessen. Es lag nicht nur Trauer und Schwermut darin, sondern auch etwas Dunkles, Aggressives. »Jetzt bin ich der Herr im Haus«, hatte er gesagt, dann war er in seinem Zimmer verschwunden und 24 Stunden lang nicht mehr aufgetaucht. Danach war ihr Verhältnis nie mehr so gewesen wie zuvor. Fast körperlich spürte sie die Distanz und Angespanntheit zwischen ihnen, die ihr jahrelang das Leben schwer gemacht hatte.

Anni bückte sich, um eine kleine Krabbe aufzuheben, die sich gerade im Watt einbuddeln wollte. Liebevoll betrachtete sie das Tier und streichelte ihm über den hellen Panzer. Dann ließ sie es frei und fasste einen Entschluss. Sie musste für Onno einen Platz finden. In der Küche stehen, kochen oder zuarbeiten wollte er nicht mehr, weil er Schmerzen in seinem rechten Bein hatte und deswegen humpelte. Aber mit Pferden zu arbeiten, war früher schon seine Leidenschaft gewesen. In der Gegenwart der edlen Tiere blühte er auf. Das war vielleicht seine Chance auf einen Neuanfang. Dreimal schon hatte sie bei Hajo Flemming angerufen, um zu fragen, ob er ihren Sohn nehmen würde. Doch Hajo war nicht zu erreichen gewesen. Sie würde es heute noch einmal versuchen.

Drei Tage, hatten sie gesagt. Nun war es bald eine Woche, dass er wieder hier war. Sie hielt es nicht länger aus. Onno musste weg.

Auf der Wache in der Carl-Stegmann-Straße klingelte das Telefon. Marvin Gissemann spülte den letzten Bissen vom Brötchen mit dem inzwischen kalten Milchkaffee herunter und hob ab. »Polizeistation Juist, Carl-Stegmann-Straße, Polizeimeister Marvin Gissemann am Apparat«, leierte er routiniert herunter. Konzentriert hielt er den Hörer ans Ohr, murmelte ein paar Worte, runzelte die noch nahezu faltenlose Stirn und legte auf.

»Was ist los?«, wollte Torben, der ihm gegenübersaß, wissen. »Du bist ja ganz blass um die Nase.«

Marvin winkte ab. »Ach was. Bloß der Schlafmangel. Um halb zwei war die Nacht zu Ende. Leon hatte einen Albtraum und kam zu uns ins Bett gekrochen. Von da an habe ich kein Auge mehr zugetan. Ätzend war das. Ich wollte ihn zurückschicken, aber Yvonne liebt es, ein Kleinkind im Bett zu haben. Sie hat einen beneidenswerten Schlaf, schafft es sogar, auf dem Beifahrersitz zu pennen. Wer kann das schon? Also ich jedenfalls nicht. Tja, und als ich gerade wieder weggedämmert war, kam Lucas heulend an, weil er sich im Bett erbrochen hatte. Magen-Darm.« Er rollte die Augen. »Kacknacht im wahrsten Sinne des Wortes.«

»Was wollte die Leitstelle?«, fragte Sebastian Jonker.

»Aurich versorgt uns mal wieder mit ein bisschen Arbeit. Eine Person mit Schussverletzungen, leblos. Nicht weit von uns.« Marvins Wangen nahmen vor Aufregung einen rötlichen Ton an. »Sie hätten kurz vor Mitternacht schon mal durchgefunkt, weil eine anonyme Anruferin einen Überfall meldete. Aber sie konnten den Tatort nicht lokalisieren. Das Gespräch brach plötzlich ab.«

»Also war da doch etwas dran«, warf Laureen dazwischen. »Keine Ballermann-Party am Strand, wie wir dachten. Oha, Prost Mahlzeit!«

»Heute Nacht gehen wir zwei Patrouille laufen«, sagte Torben und zwinkerte ihr zu.

Sebastian Jonker schloss die Akte, die er gerade bearbeitet hatte. »Wo hat man das Opfer gefunden?«

»In einem Strandcafé. Boje 8 heißt das, hinter dem Deich, nicht weit von der Promenade. Sagt euch das was?«

Sebastian schüttelte den Kopf. »Nie gehört, muss neu sein.« Er wollte nicht zugeben, dass er als junger Familienvater weder Zeit noch Geld zum Ausgehen hatte. Er hatte mal erwähnt, dass der letzte Cocktail mit seiner Frau mindestens drei Jahre zurücklag.

»Ich kenne sie«, sagte Laureen. »Letzte Woche war ich da mit einer Freundin verabredet. Schicke Beachbar, gemütlich, Karibikflair, leckerer Kaffee, gut gemixte Cocktails.«

»Nicht schlecht, der Schuppen«, bestätigte Torben Dankwort. »Hin und wieder ganz nette Bräute. Manche tragen allerdings ihre Nasen höher als ihre Titten.«

»Du scheinst dich ja gut auszukennen«, meinte Laureen augenrollend.

»Ich kann dich ja einladen. Würdest du mitkommen?«

»Die Frage müsste eher lauten: Wärst du mitgekommen? Ich glaube, das hat sich für diese Saison erledigt mit dem Strandcafé.«

»Ich fürchte auch. Gerüchten zufolge soll das aber nicht das einzige Strandcafé auf Juist sein«, sagte er augenzwinkernd.

»Rettungskräfte laufen?«, fragte Sebastian.

»Ja, sofern die noch was ausrichten können.« Mit seinem bedauernden Blick brachte Marvin zum Ausdruck, dass er nicht so recht daran glaubte.

»Das Opfer?«

»Eine Frau, vermutlich die Besitzerin des Cafés.« Marvin hatte einen Frosch im Hals und räusperte sich. »Ihr Name ist ... Moment, muss kurz nachsehen ... Susanne Flemming heißt die.« Fragend schaute er auf, doch er erntete nur Kopfschütteln. Die Dame schien den anwesenden Kollegen unbekannt zu sein. Allesamt waren sie neu im Team. Die anderen waren entweder im Urlaub oder krankgeschrieben.

Sebastian Jonker zum Beispiel lebte erst seit wenigen Wochen auf Juist, weil er von einer alleinstehenden Tante, die plötzlich verstorben war, ein Häuschen geerbt hatte. Pflichtbewusst griff er zum Diensthandy. »Richter muss informiert werden, hilft alles nichts, Hochzeit hin oder her. Er wird vor Ort sein wollen und die Leitung übernehmen. Wahrscheinlich fordert er wieder Verstärkung vom LKA an. Erst im Mai hatten wir einen Mordfall auf Borkum.«

»Ich habe davon gehört«, sagte Marvin. »Heftige Sache.«

»Damals kamen Ermittler aus dem südlichen Niedersachsen zur Verstärkung zu uns ins Team. Eine Swantje Brandt aus Osnabrück und ein Henry Olsen aus Hannover, soweit ich mich erinnere«, sagte Sebastian.

»Verstärkung vom LKA?« Marvin Gissemann zeigte mit seinen verschränkten Armen, was er davon hielt. »Überflüssig, wenn ihr mich fragt. Bis die erst mal eingearbeitet sind, kostet uns das nur unnötig Manpower.«

»Da mag was dran sein«, pflichtete Sebastian ihm bei. »Das hat damals eine Weile gedauert. Aber dann haben sie tatsächlich den Fall geknackt.«

Marvin Gissemann grunzte verächtlich. »Mag sein, aber das schaffen wir auch allein. Ich nehme mal an, dass es sich diesmal nicht um so einen komplexen Fall handelt. So etwas kommt in der Praxis sowieso höchst selten vor. Wir haben es höchstwahrscheinlich mit einem normalen Gewaltdelikt zu tun. Nichts Außergewöhnliches. Für mich zumindest, schließlich habe ich den überwiegenden Teil meiner Berufserfahrung in Großstädten gesammelt.«

»Haben wir alle«, bemerkte Sebastian, der nicht hintenanstehen wollte.

»Wir können auch allein mit unserer Manpower eine Soko bilden«, fuhr Marvin fort, ohne ihm Beachtung zu schenken. »Es würde völlig reichen, wenn ein paar Kollegen aus Borkum oder Norderney dazukommen, sind ja unsere Nachbarinseln, und wir kennen die Kollegen. Sebastian, du stammst doch von Borkum.«

Sebastian nickte und holte sich über Google Maps den genauen Standort des Cafés auf sein Handy. Dann wählte er die Telefonnummer seines Chefs, aber Meinert Richter ging nicht ans Telefon. Sogar den Anrufbeantworter hatte er ausgeschaltet. Er wollte offensichtlich auf seiner Familienfeier ungestört sein und rechnete wohl nicht mit einem Mordfall, da ein solches Verbrechen auf Juist äußerst selten vorkam.

Marvin wirkte erleichtert, als Sebastian sein Handy wieder wegsteckte. »Leute, bleibt entspannt. Das schaffen wir auch allein. Wir wollen doch zeigen, was wir draufhaben, und die Ernte nicht von Kollegen von außerhalb einholen lassen. Die Typen vom LKA denken, sie hätten mit ihrer höheren

Bildung die Weisheit mit Löffeln gefressen. Wollen wir uns von denen erniedrigen lassen? Nein, oder?« Er suchte Bestätigung bei Sebastian, doch der saß mit zusammengepresstem Mund auf seinem Schreibtischstuhl.

»Hast du ein Problem mit dem LKA?«, dröhnte Torben. Der Hobbybodybuilder ließ seine Muskeln spielen. »Minderwertigkeitskomplexe? Ernsthaft? Ich kenne dich noch nicht so lange, aber bisher dachte ich, du hättest mehr Selbstbewusstsein als wir alle zusammen. So kann man sich täuschen!«

»Macht, was ihr wollt«, winkte Marvin ab, »soll unser Chef entscheiden. Sofern er heute noch zurückruft. Soll er halt Verstärkung vom LKA holen, falls er der Ansicht ist, wir hätten das nötig.«

Sie fuhren ihre Computer herunter, holten ihre Dienstwaffen aus dem Waffenschrank, prüften die Magazine und besorgten sich Schlüssel für die Elektro-Quads. Die Zeit drängte.

KAPITEL 5

»Onno, hilfst du mir bitte beim Tischdecken?« Anni Dierken war schon seit Stunden auf den Beinen. Nach dem Strandspaziergang hatte sie für die Gäste ihrer Frühstückspension Kaffee und Eier gekocht, Rührei gebraten, selbst gemachte Marmelade in Schälchen gefüllt und Platten mit Aufschnitt und Käse angerichtet. Onno pfiff leise vor sich hin. Er schien zufrieden zu sein, erleichtert darüber, dass seine Mutter ihn wieder bei sich aufgenommen hatte. Außerdem freute er sich, dass Hajo vom Reiterhof Flemming es mit ihm versuchen wollte, das hatte er schon vor ein paar Tagen mit ihm abgeklärt. Seiner Mutter würde er aber erst davon erzählen, wenn er die Stelle hatte. Er solle sich am kommenden Montagmorgen um 8 Uhr im Büro des Reiterhofs einfinden. Seine Mutter wusste nicht, dass er von sich aus schon mit dem Gedanken gespielt hatte, wieder mit Pferden zu arbeiten. Heimlich hatte er sich in den letzten Tagen auf dem Reiterhof aufgehalten und mit einem gutmütigen blonden Haflinger gekuschelt, der sich in seiner Box langweilte. Natürlich hatte er das für sich behalten, denn seine Mutter mischte sich schon genug in seine Angelegenheiten ein. Sie sah in ihm noch immer das Kind, dem sie sagen konnte, was es tun sollte.

Onno nahm ihr einen Berg Tischdecken ab und machte sich sofort an die Arbeit.

»Wo warst du eigentlich die halbe Nacht?«, wollte sie wissen.

Er fuhr herum. »Was geht dich das an, ich bin erwachsen!«

Sie war erschrocken über seinen Stimmungswechsel. In den ersten Tagen war er so freundlich gewesen. »Die Haustür war offen«, sagte sie zögernd. »Du erinnerst dich vielleicht, dass die nach 22 Uhr abgeschlossen sein muss.«

Er rollte die Augen. »Aber sicher doch. War immer schon so gewesen. Das weiß ich, auch wenn es lange her ist, dass ich zuletzt hier war.« Er verzog seinen Mund zu einem schiefen Lächeln. »Aber warum verdächtigst du mich? Ich hab sie nicht offen gelassen. Das war jemand anders!«

»Auf keinen Fall. Das sind alles Stammgäste, die froh sind, wenn sie abends nicht mehr rausmüssen. Außerdem kann ich mich auf meine Gäste verlassen. Also, wo warst du? Um 2 Uhr nachts warst du immer noch nicht da!«

»Um 2 Uhr warst du immer noch nicht da«, äffte er sie nach. »Bin ich elf oder zwölf? Entspann dich endlich mal! Ich bin erwachsen und dir keine Rechenschaft schuldig. Ich war lange genug eingesperrt. Jetzt bin ich in Freiheit und genieße es sehr.«

Sie fühlte sich plötzlich schwach, musste sich setzen. »Ich habe kein gutes Gefühl, Onno, das darf ich dir als deine Mutter wohl noch sagen. Gerade weil du erwachsen bist, muss ich dich nicht mehr bei mir wohnen lassen. Du weißt, dass ich dich nicht reinlassen wollte. Ich kann dich jederzeit vor die Tür setzen. Dann musst du dir etwas anderes suchen!«

Onno nahm Haltung an und machte sich noch breiter, indem er seine Hände in die Hüften stemmte. »Was habe ich dir denn zugemutet, Mama? Hast du einmal daran gedacht, wie es mir all die Jahre ergangen ist? Hast du mich einmal besucht oder mir ein paar aufmunternde Zeilen geschrieben? Ich kann mich nicht erinnern, wenigstens zu Weihnachten oder zu meinem Geburtstag Post von dir bekommen zu haben!«

Anni Dierken riss ihrem Sohn die Hälfte der Tischdecken aus der Hand. Schweigend begann sie am hinteren Zweiertisch, während er sich die Vierertische an der breiten Fensterfront vornahm.

»Ich verstehe nicht, warum du dich darüber wunderst«, sagte sie kopfschüttelnd. »Sei dankbar, dass ich dich überhaupt aufgenommen habe. Aber nur vorübergehend. Wenn dein Bewährungshelfer mir nicht hoch und heilig versprochen hätte, dass von dir keine Gefahr mehr ausgeht, hätte ich nicht zugestimmt!«

»Hast du Angst?«

»Ich habe keine Angst vor dir, bilde dir das bloß nicht ein. Ich bin maßlos enttäuscht. Das soll mein Sohn sein, den ich großgezogen habe, in den ich all meine Liebe und Fürsorge gesteckt habe? Gut, auch ich habe vielleicht Fehler gemacht und war nicht immer eine perfekte Mutter. Aber ich habe stets nur das Beste für dich gewollt! Und was habe ich bekommen? Einen Mörder!«

»Es war kein Mord!«, fuhr er sie an. »Das hat das Gericht eindeutig festgestellt. Wäre es Mord, dann müsste ich es ja geplant haben.«

»Das hast du!«

»Das weißt du genau, weil du ja studierte Juristin bist«, zischte er verächtlich.

»Ich muss nicht Juristin sein, um zu verstehen, was du getan hast. Wobei – eigentlich will ich es gar nicht verstehen. Ich werde dich nie verstehen.« Sie drehte ihm den Rücken zu und war im Begriff, in die Küche zu gehen.

»Vielleicht versuchst du es mal, weil du meine Mutter bist?«, schrie er ihr nach. »Wie wär's damit?«

Anni Dierken machte auf dem Absatz kehrt und kam mit ausgestrecktem Zeigefinger auf ihn zu. »Gerade, weil ich deine Mutter bin und dich besser kenne als du dich selbst, weiß ich, dass du ein schwacher Mensch bist. Du bist wie dein Vater. Andy hatte seine Wut auch nie unter Kontrolle, dachte, er wäre der Racheengel der Nation und müsste es allen heimzahlen, die ihn irgendwann einmal geärgert hatten. Der Herzinfarkt war seine Rettung und letztlich auch deine und meine. Sonst wäre er vermutlich irgendwann selbst im Knast gelandet.«

»Wo ist eigentlich Laura?«, wechselte Onno das Thema.

»Das geht dich nichts an. Sie ist nicht deine Tochter. Sie war Elkes Tochter.«

»Ich dachte, ihr hättet sie bei euch aufgenommen.«

»Das haben wir auch für eine Weile. Bis plötzlich ihre Großmutter auf der Matte stand und mir einen Wisch vom Jugendamt unter die Nase hielt. Wir haben die Polizei gerufen, aber es half nichts: Nach langem Hin und Her hat sie die Kleine mitgenommen. Der Kontakt zu Laura ist über die Jahre dann abgebrochen.«

»Du lügst!«

»Ich lüge nicht. Es ist so, wie ich sage: Es gibt keinen Kontakt mehr zu Laura. Ihre Oma wollte das nicht. Ich weiß nicht einmal, wo Laura jetzt lebt.«

»Laura war wie mein eigenes Kind.«

»Ich weiß. Aber wenn du sie geliebt hättest, hättest du ihr die Mutter nicht genommen.«

Schweigend arbeitete sie weiter, bis das Ehepaar Meier den Gastraum betrat und Anni ihr eingeübtes Strahlen aufsetzte.

»Hätten Sie vielleicht noch einen Kaffee für uns?«, fragte Frau Meier. »Wir wollten woanders Kaffee trinken, aber mein Mann hat etwas Kreislauf.«

»Na sicher!« Onno knipste seinerseits ein freundliches Gesicht an und machte eine einladende Geste. »Nehmen Sie doch bitte schon mal Platz, ich komme gleich mit der Kanne.«

»Ich setze noch einen auf«, sagte Anni tonlos. »Dann haben Sie ihn ganz frisch.«

»Nein, machen Sie sich bitte keine Umstände«, widersprach Herr Meier. »Wir trinken ihn auch lauwarm. Sie haben wirklich einen netten Sohn, Frau Dierken. Er ist ein wunderbarer Gastgeber. Sie beide sind zauberhafte Vermieter«, korrigierte er sich mit einem Augenzwinkern. »Im Team macht alles mehr Spaß, nicht wahr?«

Anni Dierken setzte ein gekünsteltes Lächeln auf und verschwand in der Küche.

Der Notarzt kam ihnen mit besorgter Miene und hängenden Schultern entgegen. Er brauchte nichts mehr zu sagen.

»Sie sind schon fertig? Wer hat Sie denn informiert?«, fragte Marvin Gissemann atemlos.

»Ich war zufällig bereits am Strand, weil wir zu einem älteren Mann gerufen wurden. Der ist nach dem Frühschwimmen im Meer zusammengebrochen. Herzinfarkt.« Er deutete mit dem Arm in die Richtung, in der er den Mann gefunden hatte. »Er wurde mit dem Heli nach Norden gebracht, hat einiges an Wasser geschluckt, ist aber stabil. Während ich dabei war zu reanimieren, hörte ich Schreie. Eine Frau kam völlig aufgelöst aus dem Strandcafé gerannt. Die Reinigungsfachkraft, wie ich inzwischen erfahren habe.«

»Verstehe. Wer ist die Tote?«, fragte Marvin, um sich den Namen des Opfers noch einmal bestätigen zu lassen.

»Susanne Flemming«, antwortete der Mediziner, »laut Ausweis, den wir in ihrer Handtasche gefunden haben, ist sie 53 Jahre alt, wohnhaft hier auf Juist. Sie hat die Wohnung über dem Café gemietet. Ich habe gerade mit ihrem Nachbarn gesprochen. Er sagt, sie sei alleinstehend, in Trennung lebend. Das Lokal betreibe sie seit drei Jahren. Sie hat viel Geld und Energie reingesteckt, es von Grund auf renoviert und umgekrempelt. Das Ergebnis kann sich sehen lassen. Ein

Schmuckstück, wenn Sie mich fragen. Meine Frau und ich waren schon öfter da.«

»Wer ist der Nachbar?«, hakte Sebastian Jonker ein. Er war feuerrot im Gesicht, wegen der Aufregung und vermutlich auch, weil sich plötzlich alle Augen auf ihn richteten.

»Sein Name ist Manfred Hedden. Er hat uns verständigt. Gefunden wurde die Tote von der Reinigungskraft, die heute Morgen vom Festland gekommen ist, aber das sagte ich bereits. Ich bin ein wenig durcheinander, entschuldigen Sie bitte. Zwei medizinische Notfälle kurz hintereinander schaffen auch mich alten Hasen.«

»Genau genommen nur ein medizinischer Notfall«, korrigierte Marvin schmallippig.

Der Notarzt bedachte ihn mit einem strengen Blick.

Marvin ließ sich davon nicht beeindrucken. »Hat der Nachbar etwas von dem Vorfall mitbekommen?«, wollte er wissen.

»Offenbar nicht. Er wirkte völlig überrascht.«

»Wie haben Sie die Frau vorgefunden?«

»Sie saß mit nach vorn gefallenem Oberkörper an einem der hinteren Tische, die am Fenster stehen. Blutüberströmt. Vermutlich ist sie dort tot zusammengesackt. Ich habe sie zur Untersuchung mithilfe des Nachbarn auf den Boden gelegt. Ich hoffe, das war richtig so. Ich weiß, man sollte an einem Tatort nichts verändern, aber ich musste ja prüfen, ob die Frau noch lebt. Dem Mann habe ich selbstverständlich Handschuhe zur Verfügung gestellt. Todesursache waren zwei Schüsse von hinten, vermutlich aus nächster Nähe. Einer ging in den Nacken und einer in die rechte Schläfe.«

»Wie lange ist die Frau schon tot?«

»Die Livores sind bereits vollständig ausgeprägt und die Leichenstarre ebenfalls. Deshalb gehe ich von neun bis zehn Stunden aus. Aber ich bin kein Rechtsmediziner.«

»Sie meinen die Totenflecken? Es gab keine Abdrücke am Rücken oder am Bauch?«

»Nein, keinen einzigen. Die Frau wurde nach meinem Verständnis also nicht bewegt, was bedeutet, dass Tatort und Fundort identisch sind. Aber wie gesagt, ich bin Notarzt, kein Rechtsmediziner.«

Mit einem Blick auf die Uhr stellte Marvin Gissemann fest, dass sich die Tat am gestrigen Abend zwischen 23 Uhr und Mitternacht ereignet haben musste. »Wann schließt das Lokal?«

Der Mediziner zuckte mit den Schultern. »Unterschiedlich, würde ich sagen, je nachdem, wie viel los ist. Am Wochenende etwas später. Vielleicht weiß der Nachbar mehr.«

»Wo finden wir die Zeugin, also die Dame, die die Tote gefunden hat?«

»Sie sitzt in der Bar von Manfred Hedden und ist mit den Nerven am Ende. Ich habe ihr etwas zur Beruhigung gespritzt. Sie wollte es so.«

»Nicht gut«, fand Torben Dankwort und verschränkte die muskulösen, tätowierten Arme vor dem Körper.

»Warum? Habe ich etwas falsch gemacht?«

»Besser wäre es, Sie hätten ihr nichts gegeben, so ist sie wahrscheinlich nicht aussagefähig.«

»Sie hat nur wenig bekommen. Es dürfte reichen, um sich an den Fund der Leiche zu erinnern. Wenigstens hat ihr Tremor aufgehört. Sie zittert nicht mehr.«

»Haben Sie dem Nachbarn auch was gespritzt?«

»Herrn Hedden? Nein, er wollte nichts. Ein Typ wie ein Bär. Er sagt, es wäre nicht seine erste Leiche.«

»Nicht seine erste Leiche? Na dann …« Marvin Gissemanns Mimik ließ darauf schließen, dass er genervt von dem Arzt war. Er beachtete ihn nicht länger, sondern wandte sich direkt an den Muskelprotz. »Gehst du rüber?« Er wartete dessen Antwort gar nicht erst ab, sondern ging zügig auf das Strandcafé zu. Bevor er den Tatort betrat, streifte er sich sorgfältig Überschuhe und Handschuhe über, die er in seinem Rucksack mit sich geführt hatte.

Die leblose Person lag wie beschrieben neben dem letzten Vierertisch mitten im Gang. Der Fußboden sah aus, als hätte jemand einen Kübel roter Farbe ausgeschüttet. Das Blut hatte sich überallhin verteilt und war bräunlich verdickt. Mit gerunzelter Stirn blickte er auf die nur zur Hälfte ausgetrunkenen orangefarbenen Cocktails. »Was soll der Scheiß?«, murmelte er, »hat hier eine Party stattgefunden, die eskaliert ist?« Dann besah er sich die Leiche genauer. Die Augen waren halb geschlossen, der Mund mit den spröden Lippen geöffnet wie zu einem Schrei. Dunkelroter Lippenstift hatte sich in den Lippenfalten abgesetzt und war in den Mundwinkeln verschmiert, als wäre dies das Ergebnis der ersten dilettantischen Schminkversuche eines Kindes. »Da war wohl bereits der erste Schuss tödlich«, urteilte er mit Sachkenntnis. »Muss ein geübter Schütze sein.«

Sebastian war hinzugetreten. »Schon gesehen?«, fragte er lauernd und deutete auf einen bekritzelten Bierdeckel.

Marvin nahm ihm mit behandschuhten Fingern das Beweisstück ab. »›Das ist dafür!‹«, las er murmelnd. »Was ist damit gemeint? Was ist wofür? Was meint der Idiot damit?«

»Na ja, irgendwas muss wohl so schlimm für ihn gewesen sein, dass er die Frau mit dem Tod bestraft hat«, gab Sebastian zu bedenken.

Marvin Gissemann zog ein nachdenkliches Gesicht und fotografierte dann die Leiche aus verschiedenen Perspektiven.

Kollegen der Spurensicherung in Vollschutzausrüstung betraten das Lokal und machten sich an die Arbeit. »Zwei weitere Polizeihelis vom Festland sind gerade gelandet«, sagte einer von ihnen, ein schlanker Mann mit Brille, »die Kollegen dürften in Kürze hier sein.«

Der Notarzt händigte Marvin, den er für den Chef hielt, den Totenschein aus. »Wir ziehen jetzt ab«, sagte er, und der junge Polizeibeamte nickte ernst.

»Alles okay mit Ihnen? Sie sehen angegriffen aus.«

Marvin schüttelte die Hand des Mediziners ab, die dieser ihm auf den Oberarm gelegt hatte. »Nein, alles okay«, sagte er lachend.

»Nicht, dass Sie mir umkippen.«

»Keine Sorge, ich sehe immer so aus, wenn ich zwei Nächte kaum geschlafen habe. Zwei kleine Kids«, fügte er erklärend hinzu, »kranke Kids.«

»Das kenne ich. Geht aber auch vorbei«, beruhigte ihn der Mediziner.

Der Raum füllte sich nach und nach mit weiteren Kollegen, die vom Festland eingetroffen waren.

»Was ist mit der Tatwaffe?«, rief einer.

Marvin Gissemann hatte nicht mitbekommen, wer die Frage gestellt hatte, deshalb ließ er seinen Blick schweifen.

»Bislang unauffindbar. Aber der Täter hat mindestens zwei Patronen verballert. Vielleicht haben wir Glück und können wenigstens eine davon sicherstellen.«

»Vielleicht steckt ja noch eine im Kopf«, meinte Sebastian Jonker, der die Lage aus sicherer Entfernung betrachtete. Ihm wurde beim Anblick von großen Blutmengen schlecht.

Gissemann sah ihn seltsam an und ging für einen Moment ins Freie, um eine zu rauchen.

KAPITEL 6

»Ich kenne die Frau nicht«, stellte Inga Akkermann klar. »Ich sollte hier putzen, kannte den Kunden aber vorher nicht. Zum ersten Mal hier im Einsatz und gleich so ein Desaster!«

»Wer hat Sie mit dem Reinigen des Strandcafés beauftragt? Frau Flemming selbst?« Marvin Gissemann lehnte sich gegen eine Anrichte und stützte seinen Ellenbogen ab. Durch seine entspannte Körperhaltung wollte er wohl Vertrauen herstellen. Doch Inga würde sich nicht einwickeln lassen.

»Nein, ich bin bei einer Agentur angestellt. Sie heißt Clean & Clever, ist im Ortskern, nicht weit von hier. Wie ich gehört habe, hat Frau Flemming normalerweise eigenes Putzpersonal, aber da ist jemand ausgefallen, darum sollte ich einspringen. Ich bin sonst nie für gewerbliche Räumlichkeiten zuständig. Eigentlich reinige ich nur Ferienhäuser. Das geht fix, weil die schön übersichtlich sind, wenn die Gäste abgereist sind. Ich mag es, wenn jeder Handgriff sitzt. Ich mag Routine. Aber gerade beneide ich meine Kolleginnen. Die haben es gut, die haben eindeutig das bessere Los gezogen.«

Der Beamte nickte. »Kann ich verstehen. Sie wollen nach Hause, ist verständlich. Es dauert auch nicht lange, wir sind gleich fertig. Die nächste Fähre nach Norddeich geht in zwei Stunden, die sollten Sie auf jeden Fall erreichen. So, Frau Akkermann, ein paar Fragen hätte ich noch an Sie. Ist Ihnen etwas aufgefallen, als Sie das Strandcafé betreten haben? Haben Sie jemanden weglaufen sehen?«

Inga Akkermann schüttelte den Kopf. Dann warf sie einen verstohlenen Blick auf die Uhr. Sie wollte nur noch schnell nach Hause. »Bekomme ich mein Geld für heute trotzdem?«, wollte sie wissen. »Schreiben Sie mir eine Bestätigung, dass ich nicht putzen konnte? Oder soll ich das alles wegwischen?«

»Auf keinen Fall«, sagte Marvin. »Das erledigen die Tatortreiniger, wenn wir fertig sind. Ich hoffe doch stark, dass Sie Ihrem Job noch nicht nachgekommen sind.«

»Ich konnte nicht«, beteuerte Inga. »Auch wenn Clean & Clever mich dafür feuert. Ich konnte nicht.«

»Gut so«, sagte Marvin und stellte der Zeugin eine Bescheinigung aus.

Ein Geräusch hatte Dana Weghorst aus einem leichten Schlaf gerissen. Ein unangenehmes Brummen, das zunehmend lauter wurde und in ein monotones Rauschen überging. Im Moment des Aufwachens hatte sie an einen Albtraum gedacht, aber es war kein Albtraum. Sie war immer noch hier. Ein Fremder hatte sie betäubt, entführt und hergebracht, in dieses dunkle, feuchte Loch. Er hatte ihre Hände hinter dem Rücken gefesselt und ihren Mund mit Klebeband verschlossen, das entsetzlich nach billigem Plastik und Kleber stank und Übelkeit in ihr hervorrief. Sie musste sich stark konzentrieren, um nicht zu würgen oder sich gar zu übergeben, denn das könnte einen qualvollen Tod durch Ersticken bedeuten.

Was hatte er mit ihr vor? Wie lange wollte er sie festhalten? Würde sie jemand finden? Würde überhaupt jemand nach ihr suchen? Sie sehnte sich nach ihrem normalen

Leben, nach einem stinklangweiligen Tag. Nach ihrem trivialen, bedeutungslosen Alltag, der sie oft einfach nur genervt hatte.

Dana war stolz gewesen auf ihre Unabhängigkeit, auf ihre neu gewonnene Freiheit, für die sie so verbissen gekämpft hatte. Nie zuvor hatte sie sich so frei gefühlt wie in den letzten zwei Monaten, und nun war mit einem Schlag alles vorbei. Nun fühlte sie sich ausgeliefert, unfrei und abhängig wie noch nie in ihrem Leben.

Sie war sich sicher, sie würde sterben. Er bräuchte sie nicht einmal mit seinen eigenen Händen zu töten. Wenn ihr Peiniger nicht zurückkäme, würde sie verdursten. Ihr Mund fühlte sich bereits jetzt, nach wenigen Stunden, staubtrocken an. Die Zunge klebte am Gaumen und der künstliche Geruch des Klebebandes machte sie wahnsinnig. Erneut kämpfte sie gegen einen Würgereiz an. Um sich abzulenken und ihre schmerzenden verspannten Arme zu lockern, ließ sie ihre Schultern kreisen. Dabei spürte sie, dass sie dringend auf die Toilette musste. Sie versuchte, nicht daran zu denken, sonst würde der Druck noch stärker werden. Zum ersten Mal in ihrem Leben machte Dana die leidvolle Erfahrung, was es bedeutete, wenn die primitivsten menschlichen Grundbedürfnisse nicht erfüllt wurden.

Glück war früher für sie ein großes Wort, das sie kaum fassen konnte. In diesem Moment bedeutete es für sie nur aufzustehen, frei zu atmen, sich zu erleichtern, zu trinken, zu essen und vor allem nach Hause zu gehen. Einfach die Freiheit zu genießen, die für jeden Menschen selbstverständlich sein sollte.

Sie würde gerne mit jemandem sprechen, eine freundliche Stimme hören, nicht allein sein. Aber sie hatte kein Handy. Er hatte es vom Tisch genommen und eingesteckt, bevor er sie gezwungen hatte, mit ihm das Café zu verlassen.

Tränen stiegen in ihr hoch, aber sie verbot sich zu weinen. Dann würde ihre Nase verstopfen, die Luft würde noch knapper werden, und sie würde in Panik verfallen.

Wann würde man sie vermissen? Ihre Eltern waren es gewohnt, tagelang nichts von ihr zu hören. Inzwischen waren es sogar mehrere Wochen, dass sie sich zuletzt bei ihnen gemeldet hatte. Die Sache mit ihrem neuen Freund war auch nicht fest, auch wenn sie gestern Abend noch miteinander telefoniert hatten. Aber wie sie ihn kannte, würde er sich nun wieder in tagelanges Schweigen hüllen und sich ausschließlich der Musik widmen. Und Kai, ihr Ex-Freund, der sich immer noch Hoffnungen machte? Er war langweiliger, aber auf jeden Fall zuverlässiger als David. Vielleicht hätte sie sich doch nicht trennen sollen. Kai würde mit Sicherheit nach ihr suchen.

Ein Gedanke schoss ihr durch den Kopf. Wenn der Entführer eine Lösegeldforderung stellte, würden ihre Eltern überhaupt zahlen? Geld hatten sie genug, aber ihr Verhältnis war momentan nicht gut. Es hatte Streit gegeben. Sie machten keinen Hehl daraus, dass sie mit Danas Entwicklung und den Entscheidungen, die sie getroffen hatte, nicht einverstanden waren.

Nun rannen doch Tränen aus ihren Augen und benetzten ihr Gesicht, das gleich anfangen würde zu brennen und zu jucken. Schlimmer noch: Die befürchtete Atemnot setzte ein. Minutenlang rang sie nach Luft und stieß dabei entsetzlich röchelnde und würgende Geräusche aus, die ihr selbst Angst machten. Sie fokussierte sich, um sich an Meditationstechniken aus dem Yoga zu erinnern. Wie ein Mantra spulte sie gedanklich wieder und wieder die erlernten positiven Glaubenssätze ab. Sie rief sich ihren letzten Urlaub ins Gedächtnis, den ersten und einzigen Urlaub mit David, dachte voller Sehnsucht an ihn, obwohl sie ihn eigentlich nicht liebte.

Aber es kam jetzt nur darauf an, positiv besetzte Bilder in ihrem Kopf heraufzubeschwören.

Tatsächlich verspürte sie bald etwas Linderung und bekam wieder mehr Luft. Sie erinnerte sich daran, wie sich der warme Sand unter ihren Füßen angefühlt hatte, spürte das weiche Strandtuch, auf dem sie mit David gelegen hatte, Hand in Hand, um sich herum Hawaii-Sonnenschirme aus Reisstroh. Sie nahm den Geruch nach Sonnenmilch und Kaffee wahr, hörte die Brandung des Meeres, Stimmen anderer Urlauber, das Lachen der Kinder beim unbeschwerten Spiel, sah die Sonne am Horizont in roten Farben untergehen, beobachtete Yachten, die mit feiernden Menschen an Bord und Lichterketten in Küstennähe dümpelten, sah bunte Cocktails in abendlich beleuchteten Strandbars. In Strandbars. In einer Strandbar. Und erneut begann ihr Herz zu rasen. Das letzte Bild mit den bunten Cocktails brachte sie in die Gegenwart zurück. Sie war nicht in Spanien, sie war wieder auf Juist in diesem Strandcafé, in dem plötzlich Blut spritzte, viel Blut.

Sie war wieder in der Gegenwart, spürte Schmerzen am ganzen Körper, ihr brennendes Gesicht und ihre pelzige Zunge, die am Gaumen klebte. Sie hörte das unangenehme Brummen einer Maschine, ekelte sich vor dem Geruch nach Kleber und spürte unter sich den kalten Boden. Sie fürchtete sich vor einer Blasenentzündung, denn das würde bedeuten, dass sie Medikamente bräuchte, die er ihr besorgen müsste. Ohne Antibiotika ging sie bei ihr meistens nicht weg.

Und wieder meldete sich ihre übervolle Blase, die durch die Kälte des Betonbodens zusätzlich gereizt wurde.

Als sie nach einer Weile langsam etwas ruhiger wurde, überlegte sie, wo er sie hingebracht haben könnte. Sie waren mit einem ruckeligen Gefährt ein gutes Stück aus der Inselmitte herausgefahren. An den intensiven Geruch von Pferden konnte sie sich erinnern, aber nicht daran, mit einer Kutsche gefahren zu sein. Sie glaubte, dass sie ein leises Motorengeräusch wahrgenommen hatte. Also könnte es sich um ein Lasten-E-Bike gehandelt haben. Aber warum hatte es dann nach Pferden gerochen? Nach der unbequemen Fahrt hatte er sie hochgehoben und in ein Haus getragen. Sie wusste es noch, erinnerte sich aber nicht mit klarem Verstand, sondern eher undeutlich. Ihr Zustand glich dem eines soeben aus einer Narkose erwachten Patienten.

Voller Ungeduld und Angst wartete sie auf seine Rückkehr.

Als Swantjes Handy klingelte, saß sie mit ihrer Tochter beim Mittagessen im IKEA-Restaurant.

»Hallo«, sagte sie knapp.

»Hey, du hast angerufen«, meldete sich eine männliche Stimme. »Ich freue mich, lange nichts mehr von dir gehört!«

»Ich von dir auch nicht«, sagte Swantje. »Warum ist es so laut bei dir, Henry, wo bist du?«

Vor Aufregung bekam sie rote Wangen. Mit Henry Olsen, dem sympathischen Hannoveraner Kollegen vom niedersächsischen LKA, hatte sie seit Wochen nicht mehr gesprochen, seit sie auf Borkum zusammen in einem Mordfall ermittelt hatten.

Sie mochte seine Stimme. Sie war warm, tief, kraftvoll, aber nie zu laut.

»Ey, stell dir vor, ich alter Sack treibe mich auf einem Festival rum. Uriah Heep ist der nächste Act. Kennst du die Jungs noch? Da kommen Jugenderinnerungen hoch, sage ich dir. Schulfeten, bei denen es richtig abging, Headbangen mit langen Haaren, Luftgitarre. Junge, was haben wir abgerockt! Geile Zeit damals.«

»Wacken?«

»Was sonst?«, brüllte Henry ins Mobiltelefon gegen den Lärm an. »Das beste Festival ever! Wo auch immer du gerade bist, du solltest hier sein!«

»Geht nicht, ich soll nach Juist.«

»Wüst? Nein, alles gesittet.« Er lachte schallend. »Sind alles brave Leute hier, olle sympathische Rocker wie meine Wenigkeit, no Drugs, nur Rock 'n' Roll und bisschen Bier, ich schwöre!«

»Gönn dir!« Sie lachte herzlich. »Mein Chef hat vorhin angerufen. Er winkt mit einem neuen Fall.«

»Es hallt? Nein, ich höre dich gut. Aber warte, Swantje … Ich gehe mal eben woanders hin, wo ich dich besser verstehe.«

Sie wartete geduldig. Der Lärm im Hintergrund wurde langsam leiser. Nun war er lediglich noch gedämpft zu hören.

»Alles klar«, sagte er dann auch. »Leg los, Swantje!«

»Hörst du mich? Ich soll nach Juist«, sagte sie betont, weil sie nicht sicher war, ob er sie verstand. »Tatort ist ein Strandcafé. Ich soll hin und ermitteln!«

»Ach so, Juist«, dröhnte er in ihr Ohr und lachte herzlich. »Na super, Juist im Sommer ist doch der Burner! Weiße karibische Sandstrände, wunderbare unberührte Dünenlandschaften, Krintstuuten und Tee, ich will auch, nimm mich mit!«

»Eigentlich wollte ich dich gerade das jetzt fragen. Du willst auch? Das wäre wundervoll!«

»Äh … tut mir leid«, sagte er zerknirscht. »Wirklich, Swantje, wie oft habe ich an unsere gemeinsame Zeit auf Borkum gedacht und daran, wie schön es wäre, mal wieder mit dir zusammen in einem Fall zu ermitteln, und jetzt ergäbe sich die Möglichkeit, aber hey, Wacken ist nur einmal im Jahr. Heute kommen noch Bands, auf die ich mich freue.

Nightwish zum Beispiel. Und Metallica. Hach ja, Metallica. Alte Zeiten, Mensch.«

»Kein Problem«, sagte sie, »ich verstehe dich ja. Im Herzen bist du ein Rocker, ich weiß.« Ein liebenswerter, fügte sie gedanklich hinzu. Sie wünschte ihm noch ein erlebnisreiches Wochenende und legte auf. Gut, dass er ihren enttäuschten Gesichtsausdruck nicht sehen konnte.

Schritte auf der Treppe. Sie schlurften, als habe derjenige Probleme mit dem Gehen. Eine Tür, die entriegelt und dann mit Schwung aufgestoßen wurde. Das Dröhnen, das Dana an den Sound einer Propellermaschine erinnerte, wurde lauter.

Sie wagte kaum zu atmen. Das Quietschen der Tür, als sie zugezogen wurde. Der feine Geruch nach Rasierwasser und ganz leicht nach Nikotin. Essensgeruch, aber sie könnte sich auch täuschen. Sie hatte mal gelesen, dass Hunger und Durst Halluzinationen auslösen konnten. Allerdings lag ihre letzte Mahlzeit noch nicht allzu lange zurück; es war mehr die Angst, nichts mehr zu bekommen.

Schritte, die näher kamen, ein tiefes Räuspern aus einer Männerkehle. »So, ich bin wieder da!«, rief er überflüssigerweise. Sie wusste nicht, ob sie sich darüber freuen sollte. Ihr Leben hing von ihm ab, deswegen musste er zurückkommen, auch wenn sie jeden anderen Menschen lieber um sich hätte als ihn.

Als er nur noch zwei Meter von ihr entfernt war, hatte Dana das Gefühl zu ersticken. Ihr Herz klopfte zum Zerspringen. Plötzlich war er bei ihr und riss ihr mit einem Ruck das Klebeband vom Mund. Sie war auf den Schmerz nicht gefasst gewesen und stieß einen spitzen Schrei aus.

Er zeigte sich unbeeindruckt. »Du hast bestimmt Kohldampf«, sagte er schroff. »Ich habe was zu mampfen dabei, du bekommst gleich was.« Er griff hinter den Stahlpfosten, friemelte an ihren Armen herum und zerschnitt kraftvoll die Fesseln an ihren Handgelenken. Sofort schoss das gestaute Blut hinein. Sie rieb sich die tauben Arme, die sogleich zu brennen begannen.

Als Dana den Kopf leicht nach rechts drehte, sah sie das Messer in seiner Hand. Er war also bewaffnet und somit höchst gefährlich.

Dana versuchte, ihre Angst zu verdrängen und ihrer Stimme Kraft zu verleihen.

»Was auch immer Sie von mir verlangen, ich werde kooperieren«, sagte sie schnell. »Ich habe nicht vor, Sie anzuzeigen, das müssen Sie mir glauben«, sagte sie so laut und deutlich wie möglich, merkte aber, dass sie trotzdem unsicher und ängstlich klang.

Ihr Peiniger ließ ein übertriebenes Lachen ertönen, das sie aus dem Konzept brachte. Machte er sich über sie lustig?

»Okay, wir werden sehen«, sagte er und reichte ihr einen Becher.

»Was ist das?« Sie schnupperte, hielt einen Finger hinein und leckte ihn ab. Kaltes Wasser, vermutlich ohne Kohlensäure. Hoffentlich hatte er nicht wieder etwas hineingetan.

»Ich denke, du hast Durst, da fragt man doch nicht, was man bekommt!«

Er hatte recht, der Durst war zu groß. Sie trank vorsichtig, darauf bedacht, sich nicht zu verschlucken. Das kühle Wasser tat gut; noch nie in ihrem Leben hatte ihr Wasser so gut geschmeckt.

Im Hintergrund vernahm sie nun ein leises raschelndes Geräusch, als ob ein Karton geöffnet werden würde. Und dann duftete es himmlisch nach Pizza. Erst jetzt spürte sie, wie groß ihr Hunger tatsächlich war.

»Darf ich Sie um einen Gefallen bitten?«, hörte sie sich selbst sagen. »Ich müsste ganz dringend zur Toilette.«

»Soso, du willst also auf den Pott. Okay, aber dafür musst du etwas für mich tun.«

»Und was?« Ihr Herz klopfte rasend.

»Ich möchte deine Kette haben.«

»Bitte, was?« Sie griff sich an die Halskette. Es war ein Lederband mit einem blau-weißen Anhänger aus Keramik. Sie hatte das Schmuckstück in einer Töpferei auf Juist entdeckt. David hatte sie ihr bei seinem Besuch hier zum Abschied geschenkt. Sie war gerührt gewesen und hatte sich über das Geschenk gefreut, auch wenn ihre Gefühle David gegenüber inzwischen etwas abgekühlt waren.

Er streckte seine Hand aus. »Gib sie mir!«

»Wozu?«

»Frag nicht. Ich will sie haben.«

Verwundert riss sie die Augen auf. Was wollte er mit der Kette? Sie einer anderen Frau schenken? Sie fand den Gedanken absurd, war sich aber darüber bewusst, dass es keinen Sinn hatte, sich ihm zu widersetzen.

»Leg die Kette ab.«

Dana zog den Anhänger ihrer Kette nach hinten in den Nacken, sodass nur noch das schwarze Lederband sichtbar war. Sie hielt seinem Blick stand, wusste aber, dass es nur ein oder zwei Sekunden dauern würde, bis er die Kette in seinem Besitz hatte.

»Ich möchte, dass du …« Er brach ab, weil das Rauschen, das sich wie ein Motorflugzeug anhörte, plötzlich lauter wurde.

»Moment mal«, sagte er, »bin gleich wieder da. Ich muss mal eben was überprüfen. Mach keine Dummheiten, Mädchen«, warf er noch hinterher, »verhalte dich ruhig und vernünftig. Solltest du auch nur einen einzigen Fluchtversuch unternehmen oder anfangen zu schreien, muss ich dich leider töten.«

Aufgewühlt ließ Swantje ihr Handy in ihre Tasche fallen.

Henry und sie waren nicht nur beruflich zu einem Team zusammengewachsen, auch menschlich hatte die Chemie gestimmt. Sie mochte Henry, fand ihn klug und interessant und hätte ihn gerne wiedergesehen. Aber er hatte sein eigenes Leben in Hannover, sorgte sich um seine Tochter, die sich oft selbst das Leben schwer machte. Zudem musste er sich häufig um seine zwei kleinen Enkel kümmern, für die er sich verantwortlich fühlte, weil seine Tochter Pia seiner Meinung nach noch nicht wirklich erwachsen war.

Swantje hingegen hatte ihr Leben in Osnabrück, ihre Freunde und Bekannten und ihre Tochter Insa, an der sie sehr hing. Schade, dachte sie laut. Vielleicht ergab sich irgendwann eine weitere Möglichkeit der Zusammenarbeit, wenngleich Morde auf Nordseeinseln glücklicherweise die ganz große Ausnahme waren – auch wenn die zahlreichen Nordseekrimis in den Inselbuchhandlungen etwas anderes behaupteten.

Ihre Gedanken wanderten zu Holger. Hätte sie um ihre Ehe kämpfen sollen, als es noch nicht zu spät war? Sie hatte die Vorboten für die Trennung deutlich wahrgenommen und doch nie das Gespräch mit ihm gesucht. Sie hatte es einfach laufen lassen. Natürlich hatte sie wahrgenommen, dass er immer schweigsamer wurde, sich in sich zurückzog und nicht mehr an ihrem Leben teilnahm. Er zeigte kaum noch Interesse an ihr, stellte keine Fragen mehr, weder zu ihrem Beruf noch zu dem, was sie bewegte. Auf der anderen Seite musste sie zugeben, dass sie ihre Freiheit manchmal genossen hatte. Sie konnte gut allein sein und fand es schön, hin und wieder etwas allein zu unternehmen oder auch mal mit einer Freundin oder ihrer Tochter in den Urlaub zu fahren. Das, was sie lange Zeit an Holger geschätzt hatte – nämlich, dass er nicht so klammerte wie andere Männer und sie in Ruhe ließ, wenn sie Ruhe brauchte –, hatte später zum Zerwürfnis geführt, weil sie viel zu wenig miteinander gesprochen und viel zu selten etwas miteinander unternommen hatten. Irgendwann hatte sich die andere Frau in sein Leben geschlichen, und sie hatte es zu spät bemerkt und dann sogar hingenommen, weil sie mittlerweile zu müde gewesen war zu kämpfen. Aus der Affäre wurde eine Beziehung, die schnell in eine Lebensgemeinschaft mündete.

Tief seufzend nahm sie sich vor, in den nächsten Tagen nicht an Holger zu denken, sondern sich ausschließlich auf den Fall zu konzentrieren. Die Kollegen von der Juister Polizeiwache hatten angedeutet, dass im Zusammenhang mit dem Tötungsdelikt eine junge Frau verschwunden war, die möglicherweise etwas mit der Tat zu tun hatte. Eine erste Spur, der sie in den nächsten Tagen nachgehen würde.

Insa kam von der Restauranttoilette zurück. Sie müssten sich jetzt ein wenig beeilen, denn sie wollten die ausgesuchten Möbel aus dem Hochregallager holen, und Swantje brauchte genug Zeit zu Hause, um sich auf ihre Reise nach Juist vorzubereiten.

»Ich muss heute noch packen«, sagte sie.

»Schon wieder ein Mord?«

»Ja, diesmal auf Juist«, bemerkte Swantje seufzend.

»Dürfte schnell gehen mit dem Packen«, meinte Insa.

»Wie meinst du das?«

»Na, du hast doch nur blaue Sachen. Das merkt eh keiner, wenn du jeden Tag das Gleiche anhast.«

»Nicht nur blaue Sachen.«

»Doch, fast ausschließlich.«

»Nur heute«, sagte Swantje und sah an sich runter. Dunkelblaue Jeans, blauer Baumwollpulli mit weißen Streifen an den Ärmeln. »Aber du hast recht. Lass uns noch etwas bleiben. Wir sitzen viel zu selten zusammen.«

Der Entführer hielt zwei Pizzakartons in seinen großen Händen. »Rate, was drauf ist«, rief er, und seine Stimme klang plötzlich weicher und freundlicher.

Dana wollte nicht, dass die Stimmung wieder kippte, und spielte mit. »Schinken«, riet sie, »Oliven und Artischocken?«

»Fast. Statt Schinken Salami, statt Oliven Champignons, aber Kompliment, dass du die Artischocken erraten hast.«

Er hockte sich ihr gegenüber in den Schneidersitz und öffnete nun seinen eigenen Pizzakarton. Beide aßen, bis sie es nicht mehr aushielt.

»Gibt es hier irgendwo eine Toilette?«, erinnerte Dana ihn an ihre Bitte. Mittlerweile war der Druck in ihrer Blase fast schmerzhaft. Sie hatte das Gefühl, gleich zu platzen, wenn er ihr nicht endlich zeigen würde, wo sie sich erleichtern konnte.

»Klar«, sagte er. »Du kannst mehrmals am Tag gehen, aber natürlich nicht allein. Ich versuche, viermal täglich vorbeizukommen, reicht dir das? Ich könnte dir auch einen Eimer hinstellen.«

»Ein Eimer wäre nicht die schlechteste Idee«, sagte sie.

Sie war verblüfft, dass er plötzlich so nett zu ihr war und offenbar nun keine Gegenleistung mehr von ihr forderte, nicht einmal die Herausgabe der Kette, die sie immer noch trug. Und dann folgte sie ihm mit wackeligen Beinen die Kellertreppe hinauf.

KAPITEL 7

Sonntag, 4. August, 10.15 Uhr

Als Swantje Brandt bei strahlendem Sonnenschein das Schiff über die Gangway verließ, konnte sie trotz der Umstände, die sie nach Juist geführt hatten, das vorfreudige Prickeln nicht ignorieren. Sie war wieder am Meer – ein herrliches Gefühl, das sich nach Heimat anfühlte, nach Freiheit und Geborgenheit zugleich. Immerhin hatte sie ihre Kindheit und fast ihre gesamte Jugend auf Borkum verbracht, weil ihr Vater als Inselpastor auf Borkum gewirkt hatte. Leider hatte es ihre Eltern einige Jahre später nach Frankfurt zurückgezogen, wo sie herstammten. Swantje hatte sehr unter dem Umzug gelitten. Als Teenager musste sie nicht nur ihre Clique und ihre Schule, sondern auch ihren Freund zurücklassen. Sie hatten sich nie wiedergesehen.

Aber auch die kleineren Inseln gefielen ihr sehr. Die Ankunft auf Juist fühlte sich heimelig an. Nicht nur auf dem Schiff, auch am Hafen und am Kurplatz mit dem Musikpavillon, an dem sie mit ihrem Trolley wenig später vorbeikam, pulsierte das Leben. Das Kurorchester spielte eine bekannte schwungvolle Melodie, und fast jeder Stuhl war mit Urlaubern besetzt. Auf dem Schiffchenteich ließen Kinder ihre Boote fahren – manche batteriebetrieben, andere mithilfe einer Schnur, mit der sie sie durchs Wasser zogen. Swantje erinnerte sich daran, dass sie sich als Zehnjährige von ihrem Taschengeld so ein Boot gekauft hatte. Es war ein aufblasbares knallrotes Gummiboot mit einem weißen Mast gewesen und hatte herrlich nach Plastik gerochen.

Als ein Pferdegespann an ihr vorbeiruckelte, sprang sie zur Seite. Kein ungewöhnlicher Anblick hier, da sie sich auf einer autofreien Insel befand. Der Geruch nach Pferden gehörte zu Juist wie der Geruch nach Salz und Meer.

Ihr Weg führte sie direkt zur Polizeiwache in die Carl-Stegmann-Straße, einem älteren, rot geklinkerten Gebäude. Davor standen zwei Diensträder mit E-Antrieb. Es roch nach frisch gemähter Wiese. Einzelne Halme lagen auf dem Weg. Hinter dem Zaun blühten Heckenrosen. Die Kollegen von der Wache hatten ihr versprochen, sich um eine Übernachtungsmöglichkeit zu kümmern. Sie hoffte, dass sie erfolgreich gewesen waren, denn in der Hauptsaison war Juist eigentlich ausgebucht.

Auf der Wache wurde sie herzlich begrüßt. Sebastian Jonker, der bärtige rothaarige Polizist, den sie schon vom letzten Fall kannte, gab ihr die Hand und bot ihr einen Platz in der Besucherecke an. Für die nächsten zwei, drei Minuten betrieben sie Small Talk. Auch der andere Kollege, der sich zu ihnen gesellte, schien nett zu sein. Ein gut aussehender Mittdreißiger, der sich mit dem Namen Marvin Gissemann vorstellte. Die Lachfältchen um seine Augen herum machten ihn sympathisch.

»Kaffee, Frau Brandt?«, bot Marvin freundlich lächelnd an.

Swantje nickte dankbar. Auf eine Tasse Kaffee hatte sie gehofft. Aber Sebastian war schneller und hatte schon die Kanne in der Hand. »Wenn ich mich recht erinnere, mit viel Milch und wenig Zucker?«

»Mit wenig Milch und ohne Zucker bitte«, sagte Swantje augenzwinkernd.

»Typisch ich«, entschuldigte sich Sebastian, »solche Details habe ich mir noch nie gut merken können.«

»Das hast du gesagt!«, dröhnte ein weiterer Kollege im Hintergrund. Er kam direkt auf sie zu und streckte ihr einen tätowierten Arm entgegen. »POM Torben Dankwort«, sagte er.

Swantje griff zu und bereute es sofort. Sein Händedruck war so hart und fest, dass sie kurz aufjaulte und ihre schmerzende Hand ausschüttelte. Nie wieder würde sie dem Polizeiobermeister zur Begrüßung die Hand reichen, nahm sie sich vor. »Fester Händedruck«, zischte sie mit zusammengepressten Lippen.

Torben lachte. »Ja, das wird mir nachgesagt«, gab er zu. »Von daher rührt wahrscheinlich mein Spitzname, Michelin-Männchen.« Er sagte das nicht ohne Stolz. Swantje musste zugeben, dass der Name ausgesprochen passend war: kleiner, fast kahlköpfiger Kopf, kurzer starker Hals, breite Schultern, muskulöser Oberkörper, trainierte Oberarme.

Sebastian Jonker fühlte, ob der Kaffee noch warm genug war. »Ich könnte neuen machen«, sagte er wenig überzeugend.

»Lassen Sie nur, ich trinke ihn auch lauwarm. Mir ist nur wichtig, dass wir gleich zur Sache kommen. Ich möchte auf Juist keine Wurzeln schlagen. Was weiß man schon über das Umfeld der Toten? War sie verheiratet? Hatte sie Kinder?«

»In Trennung lebend, keine Kinder«, antwortete Marvin.

»Verwandte auf der Insel?«

»Soweit uns bekannt ist, nicht. Wir haben Nachbarn befragt und uns in anderen Gastronomiebetrieben in der Nähe umgehört. Der Mann, mit dem sie noch verheiratet ist, aber in Trennung lebt, führt ein zurückgezogenes Leben auf einem Pferdehof. Sie wissen ja, es gibt jede Menge Pferde hier auf der autofreien Insel. Susanne Flemming hatte nicht viel damit am Hut. Sie war wohl auf einen Neuanfang aus. Aber viel ist über sie nicht bekannt, außer dass sie seit gut drei Jahren ein Strandcafé auf Juist betrieb und in einer Wohnung über dem Café wohnte. Sie galt als freundlich und umgänglich, aber auch als etwas eigenbrötlerisch. Viele Freunde hatte sie wohl nicht.«

»Die Boje 8 war ihr Café, wurde mir am Telefon gesagt.«

»Ja, die Boje 8, in Strandnähe.«

»Ich würde mich gern bald etwas frisch machen. Haben Sie eine Unterkunft für mich besorgt?«

»Na sicher. Eine super Ferienwohnung, alles drin, alles dran. Da würde ich glatt mit meiner Familie einziehen. Sie können sich glücklich schätzen.«

»Ist sie einigermaßen zentral?«

Marvin lachte. »Was denken Sie denn – dass wir Sie aufs Land schicken? Ach was, Sie können alles bequem zu Fuß erreichen oder mit dem Fahrrad. Gleich kommt noch jemand vom LKA, der uns hier auf Juist unterstützen wird. Keine Ahnung, wen sie schicken, ist mir auch gleich. Hauptsache, wir finden den Täter schnell, damit wir wieder in Ruhe unsere Arbeit machen können.«

»Wie sieht die denn aus, die Arbeit in Ruhe?«, wollte Swantje wissen.

»Ach, viel bürokratischer Kram wie überall«, gab Marvin Gissemann zu, »Internetkriminalität, Betrugsmasche bei Senioren, Fahrraddiebstahl, auf Streife gehen und die lieben Urlauber darauf hinweisen, dass man nicht überall Fahrrad fahren darf, dass ihre Vierbeiner an die Leine müssen und dass der Müll in die dafür vorgesehenen Behälter gehört, selten auch mal handfeste Streitigkeiten. Das war's eigentlich schon.«

»Tut gut«, sagte Swantje und nippte an dem lauen Kaffee. Torben Dankwort hatte ihr eingeschenkt und einen ordentlichen Schwall Dosenmilch reingekippt, was sie gar nicht mochte.

»Gewaltdelikte in jeglicher Form sind zum Glück selten. Wir sind jedenfalls froh, dass Sie es sich einrichten konnten, uns zu unterstützen, Frau Brandt. Sind Sie gut hergekommen?«

»Sehr gut«, sagte Swantje.

»Wir haben Sie früher erwartet. Ihr Chef hatte sie schon für gestern angekündigt. Sie würden den Flieger nehmen, hat er gesagt.«

»Es hat sich dann doch anders ergeben«, bedeutete Swantje in einem Ton, der keine Rückfrage duldete. Sie hasste Fliegen, litt unter starker Flugangst, aber das wussten nur wenige Personen in ihrem Umfeld.

»Hauptsache, Sie sind da«, sagte Sebastian und erntete ein dezentes Augenrollen von Marvin.

»Sie erwähnten am Telefon, im Zusammenhang mit dem Mord sei eine junge Frau verschwunden«, kam sie zur Sache.

Sebastian Jonker räusperte sich. »Genau, eine Studentin. Ihr Freund hat sie vor zwei Stunden online als vermisst gemeldet. Sein Name ist David Ringwald. Er macht sich Sorgen, weil er seine Freundin nicht erreichen kann. Ihr Handy sei seit letzter Nacht ausgeschaltet. Wir haben das natürlich überprüft. Es ist tatsächlich so. Zuletzt war das Handy in einem Funkmast in der Nähe der Boje 8 eingeloggt. Die Studentin hat dort seit mehreren Wochen gejobbt. Seit Mitternacht ungefähr ist ihr Handy aus. Warten Sie, ich habe ein Bild von ihr.«

Er wischte mit seinem Daumen auf dem Display seines Handys und zeigte ihr dann das Foto einer jungen Frau mit langen dunklen Haaren, die an den Seiten und unter dem Deckhaar kobaltblau gefärbt waren. Sie wirkte ungeschminkt, hatte Sommersprossen und einen Ring in ihrer schmalen Nase. Ihre Kleidung war vollkommen schwarz.

Swantje betrachtete das Foto eingehend. Sie fand die Frau interessant aussehend – ein besonderer Typ, der Selbstbewusstsein und Individualität ausstrahlte. »Was studiert sie?«, wollte sie wissen.

»Jura«, sagte Sebastian und nahm ihr das Handy wieder ab.

»Jura?« Erstaunt blickte sie hoch, sagte aber nichts dazu. Auf keinen Fall wollte sie durchblicken lassen, dass sie bislang ein anderes Bild von einer Jurastudentin gehabt hatte. Und dabei hatte sie sich fest vorgenommen, Menschen nicht mehr in Kategorien einteilen zu wollen.

»Derzeit ist sie unauffindbar«, fuhr Sebastian fort. »In der Pension, in der sie wohnt, ist sie seit Freitagnachmittag nicht mehr aufgetaucht.«

»Dann könnte es doch sein, dass sie die Person ist, die in der Nacht den Notruf abgesetzt hat, von dem Sie erzählt haben«, bemerkte Swantje.

»Ja sicher, es ist auch sofort eine Streife losgeschickt worden. Da der Anruf aber nur sehr ungenau über den Funkmast geortet werden konnte, konnten wir das Lokal zu diesem Zeitpunkt leider nicht ausfindig machen.«

»Was ist mit den Eltern?«

»Wir haben bereits Kontakt zu ihnen aufgenommen. Sie haben ausgesagt, dass sie seit Wochen nichts mehr von Dana gehört haben. Sie sind in großer Sorge und möchten auf dem Laufenden gehalten werden.«

»Wie heißt die Studentin weiter?«

»Dana Weghorst.«

»Könnte es sein, dass sie inzwischen wieder auf dem Festland ist?«

»Nein, ausgeschlossen. Wir haben das überprüft. Sie muss sich noch auf der Insel befinden. Wir haben das Foto von ihr mit Aufnahmen der Überwachungskameras auf den Fähren verglichen. Kein Treffer.«

»Und wenn sie den Flieger genommen hat?«

»Nein, ausgeschlossen. Auch da gibt es keine Übereinstimmung. Niemand hat sie gesehen. Außerdem haben wir die Passagierlisten aus den letzten Stunden ebenfalls schon ausgewertet. Und wir haben Dutzende Befragungen in der Nachbarschaft des Lokals durchgeführt. Sie befindet sich definitiv noch auf der Insel.«

»Haben Sie Meldung gemacht bei der Wasserschutzpolizei?«, wandte sich Swantje an Marvin.

Der guckte etwas verständnislos. »Ja … nein … mache ich gleich.«

»Wegen der unklaren Lage hätten Sie dies sofort veranlassen sollen«, warf Swantje ihm vor. »Schließlich sind Sie der Stellvertreter von Meinert Richter, wenn ich das richtig verstanden habe.«

»Ja, natürlich ist das so.«

»Warum dann Ihr Zögern? Ich verstehe das nicht.«

»Wissen Sie, was das bedeutet?«, fuhr er aus der Haut. »Es müssten um die Tausend Personen kontrolliert werden, die die Fähren zum Festland benutzen. So viel Personal haben wir nicht. Wir sind aber bemüht. Wir haben weitere Kollegen vom Festland angefordert.«

»Vergessen Sie nicht die Privatjets und die Privatschiffe. Außerdem müssen die Personalien der Besatzungsmitglieder kontrolliert werden.«

»Wir haben alles unter Kontrolle, aber ich mache denen noch etwas mehr Dampf«, stöhnte Marvin Gissemann und griff zum Hörer.

Während Marvin telefonierte, wandte sich Swantje an Sebastian Jonker. »Wo war Dana Weghorst zuletzt untergebracht?«, wollte sie wissen.

»In einer kleinen Pension im Ostland. Dort hat sie ein Mansardenzimmer bewohnt. Wobei – eine richtige Pension ist das nicht. Eher ein kleines Haus mit Fremdenzimmern im Obergeschoss, wie es früher auf den Inseln üblich war.«

»Gab es schon einen Ortstermin?«

»Nein, das wäre jetzt bitte Ihre Aufgabe«, sagte Marvin

Gissemann, der auf die Antwort der Wasserschutzpolizei wartete. Er gab ihr die Adresse.

»Kommen wir zum Opfer. Sie sagten, die Tote sei verheiratet gewesen. Was ist mit dem Ehemann, wurde er schon benachrichtigt?«, wollte Swantje Brandt wissen.

»Wir waren sogar mit dem Pastor da«, sagte Sebastian Jonker, »um ihm so schonend wie möglich die Nachricht vom Tod seiner Nochfrau zu überbringen, aber leider haben wir Hans-Joachim Flemming, genannt Hajo, nicht angetroffen. Er hat auf Juist einen Reiterhof mit Fuhrgeschäft. In den letzten Wochen soll es oft Streit mit seiner Frau gegeben haben. Sagen die Nachbarn. Kein Wunder, schließlich lebten die beiden wie gesagt in Scheidung.«

»Gibt es auch Hinweise auf einen Streit mit der Jurastudentin, die bei Susanne Flemming gejobbt hat?«, wollte Swantje wissen.

»Wie meinen Sie das?«

»Na ja, es könnte doch sein, dass sie etwas mit dem Mord zu tun hat und deshalb weggelaufen ist.«

Torben Dankwort hörte auf zu tippen. »Sie glauben, dass sie sich deswegen versteckt hält? Nun ja, denkbar wäre es.«

»Ohne näher in den Fall eingestiegen zu sein, war das sogar mein erster Gedanke«, sprach Swantje weiter. »Ein großer Streit zwischen der Strandbudenbesitzerin und ihrer Aushilfe, das Mädel verlangt vielleicht plötzlich mehr Geld, zu viel Geld, oder hat etwas aus der Kasse genommen und wurde erwischt. Frau Flemming hat damit gedroht, sie auffliegen zu lassen und die Polizei zu rufen. Da ist die junge Dame völlig ausgetickt.«

»Ach, und wie kommt das Mädel Ihrer Meinung nach an eine Schusswaffe?«

»Vielleicht hatte sie Kontakte. Was ist mit ihrem Freund? Wurde der schon überprüft?«

Torben Dankwort schüttelte den Kopf. »Wir stehen noch ganz am Anfang.«

»Okay. Weiß man schon, mit wem Dana sich auf der Insel in ihrer Freizeit getroffen hat?«

Torben wirkte nachdenklich. »Eine Möglichkeit, tatsächlich«, sagte er. »Jemand könnte sie mit der Waffe versorgt haben. In dem Fall wusste sie, wie man damit umgeht. Vielleicht war sie im Schützenverein. Wir werden das überprüfen.«

»Irgendwo muss man ja ansetzen. Was war denn Ihre Intuition?«

»Der Nochehemann des Opfers, also Hajo Flemming. Ein Riesenstreit im Rahmen der anstehenden Scheidung. Es ging wie in vielen Fällen um Geld, in diesem Fall vermutlich um sehr viel Geld. Sie wissen schon, der Reiterhof, Immobilien auf der Insel. Ein Gezerre ohne Ende. Aber auch Ihre Version könnte stimmen«, sagte er nachdenklich.

Swantje trank ihren Kaffee aus. »Woher wissen Sie überhaupt, dass die Eheleute in Scheidung lebten?«

»Es wird erzählt. Hier auf der Insel weiß man viel voneinander.«

»Aber sonst wissen Sie nicht viel über die Tote?«

»Nein. Ich kannte sie nicht. Meine Kollegen auch nicht. Höchstens vom Sehen.«

»Die Juister treffen sich woanders«, sagte Marvin, der mit seinen Telefonaten fertig war. »Die Boje 8 ist eher so ein Touricafé. Wer weiß, ob die Frau überhaupt von der Insel stammt. Ich denke eher, nicht. Der Name ist zumindest kein einheimischer Name.«

Swantje schaute ihn zweifelnd an. Keiner der Kollegen schien die Tote vorher persönlich gekannt zu haben. Obwohl sie auf der anderen Seite betonten, dass auf Juist jeder jeden kennt. Ein Dorf eben.

»Ich werde mich in dem Strandcafé umschauen«, sagte sie. »Und vielleicht könnten Sie, Herr Gissemann, in der Zwischenzeit noch einmal nach dem Ehemann der Getöteten sehen? Möglicherweise ist er inzwischen wieder zu Hause«, schlug Swantje vor.

»Auf dem Reiterhof?«

»Ja, sagten Sie nicht gerade, Hajo Flemming bewirtschafte einen Reiterhof? Dann wird das auch sein Zuhause sein, nehme ich an.«

»Ja, schon. Aber das möchte ich gerne an Sie weitergeben. Ich stecke gerade an einer Arbeit fest, die ich erst einmal zu Ende bringen muss.«

Swantje seufzte. »In Ordnung, ich verstehe Sie, ich übernehme das. Doch vorher würde ich gern mein Gepäck abstellen.«

»Kein Problem. Ihre Unterkunft ist fußläufig zu erreichen. Sie brauchen weniger als zehn Minuten, selbst wenn Sie schleichen.«

»Wo bekomme ich den Schlüssel?«

Marvin öffnete seine Schreibtischschublade. »Wir haben ihn bereits bei der Agentur abgeholt«, sagte er grinsend. »Es ist alles fertig, auch die Betten sind frisch bezogen.«

»Die Betten?«

»Es sind zwei Zimmer«, erklärte der Juister Kollege schmunzelnd. »Sie müssen nur knobeln, wer das größere bekommt.«

Swantje konnte die Enttäuschung auf ihrem Gesicht nicht verbergen. »Ich dachte, ich wäre für mich allein.«

»Wir haben alles gegeben, glauben Sie mir. Aber unmöglich. Wir waren froh, überhaupt noch eine freie Wohnung zu bekommen. Ganz Juist ist ausgebucht. Niedersachsen und Nordrhein-Westfalen haben gleichzeitig Sommerferien, auch die Hessen und Hamburger, die uns gerne besuchen. Dazu kommen Spontanurlauber, die das Bombenwetter nutzen wollen.« Bedauernd zuckte er mit den Schultern.

Swantje hatte genug gehört. »Wer ist meine Mitbewohnerin?«, fragte sie missgestimmt.

»Ein männlicher Kollege. Er dürfte bereits auf dem Weg sein.«

Swantje glaubte, sich verhört zu haben. Keine Privatsphäre in der nächsten Zeit. Ein fremder Mann, mit dem sie die Gemeinschaftsräume teilen musste. Keine Rückzugsmöglichkeit oder wenigstens ein Badezimmer für sich allein. Womöglich Schnarchgeräusche aus dem Nebenzimmer und Bartstoppeln im Waschbecken. »Kenne ich ihn?«, fragte sie mit unbeweglichem Mund wie eine Bauchrednerin.

»Sie werden ihn kennenlernen.«

»Sein Name?« Sie hatte endgültig keine Lust mehr auf Konversation.

Das Telefon klingelte. Marvin hob ab. »Wir sind dran, Frau Weghorst.« Er drehte ihr den Rücken zu. »Ja, ich weiß, Sie machen sich große Sorgen. Verständlich, das würde ich ebenfalls an Ihrer Stelle tun, auch ich habe Kinder. Es ist grausam, wenn man nicht weiß, wo sie sind. Aber Ihre Tochter ist erwachsen und gilt erst seit wenigen Stunden als vermisst. Wir werden Dana finden, das verspreche ich Ihnen. Juist ist nicht sehr groß, das wird schon werden. Wir halten Sie auf dem Laufenden. Alles Gute bis dahin, tschüss, Frau Weghorst.«

Er legte auf.

KAPITEL 8

Trotz des warnenden Blicks seiner Mutter gesellte sich Onno zu zwei Urlauberinnen, die vor einem Berg fangfrischer Nordseekrabben saßen. Sie wollten sich der Herausforderung stellen, die Schalentiere selbst zu pulen, wirkten jedoch ratlos, wie sie es anstellen sollten. Unbeholfen rissen und zupften sie an den rötlichen Panzern herum. Das Ergebnis waren zerrissene Bröckchen, die nicht sehr appetitlich aussahen. Onno Dierken stand dicht an ihrem Tisch und beobachtete sie amüsiert. »Nicht so einfach, was?«

»Boah, watten Shit, ey. Hätte ich das vorher gewusst«, sagte die Dame zu seiner Linken lachend. Onno schätzte sie auf Anfang 50. Sie hatte weißblond gefärbte Haare, die ihr bis zu den Schultern reichten, und eine sportlich schlanke Figur. Ihre leicht faltige Haut war tiefbraun, was bestimmt nicht nur durch den Aufenthalt an der Juister Nordseeluft kam.

Die Freundin stimmte ihr zu. Onno sah genauer hin. Ihm gefielen ihre füllige Figur und die frechen roten Ringellöckchen. Er musste sich zwingen, ihr nicht in den Ausschnitt zu starren, was ihm ausgesprochen schwerfiel, da ihre vollen Brüste kaum Platz in dem knappen Oberteil fanden. Auf jeden Fall war sie eher sein Typ als die große Dürre mit den vergoldeten Creolen im Ohr und dem Schlangentattoo auf dem nackten Oberarm.

»Wir sind beide Krabbenpul-Anfänger«, outete sich die dralle rothaarige Schönheit. »Ich glaube, wir müssen noch mal die Schulbank drücken und unser Ostfriesenabitur nachholen. Ehrgeiz haben wir für zehn! Fertiges Krabbenfleisch zu kaufen, ist keine Kunst. Das bekommen wir auch zu Hause beim Fischwagen auf dem Wochenmarkt.«

Onno lachte. »Ich habe als Kind auch lange gebraucht, bis ich das raushatte«, sagte er. »Ich würde Ihnen gern zeigen, wie man das macht. Darf ich?«

»Aber natürlich«, raunte die braun gebrannte Blonde mit ihrer Reibeisenstimme, die nach unzähligen Zigaretten und dem ein oder anderen Piccolöchen klang, und räumte einen Platz für ihn frei.

Onno schnappte sich eine Handvoll der pieksigen Schalentierchen, schnupperte daran, ob sie frisch waren, und legte die Krabben vor sich auf die Wachstuchtischdecke. Er liebte den würzig frischen Geruch nach Fisch und Meerwasser. »Darf ich ein wenig klugscheißen?«, fragte er und blickte erwartungsvoll von einer zur anderen. »Die Krabben aus der Nordsee heißen eigentlich Langschwanzkrebse oder Granat. Mit Krabben sind im Grunde genommen nur die rundlichen Kurzschwanzkrebse mit den kräftigen Scheren gemeint. Aber der Name Krabbe hat sich inzwischen auch für diese Kollegen hier eingebürgert. Ihre Rotfärbung bekommen sie durch das Kochen direkt an Bord der Fischkutter. Vorher sind sie fast durchscheinend blassgrau. Jetzt zeige ich Ihnen, wie man die Brüder schält. Schauen Sie, Sie müssen sie an den Enden packen. Den Kopf zwischen Daumen und Zeigefinger der einen Hand und den Schwanz mit Daumen und Zeigefinger der anderen Hand. Dann drehen Sie die Enden gegeneinander, so, als wollten Sie ein Bonbon auswickeln. Sie hören an einem Knackgeräusch, wenn der Panzer in der Mitte bricht. Nun können Sie vorsichtig Kopf und Schwanz abziehen. Fertig ist das leckere Krabbenfleisch!« Onno steckte sich die gepulte Krabbe in den

Mund. »Lecker! Schön saftig, da habt ihr einen guten Fang gemacht«, sagte er schmatzend und pulte mit geübtem Dreh gleich zwei weitere recht große Krabben, die er an die Frauen weiterreichte. »Sie glauben nicht, wie lange ich keine Krabben mehr gegessen habe, obwohl ich ein alteingesessener Juister bin. So, und nun Sie, meine Damen! Ich bin gespannt, ob Sie gut aufgepasst haben. Viel Glück!«

Die Frauen versuchten es einige Male, kicherten und witzelten, bis sie es einigermaßen hinbekamen und sich zufrieden eine kleine Handvoll der geschälten Krabben schmecken ließen.

»Wenn Sie wollen, dürfen Sie uns helfen und selbstverständlich mitessen«, sagte die dralle Rotgelockte augenzwinkernd. »Wir haben zwei Liter am Hafen geholt. Also haben wir mehr als genug für uns drei!«

Onno ließ sich nicht zweimal bitten. Sie bildeten drei Haufen, wobei Onno den größten bekam. Die abgezogenen Schalen landeten in einer großen Schüssel. Der Berg aus frischem Krabbenfleisch wuchs und wuchs, obwohl zwischendurch immer wieder genascht wurde. Onno fand einen kleinen Krebs, der aus Versehen auf dem Kutter mitgekocht worden war, und legte ihn der Rothaarigen auf den Kopf. Die sprang kreischend auf und rannte in den Flur, wodurch ihr Busen im getigerten Top nur so hüpfte. Als sie zurückkam, fiel Onno auf, dass er die Namen der Frauen noch gar nicht kannte. Er fragte sie danach und stellte sich selbst vor. Die braun gebrannte Blondine hieß Simone Franz und die pummelige Rothaarige Silke Bönninger.

»Warum haben Sie lange keine Krabben mehr gegessen?«, wollte Simone wissen.

Onno Dierkens Stimmung änderte sich plötzlich. »Ich war verreist«, sagte er ernst. »Weit weg. Eine lange Reise, die mich zu mir selbst geführt hat. Da, wo ich war, gab es leider keine Krabben. Zumindest standen die nie auf dem Speiseplan.«

Die Ferienwohnung auf der Wattseite der Insel war etwas vollgestellt, aber gemütlich, und gefiel Swantje auf Anhieb, jedoch nicht so, wie ihr Kollege sie ihr angepriesen hatte. Stammgast würde sie nicht werden, das war ihr sofort klar. Die Kiefermöbel waren aus den 80er-Jahren und zum Teil fleckig und abgeschabt. Der braune Teppichboden im Wohnzimmer hätte längst gegen einen anderen Bodenbelag ausgetauscht werden müssen. Swantje hielt Ausschau nach einer Spülmaschine, fand allerdings keine. Stattdessen entdeckte sie im beigebraunen Küchenschrank eine Kaffeemaschine, die vom Design her ebenfalls aus den 80ern stammen musste. Jemand hatte drei Filtertüten und eine halbvolle Packung Kaffee dagelassen, auch Salz und Pfeffer. Das verbesserte schlagartig ihre Stimmung, denn damit war ihr Abend gerettet.

Sie sah sich im Schlafzimmer um. Ein altmodisches Doppelbett mit zwei abgeschabten Kieferholz-Nachttischen. Hinter einer weiteren Tür befand sich ein schmales Zimmer mit zwei gegenüberstehenden Einzelbetten, das wohl als Kinderzimmer gedacht war.

Als sie ihren Koffer auspackte und ein paar Pullover in das oberste Schrankfach beförderte, fiel ihr ein, dass der unbekannte Kollege vom Festland jederzeit eintreffen konnte. Sie entschied sich kurzerhand für das Doppelbett und warf ihren Schlafanzug auf das Kopfkissen. So, das Terrain war schon mal markiert. Sollte er ruhig kommen, der Kollege. Er hatte die Wahl zwischen dem schmalen Einzelbett links oder rechts nebenan im Kinderzimmer.

»Wo waren Sie denn, wenn ich fragen darf?«, wollte Silke wissen.

»An einem Ort, den ich nicht empfehlen kann«, sagte Onno nachdenklich. »Aber manchmal verrennt man sich. Nicht immer läuft es glatt im Leben. Hin und wieder zockt man. Man kann gewinnen, aber auch verlieren. Ich habe eine Zeit lang die Loser-Karte gezogen. An dem Ort gab es zu wenig Abwechslung, zu wenig Freunde, zu wenig Frauen. Von allen schönen Dingen zu wenig. Nun ja, hinterher ist man immer klüger.« Er dachte an seine Gefängniszelle, in der er bis vor Kurzem die meiste Zeit seines Tages verbracht hatte. Das Warten auf die Entlassung war ihm so schwergefallen wie als Kind das Warten auf Heiligabend. Aber als es dann so weit war, hätte er am liebsten umgekehrt und sich in seine Zelle zurückbringen lassen. Er hatte Angst gehabt vor der Freiheit, die ihn draußen erwartete, vor der Reizüberflutung, vor der Ungewissheit. Er hatte Angst gehabt vor seiner Mutter.

Die ersten Minuten mit ihr waren herausfordernd gewesen. Sie hatte ihn feindlich angestarrt und ihm einsilbige Antworten gegeben. Im Grunde seines Herzens sehnte er sich nach den engen Strukturen des Gefängnisalltags zurück. So groß war die Angst vor der Zukunft.

Die karge Zelle war im Laufe der Zeit zu seinem Zuhause geworden. Er hatte das Rasseln der Schlüsselbunde zu den Schließzeiten ausgeblendet, die Rufe und Schreie der Mitgefangenen, das Poltern, Weinen und Krakeelen.

Onno Dierken war ein kooperativer Strafgefangener gewesen, das hatten sie ihm im Abschlussbericht bescheinigt. Seine Arbeit als Helfer in der Schreinerei und danach in der Knastküche hatte er – so stand es dort schwarz auf weiß geschrieben – stets zur vollsten Zufriedenheit erledigt. Auch deswegen hatte er zehn Monate früher gehen dürfen.

Während sie Krabben pulten, dachte er an Laura, die inzwischen 18 Jahre alt sein musste. Onno wünschte ihr, dass sie es einmal besser haben würde als er. Eine heile Familie, wie sie sich Onno gewünscht hatte. Verzeihen würde sie ihm nie, dessen war er sich bewusst.

Er hatte ihre Mutter getötet.

»Sie machen ja ein Geheimnis aus dem Ort«, sagte die füllige Rothaarige lachend. »Aber ich glaube, ich möchte da sowieso nicht hin.«

»Nun bin ich ja wieder hier«, beeilte sich Onno zu sagen. »Ich habe meine Reise vorzeitig beendet, als ich merkte, dass sie mir nicht guttat und ich wieder etwas mehr Normalität und Alltag in meinem Leben brauchte. Wenn Sie wünschen, brate ich Ihnen ein Spiegelei zu den Krabben.«

Die beiden Frauen stimmten begeistert zu.

Onno machte sich an die Arbeit, schaltete den Herd ein, zog eine Pfanne aus dem Regal, gab ein paar Spritzer Öl hinein und wartete, bis die Pfanne heiß genug war. In der Zwischenzeit schnitt er Schwarzbrot an der Brotschneidemaschine, stellte drei Teller parat und garnierte sie mit Cocktailtomaten, kleinen Gewürzgurken und etwas Schnittlauch. Dann schlug er sechs Eier in die Pfanne. »Fühlen Sie sich eigentlich wohl hier?«, wollte er wissen, als er wenig später aus der Küche zurückkam. »Die Pension gehört meiner Mutter. Ich greife ihr nur manchmal unter die Arme, wenn sie viel zu tun hat. Sie dürfen ehrlich sein. Für Verbesserungswünsche habe ich immer ein offenes Ohr.« Er grinste verschmitzt.

»Es ist gemütlich«, sagte die Hellblonde. »Mir gefällt das Familiäre, das Menschliche, das finde ich viel schöner und wertiger als die oft steife Atmosphäre in einem Hotel. Das Frühstück ist reichhaltig, und die Möglichkeit, den Kühlschrank nutzen zu können, finde ich großartig.« Sie beobachtete Onnos Reaktion und fuhr dann ernster fort: »Aber eine Sache stört mich: Die Betten könnten bequemer sein. Zu Hause habe ich ein superkomfortables Boxspringbett mit einem weichen Topper und tue mich etwas schwer mit den ollen Holzbetten hier, zumal sie für mich zu niedrig sind und ich Mühe habe, morgens aufzustehen.«

»Mir ist die Matratze zu hart, sodass ich täglich mit Schulterschmerzen aufwache. Aber das ist Jammern auf hohem Niveau. Sonst ist alles perfekt, wirklich«, versuchte Silke die Kritik abzumildern.

Onno wunderte sich, warum diesen Frauen die Betten so wichtig waren. So ein Blödsinn! Er konnte sogar auf der durchgelegenen Matratze in seiner Knastzelle schlafen wie ein Baby. Aber er hatte gelernt, dass man Frauen Aufmerksamkeit schenken musste, wenn man sie für sich gewinnen wollte. Deshalb würde er sich diese für die Damen wichtige Information merken. Wer wusste schon, wozu die gut sein könnte … »Wenn's weiter nichts ist«, brummte er, »ich gebe es gern weiter. Wenn Sie im nächsten Jahr wiederkommen, gibt's bestimmt neue superbequeme Betten, meinetwegen auch diese … wie heißen die … Box…? Nicht, Mama?«, brüllte er in den Flur, wo seine Mutter gerade Staub wischte.

»Was denn?«, rief sie zurück.

»Neue Betten für die Gäste!«

Sie kam näher und tippte sich an die Stirn. »Bei dir piept's wohl! Habe ich im Lotto gewonnen? Die sind noch prima, haben wir erst in den 90ern angeschafft! Die tun's noch einige Jahre.«

»Alles gut«, sagte Simone beschwichtigend, »wir fühlen uns wohl und kommen gerne wieder.« Sie zwinkerte Onno zu.

»Hier brennt was an!«, schrie Anni Dierken plötzlich.

»'tschuldigung, die Spiegeleier«, sagte Onno zerknirscht. »Nach dem Essen können wir gerne einen Ausflug machen. Sie wollen doch sicher ein bisschen was sehen von der Insel. Als Einheimischer kann ich Ihnen die schönsten Stellen zeigen.«

»Du willst dir wirklich die Zeit nehmen, uns die Insel zu zeigen?« Silke konnte es nicht fassen. »Entschuldigen Sie, ich habe Sie aus Versehen geduzt.«

»Kein Problem«, sagte Onno und starrte in ihren atemberaubenden Ausschnitt. »Ich finde das Siezen in den meisten Fällen überflüssig. Das ist doch blöd, braucht heutzutage kein Mensch mehr. In der Behörde siezt man sich oder beim Notar. Wobei, ich war noch nie bei einem Notar«, gab er zu. »Ihr denn?« Er ging in die Küche, um die Teller mit den Spiegeleiern, dem Schwarzbrot und den Gürkchen zu holen.

Kurz darauf schaufelten sich alle drei Krabbenfleisch auf das Schwarzbrot.

Simone erzählte, dass sie mit ihrem früheren Mann zusammen ein Reihenhaus im Pott gekauft habe, dort nach der Scheidung immer noch wohne, sich aber nicht wohlfühle.

»Würde ich auch nicht«, sagte Onno. »Hier auf Juist ist es schöner und die Luft gesünder. In diesem frei stehenden Haus lebt es sich hervorragend. Man hat etwas Abstand zu den Nachbarn. Die hören nicht alles, was man sagt. Das ist gut so.«

Silke sagte, sie würde in einer Eigentumswohnung in Bonn leben, auf 45 Quadratmetern, aber es reiche ihr. Sie sei wie ihre Freundin alleinstehend und habe auch vor, es zu bleiben.

Onno erinnerte sich daran, dass die meisten Frauen für Komplimente empfänglich waren. »Hübsch seid ihr zwei«, sagte er mit einem breiten Lächeln. »Alle beide. Ob blond, ob braun, ich liebe alle Frau'n«, sang er in Anspielung auf den alten Schwarz-Weiß-Film mit Heinz Rühmann. »Ihr habt beide das gewisse Extra!«

Silke und Simone bedankten sich höflich für das Kompliment.

»So, nun zu unserem Plan«, sagte er. »Ich weiß eine Stelle, an der ihr traumhafte Fotos machen könnt. Ihr seid doch auch so Instagram-Ladys, hm? Da könnt ihr zeigen, was ihr draufhabt, und eure Community neidisch machen. Natur pur und ein Licht, das eure Schönheit erst richtig hervorhebt, vor allem gegen Abend, in der blauen Stunde, kurz vor Sonnenuntergang. Die blaue Stunde dauert höchstens 30 Minuten, die müssen wir nutzen, dann habt ihr wunderbare Motive für Insta!«

Die Schiebetür zur Küche wurde mit einem Ruck aufgeschoben. »Onno, kommst du mal bitte?«, ertönte Anni Dierkens scharfe Stimme.

Onno fuhr herum. Seine Mutter stand im Türrahmen, die Hände in den Hüften. So hatte sie früher schon auf ihn gewartet, wenn er etwas ausgefressen hatte. Sofort bekam er ein schlechtes Gewissen, hatte Angst vor ihrer Reaktion, dabei hatte er gar nichts getan, noch nicht.

»Die Damen wollten Spiegeleier zu den Krabben«, hörte er sich sagen. Er ärgerte sich darüber, dass seine Stimme dumpf und wenig selbstbewusst klang.

»Das meine ich nicht. Komm her!«

Er folgte ihr mit gesenktem Kopf, das rechte Bein nachziehend. Seine Mutter zog sogleich die Schiebetür hinter ihm zu. »Du lässt die Frauen in Ruhe. Ich warne dich, Onno! Ich kenne diesen Blick. Wehe, du tust ihnen was!«

»Ich habe Frauen noch nie …« Er schluckte.

»Rede dich nicht heraus!« Sie schnupperte an ihm. »Hast du wieder mit dem Rauchen angefangen? Weißt du nicht, dass unsere Familie mit Herzkrankheiten vorbelastet ist? Dein Vater und dein Großvater …«

»Lass mich«, zischte er und drängte sich an ihr vorbei.

Danas Herz pochte stärker, als sie seine polternden Schritte auf der Kellertreppe hörte. Gestern war er freundlich gewesen, hatte ihr eine leckere Pizza gebracht und ihr so viel Wasser zum Trinken gegeben, bis sie genug hatte. Er hatte ihr sogar von sich aus angeboten, die Toilette zu benutzen, hatte geduldig vor der Tür gewartet, bis sie fertig war. Ein Fluchtversuch hätte ohnehin keinen Zweck gehabt, denn die kleine Gästetoilette im Flur hatte kein Fenster. Als er sie in den Keller zurückgebracht hatte, hatte er auf ihr Bitten und Flehen hin tatsächlich darauf verzichtet, sie erneut zu fixieren. Dana hatte ihm versprochen, sich an seine strikten Anweisungen zu halten, auch wenn sie innerlich wie zerrissen war. Fast ununterbrochen spielte sie verschiedene Szenarien durch, wie sie fliehen könnte. Doch ihr war klar, dass sie damit ihr Leben riskieren würde. Er hatte damit gedroht, sie umzubringen, und sie nahm ihn absolut ernst. Das Einzige, was ihr in die Karten spielen würde, wäre Zeit. Es war sehr anstrengend, immer hellwach und in Alarmbereitschaft sein zu müssen. Das galt auch für ihn. Jeder hatte mal einen schwachen Moment und wurde nachlässig – irgendwann mit großer Wahrscheinlichkeit auch er. Dana hoffte darauf, dass ihm schon bald ein Fehler unterlaufen würde.

Ihr Entführer schloss die Tür zu dem Raum, in dem sie gefangen gehalten wurde, von außen auf und stieß sie mit dem Fuß auf. Schweigend kam er herein, ein Bein leicht nachziehend, und machte sich an einem Regal zu schaffen, in dem leere Einmachgläser und alte Blumentöpfe aufgereiht waren. Er beachtete sie nicht, tat im Gegenteil so, als sei sie unsichtbar.

Sie fragte sich, was er vorhatte. Das fragte sie sich die ganze Zeit. »Hallo«, sagte sie, um sich bemerkbar zu machen.

»Hallo«, brummte er, ohne sich umzudrehen. »Geht's dir gut?«

Sie glaubte, sich verhört zu haben. Wollte er wirklich wissen, wie es ihr ging? »Hätten Sie vielleicht etwas zu trinken für mich?« Insgeheim hoffte sie auf ein Mittagessen, nachdem das Frühstück schon ausgefallen war. Die Wasserflasche, die er ihr überlassen hatte, war inzwischen leer.

Nun drehte er sich doch um. »Was möchtest du, wieder Wasser?«

Nun war sie noch verblüffter. »Was gibt's denn noch?«, fragte sie leicht stotternd.

»Du kannst alles haben, was da ist – Cola, auch andere Softdrinks, Kaffee, Bier.«

»Kaffee?«, wiederholte sie hoffnungsvoll.

»Mit Milch und Zucker?«

Sie nickte heftig. »Vielleicht noch eine Cola dazu.« Es wäre zu schön, um wahr zu sein.

»Okay, kein Problem. Was willst du essen? Ich habe Döner geholt.«

»Klingt super«, sagte sie mit klopfendem Herzen.

»Du bist also keine Vegetarierin? Bei der Pizza habe ich ehrlich gesagt nicht darüber nachgedacht.«

Sie biss sich auf die Lippen. »Nein«, sagte sie schnell, »ist schon okay.« Sie hatte, seit sie mit David zusammen war, kein Fleisch mehr gegessen, aber das war etwas anderes. Nun ging es ums Überleben, da durfte sie keine Ansprüche stellen. Sie spürte schon jetzt, dass in gefährlichen Situationen der Überlebenswille über alles andere siegte. Da wurden ethisch-moralische Bedenken oder Haltungen schnell mal über Bord geworfen.

»Okay, ich bin gleich wieder da. Wir können gerne gemeinsam essen. Wenn du willst.«

Sie sah ihm ungläubig hinterher, wie er aus der Tür hinkte und sie sofort hinter sich abschloss. Was hatte er vor, fragte sie sich zum wiederholten Male. Was hatte er davon, sie gefangen zu halten wie ein Käfigtier? Wie lange würde sie das aushalten, ohne durchzudrehen? Und warum war er plötzlich so freundlich zu ihr?

Ob ihre Eltern sie schon vermissten? Ostern hatte sie die Verlobung mit Kai von Schenkendorf aufgelöst, was den Riesenstreit zur Folge gehabt hatte, der bis heute anhielt. Dana fragte sich, ob die Polizei bereits nach ihr suchte. Sie war dem Mann, von dem sie nicht einmal seinen Namen kannte und den sie vermutlich nie erfahren würde, vollkommen ausgeliefert. Sie hatte keine Möglichkeit, Kontakt zur Außenwelt aufzunehmen. Er hatte damit gedroht, sie zu erschießen, und sie wusste, dass er nicht lange fackeln würde, Taten folgen zu lassen. Sie hatte gesehen, wozu er in er Lage war. Er war skrupellos.

KAPITEL 9

Swantje Brandt überwand das Absperrband, streifte Überschuhe und Handschuhe über, die sie im Dienst stets mit sich führte, und öffnete die Eingangstür zum Strandcafé. Drinnen waren immer noch oder schon wieder Kollegen von der Spurensicherung zugange. Swantje näherte sich ihnen und stellte sich vor.

»Haben Sie etwas gefunden?«, wollte sie wissen.

»Ja, einige Gegenstände konnten gestern schon gesichert werden«, sagte ein Kollege, ein kräftiger Mann im weißen Ganzkörperschutzanzug. »Ein bekritzelter Bierdeckel, DNA-Spuren an Gläsern und Tellern, ein Wasserglas, das offenbar nur oberflächlich ausgespült wurde und auf der Anrichte in der Küche stand, mehrere Zigarettenstummel im Abfalleimer neben der Anrichte. In der Küche sah es chaotisch aus. Geschirr war zu Bruch gegangen, ein Stuhl umgefallen. Es könnte dort ein Kampf stattgefunden haben, wobei wir nicht wissen, ob sich der Kampf zwischen der Besitzerin des Strandcafés und dem Täter abgespielt hat oder ob eine dritte Person involviert war, zumal ja bekannt ist, dass eine Studentin vermisst wird, die in dem Café gejobbt hat. Auch das wäre also denkbar, ein Kampf zwischen Täter und Studentin. Sobald wir die Genspuren analysiert haben, wissen wir Näheres.«

»Ist das so einfach in einem Lokal? In den letzten Jahren hatte ich fast ausschließlich mit Morden im Privatbereich zu tun.«

»Sie haben recht, wir stehen vor einer ganz anderen Herausforderung. Natürlich finden wir jede Menge Sekrete hier vor, wie Speichel, Blut, Haare, Hautschuppen, aber es gibt auch Mischspuren, die wir auswerten müssen. Da gibt es bei der Vielzahl an Personen, die das Café besucht hatten, auch überlappende Profile. Viele Teil- und Mischprofile können somit nicht richtig ausgewertet werden.«

»Was ist mit dem Mobiltelefon von Dana Weghorst? Sie hatte es bei sich laut Aussage ihres Freundes, mit dem sie an dem Abend noch einen Videocall hatte. Wurde es gefunden?«

»Leider nein. Wir haben alles abgesucht.«

»Dann hoffen wir auf andere auswertbare Spuren«, sagte Swantje und sah sich weiter im Café um.

»Vielleicht haben wir ja Glück und finden die Nadel im Heuhaufen«, fuhr der Fallanalytiker fort, »sprich das vollständige DNA-Muster einer Person, die in der DNA-Datenbank des Bundeskriminalamtes erfasst ist. Ach, wir hatten heute schon mal einen Treffer«, betonte er. »Ein Projektil ist gefunden worden. Der Kollege dort drüben hat es in einem Blumentopf entdeckt.« Er zeigte Swantje eine Klarsichthülle mit dem blutigen Projektil. »Es hat mit hoher Wahrscheinlichkeit die Halsschlagader durchtrennt und war vermutlich sofort tödlich.«

»Die Frage ist, woher der Täter die Pistole hat.«

»Oder die Täterin.«

»Oder die Täterin«, wiederholte Swantje. »Vielleicht ein Jäger? Die Waffe wird auch zur Jagd benutzt.«

Dana und ihr Entführer saßen auf dem Fußboden, auf dem er eine weiche Fleecedecke ausgebreitet hatte, aßen Döner und tranken Cola.

»Wohnt hier eigentlich jemand?«, wollte sie wissen, als sie zur Hälfte aufgegessen hatte.

Er antwortete nicht.

»Ich frage nur, weil ich ab und zu Geräusche höre, als wenn jemand einen Föhn laufen lässt oder so. Manchmal wird es richtig laut, dann klingt es eher wie eine Propellermaschine. So ein ständiges Dröhnen und Rauschen. Das beunruhigt mich, und ich mache mir so meine Gedanken. Arbeitet hier jemand?«

»Das Haus ist unbewohnt«, sagte er mit rauer Stimme und räusperte sich. »Das heißt, du bist gerade die einzige Bewohnerin.«

»Das kann ich kaum glauben. Ich höre Geräusche. Da ist doch jemand.«

»Da ist keiner außer dir. Frag nicht so viel!« Seine Miene wurde wieder verschlossen und streng, sodass sie es vorzog zu schweigen.

Auch er sagte nichts mehr. Hin und wieder trafen sich ihre Blicke. In den seinen lagen Misstrauen und Furcht, Dana wunderte sich darüber. Auch er stand unter großer Anspannung, das wurde ihr plötzlich klar. Er zeigte mehrere Anzeichen für enormen Stress. Sie registrierte es mit einer Mischung aus Selbstbewusstsein und Besorgnis. Denn schon einmal hatte er die Nerven verloren. Sie musste auf der Hut sein.

Der Kripobeamte von der Spurensicherung aus Aurich deutete zum Tisch, an dem der Mord geschehen war. »Der Täter hat seinen Aperol Spritz nur zur Hälfte ausgetrunken, falls es der Täter war, der ihr gegenübersaß. Der zweite Aperol Spritz wurde hingegen kaum angerührt«, bemerkte der Kollege. »Susanne Flemming hat daran lediglich genippt, wenn überhaupt. Die beiden müssen in einen schnell eskalierten Konflikt geraten sein.«

Swantje Brandt bedankte sich und schaute sich im Strandcafé weiter um, um Beweismittel zu sichten. Die mit der Handykamera gemachten Aufnahmen würden ihr später als Erinnerungsstütze dienen. Beweiskraft hatten sie nicht, für Beweismittel gab es mittlerweile zum Glück weitaus bessere technische Möglichkeiten. Tatortbeamte des Landes Niedersachsen waren gerade damit beschäftigt, die Räume des Strandcafés mit Laser- und Handbildscanner zu vermessen, um später 3D-Modelle zur Verfügung zu haben. Swantje hatte davon gehört, dass mit den 360-Grad-Panoramaaufnahmen der Scanner fotorealistische Bilder und Eindrücke des gesamten Tatorts möglich waren.

»Möchten Sie einmal reinschauen?«, fragte Peer Enders, ein Kollege, der mit seinen Geräten extra aus Hannover angereist war. Er hielt ihr die Rundum-Kamera hin.

»Sehr gerne«, sagte Swantje und setzte sie auf. Die Kamera wirkte wie eine überdimensionale Taucherbrille und hatte ein beachtliches Gewicht.

»Gehen Sie bitte einmal um den Tisch herum«, forderte Peer Enders sie auf.

Swantje fühlte sich leicht schwindlig mit dem schweren Gerät auf der Nase.

»Damit vermessen Sie jetzt den Tatort«, sagte Enders. »Später können Sie ihn exakt in 3D visualisieren. So können Sie sich jederzeit zurück an den Tatort beamen. Ein großartiges Hilfsmittel, um fotorealistische Eindrücke widerzuspiegeln.«

Auf dem Rückweg vom Strandcafé beschloss Swantje, bei einer kleinen Fahrradtour ihre Gedanken zu sortieren. Lange war sie nicht mehr am Hammersee gewesen – zuletzt in den ersten Jahren ihrer Ehe mit Holger. Insa war ein Kleinkind gewesen, fast zwei Jahre alt, und hatte warm und trocken in einem überdachten Fahrradanhänger gesessen. Swantje erinnerte sich daran, wie es angefangen hatte zu winden und zu regnen, wodurch die Fahrt mit dem Anhänger furchtbar anstrengend geworden war, sodass sie sich mit den Fahrrädern abgewechselt hatten. Insa war irgendwann unter der durchsichtigen Plane eingeschlafen, und sie hatten sich durch Sturm und Regen zurück zu ihrer Unterkunft gekämpft.

Aber heute war es trocken und windstill. Ausgehend von der Domäne Loog führte der Weg von der Billstraße rechts ab in Richtung Drachen- und Hundestrand. Kurz vor dem Strandübergang bog sie an einer Infotafel links ab und fuhr entlang der Hammerdünen. Sie genoss den Fahrtwind und ließ den Geruch nach Salzwiesen und Strandhafer auf sich wirken. Am Ende des Hammersees, nach etwa zwei Kilometern, sah sie schon die Aussichtsdüne, von der aus sie einen Blick auf den gesamten See werfen konnte. Kürzlich hatte sie in einem Fernsehbericht erfahren, dass der Süßwassersee durch eine Sturmflut, die Petriflut im Jahr 1651, entstanden war, als Juist in zwei Teile getrennt wurde. Erst 200 Jahre später wurde ein Versuch unternommen, die Inselteile durch Sandaufschüttungen und Sandfangzäune zu verbinden. Es bildete sich eine Bucht an der Stelle, an der früher der »Hammer«, eine feuchte Wiese, lag. Ab 1928 baute man dahinter einen Deich. Durch eine erneute Sturmflut wurden Teile des Hammers überschwemmt. Regenwasser sammelte sich an, zunächst gemischt mit Meerwasser. Im Laufe vieler Jahre wuchs diese mit Regenwasser gefüllte Bucht zu einem Süßwassersee aus.

Während Swantje von der Aussichtsdüne aus den See vor sich liegen sah, musste sie an die Information denken, die sie von einem der Juister Kollegen kurz vor dem Ortstermin erhalten hatte. Sie erinnerte sich nicht mehr an seinen vollen Namen. Marvin Rissemann oder so ähnlich. Er hatte ihr mitgeteilt, dass ein verurteilter Frauenmörder vor etwa einer Woche aus der JVA Aurich entlassen worden sei und sich möglicherweise auf Juist aufhalte. Falls der Mann ihr Täter war, ließe sich das schnell herausfinden, denn seine DNA war im System gespeichert. Nun würde Swantje jedoch erst einmal das persönliche Umfeld von Susanne Flemming durchforsten, denn laut Statistik geschahen über 90 Prozent der Morde im privaten Umfeld der Opfer. Sollten sich da keine Anhaltspunkte ergeben, könnte sie immer noch der Spur des verurteilten Frauenmörders nachgehen.

Wieder auf der Polizeistation, loggte sich Swantje Brandt in relevante Websites und Plattformen ein. Besonders die sozialen Netzwerke, auf denen Dana Weghorst, Susanne Flemming und ihr Ehemann Hajo Flemming aktiv waren, fanden ihr Interesse.

Dana Weghorst schien gerne allein in der Natur unterwegs zu sein. Sie hatte zahlreiche stimmungsvolle Naturfotos gepostet, darunter die üblichen Inselmotive wie Strand, Dünen, Meer und Leuchttürme. Selten war sie selbst auf einem der Bilder zu sehen, und wenn, dann im Reitstall, meistens in einer Box mit einem Tinker namens Polly oder auf dem Rücken von Polly am Strand. Ob es sich um den Reitstall Flemming handelte, konnte Swantje nicht erkennen. Persönliche Angaben zu Familie oder Freunden fanden sich keine. Politisch setzte sich die Jurastudentin für den Umweltschutz ein, war seit wenigen Wochen sogar Mitglied einer Umweltgruppe auf Juist. Interessant war ein Foto von ihrer Hand, auf der ein sandiger Krebs krabbelte, darunter der Text: »Eins von Millionen Lebewesen, die der Gasförderung im Wattenmeer zum Opfer fallen werden.«

Swantje machte eine kurze Denkpause, bevor sie zum nächsten Profil überging: Hajo Flemming, Besitzer des Reitstalls Flemming auf Juist. Er schien ein anstrengender Zeitgenosse zu sein, der sich über vieles beklagte. Er schimpfte über die politischen Zustände im Land, ärgerte sich über die hohen Steuern, die Selbstständigen das Leben schwer machten, regte sich über die Energiepreise auf, über stetig steigende Krankenkassenbeiträge und so weiter. Oft teilte er Beiträge anderer, die sich ebenfalls gerne echauffierten. Er hetzte auch gegen die Umweltgruppe, mit der Dana Weghorst sympathisierte. Sein Anliegen war völlig gegensätzlich: Er befürwortete die Gasbohrungen im Wattenmeer, weil er hoffte, dass dadurch die Energiepreise sinken würden und es in der Folge wirtschaftlich wieder aufwärtsgehen würde, sodass er in der Lage wäre, auch in Zukunft seinen Betrieb zu halten.

Swantje besah sich anschließend die Website der Boje 8 sowie die Profile von Susanne Flemming und war überrascht: Susanne gehörte ebenfalls der Umweltgruppe an. In mehreren Posts beklagte sie die Zerstörung des Nationalparks Wattenmeer und die Gefährdung des UNESCO-Weltnaturerbes durch die geplanten Gasbohrungen.

Privates spielte online bei der Gastronomin hingegen offenbar keine Rolle. Neben ihrem politischen Engagement postete sie regelmäßig Werbung für ihr Strandcafé. Darauf verstand sie sich recht gut: Speisen und Getränke sahen auf den Fotos so verlockend aus, dass Swantje unter normalen Umständen sofort Lust bekommen hätte, das Lokal aufzusuchen. Sie fragte sich, ob und wann es wohl wieder öffnen würde. In dieser Saison wahrscheinlich nicht mehr. Der Reeder Hein Asmussen, dem das Café gehörte, müsste es nach der Freigabe erst umfassend renovieren und dann einen neuen Pächter oder eine neue Pächterin suchen. Ob es stimmte, was ihr von Zeugen zugetragen worden war – dass Asmussen die Pacht derart erhöht hatte, dass das Café für Susanne Flemming uninteressant, da nicht mehr bezahlbar, geworden war –, musste sie noch überprüfen.

Dana nippte an ihrem Kaffee. Er war heiß und tat ihr gut.

»Wohnen Sie hier?«, traute sie sich zu fragen und bemühte sich, nichts auf die weiche Fleecedecke zu verschütten.

Er reichte ihr ein süßes Hefegebäck zum Nachtisch. »Nein!«, sagte er barsch. »Ich habe dir schon gesagt, dass niemand in dem Haus wohnt.«

»Wo haben Sie dann den Kaffee gekocht?«

Sein Blick glich dem eines Lehrers, der allmählich die Nerven verlor. »Du fragst eindeutig zu viel. Ich habe dir gesagt, du sollst das lassen! Es führt zu nichts, weil ich auf diese dämlichen Fragen nicht antworten werde. Ich bin nicht so blöd, dir zu verraten, wo ich wohne. Du kannst dir denken, warum. So, jetzt drehen wir den Spieß um und ich frage dich mal was. Warum sind deine Haare blau?«

Sie spielte mit ihren langen blau gefärbten Strähnen, zwirbelte sie, betrachtete sie. »Sie sind nicht blau, nur diese unteren Partien da. Darüber sind sie dunkelbraun. Allerdings ist das auch nicht meine Naturfarbe. Die mag ich nicht. Das ist so ein Straßenköterblond.«

»Warum blau?«

»Das sage ich Ihnen erst, wenn Sie meine Fragen beantworten«, erwiderte sie mit einem Anflug von Trotz.

Er lachte. »Haben die Tattoos eine Bedeutung?«

Sie zuckte mit den Schultern. »Ich kann genauso schweigen wie Sie.«

»Das merke ich.« Wieder lachte er, diesmal wirkte es echt.

»Mich stört das Geräusch«, traute sie sich zu sagen. »Es ist so laut manchmal. Dieses Dröhnen – was ist das? Es macht mich kirre!«

»Es macht dich kirre? Das ist doch nur ein Geräusch, das von einer Maschine ausgeht, da ist niemand.«

»Von einer Maschine? Was für eine Maschine? Ist die hier im Haus oder außerhalb?«

»Ich kann es für eine Weile ausschalten, wenn es dir so viel bedeutet.«

»Was ist es denn? Ich verstehe nicht ganz: Sie sind für das Geräusch verantwortlich?«

Er schüttelte den Kopf, und seine Miene war verschlossen. Sie versuchte in seinem Gesicht zu lesen, was ihr nicht gelang. »Okay«, sagte sie, »dann schalten Sie es bitte ab, wenigstens nachts.«

»Einverstanden, nachts sollst du deine Ruhe haben.«

»Was ist es denn?«

»Geh mir nicht auf den Zeiger, sonst verliere ich die Geduld.«

»Sie wollten, dass ich etwas für Sie tue«, überwand sich Dana trotzdem. Es war ihr wichtig, das Gespräch am Laufen zu halten. So unangenehm ihr seine Gegenwart war, war sie ihr doch lieber als das Alleinsein in diesem dunklen Loch.

Überrascht sah er von seinem Kaffeebecher auf. »Gut, dass du mich daran erinnerst«, sagte er mit spöttischem Unterton und stellte den Becher auf einer Kiste ab. »Zwei Sachen: Erst einmal gibst du mir deine Kette. Und frag nicht, warum. Ich werde dir nicht antworten. Zweitens: Ich möchte, dass du mir etwas aufs Handy sprichst.«

Sie runzelte die Stirn. »Wozu soll das gut sein?« Sie griff in ihren Nacken, öffnete den Verschluss der Kette und gab sie ihm. Sofort ließ er sie in der Tasche seiner Arbeitshose verschwinden.

Er verdrehte die Augen. »Schon wieder eine Frage. Ja, sag mal, glaubst du im Ernst, dass ich das alles umsonst für dich mache?« Er zeigte auf die Fast-Food-Verpackungen und die Thermoskanne mit dem Kaffee. »Ich will etwas dafür haben, und du wirst tun, was ich dir sage, ohne es zu hinterfragen, hast du das verstanden?«

»Sie könnten mich ja auch gehen lassen, dann müssten Sie sich nicht mehr um mich kümmern.«

Sie sah seinen Blick und bereute sofort, was sie gesagt hatte. Seine Augen wurden zu Schlitzen, und seine rechte Hand schnellte hoch. Ihr Herz pochte wie wild. Ihr Magen fühlte sich an wie ein eiskalter Klumpen, wie in den ersten Stunden ihrer Gefangenschaft. Sie wurde sich ihrer Situation wieder überdeutlich bewusst, die sie in den letzten Minuten, als sie fast gemütlich miteinander Kaffee getrunken hatten, erfolgreich hatte verdrängen können. Dana war diesem Mann vollkommen ausgeliefert. Es gab keine Menschen in der Nähe, keine Zeugen; niemand würde ihre Schreie hören. Er konnte mit ihr machen, was er wollte. Angstvoll beobachtete sie ihn.

Endlich glätteten sich seine Gesichtszüge, und er ließ die Hand sinken.

Sie atmete auf.

»Pass mal auf. Du hältst jetzt mal dein freches Mundwerk und öffnest es erst wieder, wenn ich es dir erlaube.« Er zog einen vorbereiteten Text aus der Außentasche seines Handwerkerhemdes aus derbem, kariertem Fleecestoff.

Das Geschreibsel war kleingedruckt, aber in einem akkuraten Deutsch verfasst, wie Dana auf einen Blick erkannte. Bis auf einen Kommafehler gab es nichts daran auszusetzen.

»Also ein klassisches Kidnapping«, rutschte es ihr heraus. Sie wusste nicht, woher sie plötzlich die Kraft nahm, aber von einer Sekunde auf die andere fühlte sie sich stärker. Ihre Emotionen kochten hoch, als sie den Mann mit dem Kuchenstück in der Hand vor sich sitzen sah. »Ich nehme an«, sagte sie, »das war auch Ihre Motivation, Frau Flemming umzubringen. Sie brauchen Geld, was auch sonst? Wahrscheinlich haben Sie meine Chefin erpresst. Sehr wahrscheinlich sogar. Sie sind bestimmt arbeitslos, haben aus irgendeinem Grund Ihren Job verloren und wissen nun nicht mehr, wie Sie Ihre laufenden Kosten und Rechnungen stemmen sollen. Vielleicht haben Sie Familie, eine Frau, die Ihnen die Hölle heiß macht, und Kinder, die täglich Anforderungen stellen. Ist auch schwer, ständig mit anderen mithalten zu müssen, Markenklamotten, Markenschuhe, Handys, Reisen, die gerade angesagt sind. Sie können Ihrer Familie nichts bieten. Sie sind am Ende, im Eimer. Das Geld war Ihre Motivation, nichts anderes.«

Sein Mund wurde zu einem schmalen Strich. »Ich habe dir verboten, Fragen zu stellen.«

»Das war keine Frage. Das war eine Aussage.«

An seinem gesenkten Blick und dem unruhigen Wippen mit den Füßen erkannte sie, dass er ihr insgeheim recht gab.

»Meine Motivation? Meine Motivation ist nicht Geld, aber davon verstehst du nichts. Mir geht es um etwas anderes.«

»Ihnen geht es darum, andere Menschen zu erniedrigen, klein zu machen, ihnen Angst einzujagen. Daran geilen Sie sich auf, dadurch fühlen Sie sich großartig, nicht wahr? Es gibt Ihnen einen Kick, auf Schwächere einzutreten und dadurch Macht auszuüben, die Sie im realen Leben vermutlich nie hatten. Sie sind ein Narzisst, ein Mensch mit diversen Persönlichkeitsstörungen, ein erbärmliches Arschloch, wissen Sie das?«

Er riss ihr das Schreiben aus der Hand, stand wortlos auf und ging. Und ließ sie völlig aufgelöst zurück.

KAPITEL 10

Das erste Ermittlungsergebnis war da. Swantje Brandt telefonierte mit einem Kollegen der Spurensicherung, der die Patronen sichergestellt hatte.

»Die ballistische Untersuchung hat ergeben, dass zweimal aus derselben Waffe geschossen wurde«, teilte er ihr mit. »P7. Kaliber 9 mal 19 Millimeter von Heckler & Koch. Acht Patronen umfasst das Magazin dieser Reihe, wobei mindestens zwei verschossen worden sind. Die P7 ist ein veraltetes Modell, das wir früher mal auf der Dienststelle hatten, von der Polizei Niedersachsen jedoch nicht mehr genutzt wird. Es wird hauptsächlich noch für den amerikanischen Zivilmarkt produziert und dient dort als Volkswaffe. Bei uns ist ja längst die SFP9 von Heckler & Koch im Einsatz.«

Swantje bedankte sich, behielt jedoch für sich, dass sie das Modell schon anhand der gefundenen Patrone erkannt hatte. »Was ist mit der Schnellauswertung von Genspuren aus dem Café?«, erkundigte sie sich.

»Nun, wir wissen bereits, dass der Täter zu 99 Prozent ein Mann ist. Gerade sind wir dabei, Daten abzugleichen, bislang jedoch leider ohne Erfolg.«

Swantje bedankte sich und beschloss die nächsten Schritte: einen Besuch bei Danas Vermieterin auf Juist und bei Hajo Flemming, dem Nochehemann der Ermordeten.

Nachdem ihr Entführer ohne ein Wort gegangen war, zitterte Dana am ganzen Körper. Die Panik war wieder genauso heftig über sie hinweggerollt wie zu Beginn ihrer Entführung. Sie hatte einen Fehler gemacht. Er würde sie die Folgen spüren lassen, das war ihr klar. Wie hatte sie ihm ihre Meinung nur so an den Kopf knallen können? Sie ärgerte sich über sich selbst. Hätte sie doch bloß ihren Mund gehalten. Bisher war es einigermaßen glimpflich abgelaufen, es hätte weitaus schlimmer kommen können. Er hatte sie mit Pizza, Döner, Cola, Kaffee und Kuchen versorgt. Anstatt sich dankbar zu zeigen, bis sie einen Weg hier heraus fand, hatte sie ihn angegriffen. Die nächste Stunde grübelte sie über ihren Riesenfehler nach und darüber, wie sie hätte besser reagieren können. Aber dankbar war auch das falsche Wort. Er hatte ihr die Freiheit genommen und sie mit dem Tod bedroht. So einem Menschen konnte man keine Dankbarkeit entgegenbringen, ganz egal, was er danach für einen tat.

Mit angezogenen Beinen hockte Dana auf ihrem Feldbett und wusste nicht, was im Moment stärker war – ihre Angst vor diesem Mann oder ihre Wut auf sich selbst.

Ein schmales weiß getünchtes Haus am Ortsrand, Sprossenfenster, Gänse und Schafe im Vorgarten. »Frese« stand auf dem Klingelschild. Swantje Brandt sammelte sich und bereitete sich gedanklich auf die Befragung vor.

»Kriminalpolizei?« Eine zierliche Dame mit silbrigen Haaren blickte Swantje durch den geöffneten Türspalt aus trüben, misstrauischen Augen an. »Wissen Sie nicht, dass wir auf Juist gerade Mittagsruhe haben?« Sie blickte auf ihre Armbanduhr. »Es ist nicht einmal 15 Uhr. Noch lange nicht«, sagte sie vorwurfsvoll.

Swantje streckte ihr den Dienstausweis entgegen. »Wohnt hier eine Dana Weghorst?«

»Eigentlich schon. Aber sie ist seit zwei Tagen nicht mehr da gewesen. Keine Ahnung, wo die sich herumtreibt.«

»Wer sind Sie?«

»Mein Name ist Eske Frese, mir gehört das Haus. Ich vermiete ab und zu Zimmer an Langzeitgäste, an Monteure oder Saisonkräfte zum Beispiel. An Touristen weniger. Es ist alles legal. Ich habe das Gewerbe angemeldet und zahle Steuern dafür.«

»Darum geht es nicht«, beschwichtigte Swantje. »Darf ich hereinkommen?«

Die Pensionswirtin zögerte einen Moment, bevor sie die Beamtin eintreten ließ. Swantje Brandt folgte ihr ins kleine dunkle Wohnzimmer.

»Frau Frese, wann haben Sie Ihre Untermieterin Dana Weghorst das letzte Mal gesehen?«

Eske Frese musste nicht lange überlegen. »Am Freitag, kurz bevor sie zur Arbeit ging.«

»Wann genau?«

Die Zeugin überlegte. »Das muss am Nachmittag gewesen sein, so gegen 16 Uhr.«

»Haben Sie mit ihr gesprochen?«

»Nein, Frau Weghorst ist nicht so gesprächig. Sie grüßt meistens nur kurz, wenn sie an mir vorbeikommt, und hat es dann immer eilig. Ich weiß aber trotzdem immer, ob sie zur Arbeit geht oder einfach nur spazieren.«

»Woran erkennen Sie das?«

»Wenn sie zum Dienst geht, riecht sie besonders gut. Vorher läuft jedes Mal lange die Dusche. Das hört man durchs ganze Haus. Und sie hat Schuhe mit Absätzen an.«

»Sie wissen, wo Frau Weghorst arbeitet?«

»Natürlich, im Strandcafé hinterm Deich.«

»Hat sich Dana Weghorst mal bei Ihnen über ihre Arbeitgeberin beschwert? Hatte sie Streit mit ihr?«

Eske Frese wiegte den Kopf. »Davon ist mir nichts bekannt.«

»Hat Frau Weghorst Freunde auf der Insel? Bringt sie manchmal jemanden mit?«

Eske Frese legte einen Finger an den Mund und stützte ihr Kinn auf. Nachdenklich sagte sie: »Einmal war ihr Freund da, aber das ist schon länger her, zwei oder drei Wochen vielleicht. Er blieb übers Wochenende. Sie waren laut.« Eske Frese gab einen verächtlichen Ton von sich. »Als er wieder gefahren ist, hat Frau Weghorst mir einen Schaden gemeldet.«

»Einen Schaden?«

»Das Bett ist zusammengebrochen.« Sie schüttelte lachend den Kopf. »Na ja, für zwei Leute war das ja auch eigentlich nicht gedacht. Ich habe ihr dann ein anderes Bett zur Verfügung gestellt.«

»Ich würde das Zimmer gerne sehen.«

»Warum? Die Versicherung von Frau Weghorst wird übernehmen, das hat sie mir zugesichert. Na ja, was soll's, es war ein altes Bett. Irgendwann haben alle Sachen mal ausgedient. Ich schreibe es ab. Das kaputte Bett hat mein Schwager schon entsorgt.«

»Darum geht es mir nicht.«

»Um was dann?« Erschrocken riss die Vermieterin die Augen auf.

»Frau Weghorst wurde als vermisst gemeldet. Wir suchen sie. Ich hatte gehofft, dass Sie uns einen Tipp geben können.«

Eske Frese starrte sie mit offenem Mund an. »Wie …? Was meinen Sie damit – vermisst? Man kann doch nicht einfach so von Juist verschwinden. Unmöglich!«

»Eben. Wir stehen vor einem Rätsel. Und darum brauche ich Ihre Mithilfe, Frau Frese. Rufen Sie sich bitte jeden Kontakt in Erinnerung, den Frau Weghorst in der letzten Zeit hatte. Wie und mit wem verbrachte sie ihre Freizeit, gab es Anlaufstellen, die sie interessant fand, zu denen es sie regelmäßig hinzog? Ich benötige eine Liste mit allen Kontakten.«

Die Vermieterin überlegte. »Außer ihrem festen Freund aus Münster hat sie niemanden hergebracht. Meistens war sie allein. Es genügte ihr, zum Job zu gehen, hat sie mal gesagt. Da war sie unter Menschen. Ich kann Ihnen keine Liste geben, so leid es mir tut.« Sie überlegte. »Einmal ging sie reiten«, erzählte sie etwas lebhafter, »Dana war begeistert von dem Ausritt am Strand, das wollte sie unbedingt wiederholen. Ihr Pferd hieß Polly.«

»Polly? Und wie hieß der Reiterhof?«

Eske Frese schüttelte den Kopf. »Daran kann ich mich beim besten Willen nicht erinnern. Ich glaube nicht, dass sie den Namen überhaupt erwähnt hat.«

»Kam es zu einem zweiten Ausritt?«

»Ich glaube nicht. Zumindest hat sie nichts davon erzählt.«

»Und der Reitlehrer? Hat Frau Weghorst seinen Namen erwähnt?«

Eske Frese zog die Stirn kraus. »Nein, so persönlich waren wir nicht miteinander. Sie erzählte mir auch nur zwischen Tür und Angel von ihrem Erlebnis mit Polly. Mehr weiß ich nicht.«

»Könnte es sich um den Reiterhof Flemming gehandelt haben?«

»Reiterhof Flemming? Das sagt mir was.«

Swantje wartete ab.

»Ich glaube, es lag mal ein Flyer von diesem Hof in Danas Zimmer«, fiel der Wirtin ein. »Ich habe ihn beim Saubermachen entdeckt. Aber sie muss ihn weggeworfen haben. Zumindest war er später nicht mehr da.«

Minuten später griff Swantje zum Telefon, um ihre Kollegen auf der Wache zu instruieren.

»So, ich denke, es ist an der Zeit, zur Suche von Dana Weghorst sämtliche zur Verfügung stehenden Kräfte zu mobilisieren und auch vom Festland anzufordern«, sagte sie dann. »Wir müssen in allen Richtungen aktiv werden, vom Flugplatz, ganz im Osten von Juist, bis zur Bill, ganz im Westen. Bitte jedes verfügbare Einsatzfahrzeug losschicken.«

Als die Kellertür mit einem knarrenden Laut aufgestoßen wurde, fuhr Dana erschrocken zusammen. Sie war tief in Gedanken versunken gewesen und hatte auch längere Zeit die seltsame Propellermaschine nicht mehr gehört. Eine ganze Weile schon nicht mehr, wie ihr gerade bewusst wurde.

Ihr Entführer hinkte mit verschlossener Miene auf sie zu. Sein Bein schien heute besonders zu schmerzen. Dana rechnete mit dem Schlimmsten und umschlang ihre Knie so fest, dass sie zitterten.

»So«, sagte er, ohne sie eines Blickes zu würdigen, »wir machen das jetzt. Du liest dir den Text so oft durch, bis du ihn fast auswendig kannst. Und sprichst ihn dann ins Handy.«

Dana rollte den Bogen auf und überflog den Text. Ein Erpresserbrief, wie sie es schon vermutet hatte. Ein Gefühl der Erleichterung durchströmte sie. In der Erpressung sah sie eine Chance, doch noch lebend aus der Sache herauszukommen. Ihre Eltern waren vermögend und würden wahrscheinlich bezahlen, was sie aufbringen konnten. Für ihren

Entführer war sie also nicht die gefährliche Zeugin, die er aus dem Weg räumen musste, sondern lediglich Mittel zum Zweck – ein tröstender Gedanke. »Ist das für die Polizei?«, fragte sie hoffnungsvoll. »Soll ich die anrufen?«

»Schau dir den Text an und überlass den Rest mir. Präg ihn dir ein. Wenn wir ihn aufnehmen, darf er nicht gekünstelt klingen. Du darfst kein Wort auslassen und keins hinzufügen. Du musst den Text genau so wiedergeben, wie er da geschrieben steht. Und klar und deutlich sprechen. Ich denke, du kriegst das hin. Bei der einzigen Aufgabe, die du hier hast, darfst du nicht versagen.«

»Kein Problem«, sagte sie kleinlaut. Sie wollte ihm keine weitere Angriffsfläche bieten.

Dana beschäftigte sich mit dem Text, bis die Buchstaben vor ihren Augen verschwammen. Sie überlegte, ob sie sich bei ihm entschuldigen sollte, dass sie kurz die Kontrolle verloren und ihn provoziert hatte. Das hätte schlimm für sie ausgehen können. Er war unberechenbar. Er hatte einen Menschen getötet. Doch er wirkte wieder ruhiger, sodass sie beschloss, ihn nicht daran zu erinnern.

Sie ging den Text noch einmal durch und konnte sich nun endlich konzentrieren. Er verlangte also tatsächlich Geld, 50.000 Euro. Das war eine Summe, die ihre Eltern unter Umständen aufbringen könnten, ohne sich krummzulegen. Wahrscheinlich könnten sie sogar mehr lockermachen. Dass er sich bescheiden zeigte, was die Lösegeldsumme betraf, war für sie ein Hinweis darauf, dass er nichts über ihr persönliches Umfeld wusste. Je mehr sie sich mit dem Wortlaut des Textes beschäftigte, desto ruhiger wurde sie. Das hier konnte nicht mehr allzu lange dauern. Wenn er die Polizei mit seinem Handy kontaktieren würde, hätte die seine Nummer. Die Polizei würde herausfinden, über welchen Funkmast er sich eingewählt hatte. Schnell wären sie hier und würden sie befreien – ein ausgesprochen beruhigender Gedanke. Zum ersten Mal seit den qualvollen Stunden und Minuten ihrer Entführung fasste sie Mut. Am Ende würde alles gut werden.

»Können wir loslegen?«, fragte ihr Entführer. »Hast du den Text so drauf, dass du ihn flüssig wiedergeben kannst? Das muss so schnell wie möglich gehen, kein Verhaspler, kein Versprecher. Je kürzer die Zeit, desto geringer die Gefahr, mich zu kriegen.«

Dana nickte, obwohl sie nicht so ganz verstanden hatte, was er damit meinte. »Mit Texten habe ich noch nie Probleme gehabt«, sagte sie zuversichtlich. »Melden Sie sich heute noch bei der Polizei?«

»Wir werden sehen. Was grinst du so? Freu dich nicht zu früh! Sie werden dich nicht finden. Auf dieses Haus kommen sie nie im Leben. Auch wenn es unbewohnt ist, sorge ich dafür, dass der Vorgarten ordentlich aussieht. Ich mähe den Rasen und zupfe sogar Unkraut. Manchmal lasse ich auch oben Lichter brennen. Ich bezahle den Strom und alle sonstigen Gebühren für das Haus. Es sieht genauso unscheinbar aus wie alle anderen ringsherum. Du kommst erst frei, wenn deine Eltern oder wer auch immer gezahlt haben. Aber dann bin ich es, der dich befreit, nicht die Polizei, verstehst du? Wann ich die Aufnahme an die Polizei schicke, ist allerdings noch offen. Den richtigen Zeitpunkt dafür muss ich erst finden. Ich gehe ein hohes Risiko ein, wie du dir denken kannst.«

Resigniert hörte Dana ihm zu. Ihre Hoffnung schwand mit jedem Wort, das er ihr mit scharfer Stimme entgegenschleuderte. Er würde sie nie freilassen. Vielleicht würde er nicht einmal ihre Eltern erpressen. Sie war Zeugin eines Mordes geworden und dadurch eine Gefahr für ihn. Was sollte er mit dem Geld, wenn er verhaftet und als Mörder verurteilt werden würde? Er brauchte es dann nicht mehr. Ohne den Mord an ihrer Chefin wäre es vielleicht denkbar gewesen, dass sie durch die Lösegeldsumme davonkäme, aber so ergab es keinen Sinn. Sie hatte keine Chance, nicht die geringste. Zutiefst deprimiert und mit schwacher Stimme krächzte sie seine Forderungen in sein Aufnahmegerät.

KAPITEL 11

Onno Dierken stapfte mit seiner Fototasche durch den Sand, sein steifes rechtes Bein leicht nachziehend, gefolgt von den beiden Frauen. Er erfuhr, dass sie Freundinnen waren, die sich seit der Schulzeit kannten und seitdem eine Woche im Jahr zusammen verreisten. Onno war begeistert von den zwei völlig unterschiedlichen Frauentypen und hätte sich vorstellen können, mit jeder von ihnen ins Bett zu gehen. Selbst die große Dürre mit dem Schlangentattoo auf dem Oberarm gefiel ihm mittlerweile, weil sie ihn mit ihrer erfrischenden humorvollen Art überraschte.

»Junge, Junge, was seid ihr zwei für Sahneschnitten, stylish gekleidet und fotogen wie Models«, rief er ihnen zu, »ich mag Frauen wie euch. Ihr steht mit beiden Beinen im Leben, seid selbstbewusst, habt einen großartigen Stil und wisst, wie ihr euch in Szene setzen könnt. Ich möchte dort drüben in den Dünen Fotos von euch machen. Könnt ihr euch das vorstellen?« Vor Aufregung und Anspannung blieb ihm der Mund offen stehen.

Simone und Silke warfen sich vielsagende Blicke zu und kicherten. Es war ihnen anzusehen, wie sehr sie sich über die Komplimente freuten und wie aufregend sie die Idee fanden, sich im Abendlicht am Strand von ihm fotografieren zu lassen. Es war die schönste Zeit des Tages, fast schon die blaue Stunde, in der das Licht die Natur in golden schimmernde Farben tauchte.

»Klar!«, riefen sie wie aus einem Mund. Perfekt, sie waren

bester Laune, schließlich hatte er ihnen vor dem Aufbruch noch Sekt ausgeschenkt.

»Hast du eigentlich Ärger von deiner Mama bekommen?«, neckte ihn die große Dürre. »Wir dachten schon, du hättest Stubenarrest!«

»Nee, wieso?« Onno hielt sich die Wange, weil sich der Backenzahn hinten links wieder bemerkbar machte. Zum Glück schmerzte er nicht ununterbrochen, sonst müsste er mit der Fähre zum Zahnarzt aufs Festland fahren – eine lästige, zeitraubende Angelegenheit –, denn der Zahnarzt in der Gräfin-Theda-Straße hatte gerade Urlaub. Onno würde sich ein Schmerzmittel besorgen und abwarten, bis der Doktor wieder da wäre.

»Na, weil sie dich so resolut in die Küche gerufen hat. Ich hatte den Eindruck, sie wollte nicht, dass wir zusammen Zeit verbringen. Warum? Bist du vergeben?«

Er schüttelte den Kopf. »Nein, da war nichts. Meine Mutter wollte nur, dass ich ihr ein wenig in der Küche zur Hand gehe. Das ist wohl anders rübergekommen, macht euch deswegen keine Gedanken.«

»Hat sie dich gehauen, du armer Junge, du?«

»Wie kommst du denn darauf? Weil ich mir die Wange halte?«

Silke sah ihn besorgt an.

»Nein, nein, das macht sie heute nicht mehr. Ich habe etwas Zahnschmerzen, das ist alles, besonders wenn ich was Süßes gegessen habe. Nicht so schlimm, geht gleich wieder.«

Simone lachte erleichtert auf, wobei ihre großen goldenen Creolen schaukelten. »Dann ist es ja gut. Tapferer Kerl bist du!«

»Jaja, alles gut. Ich habe richtig Lust, gleich loszulegen. Ihr seid tolle Frauen, ich mag euer Aussehen und eure Ausstrahlung.«

»Ich dachte, du wolltest uns eine Stelle zeigen, wo wir selbst Fotos machen können«, erinnerte ihn Simone.

»Klar, kein Problem, aber wenn ihr professionelle Bilder von euch haben wollt wie die in den Schaufenstern der Inselfotografen, dann müsst ihr mir vertrauen. Ich kann das nämlich.«

»Warum bist du dann kein Inselfotograf geworden?«, fragte Silke augenzwinkernd.

»War ich ja mal«, log er, »ist allerdings lange her. Heirat, Kinder, Scheidung, Wegzug, Neubeginn, das Übliche, ihr wisst schon. Danach war nichts mehr so wie früher. Ich muss mir nun alles wieder neu aufbauen. Aber ich habe nichts verlernt.« Er tippte sich an den Schädel. »Alles hier drin!« Er grinste breit. »Ich bin heute besser denn je. Ich habe meine Berufung gefunden, wenn ihr wisst, was ich meine.« Er steuerte auf einen Sandberg in den Dünen zu, hinter dem der Strandhafer besonders dicht wuchs.

»Was hast du eigentlich da drin?«, wollte Silke wissen und deutete auf seinen Kühlrucksack.

»Ach, die Tasche meinst du? Nachher gibt's ein schönes Picknick am Strand. Ich habe gekühlten Sekt dabei, auch ein bisschen was Härteres. Ihr seht aus, als könntet ihr noch ein bisschen was vertragen, oder irre ich mich?«

»Aber hallo, immer her damit!« Simone knuffte ihre Freundin freundschaftlich in die Seite.

Als Swantje dabei war, sich umzuziehen, drehte sich der Wohnungsschlüssel im Schloss. Sie bekam es nicht mit und erschrak fast zu Tode, als plötzlich jemand im Schlafzimmer stand.

»Moinsen!«, sagte er verlegen, und sie griff schnell nach ihrem Bademantel, um ihn sich überzustreifen. Eine Weile brachte sie kein einziges Wort heraus, starrte den Mann nur an.

Er lachte, warf Reisetasche und Rucksack in die Ecke und breitete seine Arme aus. Vor Überraschung schoss ihr die Röte ins Gesicht. »Das gibt's doch nicht«, rief sie lachend. »Was machst du denn hier? Mit jedem hätte ich gerechnet, nur nicht mit dir, Henry!« Sie umarmte ihn.

Henry Olsen, ihr Hannoveraner Kollege, hatte einen leichten Sonnenbrand im Gesicht, vor allem auf der Nase. Als er ihr Lachen erwiderte, hatte er wieder dieses jungenhafte Aussehen, das sie so an ihm mochte. Vor allem seine Grübchen hatten es ihr angetan.

»Ja, was mache ich hier? Das frage ich mich auch schon die ganze Zeit«, rief er fröhlich und hielt sie dabei fest an sich gedrückt. Er roch nach einem guten Aftershave. »Urlaub tauschen gegen Arbeit, würde ich sagen. Aber vielleicht kann man hier beides ein wenig unter einen Hut bringen, wer weiß.«

»Hey, danke, dass du gekommen bist, damit habe ich wirklich nicht gerechnet!« Sie hatte vor Rührung Tränen in den Augen.

»Ist doch Ehrensache.« Er ließ sie los. »Wenn Swantje Brandt ruft, ist der olle Olsen sofort zur Stelle!«

»Na ja, gestern hat das noch anders geklungen. Du hast tatsächlich Wacken gegen Juist eingetauscht? Ich kann's nicht glauben.«

»Ich habe meine Lieblingsbands gehört, und dann war es auch gut. Hat gereicht. In meinem Alter muss man nicht mehr bis zum Anschlag feiern.« Er sah sich neugierig um und nickte anerkennend. »Bisschen altmodisch, aber gut. Hauptsache, gemütlich«, fasste er seinen ersten Eindruck zusammen.

Swantje musste innerlich grinsen. Seinem Stil war er treu geblieben. Schwarzes Shirt mit Aufdruck der Gruppe BAP, verwaschene Jeans, schwarze Sneakers. Sein Handgelenk zierten zahlreiche bunte Bänder von Festivals. Hatte er die bei ihrem letzten Einsatz auf Borkum auch schon gehabt? Sie konnte sich nicht erinnern. Großflächige Tattoos betonten seine muskulösen Arme.

»Setz dich, Kaffee ist noch da«, sagte sie, »sogar einigermaßen frisch, und ich habe noch belegte Brote und Kekse von der Fahrt übrig, du hast sicher ordentlich Hunger mitgebracht.«

»Jetzt nicht mehr«, sagte er ausatmend, »ich habe mir nämlich eben zwei Fischbrötchen reingepfiffen, aber wenn du unbedingt mit mir teilen willst, sage ich nicht Nein. Eigentlich wollte ich dich nachher zum Essen einladen, falls noch was offen hat um die Zeit. Ich habe vom Piloten eine Empfehlung für ein gutes Restaurant bekommen.«

»Vom Piloten? Sag bloß, du bist geflogen.«

»Es ging nicht anders. Sonst hätten wir es für heute abhaken müssen. Darf ich mir mal eben die Hände waschen?«

»Du brauchst nicht zu fragen. Ist schließlich deine Ferienwohnung genau wie meine.«

»Ist dir das peinlich?«

Sie gab ein zischendes Geräusch von sich. »Wir kennen uns ja schon ein wenig. Im Gegenteil, ich bin froh, dass du es bist und kein Fremder, den ich schon nach wenigen Minuten am liebsten auf den Mond schießen würde.«

»Dann bin ich beruhigt.«

Beim Kaffee wollte sie wissen, wie schwer es ihm wirklich gefallen war, sich vom Festival loszueisen. Freiwillig wäre er vermutlich nicht früher abgereist.

»Nun ja, ganz leicht war's nicht«, gab er zu. »Wacken ist nun mal wie ein Klassentreffen, mein persönliches Highlight im Jahr. Aber mit dir zusammen auf Mördersuche zu gehen, ist auch nicht von schlechten Eltern.«

»Wo ist dein Zelt? In der Tasche?«

Er schüttelte den Kopf und nahm noch einen großen Schluck Kaffee. »Die Zeiten sind vorbei«, sagte er, »kein Zelt mehr. Ich habe Rücken. Stattdessen habe ich bei einer liebenswürdigen alten Dame mit zwei Katzen wohnen dürfen, zum zweiten Mal schon. Im Kinderzimmer ihrer längst ausgezogenen Tochter. Ich weiß nicht, was schöner ist, das ausgedehnte kalorienreiche Frühstück mit meiner reizenden Gastgeberin oder das Festival selbst.«

»Mag sie auch Metal?«

»Ich habe ihr angeboten, sie mal mitzunehmen, aber sie wollte lieber in ihrer kuscheligen Wohnung bei ihren Katzen bleiben. Vielleicht nächstes Jahr, hat sie gesagt und dabei ihrer Hoffnung Ausdruck verliehen, dass sie bis dahin noch schwerhöriger ist.« Er zwinkerte ihr zu und biss dann beherzt in ein Käsebrot. »So, und nun zu unserem Fall«, sagte er kauend. »Warum bin ich hier?«

»Magst du Pferde?«

Er runzelte die Stirn. »Auf Juist muss man sie wohl mögen. Die Insel ist ein einziger Pferdehof. An jeder Ecke riecht es nach Pferd. Warum fragst du?«

»Wenn du dich gleich ausreichend gestärkt hast, darfst du mich zu einem Reitstall begleiten. Wir müssen den Besitzer vom Tod seiner Frau unterrichten. Sie lebten in Trennung.«

»Jetzt erst? Ich denke, der Mord war vorgestern.«

»In der Nacht zum Samstag. Aber die Kollegen haben ihn bisher nicht angetroffen.«

»Wie heißt der Besitzer des Reitstalls?«

»Hajo Flemming. Ihm gehören ein Reiterhof und ein Kutschbetrieb. Er ist auch ein überregional bekannter Pferdezüchter, habe ich mir sagen lassen. Und mit viel Glück kann er uns den Aufenthaltsort von Dana Weghorst mitteilen, einer Studentin, die seit der Tat spurlos verschwunden ist.«

Der Reiterhof Flemming lag außerhalb in einer dörflichen Idylle. Aus den Ställen war das Wiehern von Pferden zu hören, ansonsten war es ruhig. Es roch nach frischer Landluft und nach Pferd. Swantje Brandt ging über den Hof auf eine geschnitzte historische Eichentür zu, gefolgt von Henry, der sich immer wieder umsah. Es war jedoch niemand zu entdecken. Der Hof wirkte wie ausgestorben. Nach kurzem Zögern drückte Swantje den Klingelknopf über dem geschwungenen Messingschild mit der Aufschrift »Flemming«. Nach dem dritten Läuten trat Swantje zurück und blickte zu den Fenstern hoch, ob sich dort jemand bemerkbar machte. Als das nicht der Fall war, kehrte sie um und schloss sich Henry an, der auf dem Weg zu den Stallungen war.

»Ich bin früher mal geritten«, sagte er, als sie ihn eingeholt hatte. »Um diese Zeit werden die Pferde gestriegelt und gefüttert. So kenne ich das jedenfalls von damals. Ich gehe davon aus, dass jemand da sein müsste.«

Swantje war etwas unbehaglich zumute, als Henry forsch die Stallungen betrat, als kenne er sich dort aus. Seit einem Reitunfall vor vielen Jahren hatte sie gehörigen Respekt vor Pferden. Sie schrak zusammen, als hinter ihr eine barsche Männerstimme brüllte: »Halt, stehen bleiben! Das ist Privatgelände. Sie haben hier nichts zu suchen!«

Ein bärtiger Mann mittleren Alters näherte sich ihnen. Er trug eine alte Wetterjacke und eine Schiffermütze und schob eine Schubkarre mit einem Strohballen vor sich her.

»Moin! Sind Sie zufällig Herr Flemming – Hajo Flemming, der Besitzer des Reitstalls?«, fragte Swantje.

Der Mann beäugte sie misstrauisch. »Moin. Der bin ich nicht, warum fragen Sie?«

»Wir würden ihn gern sprechen. Ist er zu Hause?«

»Wer sind Sie überhaupt? Sind Sie angemeldet? Wollen Sie reiten?« Er betrachtete sie von oben bis unten. »Sie sehen nicht danach aus, als ob Sie sich Pferde ausleihen wollten, wenn Sie mir die Bemerkung erlauben.«

Henry Olsen schaltete sich ein. »Richten Sie bitte Herrn Flemming aus, dass wir ihn unbedingt sprechen müssen. Frau Brandt und Herr Olsen vom Landeskriminalamt Niedersachsen.« Er zeigte seinen Dienstausweis.

Der Mann ließ seine Schubkarre los und wischte sich den Schweiß von der Stirn. »Vom LKA sind Sie? Was hat das zu bedeuten, warum sind Sie hier? Hat Hajo was angestellt?«

Swantje ging nicht auf seine Frage ein. »Und Sie? Mit wem haben wir es zu tun?«

»Werner Rübsamen mein Name. Ich tu die Pferde versorgen und ausmisten.«

»Ist gut, Herr Rübsamen. Holen Sie nun bitte Herrn Flemming. Sie wissen doch, wo er ist. Ich kann mir kaum vorstellen, dass er jetzt in der Hauptsaison Urlaub macht.«

»Das geht nicht«, sagte der Stallarbeiter heiser. »Herr Flemming ist nicht da. Den hat der Schlag getroffen. Die haben den mitgenommen, die Typen vom Rettungsdienst.«

Swantje war auf diese Wendung nicht gefasst gewesen. »Oh …«, stieß sie aus, »wann war das?«

»Gestern, glaube ich. Oder in der Nacht auf Sonnabend. Ich habe es nicht mitbekommen.«

»In welcher Klinik liegt er?«

»Hm, vermute mal in Norden. Da kommen die meisten hin,

wenn's sein muss. Hier auf der Insel haben wir kein Krankenhaus. Was wollen Sie eigentlich von ihm?«

Henry räusperte sich. »Das dürfen wir nicht sagen.«

Die Miene des Pferdepflegers verdüsterte sich. »Alles klar«, zischte er, »tut mich auch nichts angehen.«

»Können wir Herrn Flemming in der Klinik besuchen? Wissen Sie, wie es ihm geht?«

»Nein, weiß ich nicht. Fragen Sie seine Frau. Susanne heißt sie, hat auf Juist ein Strandcafé. Ich glaube, die Boje 8.«

Swantje und Henry wechselten einen Blick, um sich abzustimmen, wer mit der Befragung fortfahren würde.

»Wir haben gehört, dass es in der Ehe der beiden in der letzten Zeit kriselte«, bemerkte Henry. »Sie sollen sich getrennt haben. Was wissen Sie darüber?«

»Wenn geklatscht wird, bin ich der Letzte, der dazu noch was beitragen tut.«

»Verständlich, Herr Rübsamen, aber der Polizei müssen Sie sagen, was Sie wissen. Sonst können Sie dafür belangt werden.«

Werner Rübsamen kickte ein Stöckchen beiseite. Er ließ sich Zeit mit der Antwort. »Ich meine gehört zu haben«, sagte er schließlich vage, »dass die zwei sich wegen so einer Sache gewaltig in den Haaren hatten.«

»Welcher Sache?«

»Na, ich meine damit die Bohrungen im Wattenmeer. Hajo war dafür, Susanne voll dagegen. Das war wohl wochenlang ein Streitthema zwischen denen. Aber fragen Sie Ansgar Löbbert. Der ist Lehrer auf der Insel, unterrichtet an der Inselschule. Er stammt aus der Fischerei, seit Generationen, hat früher selbst gefischt. Susanne soll vor einiger Zeit was mit ihm gehabt haben. Habe ich zumindest gehört, ob das stimmen tut, weiß ich nicht. Oje, jetzt habe ich zu viel gesagt, das wollte ich nicht.« Er schlug sich gegen die Stirn und schüttelte den Kopf. »Seit dieser Zeit tut sie jedenfalls politisch völlig anders ticken als Hajo. Die Adresse von diesem Löbbert finden Sie bestimmt selbst heraus.«

»Um welche Bohrungen handelt es sich?«, wollte Henry wissen.

»Ach, haben Sie noch nichts darüber gehört? Gas, es geht um die Förderung von Erdgas im Wattenmeer zwischen den Niederlanden und Borkum. Juist ist natürlich als Nachbarinsel auch mit dabei. Können Sie alles nachlesen. Susanne und dieser Löbbert sind dagegen, Hajo ist dafür, sogar sehr verbissen dafür. Irgendein Reeder auch, aber ich erinnere mich nicht an seinen Namen. Sie recherchieren hier auf Juist, dann finden Sie es bestimmt selbst heraus. Wie gesagt, fragen Sie nach Ansgar Löbbert. Den tun Sie mittwochs beim Stammtisch in seiner Kneipe antreffen. Oder passen Sie ihn in der Schule ab, auch möglich.«

»Haben die Flemmings eigentlich Kinder?«

Werner Rübsamen zuckte mit den Schultern und fuhr mit seiner Arbeit fort.

»Sie wissen es nicht?«

»Ich muss weitermachen, hab viel zu tun.«

»Wer arbeitet noch auf dem Pferdehof?«

»Sorry, ich kann Ihnen nicht weiterhelfen. Es ist keiner sonst da. Zwei Saisonkräfte haben nach kurzer Zeit hingeschmissen. Morgen kommen zwei junge Mädchen, Schülerinnen, die stundenweise beim Ausmisten helfen wollen. So, die Pferde haben Kohldampf. Sie hören ja, wie die wiehern tun. Die kennen keinen Spaß, wenn's an der Zeit ist, genauso wenig wie wir.« Er drängte sich mit seiner Schubkarre grußlos an den Kommissaren vorbei und beachtete sie nicht weiter.

Swantje lief ihm hinterher und drückte ihm ihre Visitenkarte in die Hand. »Falls Sie sich doch erinnern«, sagte sie mit einem aufmunternden Lächeln. »Auf der Karte steht meine Handynummer. Zögern Sie nicht, davon Gebrauch zu machen. Jederzeit, hören Sie?«

KAPITEL 12

Das Wetter hatte aufgefrischt. Die Sonne schickte ein milchiges Licht über den Hafen, auf dem viele leistungsstarke Boote vor sich hin dümpelten. Am Horizont waren dunkle Wolken zu sehen.

Heinrich Asmussen, genannt Hein, sah unter Deck seines Privatschiffs nach dem Rechten. Seine Gloria I. lag im Hafen von Norddeich, um für eine Tour durch die Niederlande klargemacht zu werden. In wenigen Tagen ging es an der Küste entlang zum Cruisen ins niederländische Ijsselmeer.

Die Putzkolonne hatte anscheinend gute Arbeit geleistet. Das dunkle Holz glänzte, die Betten waren frisch bezogen und die hellen Seidenkissen mit Goldbordüren wie mit einem Lineal ausgerichtet. Im Badezimmer mit angrenzender Sauna lagen schneeweiße Handtücher der Größe nach geordnet und ordentlich gefaltet in den Glasregalen. Asmussen band seine schulterlangen silbernen Haare zu einem Pferdeschwanz zusammen und bückte sich, um den Staubtest auf dem dunklen Schiffsboden zu machen. »Jepp«, murmelte er, »Test bestanden. Kann man wieder buchen, die Leute.« Ein letzter Zeigefingertest in den Ecken – auch hier war alles picobello sauber. Mit der gesamten Crew hatte er anscheinend einen guten Fang gemacht.

Erleichtert begab sich der Eigner in die Lounge, mixte sich an der Bar einen Whiskey auf Eis mit Soda und fläzte sich in seinen cremefarbenen Ledersessel am großen Bullauge. Die Beine streckte er auf einem Kuhfellhocker aus. Er genoss das perfekt aufgeräumte Wohnraum-Ensemble aus Creme, Weiß und Gold, das er einer namhaften Innenarchitektin zu verdanken hatte. Auch der handgeknüpfte Perserteppich in der Mitte, den er in Abu Dhabi erstanden hatte, war mit Goldfäden durchwebt.

Höchst zufrieden mit sich selbst, steckte sich der Millionär eine Zigarre an. Er blies den blauen Dunst in Kringeln an die Decke und dachte über seine Erfolge nach. Einiges war ihm durch sein vermögendes Elternhaus in die Wiege gelegt worden, aber vieles hatte er auch seiner Willensstärke, Disziplin und Durchsetzungskraft zu verdanken. Glück war selbstverständlich ebenfalls im Spiel gewesen. Er hatte ein gutes Händchen für Aktien und Wertpapiere bewiesen. Nur sah es leider in der letzten Zeit nicht mehr so rosig aus. Wirtschaftlich ging es bergab, und die Inflation zwang ihn wie viele andere Geschäftsleute in die Knie. Asmussen musste den Wunsch seiner Schifffahrtslinie nach moderneren Booten zurückstellen. Andere Dinge hatten gerade Vorrang, wie zum Beispiel die wirtschaftliche Unabhängigkeit von Energie, mit der sich auf Dauer viel Geld sparen ließe. So hatte Asmussen einige seiner Wertpapiere verkauft, um in die geplante Bohrplattform vor den ostfriesischen Inseln zu investieren. Seit einigen Jahren war er geschieden. Es war eine teure Scheidung gewesen, sodass er sich vorgenommen hatte, nie wieder zu heiraten. Kinder hatte er keine. Irgendwann würde es wieder steil bergauf gehen, darauf baute er.

Beim Blick auf die Uhr sah er, dass Pete sich verspätet hatte. Pete war ein alter Freund aus Studientagen. Hein Asmussen hoffte, dass er ihn von dem Projekt »Gaspipeline« überzeugen konnte und dass er ebenfalls zum Investor werden würde. Pete besaß einige große Segelboote, mit denen er in den Niederlanden mehrtägige Touren für Touristen anbot. Sicher hatte auch er sich schon mit dem Thema auseinandergesetzt und wusste, dass er in Zukunft von den günstigeren Energiepreisen durch die Pipeline profitieren würde.

Vor etwa vier Stunden hatte Pete ihm eine Nachricht geschrieben, dass er ihn dringend sprechen müsse. Asmussen ging davon aus, dass Pete ihn um Rat fragen wollte, wie er am besten in die Erdgasförderung vor den ostfriesischen Inseln investieren könne. Er legte sich eine passende Antwort zurecht und wartete mit wachsender Ungeduld.

Eine Viertelstunde später war es so weit. Pete Hansen hatte selbstverständlich seine Schuhe schon in der Hand, als er über die Reling stieg. Er wusste, dass Hein ein wertvolles Boot mit besonders empfindlichem Eichenboden besaß.

»Setz dich, Sportsfreund«, begrüßte Asmussen seinen alten Freund und klopfte ihm zweimal freundschaftlich auf die Schulter, »schön, dass wir uns noch einmal sehen, bevor du wieder mit einem deiner Segelboote unterwegs bist. Was darf ich dir zu trinken anbieten?«

»Ich trinke das Gleiche wie du.«

»No problem, take a seat, please!« Er bot ihm den anderen Ledersessel am Bullauge an. »Oder willst du lieber an Deck? Wir haben oben jetzt auch eine bequeme Lounge.«

»Nein, es hat gerade angefangen, zu winden und zu nieseln. Lass uns hierbleiben. Ist doch sehr gemütlich.« Pete stopfte sein gestreiftes Hemd in die Hose und setzte sich.

Hein strahlte ihn mit seinen frisch gebleachten Zähnen an. »Auch eine Zigarre?«

»Da sage ich nicht Nein.«

Hein Asmussen hielt ihm das Holzkästchen hin, und Pete griff zu.

Während Pete das Kopfstück abschnitt und die Zigarre zum Glühen brachte, mixte Hein ihm an der Bar einen Drink.

»Was hast du auf dem Herzen?«, fragte er wenig später, während sie sich gegenübersaßen und die Gläser beim Anstoßen klirrten. »Habe ich dich mittlerweile von dem Projekt überzeugen können?«

Pete Hansen atmete tief durch. »Ich bin nicht wegen der Pipeline gekommen. Ich weiß nicht, ob du es schon gehört hast, aber Susanne ist tot«, sagte er beklommen.

Hein klopfte seine Zigarre aus und lehnte sich vor. »Was? Was sagst du da? Susanne? Susanne Flemming?«

Pete nickte ernst. »Genau die.«

»Was ist passiert?« Hein Asmussen nahm seine Havanna wieder auf und inhalierte tief.

»Ich dachte, du könntest mir helfen.«

»Wobei?«

»Na, die Wahrheit zu erfahren.«

»Ich glaube, ich stehe auf der Leitung«, sagte Hein. »Von welcher Wahrheit sprichst du?«

»Du meinst, es gibt mehr als eine Wahrheit? Philosophisch anspruchsvoller Gedanke. Ich fürchte nur, wir sind nicht zusammengekommen, um zu philosophieren«, sagte Pete und zog an der Zigarre. »Ich möchte gerne von dir hören, was passiert ist.«

»Das weiß *ich* doch nicht! Woher soll ich das wissen? Ich habe eben erst erfahren, dass sie tot ist. Was war es? Herzinfarkt?«

»Schön wär's. Wenn ich dem Gerücht glauben darf, dann war es kein natürlicher Tod.«

»Nicht dein Ernst!«

Pete lehnte sich zurück und schlug ein Bein über das andere. Er trug eine schneeweiße Jeans. »So, mein Lieber«, sagte er, »jetzt mal Butter bei die Fische: Wir wissen beide, dass du am letzten Wochenende mit Susanne zusammen warst.«

»Du warst doch auch dabei.«

»Eben, darum weiß ich es ja. Und ich bin definitiv vor Susanne gegangen.«

»Okay, aber wann ist Susanne denn gestorben? Vor einer Woche schon?«

»Natürlich nicht. Meines Wissens wurde sie in der Nacht auf Sonnabend getötet.«

»Getötet? Was redest du da, sie wurde getötet?« Asmussen wurde krebsrot im Gesicht. Das bernsteinfarbene Getränk in seiner Hand schwappte im Glas, als er es hart abstellte.

»Sie wurde erschossen«, sagte Pete Hansen schwer ausatmend.

»Meine Güte, und wo?«

»In ihrem eigenen Café.«

»In der Boje 8?« Asmussen starrte mit leerem Blick vor sich hin.

»Was hast du mit ihr gemacht, als ihr runtergegangen seid?« Pete flüsterte, obwohl niemand sonst in der Nähe war.

»Himmel, Pete, wir sind erwachsene Leute! Wir waren beide betrunken, was sollen wir schon gemacht haben?«

»Du warst mit ihr im Bett.«

»Menschenskinder, Pete, ich hätte das nicht tun sollen! Es war lange vorbei, Susanne und ich haben uns ja eigentlich gar nicht mehr verstanden, im Gegenteil, seit der Pipeline-Geschichte waren wir wie Katz und Maus; ich hätte einen deutlicheren Schnitt machen sollen.«

»Warum hast du sie überhaupt zu deiner Bootsparty eingeladen?«

»Es war mein Geburtstag, ich bin schließlich 50 geworden, da feiert man nun mal etwas größer. Susanne habe ich eingeladen, weil ich gehofft habe, dass wir uns wieder etwas annähern. Ich meine damit politisch, nicht sexuell. Die Sache war längst vorbei zwischen uns, das weißt du doch, Pete.«

Pete zuckte mit den Schultern. »Das dachte ich zumindest.«

»Siehst du. Und du weißt auch, wie wichtig mir die Aufhebung des Oktober-Beschlusses war, der ein Förderverbot von Erdgas in Niedersachsens Küstengewässern vorgesehen hat. Ich habe gekämpft wie ein Löwe, damit der Beschluss gekippt wird. Und glücklicherweise ist mir das auch gelungen, mit Beharrlichkeit und Überzeugungskraft und selbstverständlich der richtigen Partei, der ich angehöre.«

»Susanne hat genauso gekämpft.«

»Ja, aber auf der falschen Seite. Leider. Sie hat sich mit diesen Öko-Faschisten eingelassen, diesen Linksgrünversifften. Ich wollte sie von der Wahrheit überzeugen. Ich wollte, dass sie mich versteht und von ihrem sinnlosen Kampf gegen die Pipeline absieht. Alles andere wäre dumm gewesen. Susanne ist Geschäftsfrau, auch sie muss rechnen und eine Übersicht über ihre Kosten haben.«

»Sie war Geschäftsfrau«, korrigierte Pete ihn.

Hein machte eine wegwischende Handbewegung.

Beide nippten an ihren eisgekühlten Getränken.

»Und? Hat sie dich verstanden?«, nahm Pete den Faden wieder auf. »Schließlich ist es deine Wahrheit, die du ihr aufzwängen wolltest. Sie hatte wohl eine andere.«

Hein ließ die Schultern hängen. »Ich fürchte nicht.«

»Deswegen hast du sie vergewaltigt.«

Hein Asmussen lehnte sich vor. Seine Halsschlagader pochte sichtbar. »Bist du bekloppt? Was denkst du von mir? Ich habe Frauen noch nie mit Gewalt genommen. Es war freiwillig! Sie war müde, und ich …«

»Du hast ihr dein Bett angeboten«, sagte Pete mit süffisantem Lächeln, »weil sich die arme Maus vor Schwäche kaum noch auf den Beinen halten konnte.«

»Pete, ich beschwöre dich, ich flehe dich an, du weißt nicht, was passiert ist, nicht einmal ich weiß es noch genau, weil wir beide so betrunken waren. Ich weiß nur, dass ich mit Susanne im Bett gelandet bin. Behalte es um Himmels willen für dich! Hast du verstanden?«

Pete klopfte sich auf die Oberschenkel, als Zeichen, dass er sich im Aufbruch befand. »Ich kann dir nichts versprechen, Hein«, sagte er mit rauer Stimme. »Von mir aus werde ich nichts verraten. Aber wenn ich dazu gezwungen werde, vom Gericht, meine ich, muss ich mich schützen und die Wahrheit sagen. Ich habe Familie, Hein. Ich mache mich nicht des Meineids schuldig.«

»Wer redet denn von Meineid?«

»Hein, hör mir zu: Susanne hat mich am Dienstagmittag angerufen, also vor fünf Tagen. Sie hat sich bitterlich über dich beklagt. Sie hat gesagt, du hättest die Situation schamlos ausgenutzt, als alle anderen weg waren.«

»Das hat sie gesagt?«

»Ja. Ich war erschüttert, Hein. Ich hätte das nie von dir gedacht!«

»Ich habe sie nicht vergewaltigt. Wir haben uns geküsst, und dann gab es irgendwie kein Zurück mehr. Sie hätte Nein sagen können, aber das hat sie nicht. Sonst hätte ich sofort aufgehört. Es war freiwillig, das musst du mir glauben. Sie hat sich an mich rangemacht, den ganzen Abend schon. Sie ist nicht damit fertiggeworden, dass ich damals mit ihr Schluss gemacht habe. Sie wollte eine Neuauflage, sie wollte – nennen wir es beim Namen –, sie wollte Sex mit mir!«

»Bestimmt nicht.«

»Doch, Pete, sie hat geflirtet wie eine Weltmeisterin, das musst du doch gesehen haben! Sie hat mich ständig berührt, am Oberarm, an der Hand, sogar am Bein. Überall hat sie mich angetatscht. Ein deutliches Zeichen, dass sie mehr wollte, als mit mir zu reden, oder siehst du das anders?«

»Hein, sie hat mir noch etwas gesagt: Du hättest sie am Montagnachmittag noch einmal aufgesucht in der Boje 8, um mit ihr zu sprechen. Du hättest auf sie eingeredet und sie angefleht, die Geschichte schnell zu vergessen. Sie war stinksauer. Sie sagte, sie wäre niemals freiwillig mit dir in dein Schlafzimmer gegangen, du hättest sie mit Wodka Cola abgefüllt. Sie wollte dich anzeigen.«

Hein Asmussen starrte schweigend auf den Aschenbecher, in dem der Zigarrenstummel lag.

»Ihr hättet gestritten, der Streit wäre eskaliert. Du hättest sie geschubst, sie wäre hingefallen und dann …«

»Stopp!«, schrie Asmussen. »Was soll das? Hör sofort auf mit dem Scheiß!« Er stand auf und ging zur Theke, um sich erneut einzuschenken. Minutenlang sagte er kein Wort.

Pete Hansen kam schließlich zu ihm, nahm neben ihm auf einem der Barhocker Platz. »Sag etwas, Hein. Stimmt das? Hat sie die Wahrheit gesagt? Habt ihr gestritten?«

»Nein, haben wir nicht! Wir haben nicht gestritten, nur geredet!«

»Okay, ich werde dann mal gehen, ist besser so. Blöde Geschichte, Hein, ich würde sagen, du steckst ganz schön in der Bredouille! Könnte es nicht sein, dass du am Freitagabend in das Café gegangen bist, um mit Susanne zu reden? Es wäre doch möglich, dass du dich mit ihr aussprechen wolltest und dass der Streit dann so richtig eskaliert ist.«

»Bullshit, du scheinst den Whiskey nicht vertragen zu haben!«

»Hein, du hast doch einen Waffenschein! Gehst du noch zur Jagd?«

Hein Asmussen wandte ihm sein zornesrotes Gesicht zu. »Bist du immer noch nicht fertig? Willst du mich fertigmachen?«

»Ist der Streit zwischen dir und Susanne am Freitag eskaliert?«

Asmussen schüttelte stumm den Kopf.

»Ich gehe jetzt, Hein!«

»Wenn du mich nicht verrätst, ist alles gut, dann passiert mir nichts. Ich kann nur an unsere alte Freundschaft appellieren, die schon viel länger besteht als meine kleine Affäre mit dieser Barfrau.«

»Ich weiß nicht«, sagte Pete vage, hob seine Schuhe auf und ging.

»Jetzt mal einzeln«, sagte Onno Dierken und schob die braun gebrannte Hellblonde zur Seite. Er registrierte Simones beleidigten Blick, kümmerte sich aber nicht weiter darum. Die kurvige Rothaarige fand er wesentlich attraktiver als ihre Freundin, weicher, weiblicher, wandelbarer, und er freute sich auf das Shooting mit ihr.

»Ich?«, fragte Silke befangen und wusste nicht, wohin mit ihren Händen und Füßen. Sie zupfte an ihrer Kleidung herum und fühlte sich sichtlich unwohl, plötzlich mit ihren weiblichen Rundungen im Rampenlicht zu stehen. »Soll ich irgendwelche Posen machen?«

»Nein, nein, meine Süße, ganz natürlich! Tu so, als wäre kein anderer da, als hättest du Lust zu tanzen oder als würdest du dich kurz vom Spazierengehen ausruhen.«

»Schickst du mir anschließend die Bilder?«

»Klar, gib mir deine Handynummer, dann bekommst du sie alle.« Silke legte nach und nach ihre Hemmungen ab. Sie posierte erstaunlich natürlich, fand immer mehr Gefallen am Fotoshooting. Onno Dierken lichtete sie in verschiedenen Positionen ab, in Ruhe, in Bewegung, beim Tanzen, Herumalbern, beim Sprung von einer Düne und beim entspannten Liegen in einer Dünenmulde.

»Sooo«, sagte er gedehnt, nachdem er sich etwa eine halbe

Stunde ausschließlich mit Silke befasst hatte, »nun zu dir, min Deern!« Er zwinkerte Simone zu, die schon mal ihre Jacke ablegte. Sie hatte verstanden, wie Onno sich das Fotoshooting vorstellte. Schließlich hatte sie Zeit genug gehabt, ihrer Freundin zuzusehen.

Mit Simone war es einfacher. Sie war freier, von Anfang an unbekümmerter. Sie gefiel Onno mit ihrer intensiven, lebenslustigen Art, ihrem Lachen, ihrer Flirtlaune, Ausgelassenheit und überschäumenden Lebenslust. Simone konnte sich wunderbar vor der Kamera bewegen. Schnell hatte er gute Bilder von ihr im Kasten und freute sich darüber, denn das Licht wurde milchiger. »Was ein Sahneschnittchen«, rief er immer wieder aus, »Junge, Junge, Simone, so will ich dich haben! Zeig mir mehr, zeig mir, was du hast! Du hast einen wunderschönen Körper. Trau dich, ihn zu zeigen. Komm, biete mir mehr, du machst das großartig! Mach einen Schmollmund, du hast dir doch die Lippen so schön aufspritzen lassen, dann musst du sie auch zum Einsatz bringen. Zeig mir deine Kurven, gib mir einen Handkuss. Wunderbar, Simone, ich liebe, was du tust!« Er schaute sich die Bilder auf seiner Digitalkamera an. »Yes«, sagte er zufrieden, »so soll das sein! So klasse Models hatte ich schon lange nicht mehr vor der Linse.«

»Ich bin doch platt wie eine Flunder. Wenn ich keine Creolen in den Ohren hätte, sähe ich aus wie ein Mann.«

»Quatsch mit Soße«, lachte Onno. »Ich stehe auf Frauen wie dich, liebe Simone! Und auf dich, Silke! Beide habt ihr was zu bieten.« Er reckte den Daumen in Silkes Richtung. Sie saß auf einer sandigen Anhöhe und schaute Onno und ihrer Freundin zu.

Onno hatte genug Fotos geschossen und schlug eine kleine Pause vor.

Simone ließ sich zu Silke ins Dünengras fallen. Sie sah

erhitzt aus und fächelte sich mit ihrer Jacke Luft zu. Silke wirkte etwas ermüdet.

»Ich möchte euch eine Frage stellen«, sagte Onno bewusst schüchtern. »Aber ich will euch nicht zu nahe treten. Ehrlich gesagt habe ich ein bisschen Bammel vor eurer Reaktion.« Er stand direkt vor ihnen und knabberte an seinem Daumennagel.

»Ach was«, ermunterte Simone ihn. »Raus mit der Sprache, wir beißen nicht.«

»Also gut«, sagte Onno und sah Simone dabei tief in die Augen. Lust und Verlangen spiegelte sich in seinem Blick. »Nun, ich fände es schön, wenn ihr euch ausziehen würdet.« Beschwichtigend streckte er seine Hand aus. »Aber wirklich nur so viel, wie ihr wollt, wie ihr euch wohlfühlt. Ihr sollt euch zu nichts verpflichtet fühlen. Mir würde es gefallen.«

»Ein Erotikshooting?«, fragte Simone ausgelassen. »Ohne alles? Echt jetzt?«

»Wirklich nur, wenn ihr wollt«, sagte er und öffnete entwaffnend die Hände. »Ich schenke euch die Fotos. Sie werden wunderschön bei dem Licht, das garantiere ich euch. Solche rundum ästhetischen Bilder habt ihr bestimmt noch nicht von euch gesehen. Schaut nur, die Sonne geht gerade unter. Das ist ein perfekter Weichzeichner. Man sieht auf den Bildern keine Dellen, keine unschönen Details, wobei ihr sowieso perfekt seid.«

»Ich wollte immer schon mal erotische Bilder von mir haben«, gab Simone zu. »Also, mir persönlich macht es nichts aus, mich auszuziehen. Ich bin dabei!«

»Prima, darauf lasst uns einen trinken!« Onno öffnete seinen Kühlrucksack und zog eine Flasche Sekt hervor. An Gläser hatte er ebenfalls gedacht. Er reichte zwei an Simone und Silke, entkorkte die Flasche und goss den Damen und dann auch sich großzügig ein. Der roséfarbene Sekt schäumte in den Gläsern. »Prost!«, sagte er und stieß abwechselnd mit beiden Frauen an. Viel zu schnell hatten sie die Gläser geleert, und Onno schenkte sofort nach.

Es dauerte nicht lange, da stand Silke vollkommen nackt vor ihm. Sie war rund und prall wie eine Rubensfrau. Er konnte den Blick nicht von ihr abwenden. »Wahnsinn«, sagte er begeistert und schluckte. »Du hast einen sexy Körper, Schätzelein, weißt du das? Jede Rundung genau da, wo sie sein soll.« Seine Stimme war rau geworden, und er leckte sich über die Lippen.

Silke lachte geschmeichelt und bot von sich aus verschiedene Posen an. Er fand ihre Bewegungen anmutig und verführerisch, sie gefielen ihm ausnehmend gut, und das sagte er ihr auch. Je mehr Komplimente er ihr machte, desto freier wurde Silke.

»Jetzt sag nicht, du machst das zum ersten Mal«, sagte er grinsend, während er ein Foto nach dem anderen schoss. »Wirklich, ich glaube, du nimmst mich gerade hoch. Du bist ein professionelles Erotikmodell, hast jede Menge Erfahrung, stimmt's?«

Ihre Antwort war ein helles, glucksendes Lachen, in das Simone mit einstimmte.

»Ich habe enge Kontakte zum Playboy«, behauptete Onno, während er die Einstellungen seiner Kamera änderte, »einen der Fotografen in der Redaktion kenne ich gut. Wir sind seit Jahren befreundet. Ich könnte dir einen Vertrag vermitteln, Hase. Vielleicht sogar für ein Cover. Wenn der Marco genauso zufrieden ist wie ich, müsste das funktionieren. Dir auch, Simone-Schatz, wenn du das gleich genauso gut machst wie deine Freundin. Ihr wollt doch in den Playboy?«

»Warum nicht?«, riefen die Frauen in Sektlaune aus und kicherten.

Inzwischen war die Sonne am Horizont nur noch als dunkelroter Ball zu sehen. Onno freute sich, dass Simones Körper in ein betörend schönes Licht gefärbt und wunderbar in Szene gesetzt wurde. Er ging zwei Schritte auf sie zu und setzte zu Nahaufnahmen an.

KAPITEL 13

»Im Kühlschrank ist Bier und Cola«, rief Henry durch die geöffnete Küchentür. Was möchtest du?«

Swantje kam gerade aus dem Bad. Sie hatte ein Handtuch wie einen Turban um die frisch gewaschenen Haare geschlungen und sich in ein großes weißes Handtuch gewickelt. Hätte sie gewusst, dass sie ihre Unterkunft mit einer anderen Person teilen musste, hätte sie einen Bademantel eingepackt.

»Ich würde ein Bier mittrinken«, sagte sie und rubbelte sich mit dem Handtuch die Haare ab. »Gib mir noch ein paar Minuten zum Föhnen.«

Später saßen sie am Küchentisch zusammen und nahmen eine einfache Mahlzeit ein, die aus Proviant von der Reise bestand. Sie stießen mit Flaschenbier auf ihr Wiedersehen an und waren trotz der Umstände, die sie zusammengeführt hatten, guter Dinge.

»Hätte ich gewusst, dass du kommst, hätte ich mit dir geknobelt, wer wo schläft«, sagte Swantje schuldbewusst.

»Wieso?«

»Na, ich war so frei und habe mir das größere Bett ausgesucht. Im Elternschlafzimmer. Du hast das Kinderzimmer.«

»Was auch sonst?«, sagte er kauend. »Mit meiner Körpergröße und meinem Gewicht bietet sich das geradezu an.«

Sie wusste, dass er das ironisch gemeint hatte. »Wir können ja nach ein paar Tagen tauschen«, sagte sie zerknirscht.

»Ach was, ich schlafe überall wie ein Bär. Ist doch gemütlich, die kleine Butze. Ich habe dir ja erzählt, dass ich bei der alten Dame mit den Katzen in Wacken auch in einem ehemaligen Kinderzimmer geschlafen habe. Das passt zu mir. Ich bin immer noch ein Kind in einem viel zu großen Körper, glaube mir.« Er zwinkerte ihr zu.

»Ich danke dir«, sagte Swantje erleichtert und setzte die Bierflasche an.

»Hast du Susanne Flemming schon gegoogelt?«, wollte Henry wissen.

»Natürlich, sofort. Und du?«

Er nickte und biss in sein Käsebrot.

»Familiäres oder überhaupt Privates verrät sie ja nicht viel«, bemerkte Swantje. »Da hält sie sich sehr bedeckt.«

»Auch keine Angaben zu ihrem Beziehungsstatus«, fuhr Henry fort. »Eine Zeit lang hat sie Pferdebilder gepostet, aber das ist lange her. Ältere Fotos zeigen sie im Reitstall beim Ausmisten, beim Reiten in den Dünen und am Strand. Es gibt sehr schöne Aufnahmen von einem Ausritt bei Sonnenuntergang am Meeressaum. Früher hat sie Werbung gemacht für den Reiterhof Flemming, mit Sonderaktionen und Gruppenausritten, auch für absolute Anfänger. Aber plötzlich hörte das auf.«

»Das ist mir auch aufgefallen«, sagte Swantje. »Keine Pferdebilder mehr, keine Reitstallwerbung seit fast zwei Jahren.«

Henry stellte die Flasche ab und wischte sich den Schaum vom Mund. »Stattdessen Essen und Trinken, ihr Strandcafé, fröhliche Partypeople in Liegestühlen draußen mit Getränken in der Hand, Musikgruppen, Susanne immer schick und elegant. Auf früheren Fotos wirkte sie wie eine unkomplizierte Inselfrau mit Pferdeschwanz, oft in Gummistiefeln, Wachsjacke oder derbem Strickpullover. Aktuelle Fotos zeigen sie stark geschminkt, mit gestylten blonden Haaren und modisch angezogen. Und ihr Lächeln ist sehr selbstbewusst geworden. Innerhalb weniger Monate hat sie sich komplett verändert.«

»Und die aktuellen Fotos wurden nicht mehr von ihrem Mann Hajo Flemming geliked oder gar geteilt.«

»Sondern auffällig oft, ja, fast immer von einem Mann namens Ansgar Löbbert.«

»Dem Lehrer der Inselschule«, fügte Swantje hinzu. »Werner Rübsamen hat uns schon den Tipp gegeben. Wir werden ihm bald einen Besuch abstatten.«

»Nun, ich habe auch Ansgar Löbbert gegoogelt«, sagte Henry. »Er ist umweltpolitisch sehr aktiv. Setzt sich gegen die geplante Gaspipeline im Wattenmeer ein. Susanne Flemming teilte viele seiner Postings. Und beide wettern darin gegen …«

»… den Reeder«, führte Swantje seinen Satz zu Ende, »der diese Pipeline unbedingt durchsetzen will. Wie heißt er noch?«

»Asmussen«, fiel Henry nach kurzem Nachdenken ein. »Hein Asmussen. Er zeigt sich in den sozialen Netzwerken gerne als Lebemann, mit hübschen Frauen und reichlich Alkohol.«

Swantje nahm nachdenklich einen großen Schluck aus ihrer Bierflasche. »Ob darin ein Motiv liegen könnte?«, überlegte sie. »Ein politisches Motiv? Will dieser Asmussen vielleicht seine Kontrahenten aus dem Weg räumen?«

»Nun, da hätte er viel zu tun. Viele Insulaner sind gegen die Pipeline. Auf den Nachbarinseln sieht es nicht anders aus.«

»Vorknöpfen werden wir ihn uns auf jeden Fall. Zumal dieser Asmussen außerdem der Eigentümer von Susanne Flemmings Strandcafé ist. Sie war nur die Pächterin.

»Ach.«

»Ja, Zeugen haben mir zugetragen, dass Asmussen die Pacht erhöht habe und dass auch dies immer wieder Anlass zum Konflikt gewesen sei. Aber ich bin dem nachgegangen. Der Pachtvertrag läuft über fünf Jahre, da hat sich also nichts geändert.«

»Ich bin gespannt, was Asmussen dazu zu sagen hat«, sagte Henry und köpfte eine neue Flasche. Er stieß mit ihr an. »Auf Juist! Auf unsere gemeinsame Zeit hier!«

»Auf Juist!«, sagte Swantje schmunzelnd.

Sie fanden eine Scheibe von Leonard Cohen und legten sie in den CD-Spieler der alten Stereoanlage ein. Während sie ihre bescheidene Mahlzeit zu sich nahmen, fühlten sie allmählich die alte Vertrautheit wieder zwischen ihnen. Sie erzählten sich, wie es ihnen in den letzten Wochen ergangen war, seit sie sich am Fähranleger von Norden-Norddeich voneinander verabschiedet hatten. Seitdem hatten sie sich nicht wiedergesehen.

»Wenn ich ehrlich bin, sind wir etwas anders auseinandergegangen«, sagte Henry.

»Wie meinst du das?«

»Du wirktest auf mich gelöster, als hättest du dich mit der Trennung von deinem Mann abgefunden.«

Swantje stieß ein zischendes Geräusch aus und verdrehte die Augen. »Kann man sich jemals mit so etwas abfinden? Ich wünsche das niemandem. Betrogen zu werden, ist das eine. Danach einfach eiskalt abserviert und quasi vor die Tür gesetzt zu werden, das andere. Ich habe innerhalb kurzer Zeit nicht nur meinen Mann verloren, sondern auch mein Zuhause, meinen Anker, meinen Safe Space, wie man neudeutsch sagt.«

»War bei mir nicht anders, ist nur schon lange her«, sagte er kauend. »Sie war auch plötzlich ohne Vorwarnung weg, kurz nachdem unsere Tochter Pia konfirmiert worden war. Da dachte sie wohl, Pia sei erwachsen und würde es schon ohne sie schaffen.« Er schüttelte den Kopf. »Oberflächlich betrachtet hat meine Tochter es ja auch geschafft. Doch tief in ihr drin muss es sie so verletzt haben, dass ihre Probleme später kamen, dann aber mit geballter Wucht wie ein Tsunami.«

Swantje erinnerte sich daran, dass Henry ihr erzählt hatte, wie Pia zeitweise in die Prostitution abgerutscht war, trotz Kleinkinder zu Hause. Mittlerweile hatte sie sich aber gefangen und machte eine pädagogische Ausbildung in einer Kita.

»Und jetzt zu dir«, sagte Henry, »hast du eine Wohnung gefunden?«

Swantje erzählte ihm von ihrer neuen Bleibe.

»Glücklich wirkst du auf mich dennoch nicht«, bemerkte er.

»Davon bin ich noch ein gutes Stück entfernt«, sagte sie leise.

»Hat dich die Trennung wirklich so überrascht? Hast du keine Anzeichen bemerkt?«, wollte er wissen.

»Doch, habe ich. Schon einige Monate vorher, wenn ich ehrlich bin. Aber die Anzeichen habe ich in dem Moment nicht gesehen oder nicht wahrhaben wollen. Erst im Nachhinein, nachdem ich viel nachgedacht hatte, ist mir so manches klargeworden. Es fing mit Fotos an.«

»Mit Fotos? Was für Fotos?«

»Mein Mann hat mal eine Kurzreise unternommen, mit einem Busunternehmen. Er wollte für drei Tage an die Küste, nach Wangerooge, um den Kopf freizubekommen und die Ruhe auf der Insel zu genießen. Fotos von dem Kurztrip hat er mir hinterher nicht gezeigt. Irgendwann habe ich die Fototasche eines Drogeriemarktes auf seinem Schreibtisch gefunden. Er hat also einige Bilder ausgedruckt. Darauf zu sehen war mein glücklich strahlender Holger mit einer Unbekannten. Die Frau hatte schulterlange rotblonde Locken. Sogar auf einem Gruppenfoto stand sie eng neben ihm. Es sah so vertraut aus. Solche Fotos hat es von meinem Mann und mir schon lange nicht mehr gegeben.«

»Verstehe«, sagte Henry.

»Und dann die Gespräche mit Holger. Er sprach viel von anderen Paaren, von ihren Problemen in der Beziehung, von Affären und Trennungen. Ich habe mir nichts dabei gedacht, dachte nur, uns betrifft es ja nicht, wir sind ein glückliches langjähriges Paar. Dass er damit wohl nur von sich ablenken, vielleicht auch austesten wollte, wie ich über Fremdgehen oder eine Affäre dachte, ist mir erst viel später aufgegangen. Einmal sagte er: ›Die Ehe ist ja hauptsächlich ein Unternehmen, das der Vermögensbildung dient. Es sind die finanziellen Dinge, die am Ende zusammenhalten.‹ Da hatte ich das Gefühl, dass er sich die romantischen Gefühle, die menschliche Wärme, den Sex woanders sucht.«

Henry nickte. »Kenn ich«, sagte er. Er stand auf und wechselte die CD. Etwas Klassisches. »Erzähl weiter«, sagte er. »Mir kommt das alles so bekannt vor, als hätte ich es selbst erlebt.«

»Eines Tages kam er wieder damit an, dass er eine Kurzreise unternehmen wollte. Diesmal nach Schottland. Ich fragte: ›Allein?‹ Da sagte er: ›Ja, mit den Leuten, die ich von der letzten Reise kenne. Wir haben uns verabredet, wollen uns wiedersehen.‹ Als ich ihm vorschlug, auch mitzufahren, da wir zu dem Zeitpunkt schon lange keinen gemeinsamen Urlaub hatten, schwieg er. Plötzlich wirkte er ganz verschlossen. Er saß auf dem Sofa, las Zeitung und seufzte mehrmals vor sich hin. Drei Tage später sagte er, die Reise sei vom Veranstalter abgesagt worden. Zu wenig Teilnehmer. Ich habe nachgehakt: Es stimmte nicht!«

»Bitter«, sagte Henry, »richtig gemein!«

»Es gab mehrere Beispiele dieser Art, die mich stutzig gemacht haben. Kurz vor Weihnachten hat er dann endlich zugegeben, dass er sich verliebt hat, mit seiner Neuen zusammen feiern möchte, und das zukünftig jedes Jahr. Er hat deutlich gemacht, dass ich mir eine neue Bleibe suchen muss. Wir wohnten in seinem Elternhaus, also musste ich raus. Und jetzt sitzen sie zusammen in meiner Küche, an meinem Tisch und frühstücken mit meinem Geschirr. Er streicht ihr eine verdammte rotblonde Locke aus dem Gesicht. Sie freut sich darüber und lacht ihn an. Und ich muss das draußen von meinem Auto aus mitansehen.« Sie weinte.

Henry stand auf und umarmte sie.

»Übrigens mag ich diese kleine Ferienwohnung«, sagte sie mit tränenerstickter Stimme und sah sich um, »obwohl sie überhaupt nicht meinem Geschmack entspricht und ich mich niemals so einrichten würde. Eigentlich finde ich sie furchtbar, aber ich liebe sie. Ich finde sie viel gemütlicher und heimeliger als meine coole Neubauwohnung in Osnabrück. Ja, tatsächlich fühle ich mich pudelwohl hier.«

»Mir geht es genauso. Es kommt nicht auf die Größe und die Ausstattung eines Hauses an«, sagte er, »sondern einzig und allein auf Herzenswärme. Wenn man Menschen um sich herum hat, mit denen man gerne zusammen ist und mit denen man am liebsten rund um die Uhr Zeit verbringen würde, sie vermisst, wenn sie nicht da sind, ist alles gut. Dann ist das Leben perfekt!«

»Moin, Hannes. Kann ich ein Helles haben?« Onno Dierken ließ seinen Blick schweifen. Dunkles Mobiliar, viel Holz, maritime Deko. Zwei Männer an der Bar, mehrere Gruppen an den Tischen. Er kannte einige von ihnen. Die Zeit schien wenigstens hier stehen geblieben zu sein, auch wenn die Bekannten nicht mehr ganz so frisch aussahen wie früher.

Dem Wirt fiel die Kinnlade herunter. Er war inzwischen grau und trug seinen Bart viel länger. Tattoos und schwarzer Schmuck schienen außerdem seine Leidenschaft geworden zu sein. »Onno Dierken, Menschenskinner!«, rief er. »Der Lulatsch vom Ostdorf! Lange nicht mehr gesehen und doch wiedererkannt. Haben sie dich rausgelassen? Hätte nicht gedacht, dass das noch mal passiert.«

Hannes' Sprüche waren immer noch so rau wie früher, aber seine Miene blieb anders als damals verschlossen. Nicht mal die Augen lächelten. Mit einem Spültuch wischte er über den Tresen. Onno hatte das Gefühl, dass er ihn damit am liebsten wegwischen wollte.

»Was willst du? Ich habe meine Strafe abgesessen. Mehr habe ich dazu nicht zu sagen. Ich bin jetzt ein freier Mann. Was ist, kriege ich was zu trinken?« Aus dem Augenwinkel bekam Onno mit, dass sich die Köpfe der Männer an den Tischen zu ihm drehten, dass die Gespräche verstummten.

Hannes stemmte die Hände in die Hüften und machte sich dadurch noch breiter. »Mir wäre es ehrlich gesagt lieber, du würdest woanders dein Bier trinken!«

»Wie meinst du das, Hannes? Das war immer meine Stammkneipe. Elke und ich waren jede Woche hier!«

»Eben, und Elke lebt nicht mehr.« Hannes wischte mit verbissenem Gesichtsausdruck weiter, obwohl der Tresen bereits wie eine Speckschwarte glänzte.

»Komm schon, gib mir ein Bier und ein Korn dazu!« Onno setzte sich direkt an die Theke.

Hannes' Kiefer mahlte. Jetzt beugte er sich zu Onno über den Tresen und zischte ihm zu: »Die Leute reden viel, das weißt du ja. Sie sagen, du hättest wieder eine Frau umgebracht. Sie sagen, du hättest was mit dem Mord an Susanne zu tun.«

»Die Leute reden Bullshit«, sagte Onno. »Es stimmt nicht, was sie sagen. Ich habe nichts damit zu tun.«

»Jemand hat dich am Freitag in Susannes Café gesehen, Onno.«

»Und wenn schon, es waren auch andere Leute da. Die könnten es nach der Logik genauso gut gewesen sein wie ich.«

»Aber die kommen nicht direkt aus dem Gefängnis wie du. Die haben nicht bereits eine Frau umgebracht. Du musst zugeben, dass man es den Leuten nicht verdenken kann, dass sie dich nicht mehr so gerne um sich haben.«

Onno sah es nicht ein, sich wegschicken zu lassen wie einen lästigen Bettler. »Ich bleibe dabei. Ich habe ein gutes Gewissen, das ist die Hauptsache.«

»Und ich bleibe dabei, dass du jetzt besser gehst.«

Onno starrte vor sich hin. »Ich will doch nur was trinken«, sagte er mit belegter Stimme. »Mensch, Hannes, ich bleibe auch nicht lange! Versteh mich doch, ich will mal wieder unter Leute, will mal wieder ganz normal in meiner alten Kneipe sitzen und ein Bierchen und einen Korn zischen!«

»Die Umstände sind aber nicht mehr normal, Onno. Es hat sich viel verändert. Und was du getan hast, kann ich nicht tolerieren. Das ist nicht meine Welt.«

Die beiden Männer an der Theke standen auf und verzogen sich mit ihren Getränken in den hinteren Teil des Gastraums.

Mit grimmigem Gesichtsausdruck bediente Hannes den Zapfhahn. Er ließ Onno nicht aus den Augen. »Das letzte Bier, Onno, wirklich, das allerletzte, haben wir uns verstanden? Die Leute gucken alle her. Andy und Micha haben sich schon verdrückt. Ich will nicht, dass du mein Geschäft ruinierst!«

»Jaja, ist gut«, sagte Onno und ging auf einen Tisch zu, an dem zwei alte Bekannte saßen. Mit einem von ihnen war er in der Lehre gewesen, mit dem anderen zur Schule gegangen. Vier Stühle waren noch frei. »Darf ich?«, fragte er. Früher hätte er sich einfach dazugesetzt.

»Nein, alles besetzt!«, sagte einer von ihnen.

Onno sah sich um in der Hoffnung, dass ihn jemand an seinen Tisch winken würde. Aber die Blicke der anderen Gäste wirkten eisig und verschlossen.

Eine Weile stand er unschlüssig herum, tief getroffen und bis ins Mark verletzt. Dann schlich er zurück an den Tresen und wartete, bis sein Bier fertig gezapft war.

KAPITEL 14

Montag, 5. August, 7.52 Uhr

Meinert Richter, Chef der Juister Polizeistation, betrat das Büro mit saurer Miene. Er grüßte knapp in die Runde und nahm dann an seinem Schreibtisch Platz. Er konnte seinen Ärger darüber kaum verbergen, dass er seinen Urlaub wegen des Mordfalls hatte abbrechen müssen. Nach einem Becher mit extrastarkem Kaffee ließ er sich auf den aktuellen Stand der Ermittlungen bringen. »Leute, was soll das heißen, es ist noch nicht viel gelaufen?«, bellte er. »Ich denke, ihr habt Verstärkung vom Festland bekommen?«

»Wir haben Spuren sichergestellt und nach der Vermissten gesucht.« Sebastian Jonker berichtete von der intensiven Suche, die gestern Abend stattgefunden hatte. Leider ohne Erfolg. »Eine Zeugin glaubte, die Studentin im Westen der Insel gesehen zu haben. Also haben wir die Suche auf den Ortsteil Loog verlegt. Wir waren teils zu Fuß mit Handlampen unterwegs, teils mit Wärmebildkameras, teils mit Fahrzeugen. Wir haben ganz Loog auf den Kopf gestellt.«

Meinert Richter nickte unentschlossen. Ihm passte es nicht, dass sie nicht nur in einem Mord, sondern auch in einem Vermisstenfall ermitteln mussten.

»Mehr konnten wir gestern nicht tun«, sagte Torben Dankwort, der an der Tür gelehnt hatte. »Wir waren nicht nur in Mannschaftsstärke unterwegs, sondern auch unter Einbeziehung der Freiwilligen Feuerwehr Juist und des Rettungsdienstes des Landkreises Aurich.« Er verschränkte seine Arme.

»Habt ihr einen Hubschrauber angefordert?«

»Haben wir.«

»Dann heute das Gleiche noch mal in Grün«, befahl Richter.

»Die neue Kollegin aus Osnabrück kannst du vergessen«, befand Marvin Gissemann, der sich sofort von Richters schlechter Laune anstecken ließ.

Richter horchte auf. »Warum das?«

»Arrogante Person, hält sich für etwas Besseres. Sie ist verspätet hier aufgetaucht, weil sie den Flieger nicht nehmen wollte, den wir ihr vorgeschlagen hatten, aus welchen Gründen auch immer. Ihr Kollege Olsen kam hingegen genau wie erwartet, eben weil er den Flieger genommen hat.«

»Ja und? Sonst noch was?«, fragte Richter leicht genervt.

»Und dann beschwerte sich Madame gleich, dass sie die von uns gebuchte Ferienwohnung nicht allein nutzen darf.«

»Wieso nicht allein?«

»Nun, eben wegen Olsen, dem Kollegen vom LKA Hannover. Den haben wir bei ihr einquartiert. Die müssen sich halt zusammenraufen, hilft ja nichts. Meine Güte, Extrawürste können wir nicht braten. Wir haben Hochsaison auf Juist, alles ist ausgebucht. Die kann froh sein, dass wir überhaupt noch ein Plätzchen für sie auftreiben konnten. Die Schreibkraft hat sich die Finger wund getippt und konnte eine Unterkunft bei einer entfernten Verwandten auftreiben. Hey, es sind erwachsene Leute, die werden sich doch wohl arrangieren, wer wo schläft.«

»Findest du sie wirklich so schlimm?«, fragte Sebastian Jonker stirnrunzelnd. »Ich kenne sie schon vom letzten Mordfall auf Borkum und bin gut mit ihr ausgekommen. Auch jetzt habe ich mich wieder nett mit ihr unterhalten. Sie hat sich für den Kaffee bedankt, den ich ihr gemacht habe, und ein bisschen von ihrer neuen Wohnung erzählt. Sie hat noch nicht einmal alle Kisten ausgepackt und hat sich trotzdem zu uns auf den Weg gemacht, um uns zu unterstützen.«

»Du findest jeden nett«, bemerkte Marvin. »Als Polizist solltest du vorsichtiger sein.«

»Marvin hat Probleme mit Frauen im Job«, bemerkte Meinert Richter. »Zumindest, wenn sie über ihm stehen und ihm etwas zu sagen haben.«

»Das hat damit nichts zu tun«, widersprach Marvin. Er wollte auf keinen Fall als Chauvi gelten. »Ich mag nur Frau Brandts spezielle Art nicht. Sie ist mir zu spröde, zu hochnäsig. Der Kollege hingegen scheint ganz okay zu sein. Er hat extra Wacken abgebrochen, um hier zu sein.«

»Wacken – das Festival? Da war ich früher auch!« Meinert Richters Laune besserte sich schlagartig.

Torben Dankwort stellte seinen Kaffeebecher ab. »Genug der Lästerei. Ich habe ein Foto gesehen von dem Kollegen aus Hannover. Sieht aus, als ob man mit ihm nach der Arbeit ein Bier zusammen trinken könnte. Ich freue mich auf ihn. Und die Kollegin aus Osnabrück würde ich auch in die Spelunke mitnehmen.«

»Wenigstens einer. Wo sind die beiden jetzt?«

»Schlafen sich wohl aus. Gestern waren sie noch beim Reiterhof, um den Ehemann des Opfers zu befragen. Der Ehemann ist die erste Spur, die wir überhaupt haben.« Er klärte ihn darüber auf, was sie über Susanne und Hans-Joachim Flemming in Erfahrung bringen konnten.

»Na, da bin ich gespannt, ob die Spur hält, was sie momentan verspricht. Komm, mach einen Kaffee für mich mit, wenn du schon an der Maschine stehst.«

Kaum hatte er das ausgesprochen, betraten Swantje und Henry das Büro. Sie stellten sich Meinert Richter vor, der sie freundlich, aber auch sehr aufmerksam musterte. Er konnte nichts Arrogantes an Swantjes Auftreten erkennen und nahm sich vor, den neuen Kollegen unvoreingenommen entgegenzutreten. Er bot beiden Kaffee und einen freien Schreibtisch im angrenzenden Büro an. Als das Telefon klingelte, hob er ab und reichte es gleich weiter.

»Für Sie«, sagte er augenzwinkernd und flüsterte ihr zu: »Ich glaube, das können Sie besser.«

Swantje nahm ihm das Telefon ab und hörte konzentriert zu.

Der Wirt einer Juister Kneipe namens Hannes Gerken war am Telefon und berichtete mit aufgeregter Stimme davon, dass Onno Dierken in seinem Lokal gewesen sei und dort alles aufgemischt habe. Er habe seine Gäste vergrault, weshalb Hannes Gerken ihn hochkant rausgeschmissen habe. Er wollte wissen, inwieweit Onno Dierken mit »der Sache« etwas zu tun habe. Er habe Frau und Kinder, zwei heranwachsende Töchter, und mache sich große Sorgen um sie.

Swantje beruhigte den Kneipenwirt, indem sie betonte, dass es derzeit keinen Anhaltspunkt dafür gäbe, dass Dierken der Täter sei. Ihm sei eine gute Sozialprognose ausgestellt worden und sie stehe in Verbindung mit seinem Bewährungshelfer. Er lebe wieder in geordneten Verhältnissen auf der Insel und habe keinen Zugang zu Schusswaffen.

»Ich glaube Ihnen kein Wort!«, herrschte Gerken sie an. »Sie wollen nur beschwichtigen. Alle auf der Insel haben Angst vor Onno. Niemand lässt seine Kinder noch gerne raus. Jeder rechnet damit, dass bald wieder etwas Schlimmes passiert.«

»Inwieweit hat er Ihre Gäste vergrault?«, hakte Swantje Brandt nach.

Gerken druckste herum. »Er war da und hat blöd geguckt. Er rückte meinen Leuten zu nah auf die Pelle. Keiner wollte, dass er sich zu ihnen setzte.«

»Gab es einen realen Anlass, wodurch Sie sich bedroht gefühlt haben? Oder einer Ihrer Gäste? Können Sie etwas konkret zur Anzeige bringen?«

Der Wirt musste zugeben, dass er sich von der bloßen Anwesenheit Dierkens gestört gefühlt habe. Er habe ein ungutes Gefühl, das müsse doch reichen, um Dierken zu beschatten.

Als Swantje mit einem Seufzer aufgelegt hatte, reichte ihr Sebastian Jonker zögerlich eine durchsichtige Tüte mit einem Bierdeckel. »Ich will mich nicht aufdrängen, aber wo Sie gerade von Beweismitteln gesprochen haben«, sagte er freundlich, »möchte ich Ihnen etwas zeigen. Vermutlich handelt es sich hierbei um unser wichtigstes Beweismittel. Wir haben es bei der Erstbegehung am Tatort gefunden.« Sein sommersprossiges Gesicht wurde vor Aufregung leuchtend rot.

Marvin Gissemann zog eine Grimasse. »Sebastian, Mensch, komm doch mal etwas schneller zu Potte! Immer diese verklausulierte Sprache!«

Swantje konzentrierte sich nur auf Sebastian. »›Das ist dafür‹«, las sie. »Haben Sie schon eine Ahnung, was damit gemeint sein könnte?«

»Nicht die geringste. Der Bierdeckel lag auf dem Tisch neben dem Opfer. Die Vermutung liegt nahe, dass es sich um die Handschrift des Täters handelt.«

Swantje nahm sich Zeit, den Bierdeckel genau zu betrachten, vor allem die Handschrift. Sie war etwas krakelig. Das R in »dafür« sah aus wie ein N, die beiden As hätten auch Os sein können. Er hatte sich nach der Tat die Zeit genommen, eine Nachricht zu hinterlassen. Drei Worte nur. Sie genügten, um seine Mordabsicht auszudrücken. Kein Tötungsdelikt im Affekt, keine Körperverletzung mit Todesfolge, kein Totschlag Und offensichtlich hatte es der Täter darauf angelegt, dass dies erkannt wird. Denn mit seiner Nachricht hatte er sich selbst die Chance genommen, wegen Totschlags belangt zu werden. Sie rief sich den Paragrafen 211 Abs. 2 StGB in Erinnerung:

»Unter Mord versteht man die vorsätzliche Verkürzung menschlichen Lebens mit besonderer Verwerflichkeit. Darauf steht eine lebenslange Freiheitsstrafe. Die Tat verjährt nicht.«

Der wichtigste Hinweis auf Vorsatz war natürlich, dass er eine Schusswaffe bei sich getragen hatte. Eine Waffe nimmt niemand einfach so mit, wenn er nur abends ausgehen möchte.

»Ich möchte einen Grafologen hinzuziehen«, sagte sie. »Vielleicht existieren bereits Notizen oder Erpresserbriefe mit ähnlicher Handschrift.«

»Es gibt einen Experten in Aurich«, sagte Meinert Richter, »mit hervorragenden Referenzen. Der kann aufgrund einer Schriftprobe Rückschlüsse auf den Charakter und die Persönlichkeit eines Menschen ziehen. Ich werde eine Kopie hinschicken.«

Swantje nickte. »So machen wir es.«

Als die Gäste den Frühstücksraum verlassen hatten, setzte sich Onno Dierken mit der Nordsee-Zeitung in den Frühstücksraum. Er war kaum über den Leitartikel hinausgekommen, als seine Mutter mit einem großen Tablett aus der Küche kam, um die Tische abzuräumen. Sie stutzte. »Sag mal, Onno, hast du heute schon die beiden Frauen gesehen? Sie sind gar nicht zum Frühstück erschienen.«

»Welche Frauen?«, fragte er mürrisch.

»Willst du mich auf den Arm nehmen? Die zwei Frauen, mit denen du gestern Abend weggegangen bist!«

»Ich bin doch gar nicht …«

Sie schlug ihm die Zeitung aus der Hand. »Onno, es reicht! Am liebsten würde ich dir eine …!« Sie sagte das mit gedämpfter Stimme und beherrscht, um die Gäste im Haus nicht zu stören.

»Jetzt übertreib mal nicht. Was kann ich dafür, dass die zwei Weiber heute möglicherweise andere Pläne haben? Wahrscheinlich frühstücken sie in einem Café. Die brauchen halt ab und zu etwas Abwechslung.«

»Abwechslung? Du bekommst gleich mal Abwechslung!« Sie stützte ihre Arme auf dem Tisch ab und stierte ihn feindselig an. Der hohe Blutdruck machte sich in ihrem Gesicht bemerkbar. »Mensch, Onno, ich beschwöre dich, mach keine dummen Sachen, du bist gerade erst aus dem Gefängnis raus, hast einen Bewährungshelfer, der hier schon angerufen hat und dich demnächst auf Juist besuchen wird, hast nicht die beste Prognose, wieder auf die Füße zu kommen, und dann fällt dir nichts Besseres ein, als dich an die weiblichen Gäste ranzumachen, verlässt mit ihnen spätabends das Haus, treibst dich irgendwo auf der Insel mit ihnen rum, kommst ohne sie zurück und willst mir weismachen, dass du keine Ahnung hast, wo sie abgeblieben sind? Soll ich die Polizei rufen? Die Leute haben dich längst auf dem Kieker. Ich weiß, was geredet wird. Sie wollen dir den Mord an dieser Gastronomin anhängen und die Entführung der jungen Studentin. Du kriegst kein Bein mehr auf die Erde. Und jetzt sind auch noch die beiden weiblichen Hausgäste verschwunden. Willst du, dass die Bullen hier aufkreuzen und dich einkassieren?«

Er nahm die zerknüllte Zeitung auf, glättete sie, faltete sie sorgfältig zusammen und legte sie vor sich auf den Tisch. »Jetzt mal nicht den Teufel an die Wand, Mama«, sagte er. »Ich weiß wirklich nicht, warum die beiden Damen nicht zum Frühstück erschienen sind. Vielleicht schlafen sie noch.

Geh doch einfach rauf und klopf an. Du wirst sehen, sie werden dir schlaftrunken die Tür öffnen.«

»Du wirst lachen, aber das habe ich schon getan!« Anni Dierken pfefferte wütend das Geschirr auf das Tablett, dass es nur so schepperte. »Sie sind nicht da, Onno, Silke Bönninger und Simone Franz haben die Nacht nicht hier verbracht!« Sie betonte jedes Wort einzeln. Am liebsten hätte sie ihm die Worte nur so entgegengeschrien.

»Warte doch einfach ab! Ich sage dir, die frühstücken woanders, lassen es sich mit Champagner und Kaviar gutgehen und tauchen gegen Abend weinselig und entspannt wieder auf.«

Sie packte ihn am Kragen. »Du sagst mir jetzt, wie der gestrige Abend verlaufen ist. Jedes Wort will ich hören, jedes einzelne Wort! Was du mit ihnen gemacht hast, wo du mit ihnen warst. Du bist der Letzte, der mit ihnen gesehen worden ist. Wenn du nicht auf der Stelle auspackst, werde ich die Polizei informieren und die ganze Bude auf den Kopf stellen! Ich lasse mir von dir nicht meinen Pensionsbetrieb kaputtmachen, den ich mit deinem Vater mühsam aufgebaut habe. Das ist mein Zuhause, meine Arbeit, mein Leben, verstehst du? Du hast hier nichts mehr zu suchen, und ich werde keine Rücksicht mehr auf dich nehmen!«

Er seufzte tief und öffnete erschöpft die Knöpfe seines Polo-Hemdes. »Bitte setz dich, Mama«, sagte er, »und beruhige dich.«

KAPITEL 15

Henry Olsen und Sebastian Jonker saßen im Flieger nach Norden-Norddeich, um den Ehemann von Susanne Flemming in der Ubbo-Emmius-Klinik in Norden zu besuchen. Ihnen war bewusst, dass ihnen nicht viel Zeit für die Befragung gestattet werden würde, aber selbst fünf Minuten mit einem wichtigen Zeugen waren besser als nichts.

Swantje entschloss sich, nicht noch mehr Zeit mit sinnlosem Warten zu vergeuden, sondern Ansgar Löbbert wegen Dringlichkeit aus dem Unterricht holen zu lassen. Sie googelte die Inselschule und teilte ihren Kollegen mit, dass sie für eine Befragung in der nächsten halben Stunde außer Haus sein würde.

Nie zuvor in ihrem Leben waren die Nächte so lang gewesen. Dana streckte sich, um ihre verkrampften Muskeln zu lockern, denn die letzten Stunden hatte sie in der Embryonalhaltung verbracht – mit angezogenen Armen und Beinen, als wollte sie sich selbst Halt und Schutz geben. Sie hatte keine Ahnung, wie spät es war, aber es dämmerte bereits durch die vergitterten Fensterschlitze, also musste es etwa 6 Uhr morgens sein.

Sie fragte sich, wann ihr Entführer mit dem Frühstück käme. Am ersten Tag war es spät am Vormittag gewesen –

das hatte sie am Stand der Sonne erkannt – und gestern sehr früh. Wenn er doch endlich auftauchen würde und sie nicht länger allein ließe!

Dana wunderte sich über sich selbst. Sie sehnte sich ihren Entführer herbei, um nicht einsam zu sein. Das war doch verrückt! Er war ein Verbrecher, vermutlich ein Psychopath, ein vollkommen gestörter Mensch, und doch ertrug sie seine Nähe besser als die völlige Einsamkeit.

Sie musste zugeben, dass sich die Bedingungen für sie inzwischen deutlich verbessert hatten. Er hatte darauf verzichtet, sie erneut zu fixieren. Ihm war wahrscheinlich klar geworden, dass sie sowieso keine Chance hatte zu fliehen. Er hatte ihr eine Art Feldbett mitgebracht, auf dem sie wesentlich bequemer lag als auf dem Boden. Sie hatte nun auch zwei Kissen und eine warme Decke. Mindestens dreimal am Tag kam er mit Essen vorbei, so reichlich, dass sie davon satt wurde. Genug zu trinken hatte sie auch. Sie durfte die Toilette aufsuchen und gestern sogar in einem kleinen, altmodischen Gästebad mit dunkelblauen Fliesen duschen. Er hatte ihr einen Jogginganzug gebracht und Wechselwäsche, die nach Waschmittel und Weichspüler duftete. Sie fragte sich, wo er die Sachen herhatte, traute sich aber nicht, ihn darauf anzusprechen.

Dana hatte immer wieder darüber nachgegrübelt, was er mit ihr vorhatte, in diesen Stunden, die endlos schienen und nicht verstreichen wollten. Wenn er die Treppe herunterkam, um ihr etwas vorbeizubringen, gesellte er sich zu ihr wie ein Mensch, der sich vorgenommen hatte, sich regelmäßig mit seinem Haustier zu beschäftigen, damit es nicht verkümmerte. Er sprach mit ihr, berichtete ihr vom Weltgeschehen des Tages und was die Leute sich im Insel-Supermarkt und in der Bäckerei erzählten. Allerdings ließ er sie nicht näher an sich heran. Stets stand eine imaginäre Grenze zwischen ihnen. Sobald es persönlicher wurde, blockte er ab. Deshalb wusste sie nichts über ihn – nicht, ob er verheiratet oder alleinstehend war oder in einer Beziehung lebte. Sie wusste nicht, ob er Kinder hatte, und auch nicht, was er beruflich machte. Ziemlich sicher war, dass er freiberuflich arbeitete, denn er hatte viel persönlichen Freiraum im Laufe des Tages, um sie zu versorgen, und kam außerdem zu unterschiedlichen Zeiten. Sicher war auch, dass er von der Insel stammte, vielleicht sogar ein gebürtiger Juister war, denn er sprach ein breites Norddeutsch mit ein paar plattdeutschen Einsprengseln wie die Einheimischen. Heute würde sie ihn nach seinem Namen fragen und nach seinen Hobbys. Aber nur, wenn er gut gelaunt wäre. Kurz ging sie in sich und fragte sich, warum sie das alles interessierte. Wahrscheinlich war es die Abhängigkeit von ihm. Er war im Augenblick der einzige Mensch, mit dem sie zu tun hatte und den sie regelmäßig zu sehen bekam. Sie musste sich gut mit ihm stellen, weil sie völlig auf ihn angewiesen war. Sie hatte schon gemerkt, dass er sofort zurückwich und schroff wurde, wenn sie ihn provozierte. Da halfen nur Empathie und die Hoffnung, dass er ein wenig Bindung zu ihr aufbauen würde, um sie am Leben zu lassen, und gut mit ihr umgehen würde.

Henry Olsen und Sebastian Jonker meldeten sich im Foyer der Klinik an. Nachdem sie die Auskunft bekommen hatten, dass Hajo Flemming nach einem schweren Herzinfarkt auf der Intensivstation lag, mussten sie lange im Wartebereich auf den diensthabenden Arzt warten. Als er endlich auftauchte, sah Henry schon an seinem Gesichtsausdruck, dass sie nicht zu dem Kranken vorgelassen werden würden. Und so war es auch.

»Ich kann Sie leider nicht zu ihm lassen«, sagte der Stationsarzt. »Wir bedauern das sehr, aber es ist im Augenblick schwer abzusehen, wann Herr Flemming wieder ansprechbar ist, von einer Vernehmung ganz zu schweigen. Der Patient ist leider immer noch nicht orientiert. Das wird sich in den nächsten Tagen und vermutlich auch Wochen nicht ändern.«

»In fünf Minuten ist große Pause«, sagte der Leiter der Inselschule mit Blick auf die Wanduhr und bot Swantje Brandt Kaffee an. »Dann haben Sie 20 Minuten für die Befragung. Keine Minute mehr. Anschließend muss der Kollege wieder in den Unterricht.«

»Die Zeit müsste reichen«, erwiderte Swantje knapp.

Ansgar Löbbert erschien zwei Minuten nach dem Klingeln. Sie setzten sich in das Büro des stellvertretenden Schulleiters, das gerade nicht besetzt war. Kinderfotos auf dem Schreibtisch, ein dreiteiliger Kalender einer Teehandlung an der Wand. Daneben ein Poster mit einer Schafherde auf dem Deich.

Der Biologielehrer reagierte geschockt auf die Nachricht des Todes seiner Bekannten. Anscheinend hatte er noch nichts davon mitbekommen. Richtig blass wurde er, als Swantje ihm mitteilte, dass Susanne Flemming keines natürlichen Todes gestorben war.

»Wie grauenhaft«, sagte er niedergeschlagen, »ganz furchtbar, völlig unverständlich, wie so etwas gerade hier auf der beschaulichen Insel passieren konnte. Dennoch frage ich mich, warum Sie hergekommen sind und ausgerechnet mich verhören. Bin ich ein Verdächtiger, nur weil ich in der Vergangenheit mit Susanne zu tun hatte? Nicht beruflich, nur privat«, fügte er hinzu.

»Ich weiß«, sagte Swantje und schaltete die Aufnahmefunktion ihres Handys ein. »Sie erlauben?«

Er machte eine Geste der Ratlosigkeit. »Bleibt mir wohl nichts anderes übrig.«

»Es ist kein Verhör«, sagte Swantje und zupfte unauffällig ein blondes Haar von ihrer blauen Bluse. »Diesen Ausdruck verwenden wir sowieso nicht bei der Polizei. Wenn überhaupt, ist es eine Befragung, denn Sie gelten zurzeit nicht als Beschuldigter und sind nicht vorgeladen, sonst wäre es eine Vernehmung. Ihr Verhältnis mit Susanne Flemming war privat, sagten Sie gerade. Wie privat?«

Ansgar Löbbert zuckte mit den Schultern. »Wir waren Parteigenossen. Ich möchte die Partei nicht nennen. Oder muss ich?«

»Nein, Sie müssen nicht.«

»Aber Sie vermuten ein politisches Motiv?«

Swantje antwortete ausweichend. »Wir haben uns über Sie informiert, Herr Löbbert, und herausgefunden, dass Sie mit Susanne Flemming politisch an einem Strang gezogen haben. Sie waren beide gegen die geplante Pipeline im Wattenmeer.«

»Und? Was finden Sie daran verwerflich?«

»Ich weiß darüber zu wenig. Aber vielleicht klären Sie mich auf. Worum geht es bei der Sache?«

»Nun, es ist so …« Der Biologielehrer verschränkte die Arme. »Das Wattenmeer vor Deutschland und den Niederlanden ist in Gefahr. Die Gasbohrungen vor den Nordseeküsten sind unvereinbar mit dem Weltnaturerbe Wattenmeer. Jahrelang haben wir uns für den Artenschutz eingesetzt und viele Renaturierungsmaßnahmen ergriffen, um dieses einzigartige Ökosystem zu erhalten – das wollen wir nicht gefährden. Juist hat 2015 den Deutschen Nachhaltigkeitspreis erhalten. Er steht für soziale Verantwortlichkeit, Umweltschutz und wirtschaftliche Rentabilität. Bis 2030 soll Juist klimaneutral werden. Wir sind auf dem besten Weg dahin. Juist ist autofrei, selbst die Polizei ist mit Fahrrädern unterwegs.«

Oder mit Quads, dachte Swantje. »Gut, ich denke, die Befürworter der Pipeline werden die Aspekte soziale Verantwortung und wirtschaftliche Rentabilität auch im Blick haben.«

»Das allein ist zu wenig«, betonte Löbbert. »Wir haben hier auf Juist etwa 10.000 verschiedene Tierarten und Tausende von Vögeln, die auf den Nordseeinseln brüten. Die Erdgasbohrungen im Wattenmeer gefährden dieses wertvolle Biotop. Als Insulaner sind wir stolz auf den Welterbe-Status des Wattenmeers und wollen ihn nicht durch diese völlig unsinnigen Bohrungen aufs Spiel setzen. Niemand hier will eine stärker industrialisierte Nordsee, wirklich niemand, der sich Gedanken macht und sich um das Ökosystem sorgt. Wir kritisieren das Gasprojekt aufs Schärfste, bei dem vom niederländischen Festland aus ein Gasfeld unter dem Wattenmeer angebohrt werden soll. Außerdem gibt es in den Niederlanden eine Genehmigung zur Förderung von 32 Millionen Tonnen Salz unter dem Wattenmeer, was ich höchst bedenklich finde. Ich war früher Fischer. Meine Brüder sind es heute noch. Meine ganze Familie lebt seit Generationen von der Fischerei. Es wird zu einem massenhaften Fischsterben durch die Bohrungen kommen. Wenn die Fische nicht sterben, werden sie vertrieben. Eine Riesensauerei auf Kosten der Menschen, Tiere und Pflanzen.«

»Ich verstehe Sie, Herr Löbbert. Sie müssen sehr aufgebracht sein.«

»Nicht nur die geplante Gaspipeline stellt eine Gefahr dar, sondern auch das Verlegen neuer Stromleitungen für Offshore-Windparks. Auch bei diesem Projekt müssten Maßnahmen zum Schutz des Wattenmeers getroffen werden. Dabei geht es vor allem um die Zugvögel, die Jahr für Jahr an den Küsten brüten und durch die Windparks völlig irritiert werden. Sie werden weiterziehen wollen, aber es wird ihnen die Kraft dazu fehlen, weil sie es seit jeher gewohnt sind, sich hier für längere Zeit zu erholen.«

Swantje nickte. »Ich kann Ihre Ansichten durchaus nachvollziehen. Aber mich würde jetzt interessieren, was das mit Susanne Flemming zu tun hat, wie sie die Dinge gesehen hat.«

»Susanne hat sich darüber mit ihrem Mann zerstritten. Er war anderer Meinung. Er vertrat den Standpunkt, man müsste mehr für die wirtschaftliche Unabhängigkeit Deutschlands tun, für den Wirtschaftsstandort Deutschland, für die eigene Energieversorgung. Er fand, man dürfe sich nicht von anderen Industrienationen abhängig machen. Ein politisches Kalkül. Ich verstehe das zum Teil. Aber der Schutz der Gewässer, der Natur, der Küsten und des Wattenmeers ist um ein Vielfaches wichtiger. Als Naturwissenschaftler weiß ich um die Bedeutung einer intakten Natur, einer intakten Tier- und Pflanzenwelt für den Fortbestand des Lebens überhaupt.«

»Und Susanne Flemming war Ihrer Ansicht?«

»Das war sie, ja. Sie hat verstanden, was auch die Deutsche Umwelthilfe und die UNESCO fordern: den sofortigen Stopp von umweltschädlichen Projekten zugunsten der Gesunderhaltung des Wattenmeers. Aber begleitet wird das Ganze durch ein unvergleichliches juristisches Hickhack, das kein Ende zu nehmen scheint. Wir lassen uns das nicht bieten und gehen auf die Straße. Die Deutsche Umwelthilfe, die Bürgerinitiative ›Saubere Luft Ostfriesland e.V.‹ und die Inselgemeinde Juist haben eine einstweilige Verfügung erwirkt, die zu einem Stopp der Bohrungen führte. Aber die Gegenseite lässt nicht locker. Ein Ende ist nicht in Sicht. Ich bin deswegen gerade ziemlich deprimiert.«

»Wo haben Sie sich eigentlich kennengelernt?«

Er stutzte, irritiert über den plötzlichen Themenwechsel. »Susanne und ich? Letztlich in der Partei. Aber eigentlich in einer Umweltgruppe. Zunächst über Facebook, später auch privat. Wir haben uns regelmäßig getroffen und überlegt, wie wir den Umweltschändern auf den Leib rücken können.«

»Wo haben die Treffen stattgefunden?«

»In Privathäusern. Abwechselnd. Jeder war mal dran.«

»Wer gehört noch zu der Gruppe?«

»Das haben Sie doch sicher längst rausgefunden über Facebook. Ist kein Geheimnis, auch wenn wir die Gruppe mittlerweile auf ›privat‹ gestellt haben. Aber für Sie als Polizeibehörde stellt so was doch kein Hindernis dar.«

»Ich würde es gerne von Ihnen hören.«

»Nun, ich möchte niemanden da mit hineinziehen.«

»Aber Sie werden doch sicher keine Probleme haben, mir die Namen Ihrer Gegner zu verraten.«

»Ich nenne grundsätzlich keine Namen. Damit bin ich in der Vergangenheit oft auf die Nase gefallen.«

»Auch Hein Asmussen nicht?«

Dem Biologielehrer fiel die Kinnlade herunter. »Hein Asmussen?«

Swantje Brandt wartete ab.

»Ein Blödmann«, sagte er dann erwartungsgemäß. »Der versteht gar nichts. Traurig, wenn solche kleinen Machos auf einmal meinen, dass sie was zu sagen haben. Früher hat man die ignoriert, aber das geht in dem Fall leider nicht. Hein Asmussen macht alles kaputt, was wir jahrelang aufgebaut haben, wofür wir gekämpft haben. Hauptsache, seinen Schiffen geht nicht das Öl aus. Hauptsache, er kann es weiterhin billig beziehen und seinen gewohnten Lebensstandard halten. Asmussen besitzt mehrere Schiffe und Yachten, lauter Luftverpester, daneben teure Autos und Immobilien. Neben seiner Villa in Norden gehören ihm noch Ferienhäuser auf Juist und Langeoog.«

Swantje sah ihm ins Gesicht. »Und dieser Asmussen befürwortet die Gasbohrungen im Wattenmeer, nehme ich an.«

Löbbert nickte. »Er befürwortet sie nicht nur, er kämpft dafür, dieses egoistische Arschloch. Er sieht nur seine eigenen Vorteile. Alles andere ist ihm egal.«

»Ist an dem Gerücht etwas dran, dass er etwas mit Susanne Flemming hatte?«

Seine Ohren färbten sich verräterisch rot. »Also doch!«, stieß er hervor.

»Also was?«

»Nichts«, sagte er mit verkniffenem Mund. »Scheißkerl«, zischte er.

Sie fragte Ansgar Löbbert gerade nach seinem Alibi, als die Schulglocke ertönte. Die Pause war vorbei. Als Löbbert sich verabschiedete, klingelte ihr Handy. Henry war dran und bat sie, den nächsten Flieger nach Norddeich zu nehmen. Er wäre fertig in der Klinik, Sebastian befände sich bereits am Fähranleger und er selbst würde auf sie in einem Café warten und sie dann vom Fähranleger mitnehmen nach Münster. Die Befragungen von Danas Eltern und ihrem Freund sollten im Laufe des Tages noch stattfinden.

»Warte bitte einen Moment«, sagte Swantje, »warum müssen wir deswegen umständlich nach Münster fahren, warum kann das nicht am Telefon erledigt werden?«

»Bitte, Swantje, das weißt du selbst: Nie wird so viel gelogen wie am Telefon. Nur im direkten Kontakt können wir feine Nuancen wahrnehmen, eine unpassende Mimik, eine auffällige Gestik, eine veränderte Körperspannung. Das muss ich dir nicht erklären, oder?«

»Natürlich nicht.« Sie fühlte sich gerade wenig motiviert, weil sie erst gestern angekommen war und noch nicht einmal ihren Koffer ausgepackt hatte, aber suchte dennoch sofort im Internet Fährverbindungen heraus. Und sie hatte Glück: Die letzte Fähre des Tages fuhr in 25 Minuten ab. Sie müsste sich beeilen, könnte es aber schaffen, wenn sie das Fahrrad nähme. »Ich bin schon unterwegs«, sagte sie und steckte das Handy ein.

Dana schreckte aus dem Schlaf auf, als sie den holzig-würzigen Rasierwasserduft ihres Entführers wahrnahm. Schon stand er vor ihr, in einer Hand eine Brötchentüte und eine Flasche Cola, in der anderen eine große Thermoskanne.

»Ich wollte dich nicht wecken«, murmelte er.

»Sie haben mich nicht geweckt«, behauptete sie, »ich war schon wach, muss aber noch einmal kurz eingedöst sein.«

»Du siehst gut aus, ausgeschlafen und frisch!«

»Das täuscht«, sagte sie und rieb sich die Augen. »Was ist jetzt eigentlich? Wie hat die Polizei reagiert? Werde ich gesucht?«

Er setzte sich ans Fußende des Feldbetts und reichte ihr das mitgebrachte Frühstück. »Die Brötchen sind belegt. Ich glaube, ich habe deinen Geschmack getroffen. Kaffee mit Milch ist in der Thermoskanne. Ich hoffe, das ist recht so.«

Sie wollte nicht zeigen, wie sehr sie sich darüber freute, murmelte daher nur kurz Danke.

»Um deine Frage zu beantworten: Ehrlich gesagt habe ich die Aufnahme noch nicht abgeschickt.«

Sie setzte sich aufrecht hin. »Nicht abgeschickt? Warum nicht?«

»Es ist mir zu gefährlich. Mit meinem Handy kann ich's nicht machen, mit deinem auch nicht. Dann haben sie uns sofort.«

Sie schluckte. Sie hatte so sehr gehofft, dass ihm ein Fehler unterlaufen würde. Nur ein Fehler könnte sie retten. »Und nun? Wollen Sie es auf die altmodische Tour machen, mit aufgeklebten Zeitungsschnipseln oder so?« Ihre Stimme nahm einen deprimierten Klang an.

»Daran habe ich auch gedacht. Aber das ist alles nicht mehr so einfach wie früher. Die Polizei ist viel weiter, was DNA-Spuren anbelangt, Fingerabdrücke und so weiter. Winzigste Spuren können ausgewertet werden. Heutzutage haben Erpresser es schwer.«

»Was für ein trauriges Schicksal«, sagte sie sarkastisch. »Wie kann man Ihnen da nur helfen?«

»Es eilt ja nicht. Ich habe bisher nicht den Eindruck, dass dich jemand sucht.«

»So? Das kann ich mir nicht vorstellen. Ich habe einen Freund, der sich Sorgen machen wird, eigentlich sind es sogar zwei Freunde und mehrere Freundinnen, ich habe Familie …«

»Nein, du schätzt das falsch ein. Du bist eine junge selbstbewusste Frau, der man durchaus zutraut, dass sie gut allein zurechtkommt.«

»Danke für das Kompliment«, sagte sie mit verkniffenem Gesicht. »Ich möchte aber nicht hierbleiben.« Sie schraubte die Colaflasche auf, wartete, bis es weniger sprudelte, um dann einen großen Schluck zu nehmen. »Und wenn Sie mich laufen lassen, schon mal daran gedacht?«

Stirnrunzelnd blinzelte er sie an.

»Ich würde nicht auf die Idee kommen, zur Polizei zu gehen«, sagte sie. »Wir lassen es einfach auf sich beruhen. Ich vergesse, was passiert ist, halte für immer und ewig meine Klappe, und du lässt mich gehen.«

»Darauf soll ich mich verlassen?«

»Du hast mein Wort, das sollte reichen. Ich habe noch nie mein Wort gebrochen.«

»Höchst ehrenhaft, liebe Dana, ich glaube es dir sogar, aber abgelehnt, sorry, zu riskant für mich.«

»Es wäre zumindest einfacher«, versuchte sie ihn zu überzeugen. »Je länger diese Geschichte hier andauert, desto mehr Fehler wirst du machen. Das ist nun einmal so. Fehler geschehen durch Nachlässigkeit und Überforderung. Es passiert schnell, dass man sich überschätzt. Woher ich das weiß? Eigene Erfahrung.«

»Du hast mich gerade mehrfach geduzt«, sagte er. »Hast du das bemerkt?«

Sie öffnete die Papiertüte. Die Brötchen waren mit Käse oder mehreren Scheiben Räucherlachs belegt und mit Mayonnaise, Gürkchen und Tomatenscheiben garniert und rochen ofenfrisch. Sie merkte, wie hungrig sie war. »Stimmt«, sagte sie, »wie blöd von mir, wollte ich eigentlich nicht.«

»Dann siez mich eben wieder. Wobei ich es nett finde, wenn wir beide Du zueinander sagen.«

»Wozu? Was soll das bringen? Wir werden sowieso niemals Freunde werden.«

»Wer kann das wissen?«

»Bitte? Du bist ein Schwerverbrecher. Jemand wie du kann nicht mit mir befreundet sein, wahrscheinlich mit niemandem.«

»Doch, du wirst es mir nicht glauben, aber ich habe Freunde.«

»Und was sagen die dazu, was du hier gerade machst und gemacht hast? Glaubst du, die sind noch deine Freunde, wenn sie wüssten, dass du eine Frau umgebracht und eine andere in deiner Gewalt hast? Oder sind das auch Verbrecher? Normale Menschen kann ich mir in deinem Leben nicht vorstellen.« Sie biss herzhaft in ein Käsebrötchen und steckte es zurück in die Papiertüte.

»Was ist?«, fragte er. »Schmeckt es nicht? Magst du keine Brötchen?«

»Ich könnte dich besser ansprechen, wenn ich deinen Namen wüsste.«

Er blickte auf seine Fußspitzen. Sein Kiefer mahlte. Schließlich sagte er: »Okay, dann nenn mich halt Chris.«

»Das ist nicht dein richtiger Name, oder?«

»Natürlich nicht. Aber du willst mich ja unbedingt mit einem Namen ansprechen. Außerdem gefällt mir Chris.«

»Okay, dann eben Chris«, sagte sie. »Was machst du so, wenn du nicht gerade hier bei mir im Keller bist?«

»Beruflich?«

»Zum Beispiel.«

»Ich habe mit Menschen zu tun.«

»Mit Menschen? Bist du im Service tätig?«

»Ja, kann man so sagen.«

»In einem Hotel oder ganz allgemein im Tourismus?«

»Nicht direkt.«

»In einem Restaurant oder einem Café wie der Boje 8?«

»Ist doch egal. Im Service halt. In meinem Job gibt es immer viele Menschen, täglich andere.«

»Animation?«

»Schluss jetzt. Es reicht.«

»Okay. Was sind deine Hobbys?«

»Wenn ich mal Freizeit habe? Das kommt selten vor. Also, wenn, dann schaue ich gerne Sportsendungen im TV, oft mit Freunden, obwohl du denkst, dass ich keine habe. Fußball interessiert mich besonders, Handball genauso. Wenn du willst, kann ich dir einen Fernseher besorgen. Hier ist ein Anschluss, das weiß ich zufällig.«

»Das wäre super. Was ist das für ein Gebäude? Es ist unbewohnt, hast du gesagt, aber warum hast du einen Schlüssel für das Haus?«

»Das hat mit der Vergangenheit zu tun«, sagte er vage, »ich hätte ihn vielleicht zurückgeben müssen, habe ihn aber behalten.«

»Wer hat hier mal gewohnt? Du?«

Er schüttelte den Kopf.

»Jemand, den du geliebt hast? Eine Frau?«

Er wand sich, seufzte tief. Dana konnte ihm deutlich ansehen, dass er sich unbehaglich fühlte. »Niemand Bestimmtes. Ich kannte die Leute nicht.«

»Aber du kannst es einfach nutzen? Irgendjemandem wird es doch gehören. Vielleicht kommen die Besitzer und schmeißen mich raus. Könnte doch sein.« Ihre Augen flackerten hoffnungsvoll.

»Nein, da wird keiner kommen.«

Ihr wurde kalt. »Weil sie nicht können? Weil sie tot sind?«

Er wischte sich den Schweiß von der Stirn. »Verdammt, es reicht jetzt. Willst du nichts essen? Soll ich die Tüte wieder mitnehmen?«

»Später esse ich vielleicht«, sagte sie mit verkniffenem Mund. »Ich habe ja Zeit genug, wenn du weg bist. Dauert immer ewig, bis du wiederkommst.«

»Ich muss zwischendurch auch noch ein bisschen was arbeiten.«

»Im Service«, sagte sie lauernd. »Hoffentlich keine Kinderanimation. Das wäre gefährlich.«

»Genau. In einer halben Stunde muss ich anfangen.«

»Ist es weit weg?«

»Mit dem Fahrrad kein Problem.«

»Apropos, wie bin ich hierhergekommen?«

»Auch mit dem Fahrrad. Mit einem Lasten-E-Bike. Du warst im Anhänger, hast geschlafen. So, eine Frage erlaube ich dir noch. Dann muss ich gehen.«

»Wer gehört zu deinem Leben? Hast du Familie?«

»Jeder Mensch hat Familie.«

»Ich meine, ob du Frau und Kinder hast.«

»Kein Kommentar.«

»Kanntest du meine Chefin?«

Er seufzte tief. »Ja«, sagte er. »Ich kannte sie.«

»Woher? Ich meine, warum hast du sie umgebracht?«

»Dafür gibt es Gründe. Mehr sage ich nicht dazu. Und das war auch deutlich mehr als eine Frage.«

An seinem verschlossenen Gesichtsausdruck erkannte sie, dass es keinen Sinn hatte, weiter nachzubohren. Dana hoffte auf den richtigen Moment, auf den Tag, an dem er bereit wäre, sich zu öffnen. Sie musste nur den richtigen Zeitpunkt erwischen.

»Jetzt bin ich dran«, sagte er. »Eigentlich muss ich dringend los, aber die zwei Minuten nehme ich mir noch. Jetzt wechseln wir mal die Rollen. Warum hast du eigentlich deine Haare schwarz gefärbt? Ich erkenne das an deinem nachwachsenden Ansatz. Der ist blond oder hellbraun, auf jeden Fall sehr viel heller. Und was sollen die albernen blauen Blocksträhnen bedeuten? Im Café warst du von Kopf bis Fuß schwarz gekleidet. Und dann die Piercings in der Ohrmuschel und in der Nase. Bei dir ist alles zugetackert wie bei einer alten Nietenhose. Kapiere den Sinn nicht. Und was bedeutet das Mandala-Tattoo auf deiner Hand? Gehörst du zur Gothic-Szene?«

»Nein, Nonsens«, sagte sie. »Ich bin ich, ich gehöre keiner Gruppierung an. Ich fühle mich wohl, so wie ich bin, und bin niemandem über mein Aussehen Rechenschaft schuldig.«

»Aber du grenzt dich mit deinem Erscheinungsbild stark von der Gesellschaft ab. So wie du aussiehst, entspricht das nicht der Norm. Warum tust du das? Ich meine, ich habe ein wenig recherchiert. Du kommst aus einer angesehenen Familie, dein Vater ist Anwalt, deine Mutter Lehrerin, du selbst studierst Jura, willst wahrscheinlich in die Fußstapfen deines Vaters treten und ebenfalls Jurist werden, dein ganzes Umfeld ist gutbürgerlich.«

»Gutbürgerlich, eben!«, fiel sie ihm ins Wort. »Das ist genau das. Du versuchst gerade, mich wie alle anderen in eine Schablone zu pressen. Mit einem gutbürgerlichen Hintergrund soll man so oder so aussehen, sich so und so verhalten und in einer bestimmten Weise funktionieren – eben dem Erwartungsbild der Gesellschaft entsprechen, damit alle zufrieden mit dir sind. Du siehst, ohne mich zu kennen, meinen Weg genau vor mir liegen. Du siehst ihn so klar wie meine Eltern, meine Verwandten, die Bekannten meiner Eltern und wie mein Ex-Freund. Und das ist genau das, was mir dermaßen auf den Zeiger geht. Ich soll tun, was andere von mir erwarten, dabei möchte ich das gar nicht! Ich habe gelernt, dass es nur darauf ankommt, mir selbst zu gefallen und den Weg zu gehen, den ich selbst vor mir sehe. Wobei ich eher der Typ Mensch bin, der die Reise mehr mag als das Ziel. Ich bin noch nicht bereit anzukommen, ich will mich noch entwickeln, den Dingen ihren Lauf lassen, wie ein Surfer auf den Wellen reiten, statt mich von ihnen runterreißen zu lassen.«

Er hatte aufmerksam zugehört. »Was möchtest du denn, Dana?«

Ihr traten, ohne es zu wollen, Tränen in die Augen, weil er plötzlich so zugewandt war, so weich und empathisch. Sie schluckte heftig und wischte sich mit der tätowierten Hand eine blaue Strähne aus dem Gesicht. »Ich möchte etwas schaffen«, sagte sie, »mit meinen Händen. Etwas Kreatives. Ich möchte gärtnern, töpfern, schreinern, Musik machen oder ein Handwerk erlernen. Ich habe definitiv keine Lust auf Jura. Dieses trockene Zeug, all die Paragrafen und von Menschen gemachten Gesetze können mir gestohlen bleiben. Davon habe ich definitiv genug.«

»Aber sind Gesetze nicht wichtig, um unser Zusammenleben zu regeln? Sonst hätten wir Anarchie, wenn jeder tun und lassen könnte, was ihm so einfällt.«

»Wenn sich jeder so verhält, dass er niemandem schadet und nicht allzu egoistisch handelt, wenn er rücksichtsvoll lebt gegenüber Menschen und der Natur und in Dankbarkeit und Demut, könnte es doch ruhig ein bisschen anarchisch zugehen, oder nicht?«

Er wiegte den Kopf. »Nein, ich finde nicht. Die meisten schaffen es nicht und brauchen Gesetze, an denen sie sich orientieren können.«

»Und du? Du hast die Gesetze gebrochen, indem du mindestens zwei schwere Straftaten begangen hast, und willst mir etwas von Gesetzen erzählen?«

»Ich bin kein positives Beispiel. Und ich weiß, dass ich dafür bezahlen muss, so oder so.«

»Bereust du es?«

Er fasste sich an die Nase. »Nein«, sagte er.

Dana musste unwillkürlich lachen. Sie wusste selbst nicht, weshalb.

»Und dein Freund studiert auch Jura?«, lenkte er von sich ab. »Der mit dem Abendbrot auf dich gewartet hat, obwohl es schon fast Mitternacht war? Was sagt er dazu? Das würde mich mal interessieren.«

»Mein Ex studiert Jura. Und er hat definitiv nichts zu sagen. Null Komma null. Er gehört nicht mehr zu meinem Leben.« Sie spielte mit ihren Händen, zupfte an den schwarz lackierten Nägeln und knibbelte ein wenig Lack ab.

»Aha. Und das weiß er hoffentlich?«

Sie zuckte mit den Schultern.

»Aber es scheint einen Neuen in deinem Leben zu geben. Ein Ex wartet nicht mit dem Abendbrot auf einen.«

»Du hast recht«, sagte sie, »es gibt wieder jemanden in meinem Leben.«

»Wo hat er denn mit dem Abendbrot auf sein Frauchen gewartet?«

»Er hat gar nicht gewartet«, gab sie zu. »Da habe ich gelogen. Ich hatte gehofft, du würdest Angst bekommen, dass er nach mir suchen könnte, und mich deswegen freilassen.«

Er lachte. »Süß. Hat wohl nicht funktioniert, was?«

»Offensichtlich nicht.«

»Aber es könnte doch sein, dass er nach dir sucht und deswegen jetzt auf die Insel kommen will, oder? Ich meine damit den Neuen, vielleicht auch den Ex. Vielleicht kommen beide?«

»Woher weißt du, dass die beiden nicht auf Juist leben?«

»Warum sollten sie? Du jobbst hier. Deine Kerle, der Ex und der Neue, werden sicher auf dem Festland ihrem Studium und ihrer Arbeit nachgehen. Also, glaubst du, dass sie hier auf Juist nach dir suchen werden?«

»Ich glaube nicht. Mein Freund hat viel zu viel zu tun. Außerdem schreibt er im Moment seine Bachelorarbeit und macht nebenher Musik. Der Ex interessiert mich nicht mehr.«

»Dann bin ich beruhigt. So, Dana, ich gehe jetzt. Kann ich noch etwas für dich tun? Brauchst du etwas?«

Sie stand auf, ein wenig torklig, weil sie zu lange gelegen und gesessen hatte. Ab heute würde sie jeden Tag auf der Fleecedecke ein paar Yogaübungen machen, nahm sie sich vor. Damit könnte sie die endlos langen Stunden der Einsamkeit besser überstehen. Sie würde etwas für den Körper tun und den Geist. Vor allem könnte Yoga ihr helfen, sich mental aus der Gefangenschaft zu befreien – wenigstens für eine halbe Stunde am Tag.

»Ja«, sagte sie, »ich muss dringend pinkeln. Und es wäre supernett, wenn du mir einen Nagellackentferner mitbringen würdest.« Sie war gespannt auf seine Reaktion. Nagellackentferner – hatte sie jemals in ihrem Leben mit einem Mann über Nagellackentferner gesprochen? Eigentlich gehörte das nicht hier hin, aber sie griff nach jedem Strohhalm, um sich irgendwie die Zeit zu vertreiben. Außerdem hasste sie es, ungepflegte Nägel zu haben. »Und denkst du bei Gelegenheit an den Fernseher?«, fügte sie hoffnungsvoll hinzu.

»Dann komm«, sagte er und begleitete sie zur Toilette, das linke Bein nachziehend. »Beeil dich aber, ich habe völlig die Zeit vergessen, muss mich gleich irre beeilen, sonst gibt's einen Anschiss vom Chef.«

»Warum hinkst du?«, wollte sie wissen.

»Ach, ein Sportunfall«, sagte er lapidar, »lange her, nie richtig ausgeheilt.«

KAPITEL 16

Die Fähre tuckerte auf den Hafen von Norddeich zu. Swantje sah vom Deck aus das große rustikale Fischlokal, in dem sie oft eingekehrt war, und kurz darauf auch schon die wartenden Urlauber an der Kaimauer. Um sie herum Koffer, Taschen, Kinderwagen, Hunde. Und dann entdeckte sie ihn. Henry stand ein Stück abseits und hatte die Hände in die Taschen seiner Jeans gesteckt. Erst gestern war sie selbst von hier abgefahren, mit widersprüchlichen Gefühlen. Einerseits hatte sie dem Einsatz an der Nordseeküste entgegengefiebert, andererseits wäre sie lieber in Osnabrück geblieben, um sich zu organisieren und ihre neue Wohnung fertig einzurichten. Und nun erblickte sie Henry und freute sich tatsächlich darauf, mit ihm in den nächsten Stunden allein zu sein – ohne die Kollegen von der Juister Polizeiwache.

Auf dem großen Parkplatz in der Nähe des Anlegers war der BMW abgestellt, den sie für dienstliche Fahrten auf dem Festland nutzen konnten. Swantje überließ Henry freiwillig das Steuer, nicht, weil sie sich als unsichere Fahrerin einstufte, sondern weil es Situationen gab, die ihr seit dem schweren Unfall vor drei Jahren Angst einjagten.

Neben Henry fühlte sie sich wohl und konnte sich bereits nach wenigen Minuten entspannen.

»Was macht eigentlich deine Tochter?«, wollte Swantje wissen, als sie über die A31 Richtung Meppen, Groningen und Leer fuhren. »Geht es ihr besser?«

»Mit Höhen und Tiefen«, brummte er. »Pia ist ein Dauerthema. Sie ist sich selbst die größte Bürde. Aber es wird! Sie kümmert sich wieder besser um Theo und Mats. Theo ist inzwischen in die Schule gekommen und macht sich dort prima.«

Swantje sah ihn aufmerksam von der Seite an. »Dass du schon Opa bist – darauf wären deine Metal-Kumpels in Wacken bestimmt nicht gekommen. Bei unserem ersten Kontakt auf der Fähre nach Borkum, als du deine Enkel dabeihattest, dachte ich ja auch, das wären deine Kids.«

Er lachte.

Bevor sie zur B54 wechselten, beschlossen sie, eine Kaffee- und Toilettenpause an einer Raststätte einzulegen.

Im Restaurant war wegen der Urlaubszeit viel Betrieb. Kurz überlegten sie weiterzufahren, aber dann gewann die Lust auf Kaffee und einen Snack die Oberhand und sie reihten sich in die Warteschlange ein.

»Ob die verschwundene Studentin etwas mit dem Mord an Susanne Flemming zu tun hat?«, überlegte Swantje zehn Minuten später und wickelte das belegte Brötchen aus, für das sie sich entschieden hatte.

Henry wiegte den Kopf. »Wenn ihr der Job nicht gefallen haben sollte, hätte sie einfach aufhören können, oder nicht? Zumal sie nicht aus Juist stammt. Sie hätte einfach nach Hause fahren können.«

»Aber warum ist sie seitdem untergetaucht? Seit dem Mord ist sie wie vom Erdboden verschluckt. Keine Kontobewegungen mehr, keine Datenverbindung, was die Funkzellenabfrage ergeben hat, nicht die geringste Spur von Dana Weghorst. Ob sie noch lebt?«

»Und wenn der Mörder sie aus Angst vor Entdeckung mitgenommen hat? Vielleicht hält er sie irgendwo als Geisel gefangen«, bemerkte Henry.

»Dann müsste er sie versorgen und würde damit ein hohes Risiko eingehen aufzufliegen. Allein unterzutauchen, ist schwierig genug. Mit einer zweiten Person fast unmöglich. Im digitalen Zeitalter kann keiner einfach so verschwinden, ohne Spuren zu hinterlassen.«

»Ihm blieb wohl nicht viel Zeit zum Nachdenken«, überlegte Henry. »Eine Zeugin ist das Letzte, was ein Täter gebrauchen kann. Wo sollte er so schnell mit ihr hin, wenn er sie nicht auch töten wollte? Also hat er sie mitgenommen.«

Swantje trank einen Schluck Kaffee. »Dana Weghorst hat den Notruf abgesetzt, unmittelbar nach der Tat.«

»Leider haben Zeugenbefragungen im Umfeld des Tatorts nichts gebracht«, fuhr Henry fort, »niemand will etwas beobachtet haben. Wir tappen also völlig im Dunkeln.«

»Das ist das Problem«, hob Swantje hervor. »Es war nachts, also stockdunkel auf der Insel, und wie du inzwischen selbst weißt, ist zu der Uhrzeit fast niemand mehr auf den Straßen unterwegs. Juist hat kein ausgesprochenes Nachtleben. Nur wohin könnte er sie gebracht haben? Unser Team dreht seit gestern jeden Stein um. Die Auswertung der Wärmebildkameras im Freien bei Nacht hat nichts ergeben. Laut Auswertung der Überwachungskameras wurden sie weder auf den Fähren noch am Anleger gesichtet. Also muss er sich mit der Geisel noch auf der Insel befinden. Und zwar in einem Haus.«

Henry nickte zustimmend und biss in sein Croissant.

»Du warst in der Schule, um den Öko-Lehrer zu befragen. Was ist mit Löbberts Alibi?«

»Er hat das Haus am Freitagabend angeblich nicht verlassen. Er musste Hefte korrigieren und hat ab 22 Uhr die Talkshow im NDR gesehen.«

»War jemand bei ihm?«

»Nein, er lebt seit der Trennung von seiner Frau allein.«

»Also kein Alibi«, sagte Henry seufzend.

»Das nicht, aber er hat freiwillig eine Speichelprobe abgegeben. Für mich ein Zeichen, dass er ein reines Gewissen hat und schnell rauswill aus der Nummer.«

»War oder ist er denn für dich ein Verdächtiger?«

»Aktuell nicht. Er gehört zu den wenigen Freunden, die Susanne Flemming auf Juist hatte. Privat soll zwischen denen nichts gelaufen sein, behauptet er zumindest, aber die meisten Tötungsdelikte basieren bekanntlich auf Eifersuchtsgeschichten, das weißt du ja.«

»Also kein ausreichender Grund, bei der Staatsanwaltschaft vorsorglich einen Durchsuchungsbeschluss zu erwirken?«

»Den wirst du nicht bekommen.«

»Davon gehe ich auch aus. So, Frau Kollegin, möchtest du noch einen Kaffee? Sonst geht's jetzt weiter in Richtung Emsland. Der Dienst ruft!«

»Ich muss mal kurz für kleine Mädchen«, sagte sie.

»Alles klar. Ich warte im Auto«, sagte er lächelnd, nahm seine Jacke und ging zum Ausgang.

Monika und Matthias Weghorst bewohnten eine repräsentative Villa in der Nähe des Aasees – in einer ruhigen und privilegierten Wohnlage mit großen Grundstücken und Spazierwegen im Grünen, die direkt zum See führten. Danas Mutter hatte in den ersten Minuten völlig neben sich gestanden, war rastlos umhergelaufen und wollte sich nicht zu den anderen ins Wohnzimmer setzen. Dann aber schien sie sich gefangen zu haben, denn sie bot den Kommissaren Kaffee an, was sie dankend annahmen.

»Nein, sie hat sich immer noch nicht gemeldet«, sagte Monika Weghorst, als sie aus der Küche zurückkam und den Tisch mit Porzellangeschirr deckte. »Mein Mann und ich sind das leider von ihr gewohnt. Immer wieder gibt es eine längere Funkstille zwischen uns, manchmal wochenlang. Auch diesmal wieder. Ich weiß gar nicht, wann sie zuletzt hier war oder wir miteinander telefoniert haben.«

Matthias Weghorst machte eine Geste der Ratlosigkeit.

»Haben Sie unsere Tochter inzwischen gefunden?« Monika Weghorst legte versilberte Löffel auf die Untertassen.

»Ich habe Ihnen schon am Telefon gesagt, dass wir noch nicht viel wissen«, gab Swantje zu. »Bekannt ist uns nur, dass Dana am Freitag in dem Strandcafé Boje 8 bedient hat und dass sie seitdem verschwunden ist. Wo sie sich derzeit aufhält, wissen wir nicht. Wir waren bei ihrer Pensionswirtin, aber die hat Dana zuletzt am Freitagnachmittag gesehen, kurz bevor sie zur Arbeit aufbrach.«

Monika Weghorst setzte sich auf die Sofakante und drehte ihre Daumen ineinander. Es war ihr anzusehen, dass sie sehr angespannt war. »Vielleicht befindet sie sich wieder in Münster, und wir wissen es nur nicht. Es könnte doch sein, dass sie in Panik abgereist ist und bei ihrem neuen Freund Unterschlupf gefunden hat.«

»Nein, das können wir ausschließen. Es sind seit letztem Freitag nur wenige Fähren ausgelaufen. Dana war auf keiner von ihnen, und sie hat auch kein Flugzeug genommen.«

Monika Weghorst knabberte an ihrer Unterlippe. Sie hatte dunkle Schatten unter den Augen. »Ich möchte mir keine Sorgen machen«, sagte sie. »Bisher waren die immer grundlos. Ich möchte mir abgewöhnen, immer gleich vom Schlimmsten auszugehen. Diese Ängste machen mich nur krank und führen zu nichts.«

»Endlich hast du es verstanden«, sagte Matthias Weghorst zu seiner Frau. »Dana kann prima auf sich aufpassen. Das hat sie oft genug bewiesen. Sie kommt überall gut allein zurecht.

Aber …«, er hielt kurz inne, um seiner Frau nachzusehen, die noch einmal in die Küche ging, »Dana ist sehr empfindlich und schnell eingeschnappt, besonders, wenn sie das Gefühl hat, bevormundet zu werden. Das kann sie gar nicht ertragen. Wir haben da vielleicht den einen oder anderen Fehler gemacht. Doch wir lieben unsere Tochter und möchten das Beste für sie. Vielleicht sind wir dabei manchmal übers Ziel hinausgeschossen. Sie will immer ihren Kopf durchsetzen. Und das ist nun einmal nicht das Beste für Dana. Das weiß sie nur noch nicht.«

»Eben sagten Sie noch, Sie könnten sich auf sie verlassen, Dana käme gut allein zurecht.«

»Das schon, aber wir sind nicht immer mit dem Weg einverstanden, den unsere Tochter einschlägt. Leider gab es zuletzt darüber einen heftigen Streit.«

»Lass es doch jetzt«, fiel Monika ihm ins Wort, die gerade mit einer versilberten Warmhaltekanne aus der Küche kam.

»Warum? Die Kommissare wollen wissen, warum wir so wenig Kontakt zu unserer Tochter haben. Es ist doch wichtig, dass wir uns erklären.«

»Du machst es nur schlimmer, Matthias.«

»Mit Ihrer Offenheit helfen Sie uns, Dana zu finden. Also, worum ging es denn in dem letzten Streit?«, wollte Swantje wissen.

Eine antike Wanduhr mit Mondphasen spielte gerade zur vollen Stunde eine Melodie.

»Wahrscheinlich war der Anlass wieder Danas neuer Freund«, resümierte Danas Mutter, als die Melodie verstummt war. Ihre Hand zitterte, als sie die Kanne abstellte.

»Er hat einen schlechten Einfluss auf sie«, ergänzte Matthias Weghorst und schlug ein Bein über das andere. »David Ringwald ist schuld daran, dass wir an unsere Tochter überhaupt nicht mehr herankommen. In den letzten Monaten hat sie sich sehr verändert. Sie hat sich tätowieren und piercen lassen, sich die schönen blonden Haare blau und schwarz gefärbt und kleidet sich nur noch in düsteren Farben – so wie er. Sie will ihm gefallen, das ist offensichtlich. Und uns gefällt das überhaupt nicht!«

»Dir gefällt vor allem nicht, dass Dana ihr Jurastudium geschmissen hat«, sagte Monika Weghorst vorwurfsvoll. »Und dass sie die Beziehung mit Kai mal wieder beendet hat. In dem du doch schon den perfekten Schwiegersohn gesehen hast. Und den geeigneten Nachfolger für deine Kanzlei.«

»Entschuldigung, dass ich unterbreche, aber Dana studiert nicht mehr?«, fragte Swantje überrascht.

»Seit Ende des Wintersemesters«, antwortete Matthias Weghorst mit niedergeschlagener Stimme. »Dieser Musiker hat ihr den Kopf verdreht. Wir hoffen, dass das mit den beiden bald vorbei ist und sie zu Kai zurückkehrt.«

»Kai … wie weiter?«, fragte Swantje und hielt ihren Notizblock bereit.

»Kai von Schenkendorf«, sagten die Eheleute wie aus einem Munde.

Swantje schrieb mit. »Auch in Münster wohnhaft?«

»Ja, er studiert Jura. Seine Adresse kann ich Ihnen geben, wenn Sie sie brauchen.«

»Und David Ringwald?«, brachte sich Henry ein. »Was gefällt Ihnen nicht an David, außer dass er tätowiert ist und schwarze Klamotten trägt?« Er verkniff sich die Bemerkung, dass auch er stark tätowierte Arme hatte, die er gerade unter einem langärmligen Hemd verborgen hielt.

»David Ringwald hat keine Ziele, keine Pläne«, stellte Matthias Weghorst klar und fuhr sich resigniert über das dichte grau melierte Haar. »Der junge Mann lebt in den Tag hinein, macht ein bisschen Musik, schreibt Gedichte, schauspielert ab und zu in einer Theatertruppe, legt nachts in einem Club Platten auf, all so unnützes Zeug. Er braucht nicht viel Geld zum Leben und unternimmt auch keine Anstrengungen, diesen Zustand zu ändern. Offiziell studiert er. Er will keine Kinder, heiraten will er genauso wenig, kurzum, er will keinerlei Verantwortung übernehmen. Wir stellen uns für Dana etwas Besseres vor. Leider fliegt sie auf Typen wie ihn.«

»Aber auch hier scheint sich jemand für Musik zu begeistern«, sagte Henry und deutete auf einen schwarz glänzenden Flügel.

»Dana hatte zehn Jahre lang Klavierunterricht«, sagte Monika Weghorst. »Das ist lange her. Sie spielt nicht mehr.«

Henry räusperte sich. »Der junge Mann, von dem eben die Rede war, studiert kein Jura, nehme ich an.«

»Nein, Lehramt«, sagte der Anwalt mit schiefem Lächeln, »zumindest auf dem Papier. Damit er Bafög bekommt und Anrecht auf ein Zimmer im Studierendenwohnheim hat. An seiner Bachelorarbeit schreibt er seit drei Jahren, das wird nichts mehr, wenn Sie mich fragen.«

»Inzwischen wohnt er in einer WG. Und bitte, Matthias, sag nichts gegen Lehrer.« Seine Frau reichte den Kommissaren eine Gebäckschale. Sie erklärte, dass sie Deutsch und Geschichte an einer Gesamtschule unterrichte und David von einem Praktikum an ihrer Schule kenne. Sie habe ihn mal zu sich nach Hause eingeladen, um mit ihm zusammen eine Unterrichtsstunde vorzubereiten. »Was ein großer Fehler war, wie wir nun wissen«, sagte sie. »Denn sonst hätte er unsere Tochter nie kennengelernt. Aber warum haben Sie sich die Mühe gemacht, extra zu uns nach Münster zu kommen? Die Fähre, die lange Anreise, das macht man doch nicht einfach so. Glauben Sie, Dana ist in Gefahr, oder verdächtigen Sie sie sogar, etwas mit dieser schrecklichen Tat zu tun zu haben?«

Henry trank seinen Kaffee aus. »Ihre Tochter ist die Letzte, die Frau Flemming lebend gesehen hat«, sagte er. »Natürlich wirft das Fragen auf.«

Die Eheleute Weghorst starrten ihn entsetzt an.

KAPITEL 17

Onno Dierken wunderte sich, dass die Miene der grauhaarigen Verkäuferin hinter der Bäckertheke einfror, als er an der Reihe war. Er war nun der einzige Kunde im Laden.

»Moin. Zwei Stückchen bitte«, sagte er höflich und deutete auf die Puddingteilchen mit Obst darauf.

Er erhielt keine Antwort. Die Angestellte, die er vom Sehen von früher kannte, starrte ihn nur mit verschlossener Miene an.

»Was ist? Sind die vorbestellt, oder was?«, wagte er schließlich zu fragen.

»Dass du dich hertraust«, zischte sie. »Onno, ganz ehrlich, ich will dich hier nicht sehen, mach dich vom Acker, und zwar zack, zack!«

»Warum? Ich verstehe nicht.«

»Ich war mit Elke befreundet, du Arschloch. Und nicht nur mit Elke, auch mit Susanne. Ich kannte sie gut. Ich habe oft in ihrem Café mit ihr zusammen Tee getrunken. Und nun ist sie tot. Komischerweise wenige Tage, nachdem du wieder auf freiem Fuß bist. Dass die Polizei seelenruhig zuguckt und dich frei herumlaufen lässt, ist eine bodenlose Frechheit. Ich habe sämtliches Vertrauen in unsere Polizei verloren, und nicht nur ich, das kannst du mir glauben!«

»Ich habe meine Schuld abgebüßt. Mit dem Tod von Susanne habe ich nichts zu tun. Wirklich nicht!«

»Jeder auf Juist weiß, dass du auch Susanne ermordet hast. Machen wir uns nichts vor. Gestern beim Stammtisch haben alle gesagt, dass sich in der Dunkelheit wegen dir keiner mehr aus dem Haus traut. Die Kinder müssen überall abgeholt werden und dürfen nicht mal mehr allein auf den Spielplatz gehen. Niemand fühlt sich mehr sicher, seit du wieder da bist. Warum bist du bloß zurückgekommen? Hier will dich keiner, merkst du das nicht? Ich kann dir nur einen Rat geben, Onno: verschwinde! Es gibt genug Orte, an denen du deine widerlichen Verbrechen verüben kannst, an denen du Frauen und Kinder quälen kannst, wie es dir beliebt. Aber nicht auf Juist, verstehst du? Wir wollen hier in Ruhe leben und unsere Kinder unbeaufsichtigt spielen lassen. Nimm die nächste Fähre und verschwinde!« Sie machte eine abwehrende Handbewegung.

Die Türglocke ertönte, und eine ältere Kundin betrat die Bäckerei.

»Moin, Lotti, alles gut bei euch? Was macht Rudi? Fängt er noch genug oder ist die Nordsee abgefischt? Die Krabbenpreise sind mal ordentlich in die Höhe geschossen, näh? Das kann kein Mensch mehr bezahlen. 12 Euro für ein Krabbenbrötchen, hat 'ne Kundin vorhin erzählt, überleg dir mal, das waren früher 24 Mark! Mein Dirk kriegt nur noch Hering auf sein Brötchen. Was darf's heute sein?«, erkundigte sich die Verkäuferin und knipste ein strahlendes Lächeln an. »Wir haben Stückchen im Angebot mit Pudding und leckeren Früchten. Oder lieber Zimtschnecken?«

Onno verließ wortlos die Bäckerei.

»Hi, ich bin's, Lars. Ich wollte dir nicht auf den Wecker gehen, sondern dich nur fragen, wann du mich mal wieder besuchst. Du hast versprochen, jeden zweiten Samstag im Monat vorbeizukommen.«

»Stimmt, oh Menno, ich habe unsere Abmachung sträflich vernachlässigt, tut mir leid. Ich habe gerade den Arsch voll Arbeit, das kannst du dir nicht vorstellen. Überstunden ohne Ende, und wenn ich mal frei habe, muss ich unser Häuschen renovieren oder den Babysitter spielen, weil meine Frau zum Friseur oder shoppen geht, Mädelsabend hat oder was in der Art. Du weißt ja, ich bin Vater von zwei wuseligen Kleinkindern. Die streiten viel, nehmen sich gegenseitig Spielzeug weg und halten uns ganz schön auf Trab. Der Kleine trägt noch Windeln und ist momentan in der Trotzphase. Ich bin schon ewig nicht mehr auf dem Fußballplatz gewesen oder beim Boßeln. Meine Freunde kennen mich kaum noch, beschweren sich genau wie du, dass ich mich nicht melde. Alles geht hier gerade den Bach runter.«

»Ach, du Armer!«

»Ja, ich Armer. Aber stimmt, Lars, du hast recht, ich sollte mich nicht beschweren. Ich habe eindeutig das bessere Los gezogen als du. Tut mir leid, dass alles so gekommen ist!«

»Tut mir auch leid.«

»Ich habe dir gegenüber ein schlechtes Gewissen, das kannst du mir glauben.«

»Wo ist Mama?«

Pause.

»Wo ist Mama? Warum stöhnst du?«

»Weil du mir jedes Mal damit auf den Zeiger gehst.«

»Ich frage doch nur. Ich will Mama sprechen.«

»Mama ist nicht da«, seufzte er. »Ich soll dir aber ausrichten, dass es ihr gut geht.«

»Wo ist sie denn?«

»Das weißt du doch, sie macht Urlaub. In einem schönen Land, wo es immer warm und der Himmel blau ist. Wo die Blumen blühen und sich Kätzchen in der Sonne räkeln. So, Lars, ich muss jetzt weitermachen.«

»Mama macht immer Urlaub.«

»Ja, sie ist … sie ist ausgewandert. Dauerurlaub. Sie findet es da schöner als in Deutschland.«

»Kommt sie denn irgendwann zurück? Ich will sie mal wieder sehen.«

»Das weiß ich nicht. Du darfst nicht damit rechnen, Lars.«

»Und die böse Frau?«

»Welche böse Frau?«

»Die in unserem Haus war.«

Pause.

»Bist du noch da?«

»Ja, ich glaube, ich weiß, wen du meinst. Nein, die kommt nicht wieder.«

»Nie wieder?«

»Nein, ich schwöre dir, diese Frau kommt nicht wieder.«

»Und du? Wann kommst du?

»Ach, herrje. Was haben wir denn für ein Datum? Vielleicht im September, wenn ich etwas mehr Luft habe und flüssiger bin. Das kostet mich immer eine Kleinigkeit, wenn ich zu dir fahre. Ich will dann auch bei dir in Aurich übernachten, damit ich viel Zeit für dich habe, und weißt du …«

»Ist schon gut, Martin. Ich warte auf dich. Lass mich aber nicht wieder so lange warten.«

»Nein, versprochen. Im September komme ich dich besuchen. Mach's gut, Kleiner!«

»Hast du schon einmal eine Stadt gesehen mit so vielen Radfahrern?« Swantje drehte sich auf dem Beifahrersitz nach links. »Ich glaube, in Münster gibt es mehr Fahrräder als Autos. Und sogar extra Parkhäuser für die Drahtesel.«

Henry musste höllisch aufpassen, beim Abbiegen nicht aus Versehen einen Radfahrer auf die Motorhaube zu nehmen. »Ich glaube, hier würde ich mein Auto auch öfter mal stehen lassen«, sagte er, »obwohl ich Radfahren eigentlich nicht mag.«

Dem Haus, in dem David Ringwald lebte, sahen Swantje und Henry schon vom Auto aus an, dass es renovierungsbedürftig war. Der Putz blätterte von der Fassade, und das ehemals weiße Holz der Fensterrahmen wirkte gräulich bröselig und undicht. Swantje und Henry kamen beim Treppensteigen bis in den vierten Stock ganz schön aus der Puste. Im Treppenhaus roch es nach Knoblauch, Curry und Cannabis. Oben angekommen, stand die Wohnungstür offen. Ein junger Mann hievte sein Rennrad heraus, grüßte knapp und lief flink mit seinem Rucksack auf dem Rücken und dem Fahrrad unterm Arm an ihnen vorbei die Treppen herunter. Eine junge Frau verließ ebenfalls gerade die Altbauwohnung. Sie fragten nach David Ringwald und trafen ihn allein in der großen Küche an, in der er Gemüse mit Champignons in einer gusseisernen Pfanne briet. Das geschlossene Fenster war beschlagen. Es roch nach frischen Kräutern und viel Aioli.

»Ich wollte gerade essen«, setzte der Student zu einer Erklärung an, »gleich hab ich Zeit für Sie.«

»Lassen Sie sich nicht stören«, sagte Swantje und versuchte sich auf die Schnelle ein Bild von ihm zu machen. Er war groß gewachsen und schlaksig, trug ein verwaschenes schwarzgraues Kapuzenshirt und eine Jeans mit Löchern. Seine ehemals weißen Sneaker waren dreckig und ausgelatscht, die Haare zu einem unordentlichen Männerdutt gezwirbelt. Er trug viele Lederarmbänder mit Perlen und anderen Schmuck.

»Wir können kurz warten, kein Problem«, sagte Henry.

»Wollen Sie was abhaben?«, fragte David.

»Nein danke.« Henry winkte ab, obwohl er es nicht verhindern konnte, dass er sich über die Lippen leckte. Es roch einfach zu verführerisch nach frisch Gebratenem.

David Ringwald bot ihnen einen Platz auf der Eckbank an. Henry starrte auf die Wachstuchtischdecke in leuchtendem Orange. Er hatte nicht gewusst, dass es so etwas noch zu kaufen gab. Seine Oma hatte mehrere dieser Tischdecken besessen und damit ihren Küchentisch geschont. Nur sonn- und feiertags hatte sie eine ihrer guten Damasttischdecken aufgelegt.

Die Holzstühle in der Küche waren schlicht, aber bequemer, als sie aussahen. Kein Exemplar passte zum anderen, was Henry originell fand.

»Wollen Sie was trinken?«, bot David an, »Wasser oder Bier? Oder darf man keinen Alk im Dienst?«

»Ein Glas Wasser bitte, auch für meine Kollegin.«

»Sind Sie extra hergekommen, weil ich Dana als vermisst gemeldet habe?«, fragte er, nachdem er zwei Gläser mit Leitungswasser vor den Kommissaren abgestellt und mit seinem gut gefüllten Teller am Tischende Platz genommen hatte.

»Sie haben Dana sehr früh als vermisst gemeldet«, merkte Henry an.

»Das stimmt«, räumte David ein und schob eine Gabel mit geschmortem Gemüse mit Champignons in den Mund. »Ich nehme an, alles ist wieder gut, sie ist wieder da, hat mich nur blockiert, weil sie die Schnauze voll hat von mir, warum auch immer. Denn ich höre nichts mehr von ihr, der Kontakt ist seit Freitagabend abgebrochen. Werde ich jetzt des Notruf-Missbrauchs angeklagt?«

»Den Notruf haben Sie ja nicht gewählt, wie ich der Akte entnehme«, beruhigte ihn Henry. »Es war eine Online-Anzeige bei der örtlichen Polizeibehörde. Und die war durchaus berechtigt.«

»Wirklich?«

Als die Kommissare schwiegen, ging David im Geiste sein letztes Gespräch mit Dana, einen Videochat, noch einmal durch.

»Gleich ist es überstanden«, sagte sie. »Nur einer ist noch da.«

»Ein Mann? Musst du den bedienen?«

Dana lachte laut. »Bist du eifersüchtig? Ach was, meine Chefin kümmert sich um den. Die scheinen sich zu kennen. Aber nicht sonderlich zu mögen.«

»Du sprichst so leise.«

»Aber du kannst mich hören, oder? Die beiden quatschen dafür umso lauter. Ich habe ehrlich gesagt den Eindruck, die haben eine Rechnung miteinander offen, so, wie die miteinander umgehen. Es geht voll ab drüben im Gastraum.« Erneut lachte sie. »Ich mache mal besser die Tür zu, dann kriegen wir das nicht so mit.«

David wusste, was sie meinte. Seine Freundin hatte ihm von den endlosen politischen Debatten erzählt, in die ihre Chefin Susanne Flemming involviert war. Da ging es oft sehr emotional zu. Nachdem Dana die Tür geschlossen hatte, tauchte sie am Bildschirm wieder auf.

»So, da bin ich wieder.«

»Das sehe ich an deinen blauen Haaren«, stichelte er.

»Sie sind nicht blau, nur zwei Strähnen.«

»Sie sehen komplett blau aus. Kleine Punkerin, du!«

»Stimmt nicht. Ich muss sie bei der Arbeit zusammengebunden tragen, darum wirken sie vielleicht etwas grell.«

»Ich finde die Farbe nice, sie passt zu dir. Aber mal im Ernst: Willst du damit deinen Ex ärgern? Den biederen Herrn Jurastudenten aus bestem Münsteraner Elternhaus?«

»Kai von Schenkendorf? Nein, der interessiert mich nicht mehr.«

»Sind wir beide jetzt eigentlich richtig zusammen oder nicht?«

»Was heißt schon zusammen? Ja, du bist mein Freund.«

»Freundschaft plus, was?«

»Ich will mich da nicht so festlegen.«

»Aber wir hatten eine schöne Nacht auf Juist, oder nicht?«

»So schön, dass das Bett zusammengekracht ist«, erinnerte sich Dana kichernd. »Ich habe es meinen Eltern noch gar nicht gebeichtet, von wegen Haftpflicht. Die Versicherung würde den Schaden sicher übernehmen, aber wie gesagt, ich traue mich nicht. Vorübergehend schlafe ich in einem ausrangierten Bett, das mal der Oma meiner Pensionswirtin gehört hat. Und die Wirtin ist selbst schon über 70.«

»Oha! Na, diese alten Betten sind doch noch stabil gebaut. Gute deutsche Wertarbeit, rustikale Eiche, schätze ich mal. Dann können wir demnächst wieder loslegen. Ich bin nicht wählerisch. Ich poppe auch auf deutscher Wertarbeit!«

»Ich weiß nicht, wie gesagt, ich mag dich, wir können uns gerne wiedersehen, aber ob es für mehr reicht, weiß ich nicht.«

»Du willst nur deinen Eltern gefallen, gib's zu. Die hätten bestimmt lieber den Doktor der Juristerei in spe und nicht einen arbeitsscheuen Musiker wie mich.«

»Sorry, ich muss auflegen. Drüben wird es gerade so laut, dass ich Angst um unsere Gläser habe. Nachher muss ich noch die Scherben zusammenfegen, wo ich nicht mal Lust habe, hier in der Küche Ordnung zu schaffen.«

»Scherben bringen Glück.«

»Tschüss, du Musikus, schreib mir noch einen Lovesong vor dem Schlafengehen«, gab sie ihm fröhlich mit auf den Weg und warf ihm eine Kusshand zu.

»Gute Idee. Darf ich dir das dann nachher vorspielen? Ich schreib auch einen geilen Text dazu. Voll emotional. Vielleicht kann ich dich damit beeindrucken.«

»Morgen früh vielleicht. Meine Beine tun mir irre weh, der Kopf brummt, als hätte sich ein Hornissennest drin festgesetzt, und das Bett ruft. Die gute deutsche Wertarbeit.«

»Sagt meine Oma Hilde auch immer. Bei ihr ruft das Bett dreimal am Tag.«

»Ciao Kakao.«

Das war der letzte Satz, den sie zu ihm gesagt hatte. Damit war sie von der Bildfläche verschwunden. Und nun war die Polizei bei ihm. Ihm war nicht wohl bei dem Gedanken, was gleich auf ihn zukommen würde.

»Herr Ringwald? Sie wirken so abwesend. Keiner macht Ihnen Vorwürfe, denn wie mein Kollege schon sagte, war Ihre Meldung berechtigt«, riss Swantje ihn aus seinen Gedanken.

»Wir haben mittlerweile die Suche nach Dana aufgenommen.«

»Warten Sie … Dana wird wirklich vermisst? Also hatte ich recht?«

»Ja, das hatten Sie. Sie haben mitbekommen, wie die beiden gestritten haben, sagten Sie meinem Kollegen? Dana und ihre Chefin?«

»Nein, ihre Chefin und dieser Mann.«

»Was wissen Sie über den Mann?«

David stocherte lustlos in seinem Essen herum. Eine lange dunkle Strähne rutschte ihm aus dem Dutt, die er sich hinters Ohr klemmte. »Nichts. Dana hat erzählt, dass es im Gastraum laut war. Dass sich ihre Chefin mit einem Gast gestritten hat. Wer dieser Gast war und warum sie gestritten haben, weiß ich nicht. Ich habe mir darüber den Kopf zerbrochen, aber ich kann es Ihnen beim besten Willen nicht sagen. Hat dieser Gast etwas mit dem Verschwinden von Dana zu tun?«

»Das wissen wir nicht.«

Swantje schlug ein Bein über das andere. »Erinnern Sie sich an die Uhrzeit?«

»Das war schon ein bisschen später. Ich dachte, Dana hätte da schon Feierabend, aber dem war nicht so.«

»Wie spät?«

»Puh, etwa 22.30 Uhr, würde ich sagen. Genau weiß ich es nicht.«

»Haben Sie Geräusche aus dem Gastraum gehört?«

»Nein, nichts.«

»Schreie, Gepolter?«

»Ich sagte schon: Ich habe nichts gehört. Dana hatte die Tür geschlossen.«

»Haben Sie Schüsse gehört?«

»Schüsse?« Er runzelte die Stirn. »Wovon reden Sie? Was für Schüsse?«

Henry betrachtete Davids blasses Gesicht und beobachtete seine Reaktion. War er wirklich vollkommen unwissend? Oder spielte er ihnen etwas vor? Dann wäre er ein verdammt guter Schauspieler.

»Eine Frage habe ich noch«, sagte Henry, »mit wem hatte Dana sonst noch näheren Kontakt?«

»Auf der Insel?«

»Ja, auf der Insel.«

»Sie kannte kaum jemanden, war nach der Arbeit am liebsten allein. Befreundet war sie jedenfalls, soviel ich weiß, mit niemandem.«

Swantje schob ihm einen Schreibblock hin. »Schreiben Sie bitte Ihren Namen in diese Spalte«, forderte sie ihn freundlich auf.

Er warf ihr einen fragenden Blick zu, ahnte aber, dass es zwecklos wäre, sich zu weigern.

»Und jetzt noch zwei Mal, bitte«, sagte sie. »Würden Sie einer Speichelprobe zustimmen?«

»Warum nicht? Kann mir doch nichts passieren, oder? Oder stimme ich damit einem Vaterschaftstest zu?« David zögerte kurz, kam dann aber der Aufforderung nach, um die Polizisten schnell loszuwerden.

Onno stapfte mit seiner Fototasche über einen langen hölzernen Bretterweg, der durch die Dünen zum Strand führte. Er hatte schlechte Laune, nicht nur wegen der unfreundlichen Verkäuferin in der Bäckerei. Auch weil seine Mutter ihn angeschrien hatte, weil Silke und Simone in der Nacht nicht aufgetaucht waren. Sie war nicht besser als die Leute im Ort. Anstatt zu ihm zu halten, ihn zu verteidigen, knallte sie ihm die gleichen Vorurteile und Vorwürfe an den Kopf. Onno war maßlos enttäuscht von ihr.

Seine Mutter hatte dummerweise bemerkt, dass er mit Silke und Simone weggegangen war. Er stand nun einmal auf Frauen und hatte sofort Gelüste, wenn er näher mit ihnen zu tun hatte. Frauen waren das Wichtigste in seinem Leben. Die vielen Jahre in Gefangenschaft waren die reinste Folter für ihn gewesen, was Frauen anbelangte.

Onno musste einer Familie ausweichen. Die Eltern waren beladen mit Badetaschen, Spaten und Bällen; die Jungs maulten und weinten, weil sie noch am Strand bleiben wollten. Die Eltern gingen nicht darauf ein. Sie verlangsamten ihr Tempo nicht, sondern gingen strikt geradeaus, als hätten sie mit ihren Söhnen nichts zu tun, als wären es nicht ihre Kinder. Der Abstand zwischen ihnen und den beiden Jungs, die immer lauter schrien, wurde größer. Die Kinder brüllten mittlerweile aus purer Verzweiflung, weil sie bestimmt Angst hatten, von ihren Eltern zurückgelassen zu werden. Diese Nichtbeachtung durch die Eltern fand Onno grausam. Er konnte sich gut in die Kleinen hineinversetzen. Sie taten ihm leid. Ihre Bedürfnisse wurden nicht gesehen, sie wurden ignoriert. Onno war auch eins dieser Kinder gewesen. Seine Eltern hatten kaum Zeit für ihn gehabt. Auch wenn er auf dem herrlichsten Sandhaufen der Welt aufgewachsen war, hatte er selten etwas davon gehabt. Seine Eltern hatten nur Arbeit, Pflichterfüllung und Geldverdienen gekannt. Die Zufriedenheit der Gäste hatte stets an erster Stelle gestanden und hatte weitaus wichtiger gewirkt als die gemeinsame Zeit mit Onno. In den Ferien hatte Onno sogar sein Zimmer räumen müssen, damit Kinder der Feriengäste darin schlafen konnten. Sie hatten in Onnos Büchern gelesen, seine Puzzles durcheinandergebracht und mit seinem Lego gespielt. Onno hatte auf einem unbequemen Feldbett im Schlafzimmer seiner Eltern schlafen müssen. Manchmal hatte er mit den Besucherkindern gespielt, aber manche hatten mit ihm nichts zu tun haben wollen. Oft war es auch seine Mutter gewesen, die ihm den Kontakt mit den Ferienkindern verboten hatte.

Er war froh, als das Geschrei der Kleinen allmählich leiser wurde und schließlich verstummte und er wieder auf andere Gedanken kam.

Er dachte an Simone und Silke. Schön war es mit ihnen gewesen. Er hatte aufregende Stunden mit ihnen erlebt. Die Vorwürfe seiner Mutter waren völlig unbegründet. Da, wo die beiden Frauen jetzt waren, hatten sie es sicher gut. Sie waren nun bestimmt glücklich, fühlten sich wie im Himmel. Und ihm würde es gefallen, bald andere Frauen zu treffen, die er fotografieren konnte. Es gab so viele von ihnen auf Juist. Er hielt die Augen offen.

KAPITEL 18

»Besuchst du mich wirklich im September? Du hast schon öfter dein Versprechen nicht gehalten!«

Er hielt das Telefon weiter weg, weil ihm die jammernde Stimme seines Bruders auf die Nerven ging. »Ich weiß«, sagte er gedehnt. »Ich habe oft ein richtig schlechtes Gewissen wegen dir. Aber was soll ich machen? Wie gesagt, ich habe gerade irre viel um die Ohren. Es ist unmöglich, hier rauszukommen.«

»Früher hast du mich oft besucht. Jedes Mal hast du gesagt, dass du mich bald nach Hause holen wirst. Das ist nie passiert. Deine Kinder habe ich noch nie gesehen! Ich fühle mich nicht wohl hier, die mobben mich alle. Das habe ich dir schon oft gesagt. Aber du hilfst mir nicht!«

»Wer mobbt dich? Ich habe dir gesagt, du sollst dich wehren, Lars. Es kann doch nicht sein, dass du dich als erwachsener Mann herumschubsen lässt wie ein Schulkind. Wann wirst du aktiv und wehrst dich endlich mal? Ich habe dir gezeigt, wie man das macht. Du kannst mit gezielten Fausthieben jemanden k. o. schlagen. Schon vergessen?«

»Ich schaff das nicht allein. Ich brauch dich dazu, Bruderherz. Früher hast du mir geholfen, hast dich immer vor mich gestellt.«

»Lars, hör mir bitte zu: Ich kann mich nicht mein Leben lang vor dich stellen. Ich habe jetzt meine eigene Familie, hörst du? Da sind auch Menschen, die mich brauchen. Meine Frau braucht mich, meine Kinder brauchen mich. Alle setzen mir zu, dass ich nicht genug für sie mache. Ich muss auch mal an mich denken! Viele in meinem Alter leiden unter Burn-out, das möchte ich nicht riskieren. Du bist erwachsen, Lars, kümmere dich bitte selbst um deine Angelegenheiten!«

»Du hast versprochen, mich hier rauszuholen. Hundertmal hast du mich vertröstet und nichts geschieht! Ich bin immer noch hier. Ich könnte auch allein leben, das wäre sicher besser, aber die lassen mich nicht. Die haben gesagt, ich brauche jemanden, der sich um mich kümmert. Du könntest mein gesetzlicher Vertreter werden. Ich könnte doch bei euch wohnen! Du hast mir so oft versprochen, dass du mich holst! Nur für kurze Zeit, bis ich etwas Eigenes habe!«

Er stöhnte. »Das wird nie passieren und das weißt du! Du könntest nicht allein leben, du brauchst immer jemanden! Und du bist doch dort gut aufgehoben, oder? Kümmern die sich nicht genug um dich in der Einrichtung? Soll ich mal jemanden von denen anrufen?«

»Wo ist Mama? Du hast mir gesagt, dass sie noch lebt. Warum holt sie mich dann nicht? Warum ruft sie mich nicht wenigstens mal an?«

»Sie kann dich nicht holen, Lars. So, sei mir bitte nicht böse, aber ich muss aufhören. Ich könnte die Leitung deines Hauses mal anrufen, dass die öfter nach dir schauen, aber mehr kann ich im Augenblick nicht für dich tun.«

»Du hast mich im Stich gelassen«, sagte Lars weinerlich. »Du bist der einzige Mensch, der mir helfen könnte, und tust nichts! Absolut nichts!«

»Irgendwann hole ich dich zu mir, Lars, versprochen. Und im September besuche ich dich in Aurich.«

»Versprich mir nie wieder etwas! Nie wieder! Du bist nicht besser als alle anderen. Ich muss jetzt gehen. Bingo-Nachmittag. Ich hasse Bingo!«

Wieder im Auto, rief Swantje bei der Polizeistation Juist an und erkundigte sich nach dem Stand der Ermittlungen vor Ort. Sie erfuhr, dass weitere Suchtrupps ausgeschwärmt waren, um nach Dana Weghorst Ausschau zu halten, die Zeugen diesmal im Osten der Insel, in der Nähe des Flugplatzes, gesehen haben wollen.

»Bitte die Alarmierung auf Vollalarm erweitern«, gab sie die Anweisung durch. »Einsatzfahrzeuge in verschiedene Richtungen losschicken und unbedingt wieder Wärmebildkameras zum Einsatz bringen. Was ist mit der freiwilligen Feuerwehr? Ist die noch unterstützend aktiv?«

Sie bekam die Bestätigung durch Marvin Gissemann. »Hat unser Chef veranlasst. Meinert Richter ist persönlich vor Ort und weist die Einsatzkräfte ein.«

»Was ist mit Hubschraubern?«

»Seit einer Stunde kreist der Polizeihubschrauber aus dem Landkreis Aurich über der Insel. Wir tun alles Menschenmögliche, um die vermisste Person zu finden.«

»Ich sehe schon, wir werden derzeit nicht unbedingt auf der Insel gebraucht.«

»Absolut nicht«, bestätigte Marvin. »Hier läuft alles auf Hochtouren. Eben habe ich noch mit dem Gemeindebrandmeister telefoniert. Er ist optimistisch, die Lage im Griff zu haben, denn er hat die besten Kräfte aus Norden, Borkum und Norderney angefordert. Auf unsere starke Feuerwehr mit top Leuten ist in solchen Fällen immer Verlass!«

»Wunderbar, das hört sich gut an, bis später!«

»Bis später«, sagte Marvin tonlos.

Die ausgetretenen Holzstufen knarrten, als Anni Dierken die Treppe in den ersten Stock ihrer Frühstückspension hochstieg, um sich im Zimmer von Simone Franz und Silke Bönninger umzusehen. Es war nicht ihre Art, ein Gästezimmer außerhalb der Reinigungszeit zu betreten, aber sie rechtfertigte ihr Verhalten mit ihrer großen Unruhe und Sorge. Und tatsächlich: Seit ihre Saisonkraft Renata gestern das Zimmer geputzt hatte, waren die Betten unberührt geblieben.

Wie vom Donner gerührt betrachtete Anni Dierken den sorgfältig aufgeräumten Raum, bis ihr mulmiges Gefühl, das sie schon länger hatte, in ein beängstigendes Herzrasen überging. Warum nur hatte sie ihren Sohn wieder bei sich aufgenommen? Sie hätte ihrem Bauchgefühl trauen müssen und ihn gar nicht erst ins Haus lassen dürfen. Womöglich hatte sie sich nun selbst strafbar gemacht. Mit Onno in ihrer Pension gefährdete sie das Leben und die Gesundheit mehrerer alleinstehender Frauen, die gerade auf Juist urlaubten.

Der gut gefüllte Kleiderschrank der Damen war der Beweis dafür, dass Frau Bönninger und Frau Franz nicht abgereist waren. Das war ihre letzte stille Hoffnung gewesen: dass die Frauen Betrügerinnen waren, die sich aus dem Staub gemacht hatten, ohne für ihren Aufenthalt zu bezahlen. Einmal war das bei anderen Gästen vorgekommen, und Anni hatte sich furchtbar geärgert. In diesem Fall hätte sie es sich fast gewünscht. Lieber Betrüger als Opfer von Onno, sagte sie sich.

Ihr Blutdruck stieg und stieg, als sie bemerkte, dass alle Sachen noch da waren, auch die Koffer, die nebeneinander in einer Nische standen. Im Bad befanden sich Tiegel, Dosen und Shampoo-Flaschen neben Zahnbürsten und Zahnpasta in Gläsern. An einer Türhakenleiste hingen die Kosmetiktaschen der Frauen. Die Handtücher, die Renata gestern Mittag ausgetauscht hatte, hingen glatt gefaltet über den Haltern. Frau Bönninger und Frau Franz hatten dieses Zimmer definitiv seit mindestens 20 Stunden nicht betreten. Von einer gewaltigen Unruhe ergriffen schlug Anni Dierken die Tür hinter sich zu und polterte die Treppen hinunter in den Flur, zur Kommode, auf der das Telefon in seiner Halterung steckte. Nachdem sie sich davon überzeugt hatte, dass keiner der Gäste in der Nähe war, ging sie mit dem Telefon in die Küche und wählte den Notruf der Polizei.

»Ich wollte mal kurz nach dir schauen, wie's dir geht. Alles okay?«

Er schien guter Laune zu sein, was Dana beruhigte. »Hi, Chris! Oh, ich sehe, du hast etwas mitgebracht.«

»Einen Pott Milchreis mit Zimt und Zucker für die Dame. Magst du?«

»Ist er noch warm?«

Er packte die Aluschale aus und reichte sie Dana. »Ich denke, er ist genießbar. Ach, und noch etwas.« Er lachte und zog ein Fläschchen Nagellackentferner aus seiner Jackentasche. Dana konnte es kaum glauben. Für die Nagellackentfernung benötigte sie noch Wattepads, traute sich aber nicht, diesen Wunsch zu äußern. Klopapier tat es notfalls auch.

»Ich habe mir überlegt, dass heute ein guter Tag wäre, um die Aufnahme an die Polizei zu schicken«, sagte er.

Fragend schaute Dana zu ihm auf. »Also doch?«

Er nickte. »Umso eher kann ich dich laufen lassen.«

»Du könntest mich auch so laufen lassen.«

»Dann würde ich mich um die Chance bringen, auf einen Schlag an viel Geld zu kommen.«

»Geld von meinen Eltern?«

»Würde ihnen das wehtun?« Er setzte sich zu ihr und sah ihr zu, wie sie die Aluschale öffnete und an dem Milchreis schnupperte.

»Vermutlich nicht. Ich weiß nicht einmal, ob es ihnen wehtut, dass du mich gefangen hältst.«

Er runzelte die Stirn. »Das klingt traurig. Euer Verhältnis scheint nicht das beste zu sein.«

»Schon lange nicht mehr. Seltsam, dass wir so miteinander reden können«, sagte sie, ohne ihn anzusehen. »Ich meine, schließlich bist du mein Entführer. Du könntest mir schreckliche Dinge antun. Ich bin dir vollständig ausgeliefert. Niemand würde mitbekommen, was in diesem Keller passiert. Warum tust du es nicht?«

»So bin ich nicht«, sagte er und räusperte sich. »Nicht, wie du von mir denkst. Oder gedacht hast.«

»Jetzt tu nicht so, als wärst du ein Lämmchen. Du hast einen Menschen getötet, meine Chefin. Das ist furchtbar!«

»Das hat Gründe.«

»Na, hör mal! Ich hasse auch manche Menschen, aber würde sie nicht deswegen umbringen. Eigentlich bringt das niemand fertig, der normal ist.«

»Du willst damit sagen, dass ich nicht normal bin?«

»Nein«, stritt sie ab, weil sie ein Flackern in seinen Augen bemerkte und sich seine Nervosität auf sie übertrug, »das kann ich nicht beurteilen. Aber du hast anscheinend diese Tötungshemmung nicht, die die meisten Menschen haben, und ich verstehe nicht, warum das so ist.«

»Ich glaube, du bist auf dem falschen Dampfer«, sagte er. »Es ist ein Irrglaube, dass man von sich meint, niemals töten zu können. Der Mensch ist mit diesen Instinkten ausgestattet, sonst hätte er in der Urzeit nicht überleben können. Nur in der modernen Welt werden diese Triebe von den meisten Menschen unterdrückt. Wir brauchen sie nicht mehr unbedingt. Das heißt allerdings nicht, dass wir sie nicht erwecken könnten, wenn es darauf ankommt.«

Dana schüttelte heftig den Kopf. »Du bist kein Urmensch und musst niemanden gegen Barbaren oder wilde Tiere verteidigen. Für moderne Menschen ist so etwas absolut nicht tolerierbar.«

»Das kannst du nicht verstehen«, sagte er, stand auf und wanderte im Raum umher, »du kennst mich nicht und hast nicht annähernd das erleben müssen, was ich als Jugendlicher durchgemacht habe. Du hast keine Ahnung von solchen Dingen. Selbst wenn du aktuell einen Hass auf deine Eltern hast, dann nehme ich doch stark an, dass du glücklich und behütet aufgewachsen bist, ein heiles Elternhaus und eine schöne Kindheit hattest.«

Dana atmete tief durch, antwortete jedoch nicht. Insgeheim musste sie ihm recht geben. Eigentlich konnte sie ihren Eltern nichts vorwerfen, höchstens, dass sie das Beste für sie wollten und dabei öfter über das Ziel hinausgeschossen waren, wodurch sie sich gegängelt und eingeengt fühlte. Dennoch wäre eher Dankbarkeit angebracht als Hass.

»Komm, steh auf und zieh deine Schuhe an«, sagte er und machte eine Kopfbewegung zur Tür.

Wieder bekam sie dieses flaue Gefühl, das sie oft in seiner Gegenwart verspürte, weil sie nie sicher sein konnte, was er mit ihr vorhatte. Manchmal hatte sie den Eindruck, dass er ganz normal war, eigentlich sogar recht nett, und dann wieder kam er ihr vor wie ein Verrückter. Ihre Schultern verspannten sich, und sie hatte das Gefühl, als halte sie etwas fest. »Warum? Was hast du vor?«

»Hör auf zu quatschen, zieh deine Schuhe an und komm mit!«

KAPITEL 19

Dana wandte ihr Gesicht der Sonne zu und sog die frische Meeresluft tief in ihre Lungen. »Ah ja, Juist«, sagte sie, »genau deswegen bin ich hier. Juist hat einfach den schönsten Strand, den ich kenne. Ganz feiner, karibisch weißer Sand und dazu eine grandiose Dünenlandschaft. Ich verstehe nicht, warum es manche Menschen so weit in die Welt hinaustreibt, wenn sie in Deutschland so etwas Wunderbares erleben können. Ich genieße das gerade so sehr. Dazu das traumhafte Wetter, das schöner nicht sein könnte. Danke, Chris, dass du mich mitgenommen hast.«

»Ich wollte mit dir hier sein. Du sollst mich von einer anderen Seite kennenlernen. Ich bin nicht das Monster, das du in mir siehst, Dana.«

»Das sagtest du schon. Ich sehe kein Monster in dir. Ich sehe einen Menschen, der einen Fehler gemacht hat. Einen schrecklichen, unverzeihlichen Fehler.«

»Nicht nur einen«, sagte er leise.

Sie suchte seinen Blick, aber er wirkte verschlossen. Sie sah ein, dass es besser war, nicht weiter in ihn zu dringen, sondern ihm Zeit zu lassen. Er war dabei, sich zu öffnen. Das würde er weiterhin tun, wenn sie ihn nicht mit ständigen Fragen löchern würde. »Okay, aber lass uns einfach nur das Hier und Jetzt genießen. Wie schön kann das Leben sein! Mir kommt es vor, als wäre ich seit Wochen nicht mehr draußen gewesen.« Sie bückte sich, um eine Muschel aufzuheben, und berührte sie fast zärtlich. »Hast du keine Angst, dass ich fliehen könnte?«, fragte sie. »Ich war mal gut im Sport. Wenn ich losssprinte, hast du keine Chance.«

Er lächelte. »Mach doch!«, sagte er gelassen.

Sie zog mit ihrem Fuß einen Kreis im Sand. Dana wunderte sich darüber, dass Chris plötzlich besser laufen konnte. Vielleicht tat ihm die Bewegung gut, mobilisierte das steife Bein. Er schien sich sicher zu fühlen, hatte dafür gesorgt, dass sie nicht erkannt werden konnten. Beide trugen Mützen, die ihr komplettes Haar verdeckten und weit in die Stirn reichten, sowie große Sonnenbrillen. Der Strand war so breit, dass sie niemandem direkt begegneten. Und wenn, dann würden sie auf die anderen Strandwanderer wie ein normales Paar wirken. »Irgendwie will ich das gar nicht. Seltsam, oder? Und wenn, wo sollte ich hin? Zurück in das Strandcafé? Geht nicht, ist bestimmt geschlossen. Zurück in die Pension und mich von Frau Frese ausquetschen lassen? Auf die Gefahr hin, dass sie die Polizei ruft? Niemals.« Sie wunderte sich über sich selbst. Hatte sie gestern noch gehofft, dass Chris einen Fehler machen und so in die Fänge der Polizei geraten würde, so arrangierte sie sich plötzlich mit der Situation, mehr noch, sie war dabei, Gefühle für Chris zu entwickeln. Waren das überhaupt Gefühle oder war es eine Abhängigkeit, die sie plötzlich in ihrem Leben suchte – vielleicht, weil sie selbst nicht mehr die Kontrolle über jede Situation brauchte, weil sie endlich einmal loslassen und sich auf jemand anders verlassen konnte? Was war nur los mit ihr? »Und zurück nach Münster?«, hörte sie sich sagen. »Ich möchte keinen von denen sehen, nicht einmal David. In den letzten Tagen habe ich viel nachgedacht. Seltsam, ich vermisse sie alle nicht. Keinen einzigen.«

Er trat näher. »Was möchtest du denn, Dana? Zurück in den Keller?« Er schüttelte den Kopf. »Das kannst du unmöglich wollen. Und mittlerweile habe ich fast ein schlechtes Gewissen, dass ich dir das zugemutet habe.«

Sie ging nicht darauf ein. »Ich habe mal gelesen, dass die meisten Menschen es nicht aushalten, allein in einem Raum zu sein. Eher würden sie sich Stromstößen aussetzen, als nur eine Viertelstunde ohne Ablenkung mit sich selbst allein zu sein. Crazy, oder?«

»Ich kenne diese Forschung. Vielleicht warst du mein Versuchskaninchen, wer weiß?«

»Ach komm, du biegst dir auch alles zurecht, wie du es gebrauchen kannst. Ich glaube dir kein Wort.«

»Du hast recht, aus dem Grund habe ich dich natürlich nicht mitgenommen. Aber da du die Forschung erwähnst: Der Mathematiker und Philosoph Blaise Pascal hat im 17. Jahrhundert die These aufgestellt, dass alle Probleme der Welt gelöst werden könnten, wenn die Menschen es schafften, auch nur 24 Stunden allein in einem Raum zu sein.«

»Dann löse ich jetzt wohl alle Probleme der Welt.«

»Du bist schon dabei«, sagte er und sah sie auf eine seltsame Art an. »Du hast schon einige gelöst.«

»Warum sprichst du in der Vergangenheit? Was hast du mit mir vor? Aus dir werde ich, ehrlich gesagt, überhaupt nicht schlau.«

»Lass uns ein bisschen am Wasser gehen«, schlug er vor.

Schweigend gingen sie nebeneinanderher, am Spülsaum des Wassers entlang, blinzelnd, weil die Sonne ihnen seitlich ins Gesicht schien, wogegen auch die Sonnenbrillen nicht halfen. Dana wäre gerne durch die Dünen gelaufen, um Fotos zu machen. Das Licht war gerade besonders schön. Chris hatte ihr erklärt, dass er die Dünen nie betreten würde, weil er den Inselschutz achte. »Jeder Schritt in den Dünen zerstört die empfindliche Gräserkultur«, hatte er ihr gesagt, »die wichtig ist für den Schutz der Insel während der winterlichen

Sturmfluten, in denen von Juist sowieso jedes Jahr ein Stück abgetragen wird.« Er hatte von Vogelschwärmen erzählt, die vor ihrem Weiterflug auf Juist Station machten, von Brutstätten und seltenen Insekten, die wichtig für die Vögel waren. »Wusstest du, dass es auf Juist mehr als 10.000 Tierarten gibt?«, fragte er ernst. »Sie zu schützen, ist mir eine Herzensangelegenheit.«

Sie biss sich auf die Lippen, um nichts zu sagen. Er setzte sich für die Tier- und Pflanzenwelt ein, brachte aber mal eben kurzerhand einen Menschen um. Außerdem hatte er von einem weiteren Fehler gesprochen, von dem sie am liebsten nichts wissen wollte.

»Und dann wollen sie noch im Wattenmeer Öl fördern und Windparks errichten, um all das zu zerstören, für das wir jahrelang gekämpft haben.«

»Wer will das?«, fragte sie, obwohl sie es wusste. Sie wollte das Gespräch am Laufen halten.

»Bestimmte Leute rund um den Reeder Hein Asmussen. Mit dem habe ich auch noch ein Hühnchen zu rupfen.«

»Lass es besser«, sagte sie. »Mach dich nicht noch unglücklicher. Ganz zu schweigen von den Angehörigen, die trauernd zurückbleiben.«

»Ich habe nicht davon gesprochen, dass ich ihn umbringen will«, sagte er, »obwohl er es verdient hätte.«

Nachdenklich gingen sie weiter.

»Da drüben sind Leute«, sagte er plötzlich. »Ich würde dir raten, jetzt die Chance zu nutzen, deine Beine in die Hand zu nehmen und loszurennen. Schrei, so laut du kannst. Die werden dir sicher helfen.«

Sie stutzte. »Und dann?«

»Dann bist du frei.«

»Und du?«

»Ich setze mich in den Sand und warte auf meine Verhaftung.«

»Und der Erpresserbrief, den ich für dich aufgenommen habe? Was ist damit?«

»Das lass mal meine Sorge sein.«

Sie schwieg.

»Du willst nicht?«

Sie betrachtete ihre Schuhspitzen.

»Du willst wirklich nicht? Keine Sorge, ich bin nicht bewaffnet, habe nichts bei mir.« Er öffnete seine Jacke und zeigte ihr seine leeren Taschen. »Ich tu dir nichts, du kannst losrennen, bist frei!«

Sie spürte plötzlich eine wahnsinnige Hemmung, einen Druck in ihrer Brust, der sich nicht entladen konnte. Die Spaziergänger, jüngere Leute, ein Mann und eine Frau, kamen immer näher. Sie hatten einen Hund dabei, der ein Stöckchen im Maul trug. Dana wusste, sie könnte schreien, um auf sich aufmerksam zu machen. Die Frau und der Mann hätten ihr sicher geholfen.

Aber sie tat nichts.

Das Paar mit Hund war jetzt so nah, dass sie sich kurz ins Gesicht schauten. Fast hätten sie sich gegrüßt.

Und Dana blieb passiv. Etwas hielt sie zurück. Sie konnte nicht. Sie fühlte sich wie in einer schweren Rüstung, die ein Handeln unmöglich machte.

Die Situation war vorbei. Sie ging weiter mit Chris und tat so, als sei nichts geschehen.

Minutenlang gingen sie schweigend nebeneinanderher.

»Warum hast du deine Chance nicht genutzt?«, wollte er wissen, als sie sich so weit entfernt hatten, dass die Leute mit dem Hund kaum noch zu erkennen waren.

Dana zuckte mit den Schultern. Sie wusste selbst nicht, warum. Vielleicht hatte sie sich so sehr an Chris gewöhnt, dass sie nicht mehr allein sein wollte. Schließlich war er der einzige Mensch, mit dem sie in den letzten Tagen zu tun hatte. Sie spürte die Abhängigkeit von ihm, eine beunruhigende Mischung aus Angst und Aufregung, die gleichzeitig faszinierend war.

Sie dachte an den Fall der entführten Natascha Kampusch. Jahrelang hatte ihr Peiniger sie in einem eigens für sie gebauten schalldichten Bunker völlig isoliert von der Außenwelt gefangen gehalten, ihr schlimme Dinge angetan, grausame Dinge, von denen Dana bisher verschont geblieben war. Natascha Kampusch hatte ihren Entführer im Laufe der acht Jahre Gefangenschaft einige Male zum Einkaufen in Baumärkte begleitet, hieß es. Es habe angeblich viele Möglichkeiten für sie gegeben, wegzulaufen und jemanden um Hilfe zu bitten, hatte Dana gelesen, aber Natascha habe diese Chancen nicht genutzt. Erst sehr viel später war es ihr gelungen, ihrem Peiniger zu entkommen.

Dana hatte nie verstanden, warum die junge Frau so gehandelt hatte. Und nun verstand sie es plötzlich oder glaubte es zu verstehen. Ob es Natascha Kampusch tatsächlich so ergangen war, wusste sie natürlich nicht, aber ihr eigener Drang, bei ihm zu bleiben und sich ihm unterzuordnen, war in dem Moment stärker als ihr Drang nach Freiheit. Sie wollte nicht, dass Chris verhaftet werden würde, denn dann hätte sie ihn nicht mehr in ihrer Nähe. Und sie wollte ihn in ihrer Nähe haben – mehr als jeden anderen Menschen. Er hörte ihr zu. Und darum tat er ihr gut. Vielleicht war das Faszinierende an ihm auch dieses Bad-Boy-Image. Bad Boys hatte sie immer schon anziehend gefunden, weil sie so anders waren, herb, rau, spröde, äußerst selbstbewusst. Sie fand sie attraktiv, weil das Unkonventionelle an ihnen Reibung bedeutete und daher eine willkommene Abwechslung vom Alltag. Ja, Chris machte sie lebendig. Sie fühlte sich in seiner Gegenwart lebendig wie nie zuvor und genoss das Ungewisse, das ein starkes Kribbeln in ihr verursachte.

Sie spürte Abstoßung und Anziehung zugleich. Zwischen diesen beiden Polen bewegte sie sich. Er war durch und durch schlecht und auch wieder nicht. Hier und da kamen sie sich näher, und sein wahrer Charakter schien durch, der sympathische Züge hatte. Und nicht zuletzt war Dana ein wenig stolz darauf, dass sie mit einem Schwerverbrecher am Strand entlangspazierte, als wäre er ein guter alter Freund. Sie war stolz darauf, dass er es gut mit ihr meinte und sie gut behandelte – im Gegensatz zu ihrer Chefin, die durch seine Hand sterben musste.

»Was ist jetzt?«, wollte sie wissen, als der Strand wieder breiter wurde und sie sich von den Dünen entfernten. »Wo bringst du mich hin?«

Er zuckte mit den Schultern.

»Sag bloß, du willst aufgeben«, fragte sie zweifelnd.

»Ich weiß bald gar nichts mehr«, sagte er, und es klang resigniert.

»Was willst du eigentlich mit so viel Geld? Wozu brauchst du es?«

Wieder zog er die Schultern hoch. »Ich brauche es, um unabhängig zu sein, um eine Zeit lang nicht arbeiten zu müssen. Um mir irgendwo und irgendwie eine neue Existenz aufzubauen. Denn so wie bisher kann ich nicht weitermachen. So will ich nicht weitermachen«, fügte er hinzu und sah sie scheu von der Seite an.

»Nicht mehr im Service?«

»Nicht mehr mit diesen Menschen.«

»Okay, vielleicht kann ich dir helfen«, sagte sie mit fester Stimme. »Aber dazu muss ich erst wissen, was mit dir los ist. Du machst einen totalen Depri-Eindruck auf mich, und ich bin mir ziemlich sicher, dass du inzwischen bereust, was du getan hast.« Sie überlegte kurz und nahm dann all ihren Mut zusammen. »Okay, Hand aufs Herz: Warum hast du Frau

Flemming getötet?«, stellte sie die Frage, die ihr seit Tagen unter den Nägeln brannte.

Er sprang zur Seite, um nicht nass zu werden, denn die Wellen wurden immer kraftvoller. Eine Stunde noch, dann war wieder Hochwasser.

Chris verlangsamte seinen Schritt. »Frau Flemming«, er sprach ihren Namen geziert und übertrieben betont aus, »Frau Flemming ist das mieseste Stück Scheiße, das mir in meinem ganzen Leben untergekommen ist. Sie hat so viel Leid über meine Familie gebracht, das kannst du dir nicht vorstellen. Glaub mir, ihr Tod ist eine viel zu geringe Strafe für das, was sie mir, was sie uns angetan hat.«

Dana horchte auf. »Angetan? Was meinst du damit? Was meinst du mit Familie, bist du verheiratet? Hast du Kinder?«

»Das ist privat«, sagte er und verzog seinen Mund zu einem Strich.

So schnell wollte sie sich diesmal nicht geschlagen geben. »Hat es etwas mit dieser Umweltgruppe zu tun?«, wollte sie wissen, »der Frau Flemming angehört hat? Ich meine diese Gasbohrungen und Windparks, die ihr ein Dorn im Auge waren. Sie hatte eine bestimmte Sicht auf die Dinge. Frau Flemming hatte deswegen Streit mit ihrem Mann und einigen anderen Personen. Auch mit dir, obwohl ihr politisch einer Meinung wart? Hat sie dich beleidigt? Ich könnte mir das vorstellen, sie war sehr impulsiv und hat öfter mal die Kontrolle verloren. Ich weiß, wovon ich spreche. Mich hat sie mal so angeschnauzt, dass mir die Tränen gekommen sind. Aber ich glaube, sie meinte das nicht so. Sie war beherrscht von diesem Umweltgedanken, sie wollte um jeden Preis Schlimmeres verhindern. Sie liebte Juist, genau wie du und ich. Sie liebte die Natur, besonders das Wattenmeer. Zwei-, dreimal hat sie mich mitgenommen zu diesen Treffen. Mir war das zu anstrengend. So viele negative Emotionen sind mir zu viel, und ich kann als Touristin beziehungsweise als Saisonkraft ja doch nichts ausrichten. Ich dachte, da sollen sich lieber die anderen engagieren, die hier leben und die die Auswirkungen unmittelbar spüren werden.«

»Nein«, sagte er, »damit hat das nichts zu tun. Ich habe mich immer für den Küstenschutz eingesetzt, aber mehr privat, indem ich darauf geachtet habe, mich richtig zu verhalten. Organisieren wollte ich mich nie. Das ist nicht mein Ding.«

»Aber sie hat deiner Familie Schaden zugefügt? Deiner Frau und deinen Kindern?«

»Großen Schaden. Ich hasse sie, kann an nichts anderes denken. Ja, ich hasse sie immer noch. Ihr Tod gibt mir keine Ruhe, keine Genugtuung.«

»Du sprichst so hasserfüllt, dass ich mir Sorgen mache, es könnte weitere Opfer geben. Bitte sag mir, dass das nicht so ist!«

Er holte tief Luft. »Doch. Es gibt da jemanden«, sagte er, »der noch lebt und es nicht verdient hat weiterzuleben. Ich glaube, ich sollte einen Schnitt machen. Vielleicht würde es mir dann besser gehen.«

»Du meinst diesen Hein Asmussen?«

Er zuckte mit den Schultern. »Den vielleicht auch.«

»Also noch eine andere Person. Du kannst doch einen Schnitt machen, ohne deswegen einen Menschen umzubringen. Man kann sich auch so von jemandem trennen, der einem nicht guttut! Das werde ich wahrscheinlich auch machen.«

»Das meine ich nicht. Es ist etwas Schlimmes passiert, etwas, das ich Susanne Flemming niemals verzeihen werde, nicht einmal nach ihrem Tod. Eigentlich hätte ich sie auch am Leben lassen können, denn geändert hat ihr Tod für mich nichts. Ich werde bis zum Ende meines Lebens nicht vergessen können, was sie getan hat. Trotzdem – dieser eine Mensch, der noch lebt, muss auch noch weg. Ich will Gerechtigkeit, auch wenn ich mir damit mein Leben versaue.«

»Was ist denn passiert?«, fragte sie mit klopfendem Herzen.

Er rang mit sich. »Ein anderes Mal«, sagte er vage. »Du wirst es wahrscheinlich noch erfahren. Aber ich muss das erst mal zu Ende bringen.«

»Bitte tu das nicht, Chris! Der einzige Weg, den du gehen solltest, ist der Weg zur Polizei. Geh zur Polizei, Chris, und stell dich! Wollen wir zusammen gehen? Ich würde dich begleiten!«

Er strich ihr kurz über den Rücken und lachte. »Du bist süß!«, sagte er. »Aber nein, ich möchte nicht. Wir laufen jetzt noch eine Weile weiter am Spülsaum entlang bis zur Domäne Bill, trinken da einen Kaffee und kehren dann um.«

»Willst du das wirklich riskieren? Man wird uns erkennen und die Polizei rufen. Vergiss nicht, ich werde mich Sicherheit gesucht!«

»Wen suchen die denn? Ein Mädchen mit blauen Haaren. Wo sind deine blauen Haare im Moment?«

»Unter der Mütze.«

»Eben. Und da bleiben sie auch. Und die Sonnenbrille schön auflassen. Wir bleiben draußen und nehmen den Tisch ganz hinten in der Ecke. Wir sind ein ganz normales Paar. Vertrau mir, das wird schon!«

»Warum dieses Risiko? Hast du keine Angst?«

»Doch, klar habe ich Angst. Jeder Mensch kennt Angst. Angst sichert seit Urzeiten das Überleben. Aber ich bin ein Spieler und brauche den Thrill. Ich liebe das Risiko«, sagte er, »wenn ich Grenzen überwinde, bin ich ganz bei mir. Das ist der Stress, den ich als positiv empfinde und sogar suche. Er durchströmt mich und gibt mir unendlich viel Power. Und vor allem liebe ich den Tanz der Endorphine hinterher, wenn ich die Kontrolle wiedererlangt habe. Dieses Hochgefühl verleiht mir einen ordentlichen Push. Den brauche ich hin und wieder.«

»Okay, ich habe dich verstanden. Warum die Domäne Bill?«

»Ich habe dort etwas zu erledigen«, sagte er. »Es ist genau der richtige Ort dafür.«

KAPITEL 20

»Es geht keine Fähre mehr«, stellte Swantje fest, als sie Meppen hinter sich gelassen hatten. Resigniert klappte sie die Schutzhülle ihres Handys zu.

Henry zog lediglich die Augenbrauen hoch. Konzentriert steuerte er den BMW durch das flache Emsland. Vereinzelt tauchten Höfe auf, große Bauernhöfe mit viel Land drumherum. Pferde und Rinder grasten auf Koppeln, manchmal auch Schafherden.

»Fliegen werde ich auf keinen Fall.«

»Was?« Er lachte.

Sie wiederholte, was sie gerade gesagt hatte.

»Warum eigentlich nicht?«, fragte er belustigt.

»Ich habe etwas erlebt, das mich nachhaltig traumatisiert hat. Seitdem versuche ich jedes Gefühl des Kontrollverlusts zu vermeiden.«

»Ein Unfall?«

Swantje nickte. Sie wollte nicht daran denken, aber allein das Wort bewirkte augenblicklich, dass sie sich schlecht fühlte.

»Willst du darüber reden?«

»Im Moment nicht.«

»Ich habe meine Eltern bei einem Unfall verloren«, sagte Henry schwer ausatmend. »Kurz nach meiner Konfirmation, die hatten wir noch zusammen gefeiert. Meine Eltern waren auf dem Weg nach Frankreich in den Urlaub, als mein Vater einen Stau übersehen hatte und eine Vollbremsung hinlegen musste. Ein Sattelschlepper krachte ungebremst in sie hinein. Ich war währenddessen auf einer Jugendfreizeit, sonst würde es mich jetzt auch nicht mehr geben. Meine Großeltern haben mich aufgenommen. Sie hätten auf den Rat anderer Verwandten hören und mich in ein Heim geben können, aber sie haben anders entschieden, wofür ich ihnen auf ewig dankbar bin.« Er trat hart auf die Bremse, weil vor ihm ein wuchtiges schwarzes Fahrzeug unvermittelt abbremste.

Swantje spürte Stiche in der Brust. Monoton formulierte sie eine höfliche Beileidsbekundung, denn die Situation triggerte etwas in ihr. Sie sah den schwarzen SUV vor sich, wie er bei einer Verkehrskontrolle an der A45 plötzlich ausscherte und beschleunigte und dann mit quietschenden Reifen in einem irren Tempo auf sie und ihre Kollegen zugeschossen kam. Zwei ihrer Kollegen wurden erfasst, durch die Luft geschleudert und einer von ihnen von einem nachfolgenden Fahrzeug überrollt. Er war auf der Stelle tot. Sie hörte die gellenden Schreie der Schwerstverletzten und spürte erneut ihre eigene Ohnmacht, ihre wahnsinnige Wut und panische Angst. Auch der zweite Kollege hatte es nicht geschafft. Er war im Notarztwagen gestorben, auf der Fahrt ins Krankenhaus, wie sie später erfahren hatte. All die Gefühle von damals erfassten sie von Neuem mit ungeheurer Wucht. Sie fühlte einen Druck im Oberkörper, ihren stark beschleunigten Herzschlag und fürchtete die Atemnot, die nun einsetzen würde.

»Alles gut mit dir?«, fragte Henry besorgt von der Seite. »Du bist kalkweiß und schweißnass im Gesicht!«

»Kannst du bitte irgendwo rechts ranfahren?«

»Ich versuche es, ein bisschen schlecht im Moment«, sagte er und fuhr langsamer weiter. Hundert Meter weiter steuerte er eine Haltebucht an und schaltete den Motor aus. »Was ist eigentlich los?«, fragte er sanft.

Sie atmete tief durch. Und erzählte es ihm. Ihre Stimme war brüchig und monoton, doch die gefürchtete Atemnot blieb aus.

»Du solltest dich therapeutisch begleiten lassen, Swantje. Es gibt gute Psychologen bei der Polizei, das weißt du.«

»Das habe ich versucht. Zwei, drei Gespräche hat es gegeben, ich hätte vielleicht dranbleiben sollen. Eine Zeitlang geht es, aber dann reicht irgendein Auslöser, wie eben deine Erzählung und der schwarze SUV, und die Panikattacken kommen zurück. Ich kann nicht fliegen. Heute nicht. Ich fühle mich zittrig und schwach und schaffe es einfach nicht.«

Er reichte ihr eine Wasserflasche. »Marvin hat vorhin angerufen«, sagte er. »Es gibt noch eine andere Möglichkeit. Der Reeder, den wir sowieso sprechen wollten, ist heute in Norddeich. Wir versuchen, kurzfristig einen Termin bei ihm zu bekommen, und bitten ihn, uns nach Juist zu schippern. Das dürfte trotz fehlenden Hochwassers für kleinere Yachten kein Problem sein. Und er hat ja, wie ich mich informiert habe, eine ganze Flotte.«

»Mit einem seiner Luftverpester, wie Ansgar Löbbert die Schiffe nennt?«

»Was wäre die Alternative? Eine Fähre geht heute nicht mehr, und den Flieger willst du nicht nehmen. Natürlich könnten wir in einem Hotel übernachten, aber ich fürchte, wir dürfen keine Zeit verlieren. Solange der Mörder frei herumläuft, habe ich keine Ruhe.«

»Hast du die Nummer von Hein Asmussen?«

»Ja, Marvin hat sie mir gegeben.«

Er rief den Reeder dreimal an, bis sich Hein Asmussen endlich unter starkem Rauschen meldete. Er war auf einem seiner Schiffe, die Verbindung war schlecht. Sie verabredeten sich für 18 Uhr im Hafenrestaurant in Norddeich.

»Fühlst du dich besser?«, fragte Henry. »Sag Bescheid, wenn ich weiterfahren kann.«

»Du kannst«, sagte sie und atmete noch einmal tief durch.

»Ich glaube, ich habe mich noch gar nicht bedankt für den Kaffee und den leckeren Rosinenstuten«, sagte Dana, während sie am Strand zurück ins Dorf liefen. »Der war großartig! Ich hätte nie gedacht, dass ich so dicke Stücke runterkriege, aber mit Butter war es wirklich lecker. In der Domäne Bill war ich noch nie, aber es war richtig schön da!«

Chris grinste sie an. »Nett, oder? Ein wunderbarer Platz zum Entspannen und Genießen. Wir haben die Zeit richtig ausgekostet. Für mich ist das Juist pur, da hängen viele Kindheitserinnerungen dran, weil wir früher oft Familienfeste dort gefeiert haben.«

Eine Weile wanderten sie schweigend durch die Sandwüste des Billriffs. Am Horizont brachte die Sonne das Wasser zum Glitzern. Der Wind trieb feinen Flugsand über die naturbelassene Fläche, ein Gemisch aus Sand und festen Dünengräsern. »Ich mag die Gegend hier rund um die Westspitze Juists«, sagte er. »An diesem beschaulichen Flecken Erde begegnen sich Nordsee und Wattenmeer. Vögel und Seehunde lieben diesen Ort. Sie kommen immer wieder zum Rasten her. Schau, dort drüben ist die Vogelschutzinsel Memmert.« Er deutete in südliche Richtung. »Als Kind war ich mit meinem Opa mal da. Wunderbar unberührte Natur, ein Paradies für Tiere und Pflanzen. Die kleine Insel darf nur außerhalb der Brutzeit betreten werden – und auch dann nur mit Sondergenehmigung. Sie geht auf das Lebenswerk des Juister Lehrers und Biologen Otto Leege zurück.«

»Ah, daher der Otto-Leege-Pfad«, sagte sie.

Chris nickte.

»Ist die Insel bewohnt?«

»Es wohnt nur der Vogelwart da.«

»Ein einsames Leben.«

»Er liebt das. Er ist allerdings nur in den Sommermonaten dort. Im Winter ruht die Natur.« Verträumt sah er sie an. »Ich würde jetzt gern deine Hand nehmen«, sagte er mit sanfter Stimme, »fändest du das schlimm?«

Dana fühlte sich überrumpelt. Sie konnte seine Frage nicht einordnen. Was wollte er von ihr? Das konnte er doch nicht ernst meinen. Wollte er sie manipulieren? Für irgendeine Sache gewinnen, die nicht ganz koscher war? Ernsthafte Emotionen konnten es doch nicht sein. Unvorstellbar. Was passierte hier? Und doch musste sie zugeben, dass sie ihn mittlerweile sympathisch fand, sogar anziehend. In einem anderen Leben, unter anderen Umständen, hätte sie es sich sogar gewünscht, dass sie sich näherkommen. Aber sie wollte nicht zu viele Gefühle ihm gegenüber entwickeln, weil sie wusste, dass sie das verletzbar machen würde. Es hätte sowieso keine Zukunft. Er war ein Verbrecher. So blickte sie nur auf den sandigen Boden und schwieg.

»Okay, es ist seltsam, weil ich dein Entführer bin. Ich könnte es einfach so machen, weil du dich in meiner Gewalt befindest, tue es aber nicht. Ich frage dich um deine Erlaubnis. Und wenn du nicht willst, fasse ich dich nicht an.« Er war sehr ernst geworden. »Ich möchte, dass du weißt, dass ich dich mag. Sogar sehr! Als ich dich mitgenommen habe, weil ich mir nicht anders zu helfen wusste, kannte ich dich noch nicht. Da warst du einfach eine Person, die mir gefährlich werden konnte. Ich sah keine andere Möglichkeit. Mein Entschluss, dich zu entführen, war spontan. Die Idee kam mir in Sekunden. Es war nicht geplant, das musst du mir glauben.«

»Und der Mord an meiner Chefin? Du kannst mir nicht erzählen, dass das auch eine spontane Idee war, so nach dem Motto: Ich trinke mal ein Bierchen, und danach bringe ich eine Frau um, weil mir gerade danach ist.«

»Das hatte Gründe, das habe ich dir schon gesagt.«

»Welche Gründe?«

»Es hat mit der gemeinsamen Vergangenheit von Susanne Flemming und mir zu tun. Mehr sage ich nicht dazu.«

»Jetzt machst du wieder dicht.«

»Dann mache ich eben dicht. Lenk nicht ab! Ich habe dir gerade meine Zuneigung gestanden und möchte wissen, wie du dazu stehst.«

Sie überlegte. Er hatte sie mit seinen Worten berührt, das konnte sie nicht abstreiten. In ihr tobten die widersprüchlichsten Gefühle, die sie jemals durchlebt hatte und die sie nicht einordnen konnte. »Auch wenn wir uns unter anderen Umständen kennengelernt hätten«, sagte sie, »würde ich nichts mit dir anfangen. »Du bist verheiratet, hast Kinder, bist ein Familienvater, das geht überhaupt nicht! Mit einem vergebenen Mann fange ich nichts an. Auch wenn ich flippig aussehe, weiß ich, was sich gehört. Und so etwas gehört sich einfach nicht. In dem Punkt teile ich die Auffassung meiner Eltern und Großeltern. Die haben immer gesagt: ›Das macht man nicht!‹«

Chris lachte leise. »Du hast recht, das gehört sich nicht. Ich bin kein notorischer Fremdgeher, habe so etwas noch nie gemacht. Aber meine Ehe besteht nur noch auf dem Papier, glaub mir. Meine bessere Hälfte ist der Meinung, dass ich mich aus allem rausziehe und ich mich nicht genug um die Kinder kümmere. Das stimmt nicht. Ich tue, was ich kann, auch wenn ich nach der Arbeit todmüde bin und mich am liebsten ausruhen würde. Ständig gibt es deshalb Streit. Sie versteht mich nicht und ich sie mittlerweile auch nicht mehr.

Sie arbeitet nur stundenweise, auf Minijob-Basis in einem kleinen Einkaufsmarkt an der Kasse. Da hat sie doch genug Zeit für alles und sollte sich nicht beklagen. Ich habe den Eindruck, sie möchte sich schon lange trennen und wäre sogar erleichtert, wenn ich ihr die Entscheidung abnehmen würde.«

»Wenn du dich von ihr trennen würdest?«

Er nickte. »Vermutlich provoziert sie das sogar durch ihr Verhalten und will, dass ich die Initiative ergreife.«

»Ich glaube, so oder so steht dir eine Trennung bevor«, sagte Dana. »Wenn deine Frau erfährt, dass du die Wirtin der Boje 8 getötet hast, ist deine Ehe sowieso zu Ende. Keine Frau will einen Mörder als Mann.«

Das wollte er nicht hören. »Ist ja nicht gesagt, dass sie mich kriegen. Ich denke, ich bin geschickt genug, dass ich ihnen entwische.«

»Du bist außerdem Geiselnehmer, Chris, vergiss das nicht. Das ist ein doppeltes Verbrechen! Wie willst du aus der Nummer rauskommen, ohne mich zu töten?« Sehr ernst blickte Dana zu ihm auf. »Das wirst du doch nicht tun, oder?«

»Natürlich nicht, du Dummchen. Ich habe Gefühle für dich entwickelt, merkst du das nicht?«

Sie ignorierte, was er gesagt hatte. »Sie werden dich fassen, Chris. Sie kriegen jeden, glaube mir! Ich habe mal gelesen, dass die Aufklärungsquote bei Mord bei über 90 Prozent liegt.«

Bei ihren Worten verdüsterte sich sein Gesicht. Für eine Weile wirkte er still und in sich gekehrt. Dann sagte er: »Nein, du irrst dich. Sie werden mich nicht überführen, Dana. Dafür brauchen sie Beweise, und so leicht mache ich es ihnen nicht. Ich habe mir eine Strategie überlegt. Ich komme heil aus der Sache heraus und arbeite dann hart an mir, um ein besserer Mensch zu werden. Ich werde mit meiner traurigen Vergangenheit aufräumen und endgültig abschließen. Ich werde allen vergeben, die mir jemals etwas angetan haben. Ich werde in eine Kirche gehen und eine Kerze anzünden. Um Buße zu tun, brauche ich kein Gefängnis. Ich werde mich jeden Tag für eine Stunde zurückziehen und meditieren, und kein Tag soll vergehen, ohne dass ich jemandem etwas Gutes getan habe. Ich glaube an ein neues Leben als freier Mann, als guter Mensch!«

»Du spinnst!«

»Lass mich bitte fertigspinnen. Das ist das Einzige, was mir noch bleibt. Du gibst meinem Leben einen neuen Sinn. Du bist mir wichtig! Für einen Neuanfang brauche ich dich an meiner Seite. Seit ich dich kenne, bin ich ein anderer Mensch. Ich fühle, dass ich mich bereits auf den Weg gemacht habe. In einem Monat, nein, wahrscheinlich schon in einer Woche werde ich nicht mehr der Chris sein, den du kennengelernt hast.«

»Du kennst mich doch erst wenige Tage.«

»Das spielt keine Rolle. Und wenn es eine einzige Stunde wäre. Bereits eine Stunde mit dir macht aus mir einen völlig anderen, neuen Menschen. Ich habe noch nie so tief empfunden, so ehrlich und rein. Vertrau mir, Dana, es wird alles gut!«

»Sei mir nicht böse, Chris, aber du klingst gerade wie ein Sektierer.«

Er wiegte den Kopf. »Nenn es, wie du willst. Spotte nur! Die letzten Tage und Stunden haben mir die Richtung aufgezeigt. Ich werde meinen Job kündigen und neu anfangen. Am liebsten mit dir!« Er sah sie treuherzig an.

Dana wurde weich bei seinen Worten. Sie musste zugeben, dass sie sie tief in ihrem Inneren berührt hatten.

»Ich habe nicht damit gerechnet«, fuhr Chris räuspernd fort, »dass ich jemals einen Menschen wie dich kennenlernen würde, dass ich mich in dich verlieben könnte. Es ist nun einmal passiert. Ich kann nichts dafür.«

Dana spürte, dass sich der Abstand zwischen ihnen verringerte. Sie fühlte ihn nun dicht neben sich. Seine Fingerspitzen strichen sacht über ihr Handgelenk. »Darf ich?«, fragte er leise und sah sie seltsam verträumt an.

Dana nickte und fühlte plötzlich seine große warme Hand in ihrer. »Verrückt«, sagte sie, »das glaubt mir kein Mensch.«

»Ich hätte auch nicht erwartet, dass das passieren würde. Aber es ist so. Ich frage mich oft, wie es dir geht. Ich möchte nicht, dass du Angst hast. Ich möchte, dass es dir gut geht. Und nachts wünschte ich, du wärst an meiner Seite. Ich muss ständig an dich denken.«

»Ich nehme an, da liegt deine Frau. Wie würde sie es finden, wenn sie wüsste, dass du an eine andere Frau denkst?«

»Sie weiß es ja nicht. Meine Frau hat einen ruhigen Schlaf. Sie hat sich noch nie sehr dafür interessiert, wie es mir geht. Sie möchte sowieso nicht mehr mit mir zusammen sein. Und die Gedanken sind frei, oder?«

Er legte seinen Arm um sie. Eng umschlungen gingen sie weiter.

»Moment mal, wer spricht? Bitte noch einmal deutlich und langsam!« Sebastian Jonker hielt das Telefon ans Ohr gepresst, obwohl er den Ton auf laut gestellt hatte.

»Hier ist Dana Weghorst«, hauchte eine dünne Stimme. Meinert Richter drückte sofort die Aufnahmetaste.

»Ich bin entführt worden. Ich weiß, wer meine Chefin getötet hat. Deshalb hat der Täter mich in seiner Gewalt. Ich bin seine Geisel. Für meine Freilassung fordert er Lösegeld. 50.000 Euro in gebrauchten Scheinen. Bis Donnerstag, 20 Uhr, in einem Trolley am alten Inselbahnhof. Dort ist ein

Turm mit einer Uhr und dem Wappen von Juist. Daneben befindet sich ein Blumenkübel. Den Trolley deponieren Sie bitte hinter dem Blumenkübel.«

Die ohnehin schlechte Verbindung brach ab.

»Auwei«, keuchte Richter, »das hat gerade noch gefehlt.« Er spielte die Aufnahme des Anrufs ab. »Das geht sofort an die Staatsanwaltschaft Aurich«, murmelte er vor sich hin. »Wir brauchen eine Ortung. Über welchen Funkmast hat sie sich eingewählt? Leider haben wir hier keinen IT-Mann sitzen. In solchen Fällen ist es nicht gerade förderlich, dass wir auf Juist sind. Die Insel ist funkarm, was viele Urlaubsgäste aus gesundheitlichen Gründen schätzen, aber dadurch funktioniert eine Ortung wesentlich schlechter als auf dem Festland.« Er ging in den Nachbarraum, der technisch besser ausgestattet war.

»Der Anruf ist von keinem Smartphone erfolgt«, sagte Torben, »das sehe ich so schon. Der Täter wusste, weshalb. Eine Ortung dürfte so wesentlich schwieriger ausfallen.«

Sebastian und Torben hörten Richter im Nebenraum telefonieren. Sie verstanden nicht wortwörtlich, was er sagte, aber die Begriffe »Router« und »Provider« drangen zu ihnen durch.

»Wir müssen das Paar vom LKA informieren«, sagte Torben. »Zu dumm, dass die momentan auf dem Festland sind. Weißt du zufällig, wo genau?«

Sebastian zuckte mit den Schultern. »Ich habe die Nummer von Frau Brandt. Die beiden müssen sich irgendwo zwischen Münsterland und Emsland befinden.«

Torben stand breitbeinig vor dem Plakat mit den Fährverbindungen. »Es geht heute keine Fähre mehr«, stellte er fest.

Sebastian bewunderte seine durchtrainierte Figur und beneidete ihn glühend darum. Wie gerne wäre er auch muskulöser gewesen, dabei trieb er viel Sport, spielte Handball und fuhr regelmäßig Fahrrad. Doch Kraftsport lag ihm einfach nicht, also würde er wohl für immer ein Spargeltarzan bleiben. Deshalb hatten ihn die Mitschüler schon vor 20 Jahren in der Schule gemobbt. Dann lieber ein Michelin-Männchen, dachte er und seufzte tief.

»Die werden einen Flieger nehmen«, vermutete Torben. »Ist doch kein Problem. Ich schätze mal, in zwei, drei Stunden werden sie hier sein. Spätestens.«

»Also nicht anrufen?«

Torben überlegte. »Du hast recht, wir sollten sie informieren, sonst könnte es nachher Ärger geben. Na los, rufen wir sie an!«

»Sie sind heute meine Gäste«, sagte Hein Asmussen mit einer einladenden Geste und schob Swantje und Henry die Speisekarten zu.

Henry winkte ab. »Machen Sie sich bitte keine Umstände, wir zahlen selbst. Kommt alles auf die Spesenrechnung.«

»Keine Widerrede, ich kenne den Koch persönlich und bekomme Nachlass. Dafür bringe ich immer wieder neue Leute mit. Also, Frau Brandt und Herr Olsen, einfach frei nach Belieben auswählen!«

»Sehr freundlich, aber wir sind Beamte und nicht bestechlich«, sagte Henry und zwinkerte ihm zu.

Asmussen lächelte charmant und zeigte dabei eine auffallend gleichmäßige, strahlend weiße Zahnreihe.

Swantje versuchte sein Alter zu schätzen. Es fiel ihr nicht leicht – seinem äußeren Erscheinungsbild nach lag es vermutlich zwischen 50 und 65. Die sportliche Figur, die längeren silbergrauen Haare und die sonnengebräunte Haut ließen ihn attraktiv wirken und sehr wahrscheinlich jünger, als er in Wirklichkeit war.

Sie bestellten gebratene Scholle mit Speck, Bohnen und Salzkartoffeln, dazu jeder ein Pils.

»Herr Asmussen«, fuhr Henry fort, »so nett es in diesem Lokal auch ist, aber ich fürchte, wir müssen ein etwas ungemütliches Gespräch mit Ihnen führen.« Das brummende Telefon zeigte einen Anruf aus Juist an. Er stellte es aus, um sich ganz auf sein Gegenüber zu konzentrieren.

»Ich habe es geahnt«, sagte der Reeder lachend und verschränkte seine Hände über dem leichten Bauchansatz, den das schmal geschnittene weiße Leinenhemd betonte. »Nun, ich lese Nachrichten und habe mitbekommen, was passiert ist. Schlimme Sache.« Er stieß die Luft zwischen seinen Zähnen aus.

»Und wir haben mitbekommen, dass Sie in der letzten Zeit Kontakt mit Susanne Flemming hatten«, bemerkte Henry und nickte der Kellnerin zu, die gerade die Getränke servierte.

»Was heißt Kontakt? Meine Güte, ich will mal sagen, eher beruflicher Natur. Persönlich kaum noch, was ich offen gesagt auch nicht vermisst habe.« Asmussen ordnete seine silbergrau melierten Haare, die ihm bis zu den Schultern reichten. »Ja, was soll ich sagen? Vermutlich haben Sie bereits gehört, dass Frau Flemming und ich nicht gerade auf einer Wellenlänge lagen. Aber das muss man ja auch nicht mit jedem Menschen, oder?« Nervös wanderte sein Blick zwischen den Kommissaren hin und her. »Man macht sich doch nicht automatisch strafbar, wenn man anderer Meinung ist.« Er setzte ein strahlendes Lächeln auf, das nicht echt wirkte.

»Zumindest sollte man andere Meinungen tolerieren und vor allen Dingen respektieren können, ohne sich zu erheben, sich lustig zu machen oder den Andersdenkenden mundtot machen zu wollen«, teilte Swantje ihren Standpunkt mit. Sie hatte Mühe, ihre Emotionen in Schach zu halten. Ausgerechnet jetzt brummte ihr Handy. Ohne nachzusehen, wer etwas von ihr wollte, stellte sie den Flugmodus ein.

»Ich habe Frau Flemmings Meinung durchaus akzeptiert«, behauptete Asmussen und kratzte sich am hochroten Hals.

»Indem Sie in den sozialen Netzwerken auf jede ihrer Äußerung mit einem hämischen Lach-Smiley reagierten, indem sie Frau Flemming androhten – auch in regionalen Zeitungen –, sie wegen angeblicher Beschäftigung von Schwarzarbeitern anzuzeigen? Sie wollten ihr Geschäft hochgehen lassen, sie vor Gericht bringen, wenn sie nicht aufhört, mit ihrer Gruppe gegen Ihre Pläne Stellung zu beziehen. Hetzen nannten Sie das. Damit wollten Sie wohl von Ihren eigenen Praktiken ablenken. Mit Ihren Totschlagargumenten wollten Sie Frau Flemming zum Schweigen bringen. Susanne Flemming hat sich in Leserbriefen und in Kommentaren in den sozialen Netzwerken mehrmals gegen diese Form der psychischen Gewalt gewehrt – allerdings im Unterschied zu Ihnen mit gemäßigter Wortwahl, während Sie oft über das Ziel hinausgeschossen sind.«

»Gemäßigte Wortwahl?«, schoss es aus ihm heraus. Sein Gesicht hatte die Farbe seines Halses angenommen. »Wer hat mich denn als Kapitalisten bezeichnet, als gestörten Kleingeist und Faschisten? Das sind keine Beleidigungen, oder was? Ich habe lange mit mir gerungen, sie deswegen anzuzeigen.«

»Ich habe nichts dergleichen über Ihre Person gelesen.«

Asmussen streckte Swantje den Zeigefinger entgegen. »Die Flemming hat mich beleidigt, ich weiß ja wohl, was ich mit ihr alles erlebt habe. Ich wollte sogar zur Polizei gehen und Anzeige erstatten, das ist Fakt! Blöd von mir, dass ich es nicht gemacht habe. Dann säßen Sie mir jetzt vermutlich nicht gegenüber, um mich auszuquetschen wie eine Zitrone. Aber am Ende ist man immer der Gelackmeierte.« Mit einer nervösen Handbewegung fuhr er sich durch die Haare.

Swantje suchte nach einer passenden Antwort. »Am Ende wollte Frau Flemming wohl Ihren ständigen Anschuldigungen und Beleidigungen etwas entgegensetzen. Aber nun haben Sie Gelegenheit, Ihre Sicht der Dinge zu schildern. Das geht sicher auch sachlich-neutral und ohne Taktlosigkeiten, hoffe ich.«

Hein Asmussen setzte sein Bierglas an und trank es fast zur Hälfte leer, ohne abzusetzen. »Nun gut«, sagte er dann und tupfte sich mit der Stoffserviette den Schaum vom Mund, »ich werde mich bemühen, Ihnen den Sachverhalt zu verdeutlichen. Es geht nicht mehr ohne, wissen Sie?«

»Ohne was?«

»Ohne Förderung von Erdgas zwischen Borkum und den Niederlanden. Wir brauchen dieses Gas, um wirtschaftlich unabhängig von anderen Industrienationen zu werden. So dumm kann keiner sein, um diese Notwendigkeit nicht zu sehen.«

»Und die Nachteile, die nicht unerheblich sind? Nicht nur Frau Flemming hat sich entschieden gegen die Bohrungen im Wattenmeer ausgesprochen, auch einige Bürgermeister der Ostfriesischen Inseln, weil sie befürchten, dass die Gasförderung das Ökosystem gefährdet.«

»Es geht um Versorgungssicherheit und Unabhängigkeit«, legte Asmussen seine Position dar. »Diese Punkte wiegen mehr als der ganze Öko-Blödsinn der weichgespülten Linksgrünversifften.«

»Wo waren Sie am Freitag zwischen 22 Uhr und Mitternacht?«, konfrontierte Swantje ihn nun direkt.

Für einen Moment schien Hein Asmussen aus dem Konzept gebracht worden zu sein. »Ach, sind wir schon so weit? Ich brauche ein Alibi, oder was?«

»Antworten Sie bitte einfach auf meine Frage.«

Zum dritten Mal während des Gesprächs wanderte sein Blick auf ihren Busen, blieb dort nun länger haften, während seine vollen Lippen sich vorwölbten.

Swantje wurde übel.

»Zu Hause in meinem Bett, nehme ich an«, sagte er langsam kauend.

»Das steht … wo?«

»In Norden. In einer wunderschönen alten Villa, die ich seit Kurzem mein Eigen nennen darf.«

»Wer kann das bezeugen?«

»Du meinst, dass ich den Zuschlag für die Villa bekommen habe?«

Swantje sah ihn seelenruhig an. »Habe ich Ihnen das Du angeboten, Herr Asmussen?«

»Meine Katze«, sagte der Reeder, ohne auf ihre Frage zu antworten. »Sie können sie gerne befragen.«

»Also kein Alibi. Ich darf davon ausgehen, dass Sie einer Speichelprobe und einer Fingerabdrucknahme zustimmen?« Swantje zog einen Fingerabdruckscanner aus ihrer Tasche.

»Muss das sein?«

»Es wäre besser für Sie, so könnten Sie sich schnell entlasten und wir müssten Sie nicht länger ausquetschen wie eine Zitrone«, sagte Swantje charmant lächelnd.

»Lassen Sie mich überlegen. Eventuell nach dem Essen«, sagte Asmussen und griff nach seinem Bierglas.

»Ach, und wären Sie so freundlich und würden uns Ihre Kontaktdaten aufschreiben?« Swantje zog einen Notizblock und einen Kugelschreiber aus dem Rucksack.

»Was ist das denn?« Asmussen lachte dröhnend und sah sich dabei um, als erwarte er Beifall von einem imaginären Publikum. »Wollen Sie mir damit Ihre Arbeitsweise aus dem letzten Jahrhundert zeigen?« Er griff in die Brusttasche seines Sakkos, das er über der Stuhllehne abgelegt hatte. »Selbstverständlich habe ich Visitenkarten dabei. Die kann man bei Druckereien im 1000er-Pack anfertigen lassen, wissen Sie?«

»Ja, ich weiß«, sagte Swantje trocken. »Aber ich möchte gerne, dass Sie mir Ihre Kontaktdaten hier aufschreiben.« Mit freundlichem, aber festem Blick sah sie ihm in die Augen.

Hein Asmussen bleckte seine Zähne. »Ich muss nicht alles verstehen«, sagte er kopfschüttelnd, »nein, das muss ich nicht. Verrückte Welt!« Dann griff er unmotiviert nach dem Schreibgerät und kritzelte etwas Unleserliches auf den Block.

Aber darauf kam es Swantje nicht an. Sie hatte, was sie wollte.

KAPITEL 21

Swantje verzichtete darauf, sich von Asmussen nach Juist schippern zu lassen, obwohl Henry aus Rücksicht auf ihre Gesundheit ihn danach gefragt hatte.

Bevor sie das Lokal verließen, deaktivierte sie den Flugmodus ihres Handys und las die eingegangenen Nachrichten. Zwei Anrufe aus Juist in Abwesenheit. Sie überlegte, ob sie zurückrufen sollte, unterließ es aber. Sie hatten hier auf dem Festland ihren eigenen Auftrag. Die Kollegen konnten sich wieder melden.

»Lass uns zum Flugplatz fahren«, sagte sie plötzlich entschlossen, als sie sich auf dem Weg zu ihrem Fahrzeug befanden.

Besorgt sah Henry sie von der Seite an. »Bist du sicher?«

Sie nickte. »Ich werde das schaffen, ganz sicher. Lass uns keine Zeit verlieren.« Aus Erfahrung wusste sie, dass sie nach einer Panikattacke erst einmal Ruhe haben würde. Die Attacke hatte auch nicht lange angehalten. Henrys Anwesenheit hatte auf sie beruhigend gewirkt. Was noch blieb, war eine leichte Unruhe und ein nervöser Magen. Mit dem Flugzeug waren es nur wenige Minuten bis zur Insel Juist, das wusste sie. Und an Henrys Seite würde sie ihre Flugangst hoffentlich in den Griff bekommen.

Aber einfach würde es nicht werden. Swantje wusste, dass sie seit vielen Jahren unter Ängsten litt, die je nach Herausforderung mal stärker und mal schwächer ausgeprägt waren. Sie hatte Angst vor Kontrollverlust. Diese Angst verspürte sie besonders in Flugzeugen, auf Schiffen, wenn sie kein Land mehr sehen konnte, und in Fahrstühlen. Sie glaubte, den Auslöser dafür zu kennen: den schweren Unfall, bei dem damals zwei Kollegen ums Leben gekommen waren. Henry hatte recht, sie sollte dringend psychologische Hilfe in Anspruch nehmen, sonst könnte sie ihren herausfordernden Beruf nicht mehr lange ausüben. Aber auch davor hatte sie Angst. Sie wusste, dass dann eine Konfrontationstherapie auf sie zukäme, der sie vielleicht nicht gewachsen wäre. Doch der Flug nach Juist war zumindest schon ein erster Schritt in die richtige Richtung – eine Konfrontation mit ihrer Angst.

»Ich buche online«, sagte er und suchte im Internet einen zeitnahen Flug heraus. »Was haben wir wieder für ein Glück«, stellte er wenige Minuten später fest. »Noch zwei Plätze frei!«

Swantje zog eine Grimasse, die sie in dem Moment selbst nicht richtig deuten konnte.

»Du schaffst es, ich bin bei dir«, munterte er sie auf, als sie dem Hinweisschild »Flugplatz Norden-Norddeich« folgten. »Du wirst es genießen, wenn der Flieger erst mal oben ist. Die Aussicht auf die Inseln ist fantastisch, vor allem bei dem klaren Wetter heute. Der Himmel ist fast wolkenlos, das Flugzeug wird kaum wackeln. Du wirst einen herrlichen Blick auf die Inseln haben. Am Ende willst du nur noch fliegen wollen, ich schwöre es dir.«

Und dann ging alles ganz schnell. Sie parkten den BMW in der Flughafengarage, gingen zum Abfertigungsterminal der FLN-Frisia, checkten ein, passierten die Kontrollen und nahmen in der schmalen Maschine Platz. Außer ihnen befand sich noch eine Familie mit zwei Kindern an Bord. Der Kapitän begrüßte sie, wartete auf die Starterlaubnis, rollte auf der kurzen Startbahn an, beschleunigte, und schon hob der kleine Inselflieger mit Kurs auf Juist ab.

Als er in der Luft war, atmete Swantje auf. Sie fühlte sich etwas leichter und freier. Unter sich das graue Meer mit schäumender Gischt und gräulich scheinenden Sandstränden, grüne Dünenlandschaften, Vogelschwärme, Sandbänke, auf denen sich Seehunde tummelten, Schäfchenwolken und ein Krabbenkutter auf dem Weg zurück in den Heimathafen.

Zuerst schien es, als hielte der Flieger Kurs auf Norderney, um dann doch einen Bogen zu nehmen und auf die lang gezogene Insel Juist zuzusteuern.

Und schon ging die zweimotorige Maschine in den Sinkflug, bereit zur Landung. Es wackelte nur wenig, als sie schnell an Höhe verloren.

»Na, was sagst du?«, fragte Henry. »Bist du noch am Leben?« Lachend klopfte er auf ihren leicht zitternden Oberschenkel.

Swantje war noch nicht in der Lage zu sprechen. Angestrengt schaute sie aus dem Fenster und hielt sich an der Sitzlehne fest, als der Pilot seinen Gästen noch einen zweiminütigen Rundflug über Juist bot. Rote Backsteinhäuser wurden sichtbar, das weiße Inselschlösschen mit dem Namen »Strandhotel Kurhaus« glänzte mit seiner Kuppel in der Sonne.

»Juist wird nicht umsonst das Töwerland genannt, das Zauberland. Besonders aus der Vogelperspektive versteht man sofort, warum das so ist, finde ich. Sollte ich jemals als Tier wiedergeboren werden, möchte ich ein Vogel auf Juist sein. Ein Vogel, der unter besonderem menschlichen Schutz steht.« Überwältigt von seinen Emotionen, drückte Henry kurz ihre Hand.

»Und nicht von Typen wie Asmussen in Gefahr gebracht wird«, ergänzte Swantje und ließ ihre Hand sachte aus seiner gleiten.

»Ich bin erleichtert, dass er letzten Endes doch noch einer Speichelprobe und einer Daktyloskopie zugestimmt hat. Für mich ist er ein Verdächtiger. Solange, bis das Gegenteil bewiesen ist.«

»Und er hat uns eine Handschriftenprobe gegeben«, fiel Swantje ein.

»Über die er sich lustig gemacht hat. Arroganter Typ. Ein Klischee-Neureicher, wie er im Buche steht!«

In dem Moment setzten die Gummireifen der zweimotorigen Maschine ruckelig auf der Landebahn auf. Der Pilot bremste hart ab und ließ den Flieger dann in immer gemächlicherem Tempo in die Parkposition rollen.

Von der Terrasse des Flughafen-Restaurants winkten ihnen Urlauber zu. Swantje – erleichtert darüber, dass der Flug nicht so schlimm gewesen war wie befürchtet – winkte zurück.

In einiger Entfernung wartete ein Pferdewagen mit zwei kräftigen Friesen auf sie, der sie die vier Kilometer bis zur Inselmitte bringen sollte.

Swantjes Handy klingelte, als sie gerade auf dem überdachten Wagen Platz genommen hatten.

Marvin Gissemann warf ihnen mit erregter Stimme vor, dass sie in der letzten Stunde nicht erreichbar gewesen seien. Swantje erinnerte ihn daran, dass sie dienstlich in Münster unterwegs waren und mehrere Befragungen, auch in Norden-Norddeich, durchgeführt hätten, bei denen sie ungestört sein wollten. Marvin machte ihr dennoch Vorwürfe. Das ganze Team warte seit Stunden auf ihre Instruktionen. Sie hätten es ab sofort nicht mehr ausschließlich mit einem Mord, sondern auch mit einem Entführungsfall zu tun.

»Er hat sie in seiner Gewalt. Dana Weghorst ist nicht einfach verschwunden, sie ist in Gefahr!«, schrie er. »Der Entführer verlangt 50.000 Euro in gebrauchten Scheinen, verstehen Sie? 50.000 Tacken bis Donnerstagabend. Sonst muss

Dana Weghorst sterben. Er wird sie erschießen. Ich bin mir sicher, er tut es.«

»Was sagen Sie? Noch mal bitte!« Sie reichte das Handy an Henry weiter.

Gemütlich, viel zu gemütlich, zuckelte die Kutsche in den kleinen Inselort, vorbei an Salzwiesen, Dünen, Fasanen und wilden Kaninchen. Es roch nach frischer Nordseeluft, nach Pferdeäppeln und nach den Ausdünstungen der Kaltblüter. Die Kutschfahrt dauerte fast dreimal so lange wie der Flug nach Juist. Swantje konnte es kaum erwarten, wieder im Büro zu sein. Gerne hätte sie das Pferdefuhrwerk gegen ein flottes Taxi getauscht. Ob Danas Eltern es schon wussten? Sie wollte sie sofort vom Büro aus informieren. Hier, auf der Droschke, war es nicht möglich, dazu gab es zu viele Mithörer.

»Immer noch keine Nachricht von der Staatsanwältin?«, fragte Swantje eine halbe Stunde später, nachdem sie alle gemeinsam noch einmal die Aufnahme von Dana Weghorst abgehört hatten. »Ich meine, wegen der Funkzellenabfrage.« Sie ging zum Fenster und öffnete es weit. Die Luft in dem schmalen Raum war zum Schneiden. Alle warteten angespannt auf das Go aus Aurich.

Marvin Gissemann saß vor dem Computer und rief zum wiederholten Male seine E-Mails ab. »Lahmarschiger Verein«, schimpfte er. »Wenn man die mal dringend braucht und jede Minute zählt, machen sie gerade Kaffeepause. Beamte halt. Na ja, wir sind zwar auch Beamte, aber wesentlich schlechter bezahlt. Ich würde manchmal gerne mit denen tauschen.«

Swantje warf ihm einen genervten Blick zu. Sie konnte es nicht ertragen, wenn jemand in angespannten Situationen redete, um zu reden, einfach nur, um seine Nervosität unter Kontrolle zu bekommen. Sie fand es rücksichtslos den anderen gegenüber, die ebenfalls unter Strom standen und in Ruhe ihre Gedanken sortieren wollten.

»Diese Saftsäcke kannst du vergessen«, fuhr Marvin gestikulierend fort. »Die können Wichtiges nicht von Unwichtigem unterscheiden und lassen dich hängen, wenn du sie mal wirklich brauchst. Unmöglicher Verein! Wahrscheinlich kümmern die sich gerade um einen Ladendiebstahl. Das ist natürlich tausendmal wichtiger als unser Fall hier. Ich könnte kotzen im Strahl!«

»Sind Sie fertig?«, fragte Swantje scharf und erreichte dadurch, dass er endlich verstummte.

Für wenige Minuten kehrte tatsächlich Ruhe im Büro ein.

Swantje setzte sich die fotorealistische 3D-Brille auf, um sich zurück an den Tatort zu beamen. Sie musste schlucken, als sie wieder den blutverschmierten Tisch sah, die dicke Lache auf dem Fußboden und den bekritzelten Bierdeckel neben einem der Gläser. Die Visualisierung wirkte so täuschend echt, dass sie die reale Umgebung im Polizeigebäude kaum noch wahrnahm. Mit der Brille fand sie sich anschließend in der schmalen Küche des Strandcafés wieder. Sie musterte die Umgebung, die Peer Enders, ihr Kollege von der Spurensicherung, mit der Brille aufgenommen hatte. Sie bemerkte das Chaos, Teller, Becher und Gläser auf dem Boden. Doch ein Glas stand ordentlich in der Spüle. Swantje zoomte es heran. Es war beschlagen und hatte einen milchigen Rand. War es das Glas, aus dem Dana Weghorst getrunken hatte? Sie formulierte diese Frage laut.

»Ich möchte nicht belehrend wirken, aber das Glas befindet sich wie alle anderen Beweismittel längst zur Spurensicherung in forensischen Laboren auf dem Festland«, äußerte Marvin nun weniger dominant als vorhin.

»Warum dauert das so lange mit der Auswertung?«, fragte Swantje in die Runde.

»Sie sind dran«, erklärte Torben und rieb sich den glatt rasierten Schädel. »Es dauert halt, bis alle Spuren ausgewertet sind.«

»Ich vermute, dass der Täter uns austrickst«, rief Marvin, der seinen Mund nicht lange halten konnte und anscheinend das Gefühl brauchte, im Mittelpunkt zu stehen. Er wirkte nun aber wenigstens ruhiger und kontrollierter. »Er wird wissen, wie er es anstellen muss, dass wir sein Handy nicht orten können.«

Swantje setzte die Brille ab und drehte sich zu ihm um. »Woher wollen Sie das wissen?«

»Ich weiß es natürlich nicht, aber wenn die Studentin tatsächlich Opfer einer Entführung ist, dann haben wir es mit einem ausgebufften Straftäter zu tun. Womöglich hat der Täter alles von Anfang an so geplant.«

»Das ist für mich kein Beleg dafür«, sagte Swantje. »Die Entführung kann auch spontan stattgefunden haben, weil der Täter von der Anwesenheit der Frau überrascht wurde und keinen anderen Ausweg wusste, als sie mitzunehmen.«

»Wer macht denn so was?«, grunzte Marvin. »Das muss ein Vollidiot sein!«

»Und wenn es Danas Handy ist, mit dem sie angerufen hat?«, mutmaßte Swantje.

»Wir haben Experten, die uns da weiterhelfen können«, gab Meinert Richter zu bedenken, »auch wenn Juist keine Großstadt ist. Ein Handy zu benutzen, ist für den Täter höchst riskant. So dumm kann er nicht sein, das nicht zu wissen.«

»Eben, und deswegen ist es auch ein älteres Modell, das nicht leicht geortet werden kann«, stellte Torben klar.

Abermals setzte Swantje die 3D-Brille auf. »Von wo aus hat er geschossen?«, dachte sie laut. »Wo hat er vorher gestanden und wo während der Tat?« Sie wanderte im Büro umher. Die Brille führte sie an den Tisch im hinteren Teil des Lokals, an dem der Mord geschehen war. »Herr Gissemann, Sie haben doch auf alles eine Antwort. Sicher haben Sie sich schon Gedanken darüber gemacht, von welcher Position aus der Täter geschossen haben könnte«, sagte sie mit ein wenig Spott in der Stimme.

»Ich weiß viel, aber nicht alles«, antwortete Marvin schnippisch. »Woher auch?«

»Ich könnte mir vorstellen, dass sie bis kurz vor der Tat noch zusammengesessen und gestritten haben«, äußerte Torben. »Von Susanne Flemming unbemerkt muss er die Waffe unter dem Tisch entsichert haben. Dann ist er aufgestanden, um den Tisch herumgelaufen, hat die Pistole auf sie gerichtet und zweimal geschossen.«

»Pfff«, machte Marvin. »Du weißt das wieder so genau.«

»Frau Brandt hat gefragt. Und ja, ich habe mir Gedanken dazu gemacht. So oder so ähnlich könnte es abgelaufen sein.«

»Er ist also mit dem festen Vorsatz, Susanne Flemming zu töten, ins Strandcafé gegangen«, fasste Swantje zusammen.

Torben zuckte mit den Schultern. »Möglicherweise.«

»Und die Studentin? Wo war sie währenddessen?« Mit der schweren Brille im Gesicht wanderte Swantje den Raum ab, bog schließlich in die Küche ab – im Büro war es in etwa der Bereich, in dem sich Sebastians und Torbens Schreibtische gegenüberstanden.

»Sie muss sich in der Küche befunden haben«, überlegte Swantje. »Wahrscheinlich stand sie an der Spüle und wurde dort vom Täter überwältigt. Genau an der Stelle sieht es chaotisch aus. So eine Unordnung wird sie als Servierkraft sonst sicher nicht hinterlassen haben.«

»Wie hat er das getan?«, fragte Marvin in die Runde.

»Er hat ihr ein Betäubungsmittel gegeben. Und als sie willenlos war, hat er sie mitgenommen.«

»Und wohin? Und womit? Hat er sie getragen?«

»Er wird sie mitgeschleift haben, vielleicht auch getragen, so schwer wird sie nicht sein. Ich werde den Tatort auf jeden Fall noch mal real in Augenschein nehmen«, sagte Swantje. »Vor dem Lokal stehen Blumenkübel mit frischer Erde. Vielleicht sind Blätter abgeknickt, vielleicht hat er in den Kübeln etwas vergraben.«

»Wurde alles bereits abgesucht«, sagte Meinert Richter und seufzte tief. »Bislang negativ.«

Swantje zog sich in den Nebenraum zurück, um in Ruhe mit Danas Eltern in Münster telefonieren zu können.

»Es gibt eine Wendung in Bezug auf Ihre Tochter«, sagte sie, »setzen Sie sich bitte hin und hören Sie mir zu. Ihre Tochter lebt, aber sie scheint in Gefahr zu sein.«

Matthias Weghorst atmete hörbar auf. Er wirkte ruhig, sehr gefasst. Und dann setzte sie ihn behutsam über die Entführung und die Geldforderung in Kenntnis.

Schweigen am anderen Ende der Leitung.

»Herr Weghorst, ist jemand bei Ihnen?«, fragte Swantje mitfühlend. »Es wäre gut, wenn Sie jetzt nicht allein wären.«

»Und wenn wir es nicht schaffen, das Geld zu besorgen?«, fragte er so leise, dass Swantje ihn kaum verstand. »Wir haben die geforderte Summe, bräuchten nicht einmal einen Kredit von der Bank, aber die Zeit ist vermutlich zu knapp. Können Sie ihm sagen, dass wir bereit sind zu zahlen, aber etwas mehr Zeit brauchen?«

»Wir haben keinen Kontakt zu dem Täter, können uns leider nicht mit ihm in Verbindung setzen. Wir müssen abwarten, bis er sich wieder meldet.«

»Das klingt für mich eher beunruhigend«, stöhnte Matthias Weghorst. »Ich fühle mich überfordert.«

»Es gibt drei Banken auf Juist«, sagte Swantje so sachlich wie möglich, um ihre eigenen Emotionen in den Griff zu bekommen, »die Juister Volksbank in der Strandstraße, die Oldenburgische Landesbank in der Carl-Stegmann-Straße und die Sparkasse Aurich-Norden in der Wilhelmstraße. Sie können Ihre Hausbank veranlassen, das Geld zu transferieren. Das Problem ist nur, der Täter verlangt gebrauchte Scheine. Wir sollen sie am Donnerstagabend in einem Trolley am alten Bahnhof hier auf Juist deponieren.«

»Warum alte Scheine?«, wollte Matthias Weghorst wissen, obwohl er die Antwort sicherlich kannte. Vermutlich wollte er Zeit gewinnen, um die richtigen Fragen zu stellen.

»Der Täter kann sie so sicherer in Umlauf bringen.«

»Ich glaube, ich muss mich bei dir entschuldigen«, sagte Swantje nach dem Abendbrot.

»Entschuldigen, wofür?« Henry räumte das Geschirr ab.

Swantje hatte schon mit dem Spülen der Gläser begonnen. Anfangs war es für sie ungewohnt gewesen, mit der Hand zu spülen, aber mittlerweile hatte sie den Ablauf wieder drauf. Als er ihr die Teller brachte, bemerkte sie seine kräftigen Unterarme, auf denen blonde Härchen schimmerten – betont von einem breiten Lederarmband und seinen bunten Festivalbändchen. Wie immer trug er eins seiner schwarzen T-Shirts, diesmal mit Aufdruck: »Nightwish Human Tour«. Seine Jeans war verwaschen und hatte Löcher an den Knien. Zum Glück wählte er diese nur für die Freizeit. Im Dienst war er zwar auch sportlich, aber wesentlich dezenter angezogen. Swantje musste allerdings zugeben, dass ihr sein Stil außerordentlich gut gefiel und dass er zu ihm passte. Henry sah sexy aus und vielleicht ein wenig verwegen.

»Konntest du eigentlich schlafen in deinem Kinderzimmer?«, fragte sie. »Wir hätten die Zimmerfrage auch demokratisch regeln können.«

»Was wäre denn demokratisch gewesen? Du im Schlafzimmer von Sonntag bis Donnerstag, dann ich den Rest der Woche, oder umgekehrt?«

»Keine Ahnung. Wir hätten knobeln können.«

»Schnick, Schnack, Schnuck? Gute Idee«, meinte er lachend. »Können wir immer noch machen.«

»Hast du eine bessere Idee?«

»Die habe ich allerdings, ja«, sagte er und betrachtete ein wenig zu lange ihr Profil.

»Vergiss es. Wir sind nur Kollegen.« Sie konnte nicht verhindern, dass sie laut lachen musste, leider aber auch nicht, dass sie rot wurde.

»Wir bleiben auch Kollegen«, sagte er mit seiner tiefen Stimme. »Egal, was passiert. Wir sind erwachsen, und wir sind hier unter uns. Was auf Juist passiert, bleibt auf Juist«, sagte er augenzwinkernd.

Sie wandte sich von ihm ab, damit er ihre roten Wangen nicht sah. »So, Herr Kollege, möchten Sie spülen oder abtrocknen?«

»Wenn es Ihnen egal ist, Frau Kollegin, dann bitte ich um das Geschirrtuch.«

Sie warf es ihm zu.

KAPITEL 22

Dienstag, 6. August, 8.55 Uhr

Anni Dierken kramte mit zittrigen Händen nach ihrem Personalausweis. Zum ersten Mal in ihrem Leben war sie bei der Polizei und fühlte sich sichtlich unwohl. Schon bereute sie, dass sie hergekommen war.

»Dann wollen wir mal«, sagte der rothaarige Beamte, der sich gerade namentlich vorgestellt hatte. Er war Mitte 30, hochgewachsen, schlaksig und trug einen Ring am Finger. »Sie betreiben also eine Frühstückspension auf Juist«, begann Sebastian Jonker die Vernehmung, nachdem er die Personalien aufgenommen hatte.

»Ich habe von dem Mord gehört«, sagte Anni aufgeregt. »Und nun bin ich hier, um selbst eine Vermisstenmeldung aufzugeben. Aber vielleicht klärt sich ja alles schnell auf, und ich mache Ihnen umsonst Arbeit.« Sie seufzte tief.

»Besser eine Meldung zu viel als eine zu wenig. Wer wird denn vermisst?«, fragte Sebastian Jonker und schaltete das Aufnahmegerät ein.

»Zwei Gäste aus meiner Pension, genauer gesagt, zwei Damen. Silke Bönninger und Simone Franz heißen sie. Ich habe alles dabei, ihre Adressen, Geburtsdaten und so weiter.«

»Seit wann werden sie vermisst?«

»Seit vorgestern Abend. Also, sie sind am Sonntagabend nicht nach Hause gekommen. Ich meine damit, in meine Pension.«

Sebastian seufzte. »Es handelt sich um erwachsene Personen«, klärte er auf. »Erwachsene können ihren Aufenthaltsort frei wählen. Vielleicht sind sie umgezogen und wohnen jetzt in einer anderen Unterkunft. Oder wollen Sie die beiden wegen Betrug oder Zechprellerei anzeigen?«

»Sie haben nichts mitgenommen«, sagte Anni, »es ist alles noch da, ihr ganzes Gepäck. Ich mache mir große Sorgen.«

Sebastian betrachtete das eingescannte Ausweisdokument. »Frau Dierken, sind Sie zufällig verwandt mit Onno Dierken?«

Sie schluckte und musterte den Beamten unbehaglich.

»Ich habe gerade die Meldung bekommen, dass Herr Dierken am letzten Montag aus der Haft entlassen worden ist. Ist er bei Ihnen?«

»Das ist es ja. Deswegen mache ich mir so große Sorgen.«

Swantje Brandt wurde hinzugerufen und setzte sich ihr gegenüber. Anni Dierken begann sofort von dem schwierigen Verhältnis zu ihrem Sohn zu erzählen.

»Und weswegen möchten Sie ihn nun anzeigen?«

»Ich bin besorgt, weil zwei weibliche Hausgäste plötzlich verschwunden sind, mit denen er Kontakt hatte. Am Sonntag gegen Abend sind sie mit meinem Sohn zum Strand aufgebrochen, um Fotos zu machen. Später ist er allein wiedergekommen. Seitdem habe ich die Frauen nicht mehr gesehen.« Sie wischte sich über die Augen. »Sie kennen seine Vorgeschichte, dass er vorbestraft ist und so weiter. Das macht mir große Angst. Ich weiß nicht, was in ihm vorgeht und was er vorhat.«

»Verstehe ich es richtig, dass Sie Ihren Sohn verdächtigen, etwas mit dem Verschwinden der beiden Frauen zu tun zu haben?« Swantje schluckte. Sie musste an Marvins Worte denken, der von Anfang an Onno Dierken in Verdacht hatte. Ein mulmiges Gefühl beschlich sie. Was, wenn er recht hatte? Vielleicht hätte sie seinen Rat befolgen sollen, Onno Dierken als Hauptverdächtigen anzusehen und sofort gegen ihn zu ermitteln, anstatt in Münster wertvolle Zeit zu verlieren.

Anni Dierken knautschte ihre Handtasche aus weichem Patchwork-Leder. Unruhig trippelte sie mit ihren kleinen Füßen auf dem Fußboden hin und her. »Ich habe in der Zeitung gelesen«, sagte sie, »dass eine junge Frau ebenfalls gesucht wird. Mir geht es richtig schlecht seitdem. Mein Blutdruck spinnt, ich muss nachher mal zum Doktor.«

»Sie befürchten, dass Ihr Sohn in den Fall verwickelt ist?«

»Ich befürchte es nicht nur.«

Swantjes Kehle war wie ausgedörrt. Sie schenkte sich und der Zeugin Wasser ein. »Wie meinen Sie das?«

»Nun, Onno ist nervös, scheint immer auf dem Sprung zu sein. Er geht nicht mehr in seine Lieblingskneipe, in der er früher immer gerne war, weil er da rauchen konnte. Wahrscheinlich ist es ihm peinlich, da auf alte Kumpels zu treffen. Er will auch nicht mehr zum Frischemarkt, um sich sein Bier zu holen. Ich soll es ihm mitbringen, was ich nicht einsehe. Er versteckt sich, lungert im Frühstücksraum herum, baggert Frauen an. Anders kann ich das nicht nennen, er drängt sich ihnen regelrecht auf. Wenn er aus dem Haus geht, dann an den Strand. Er war früher nicht so. Der Strand hat ihn seit der Jugend nicht mehr interessiert.«

»Sucht er dort einen bestimmten Platz auf?«

Anni Dierken ließ die Schultern hängen. »Er erzählt nichts. Ich weiß nichts über ihn. Mütter wissen nichts über ihre Kinder.«

»Und dennoch verdächtigen Sie ihn.«

»Ja, weil er sich mir entzieht, als hätte er etwas zu verbergen. Er ist hinter den weiblichen Gästen her, aber wenn ich ihn darauf anspreche, macht er die Fliege.«

»Können Sie sich erinnern, ob er am Freitagabend zu Hause war?«

Anni Dierken atmete tief durch. »Nein, war er nicht«, sagte sie schließlich.

»Den ganzen Abend nicht?«

»Ab 20 Uhr war er definitiv nicht in der Pension.« Anni Dierken wusste, was sie da sagte, und war dem Weinen nahe.

»Wann ist er zurückgekommen?«

»Ich habe mir darüber den Kopf zerbrochen. Leider weiß ich es nicht. Erst am nächsten Morgen zum Frühstück habe ich ihn wiedergesehen. Er hat mir nicht geholfen, sondern kam erst, als ich schon abräumte.«

»Am Sonnabendmorgen?«

Anni Dierken nickte. »Es war schon nach 10 Uhr morgens.«

»Kannte Ihr Sohn Susanne Flemming?«

»Bestimmt kannte er sie. Die war lange mit Hajo vom Reiterhof Flemming verheiratet. Der ist ein guter alter Bekannter von uns. Onno wollte da nach Arbeit fragen, aber Hajo ist leider im Moment nicht erreichbar. Ich hoffe, das klappt irgendwann!«

Swantje schrieb mit. Das Gespräch wurde aufgezeichnet, trotzdem notierte sie immer ein paar Eckdaten. »Was hat Ihr Sohn vor seiner Verhaftung beruflich gemacht?«, fragte sie.

»Er war Koch in verschiedenen Hotels und Gaststätten auf Juist.« Anni Dierken nannte ihr das Hotel, in dem er zuletzt beschäftigt gewesen war.

»Ist er dort wieder vorstellig geworden?«

»Nein, das glaube ich nicht. Ich habe ihm den Tipp gegeben, es erst einmal als Saisonkraft zu versuchen. Im Blättchen habe ich gelesen, dass sie auf dem Reiterhof Flemming Helfer für die Stallarbeit suchen. Aber da wusste ich noch nicht, dass ausgerechnet Frau Flemming ermordet worden ist. Sonst hätte ich ihm niemals dazu geraten.«

Swantje horchte auf. »Wann haben Sie ihm dazu geraten?«

»Sofort nach seiner Ankunft. Das war – lassen Sie mich kurz überlegen – auf jeden Fall in der Woche vor dem Mord. Montag oder Dienstag.« Sie schaute auf den vierteiligen Kalender, der hinter dem Schreibtisch hing. »Onno ist am 29. Juli zurückgekommen. Am Montag, bevor es passiert ist.«

»Erinnern Sie sich bitte an den Freitag, den 2. August. Wie haben Sie Ihren Sohn an dem Tag erlebt?«

Anni Dierken starrte sie an. »Ich weiß noch, dass er abends weg war. Er wollte mit mir zusammen einen Film schauen, kam aber nicht. Ich habe eine Stunde auf ihn gewartet und dann umgeschaltet, weil der Film langweilig war. Er kam erst spät wieder. Um 22 Uhr soll die Haustür abgeschlossen sein, das war sie aber nicht. Meine Gäste halten sich an die Hausordnung.«

»Ist Ihnen tagsüber etwas Ungewöhnliches an Ihrem Sohn aufgefallen?«

»Es war ein normaler Tag, Routine, nichts Besonderes. Ein Gast ist abgereist, ich musste das Zimmer reinigen, zusammen mit Renata, meiner Hilfe. Mittags kam eine Lieferung vom Festland. Aufbackbrötchen, Aufschnitt, Obst und Gemüse für die Frühstücksgäste, Toilettenpapier, Putzmittel und so weiter. Onno hat mir beim Einräumen geholfen. Ja, und dann? Meine Güte, wo war Onno dann?« Sie blickte zerknirscht drein, schien angestrengt nachzudenken.

»Frau Dierken, wo befindet sich Ihr Sohn jetzt gerade?«, übernahm Henry. »Ist er zu Hause?«

Anni Dierken zog die Schultern hoch. »Leider nicht. Seit Stunden suche ich ihn. Am Hauptbadestrand war ich schon. Wenn überhaupt, dann treibt er sich da herum, weil er auf Weiberfang ist wie ein liebeskranker Rüde. Ich habe solche

Angst. Ich traue ihm nicht über den Weg. Das ist es ja, weswegen ich gekommen bin.«

»Wo könnte er sonst noch sein? Denken Sie nach, Frau Dierken. Gibt es einen Ort auf Juist, den er regelmäßig aufsucht?«

»Wenn er nicht am Strand ist, dann vielleicht bei Pferden«, sagte Anni nach kurzem Nachdenken. »Zumindest war das früher so. Auch wenn Hajo im Augenblick nicht da ist, könnte Onno sich dort aufhalten.«

»Auf dem Reiterhof Flemming?«, hakte Henry nach, obwohl er sich die Antwort denken konnte.

»Genau, da hing er schon als Jugendlicher rum, hatte es auf hübsche Mädels abgesehen. Manchmal hat er eine von denen nach Hause gebracht. Besonders Mädchen mit langen Haaren hatten es ihm angetan. Ich mag gar nicht daran denken, was jetzt wieder passiert sein könnte oder noch passieren wird. Dabei ist mein Sohn im Grunde ein lieber Kerl, gutherzig, nachgiebig, aber gerade …« Sie fing Henrys Blick auf. »Sie meinen …? Ich verstehe … Können Sie ihn beschatten?«

»Das dürfen wir nicht einfach so. Ich fürchte, dafür reicht die Beweislage nicht aus.«

»Was soll denn noch passieren? Meine beiden Stammgäste sind wie vom Erdboden verschluckt. Sie kommen jedes Jahr um diese Zeit. Ich habe fast nur Stammgäste, mache mir auch Sorgen um die anderen.«

»Wofür ist Ihr Sohn verurteilt worden?«, fragte Henry, obwohl er die Fakten bereits kannte. Er wollte sie aus Anni Dierkens Perspektive geschildert bekommen.

»Es gab Streit mit seiner Lebensgefährtin Elke. Der Streit ist eskaliert. Onno hat stets behauptet, es sei aus Versehen passiert. Er wollte nicht, dass Elke stirbt. Aber er ist so grobmotorisch, das war schon als kleines Kind sein Problem. Ständig gingen Sachen kaputt. Ein Wasserglas ist in seiner Hand zerbrochen, als er daraus trinken wollte, Kassettenrekorder mussten jedes Jahr neu gekauft werden und so weiter. Ich erzähle Ihnen das, damit Sie sich eine Vorstellung machen können, wie der Alltag mit ihm aussah. Nun hat er zusätzlich noch körperliche Probleme bekommen. Er kann sich nicht mehr so gut bewegen, zieht ein Bein nach, ist nicht mehr so fix unterwegs wie früher. Vielleicht war es ein Fehler vom Gericht, aber er bekam eine harte Strafe aufgebrummt.«

»Woher kommt die Beinverletzung?«

»Durch eine Schussverletzung. Er wollte sich seiner Verhaftung entziehen, ist weggelaufen, mit einem Messer in der Hand, das er nicht fallen lassen wollte, da ist es passiert. Selbst schuld. Es könnte längst besser sein mit dem Laufen, aber Onno hatte keine Lust auf Physiotherapie, hat schnell aufgegeben. Das ist typisch für ihn. Er zieht nichts durch, schmeißt sofort hin, wenn er keinen Sinn in etwas sieht. Jede Anstrengung ist ihm zuwider.«

Henry griff zum Telefon. »Ich benötige dringend die Akte von Onno Dierken aus Aurich. Und schick bitte Kollegen zum Reiterhof Flemming raus. Herr Dierken könnte sich dort aufhalten. Er ist dringend tatverdächtig. Achtung, Schusswaffengefahr. Ich komme nach, wenn ich hier fertig bin. Drittens: Zwei Frauen sind als vermisst gemeldet worden. Simone Franz und Silke Bönninger. Zuletzt wurden sie Sonntagabend vor der Pension Annis Ankerglück gesehen. Sie waren mit Onno Dierken unterwegs. Fotos der beiden Damen suche ich im Netz heraus und schicke sie dir.« An Marvin gewandt sagte er: »Es wäre gut, wenn Sie dabei wären! Sie kennen sich super auf Juist aus und haben erst kürzlich am Schießtraining in Aurich teilgenommen, wie ich gehört habe.«

»Ja und?«, fragte Marvin unwillig.

»Sie waren einer der Besten, wie Sie uns zu verstehen gegeben haben. Ich habe Ihnen doch noch zu Ihrem Erfolg gratuliert.«

»Das stimmt schon, aber ich habe eine Pferdehaarallergie. Jedes Mal, wenn ich an einem Pferd vorbeikomme, muss ich niesen. Allein, wenn ich daran denke, kribbelt es in meiner Nase.« Wie zum Beweis hielt er sich die Nase zu und schüttelte sich.

»Das ist natürlich lästig, wenn man auf einer autofreien Insel wie Juist lebt, wo es gefühlt mehr Pferde als Menschen gibt.«

»Damit komme ich klar, aber ich kann mich unmöglich auf einem Reiterhof aufhalten. Zu viel auf einmal für mein überschießendes Immunsystem. Das funktioniert nicht, es sei denn, ihr wollt mich heute noch aufs Festland in die Klinik fliegen!«

Henry verzog minimal seinen Mund. »Gut, dann geht eben Sebastian mit.«

Während sich die Kollegen zum Reiterhof begaben, scrollte Swantje Brandt durch die sozialen Netzwerke und gab den Suchbegriff »Onno Dierken« ein. Bei Facebook wurde sie fündig. Das Profilbild zeigte einen recht attraktiv aussehenden Mann im mittleren Alter. Auffallend waren seine strahlend blauen Augen und seine vollen Lippen. Sein Kleidungsstil war eher praktisch-rustikal. Auf dem Bild trug er einen blauen Fischerpulli, darunter ein grün kariertes Hemd. Offensichtlich fotografierte er gerne. Er schien eine wirkliche Begabung dafür zu haben. Seine künstlerischen Naturaufnahmen könnte sie sich gut in einer Galerie vorstellen. Einige Fotos waren schwarz-weiß, sodass das Spiel von Licht und Schatten und die Konturen besonders gut zur Geltung kamen. Auf einem der Bilder erkannte sie das Strandhotel

Kurhaus mit der charakteristischen Kuppel, dahinter ein düsterer Himmel mit dunklen Wolken.

Etwas verzögert fiel Swantje auf, dass Onno Dierken erst seit einer Woche bei Facebook angemeldet war, seitdem mindestens 50 Bilder eingestellt, aber keine Freunde hatte.

Kurzerhand legte sie für sich ein Profil an, um mit ihm in Kontakt zu treten. Als Profilbild verwendete sie das Foto einer langhaarigen blonden Frau von hinten – ein KI-Bild.

Sie hieß nun Jenny Schmidt.

Hein Asmussen hatte sich gerade eine Zigarre angezündet, als er einen unliebsamen Bekannten auftauchen sah. Wie von der Tarantel gestochen sprang er auf, um ihm entgegenzulaufen.

Mit den Händen in den Hüften blieb er vor der Gangway zu seiner Yacht stehen. »Du befindest dich auf Privatgelände, Löbbert, Betreten verboten, hast du das Schild nicht gesehen?«, brüllte er ihm entgegen.

»Ich muss dich sprechen!« Ansgar Löbbert zog vorsorglich seine Schuhe aus. Er wusste, wie penibel Asmussen mit seiner Yacht war.

»Habe ich dich eingeladen?«

»Ist mir egal. Ich muss mit dir reden, es ist wichtig!«, stellte Löbbert klar. »Hast du fünf Minuten?«

»Ich glaube, fünf Minuten würden nicht ausreichen, um mit dir auf einen Nenner zu kommen. Oder doch … warte … vielleicht brauchen wir sogar weniger als drei Minuten. Ich bin gleich mit dir fertig!«

Asmussen öffnete den Jagdschrank, nahm ein Gewehr heraus, lud es durch und zielte auf Löbbert. Die Beretta Repetierbüchse war neu und lag gut in den Händen. Er hatte sie noch nie benutzt, würde aber bei Bedarf nicht zögern, von ihr Gebrauch zu machen.

»Was soll der Scheiß?«, stotterte Löbbert, »bist du bekloppt? Leg die Büchse weg!«

»Keinen Schritt näher, oder du wirst zum Fischfutter!« Asmussen pustete in den Lauf. Dann richtete er die Waffe wieder beidhändig auf den unbequemen Eindringling. Seine Augenpartie war grimmig, der Mund zu einem schmalen Strich verzogen. Eine lange graue Strähne hatte sich aus seinem Dutt gelöst.

Ansgar Löbbert hob beschwichtigend die Hände hoch. »Okay, okay, ich bleibe hier stehen, aber du beantwortest mir zwei Fragen.«

Asmussen lachte auf. »Gar nichts werde ich, du Nullnummer, ich bin dir nichts schuldig. Und du verlässt jetzt schön mein Privatgelände. Und lass dich hier nie wieder blicken, sonst mache ich Mus aus dir. Ich zähle bis drei, und dann will ich nur noch eine Staubwolke von dir sehen.«

Löbbert ließ sich nicht beirren. »Frage Nummer eins«, sagte er seelenruhig und fixierte Hein Asmussens stahlblaue Augen, »warum hast du Susanne zu deiner Party eingeladen?«

Der Reeder stemmte seine langen Beine in den Boden und vergewisserte sich, dass die Beretta durchgeladen war. »Eins …«, zischte er.

»Frage Nummer zwei«, warf Löbbert schnell ein, »was wolltest du von Susanne?«

»Zwei …«, schnalzte Asmussen.

»Frage Nummer drei: Warum hast du sie vergewaltigt?«

»Drei!« Asmussen riss das Gewehr hoch und feuerte zweimal in die Luft. Möwen stoben auf und flatterten aufgeregt schreiend übers Meer davon.

Instinktiv hob Ansgar Löbbert seine Arme über den Kopf und ging in Deckung.

»Braucht jemand Hilfe?«, brüllte ein Mann vom wesentlich kleineren Nachbarboot herüber, der gerade aus seiner Kajüte kam.

»Nur ein paar gierige Möwen verjagt«, bellte Asmussen und ließ das Gewehr sinken.

»Dann ist es ja gut. Ich hätte sonst die Polizei gerufen.« Grüßend verschwand der Bootsnachbar wieder unter Deck.

Ansgar Löbbert wartete, bis nichts mehr von ihm zu sehen war. »Pass auf«, sagte er mit Nachdruck, »die Polizei war bereits bei mir in der Schule. Ich habe nichts gesagt, aber das werde ich nicht länger durchhalten. Wozu auch? Dich werde ich nicht schonen, Asmussen, du schonst ja auch niemanden. Aber ich will dir eine Chance geben. Win-win, so sagt man doch heutzutage. Gib deine Position bei der Pipeline-Geschichte auf, und meine Lippen sind versiegelt.« Er machte eine entsprechende Geste, indem er sich mit den Fingern über den Mund wischte. »Dann hat keine Party stattgefunden.«

»Du willst, dass ich den Kampf für unsere wirtschaftliche Unabhängigkeit, für die unabkömmliche Energieversorgung durch Offshore-Windparks und eine eigene Gaspipeline aufgebe und das Lager wechsle? Du willst, dass ich eure bescheuerte grünversiffte Denkweise adaptiere? Nicht dein Ernst, Löbbert.«

Ansgar Löbbert nickte heftig und ließ die Hände sinken. »Doch, weil ich davon ausgehe, dass du nicht ganz so einfältig bist, wie du dich gerne gibst. Du hast Geld und Einfluss. Binnen zwei Tagen wirst du meinen Eilantrag unterschreiben, der einen sofortigen Baustopp der Gasplattform erwirken soll.«

»Keinen Schritt näher!« Erneut hob Asmussen die Langwaffe und zielte auf Kopfhöhe auf Ansgar Löbbert mit inzwischen leicht schwächelnden Armen. »Nichts werde ich. Ich bleibe bei meiner Position. Du, Löbbert, lass dich hier nie wieder blicken! Und um es mit den Worten meines rheinischen Vaters zu sagen: »Mach et joot, schwenk de Hoot!«

»Onno? Was ist mit ihm?«, wunderte sich Werner Rübsamen, der gerade eine Pferdebox ausmistete. Die Stute, die ungeduldig auf die saubere Box wartete, stand angebunden an einem Pfosten, stampfte mit den Hufen, schleuderte den Kopf hin und her und wieherte.

»Können wir uns irgendwo in Ruhe unterhalten?« Sebastian Jonker deutete Richtung Stalltür.

»Glauben Sie ernsthaft, irgendwo anders gäbe es mehr Ruhe als hier? Die Pferde interessieren sich nicht die Bohne dafür, was Sie zu sagen haben. Polly hält auch gleich die Klappe. Die ist nur neugierig, wer sich im Stall so rumtreiben tut. Ich glaube, sie spürt, dass Sie von Pferden keine Ahnung haben, und will Ihnen ein bisschen Angst machen. Also, raus mit der Sprache, was wollen Sie von Onno?«

»Er soll hier auf dem Hof nach Arbeit gefragt haben.«

»Hat er. Hat aber keine bekommen. Sonst noch was?«

Henry machte sich breiter und verschränkte die Arme. »Warum nicht?«

»Pff, Onno, diese Nullnummer. Auf den kannst du dich nicht verlassen. Der ist unpünktlich wie die Deutsche Bundesbahn. Außerdem tut er heimlich rauchen. Das ist hier strengstens verboten, wie Sie sich denken können.«

»Wann war Herr Dierken denn hier?«

Der Pferdepfleger spießte mit seiner Forke Mist auf und schleuderte ihn aus der Box, dass die Spreu nur so staubte.

Sebastian musste zur Seite springen, um nichts abzubekommen.

»Das weiß ich nicht mehr so genau. Ich habe alle Hände voll zu tun und bin mit dem Kopf nur bei den Pferden.«

»Ist er danach noch einmal wiedergekommen?«

»Nee, der hat auf dem Hof nichts zu suchen, und das weiß er auch. So einen können wir bei uns nicht gebrauchen.«

»Haben Sie eine Ahnung, wo er sich jetzt aufhalten könnte?«

Rübsamen stieß ein zischendes Geräusch aus und setzte seine Arbeit fort. »Mann, ehrlich gesagt überhaupt nicht. Aber vielleicht interessiert es Sie, dass er am Freitagabend in der Boje 8 gesehen worden ist.«

Henry kam hinzu. Er war leicht außer Atem, weil er das Fahrradfahren nicht mehr gewohnt war. Die letzten Worte hatte er mitbekommen. Er grüßte kurz und fragte dann: »Ach! Am letzten Freitagabend, sagen Sie? Am 2. August? Wer kann das bezeugen?«

»Ein Freund von mir. Der war auch da mit seiner Frau. Er hat Onno hineinhumpeln sehen.«

»Auch heraushumpeln?«

»Ich glaube nicht. Davon hat er nichts gesagt.«

»Um welche Uhrzeit war das?«

»Da müssen Sie meinen Freund fragen. Er heißt Helge. Helge Meier. Haben Sie was zu schreiben? Dann gebe ich Ihnen seine Adresse.«

Henry tippte die Anschrift in sein Smartphone. »Ich habe auch noch eine Frage«, sagte er. »Sie misten gerade Pollys Box aus. Den Namen habe ich auf dem Messingschild gelesen. Die wurde meines Wissens mal von einer jungen Frau namens Dana Weghorst geritten. Sie hat Fotos von dem Pferd in ihrem Instagram-Profil.« Er holte die entsprechende Seite auf das Display und zeigte sie Rübsamen. Der betrachtete stirnrunzelnd Danas Fotos.

»Ja«, sagte Rübsamen, »das ist wohl wahr, die war mal da und ist mit Polly ausgeritten. Ist sympathisch, kann auch reiten. Ich kann nichts Negatives über sie sagen.«

»Wann war Dana zuletzt hier?«

Rübsamen verzog das Gesicht. »Muss eine Weile her sein. Vielleicht zwei oder drei Wochen. Da war Hajo jedenfalls noch fit. Er hat Polly für sie aus dem Stall geholt. Ich hatte nichts damit zu tun. Ich habe auch kein Wort mit ihr gewechselt.«

»Melden Sie sich bitte, sollte Dana auf dem Hof auftauchen. Ich lasse Ihnen meine Kontaktdaten da.«

»Mache ich.«

»Gibt es bei Ihnen Fremdenzimmer?«

Rübsamen wiegte den Kopf. »Drei Stück haben wir noch. Aber keiner da im Moment. Du kriegst kein Personal mehr. Die Leute verlangen heutzutage zu viel Geld. Die kannst du nicht bezahlen. Und die Reitschüler sind ja meist Kinder und Jugendliche, da kannst du die Preise nicht entsprechend erhöhen.«

»Zeigen Sie mir bitte die Räume.«

»Ich weiß nicht, ob ich das darf.«

Henry lächelte verschmitzt. »Sie sind im Moment der Herr im Haus. Sie allein tragen die Verantwortung. Ist doch so, oder?«

Der Pferdepfleger fühlte sich bei seiner Ehre gepackt und legte die Forke weg. Er klopfte Polly aufs Hinterteil, die daraufhin zur Seite trat und ihn vorbeiließ. »Also gut«, sagte er. »Dann kommen Sie mal mit.«

KAPITEL 23

Onno Dierken saß auf dem Heuboden des Reitstalls und aß die Wurstbrote, die Werner ihm gebracht hatte. Dazu trank er ein kühles Blondes direkt aus der Flasche. Wenigstens hier bekam er es noch. Er war verstört, weil die Polizei auf dem Hof herumschnüffelte. Wenn die endlich abgezogen war, würde er sich Werner vorknöpfen.

Sein Tablet lag neben ihm. Hier oben hatte er einen besonders guten Empfang. Als er sich bei Facebook einloggte, ploppte eine Nachricht im Messenger auf. Jemand hatte ihm geschrieben. Sein Herz hüpfte vor Freude, und sein Blutdruck stieg in einen ungesunden Bereich.

Jenny Schmidt. Kannte er sie? In seinem Kopf ratterte es. Wer zur Hölle war Jenny Schmidt? Nach reiflicher Überlegung kam er zu dem Schluss, dass er die Dame nicht kannte, was auch nicht schlimm war, denn neue Bekanntschaften fand er besonders prickelnd.

»Hallo«, tippte er in das Feld unter ihrer Nachricht, »woher kennst du mich? Du hast tolle Haare, ich wüsste gerne, wie du von vorne aussiehst. Kannst du mir ein Foto schicken, auf dem man dich besser sieht?«

Swantje riss die Augen auf. Er hatte angebissen.

»Hey, das ging ja schnell«, schrieb sie zurück. »Ich kenne dich von früher, von der Schule. Da hieß ich noch anders. Ich war ein paar Klassen unter dir. Rate mal, du kommst bestimmt drauf. Wollen wir uns treffen?«

Sie las den Text einmal durch und schickte die Nachricht ab.

Seine Antwort ließ nicht lange auf sich warten.

»Jo, ich glaube, ich weiß, wer du bist. Jenny Ackermann«, antwortete er, »das war dein Mädchenname, hab ich recht? Ich glaube, ich erinnere mich. Hattest du damals auch schon so schöne blonde Haare? Ich habe dich dunkler in Erinnerung. Ich würde dich gerne treffen. Bist du verheiratet oder trägst du nur noch den Namen deines Mannes?«

»Ja, ich bin verheiratet. Aber das macht nichts. Wir müssen es nur geheim halten. Schlag mal was vor, du kennst dich ja aus. Ich bin nicht so oft unterwegs, führe ein eher langweiliges Leben, freue mich aber, mal etwas Neues kennenzulernen. Ich bin offen für jede Abwechslung.«

Gespannt wartete sie ab.

Onno Dierken konnte sein Glück kaum fassen. Was war da los? Seine Bad-Boy-Aura nach dem Knast musste auf Frauen ja geradezu aphrodisierend wirken. So viele Chancen wie jetzt hatte er noch nie in seinem ganzen Leben gehabt. Die zwei wilden Hühner Silke und Simone standen auch auf ihn. Sie hatten ihn richtig angespitzt. Von diesen beiden Vollblutweibern hatte er noch etwas lernen können. Dieses Wissen würde er nun gerne weitergeben. An die zuckersüße, junge Jenny. Das heißt, ganz so jung konnte sie nicht mehr sein, aber egal. Sie schien zu allem bereit.

»Pass auf«, schrieb er, »kennst du das Strandhotel Kurhaus, direkt an der Juister Strandpromenade? Ich würde dich gerne auf einen Drink einladen. Ich bringe viel Zeit mit, wenn du verstehst, was ich meine. Die haben schöne Zimmer. Große, bequeme Betten. Ich übernehme alle Kosten. Keine Angst, es bleibt alles diskret. Und wenn du nur einen Drink willst, ist es auch okay. Getreu dem Motto: Alles kann, nichts muss.«

Er überflog seinen Text noch einmal und schickte einen Zwinker-Smiley hinterher.

Swantje grinste übers ganze Gesicht. Nicht zu fassen, dachte sie, was es doch für Kerle gibt!

»Und das Hotel kennst du gut? Du weißt, wie die Wege zu den Zimmern sind? Nicht, dass wir jemanden fragen müssen, das wäre mir peinlich.«

»Keine Sorge«, gab er zurück, »ich war erst kürzlich in dem Hotel und habe die Betten testen dürfen. Sie sind hervorragend. Bequem und schön breit.«

Wieder fügte er Emojis an – ein Herz und einen Kussmund.

»Das klingt gut«, textete sie, »dann bin ich beruhigt. Wann wollen wir uns treffen?«

»Ich rufe gleich da an«, schrieb er unverzüglich zurück. »Hoffentlich haben sie noch was frei. Dann buche ich ein Komfort-Doppelzimmer. Ich melde mich wieder, sobald ich Neuigkeiten habe. Ich freue mich wie verrückt auf dich!«

»Ich mich auch«, antwortete Swantje und bekam eine Gänsehaut vor Abscheu und Ekel.

»Schreib mir, ob es klappt, ich muss jetzt leider Schluss machen, hab viel zu tun. Du weißt schon, das Schönheitsprogramm der Frauen vor einem aufregenden Date. Ich warte gespannt auf deine Antwort.«

Swantje fühlte sich wie erschlagen, als sie den Computer herunterfuhr. In dem Moment ging ein Anruf von der Klinik ein, in der Hajo Flemming sich von seinem Infarkt erholte. Sie erfuhr, dass der Reitstallbesitzer zu sich gekommen war und sogar ein paar Worte gesprochen hatte.

»Was hat er gesagt?«, fragte sie aufgeregt. Ihr Puls war von dem Chat mit Dierken immer noch sehr hoch.

»Er hat gerufen«, antwortete der Pfleger. »Laut gerufen. Mama, Papa und immer wieder Lars, wenn ich ihn richtig verstanden habe. Mehrmals hat er nach ihnen gerufen, immer verzweifelter, bis er wieder eingeschlafen ist.«

»Lars? Wer ist Lars?«

»Wir wissen es nicht. Vielleicht finden Sie es heraus.«

»Können wir mit Herrn Flemming sprechen?«

»Leider nein. Er ist immer noch nicht orientiert. Es kann Tage dauern, vielleicht sogar Wochen, bis er so weit hergestellt ist, dass Sie ihn vernehmen können. Wir geben Ihnen dann Bescheid.«

Beim Verlassen der Polizeistation bekam Swantje mit, dass ein älterer Bürger den Diebstahl seines Handys zur Anzeige bringen wollte. Er sei mit seiner Frau in einem Lokal eingekehrt und habe dort zum letzten Mal sein Handy benutzt, um seiner Tochter Fotos zu schicken. Swantje wusste nicht, warum, aber etwas an seinem Verhalten machte sie stutzig. Deshalb blieb sie an der Tür stehen und lauschte. Der Mann, offensichtlich ein Urlauber, vermutete, dass ihm das Handy gestohlen wurde. Er sei später extra den Weg zum Lokal zurückgelaufen und habe nachgefragt, ob sein Telefon gefunden worden sei, dem war aber leider nicht so.

Swantje verstand seine Aufregung. Sofort musste sie an ihren Fall auf Borkum denken, als sie wegen des Verlusts ihres Handys fast durchgedreht und dadurch in eine Falle geraten war, die sie beinahe das Leben gekostet hätte.

Vor der Wache schloss sie ihr Leihfahrrad auf. Gerade als sie losradeln wollte, vibrierte ihr Handy in der Jackentasche. Henry war dran, um ihr mitzuteilen, dass es sich nicht mehr lohne, sich jetzt noch auf den Weg zum Reiterhof zu machen. Er sei gerade bei einem wichtigen Zeugen, der Onno Dierken am Tattag in Flemmings Strandcafé gesehen habe, und zwar kurz vor Ende der Öffnungszeiten. Er gab ihr die Adresse durch.

Henry und Sebastian trafen den Zeugen Helge Meier mit seinem Neufundländer in der Nähe seines Wohnhauses an. Zwar war er gerade im Begriff, mit seinem Hund Gassi zu gehen, zeigte sich jedoch kooperativ, mit den Beamten zu sprechen, und ging mit ihnen zu seinem Haus zurück.

Wenig später saßen sie in der Wohnküche zusammen. Frau Meier stand am Herd und kochte Tee. Im Ofen brannte ein Feuer. Es roch nach Gebratenem.

»Es stimmt, was Werner sagt«, meinte Helge Meier. »Meine Frau und ich waren in der Boje 8. Wir haben Onno Dierken gesehen. Irrtum ausgeschlossen. Er war es mit hundertprozentiger Sicherheit.«

»Wann war das?«, hakte Henry nach.

Der Zeuge fächelte sich mit hochrotem Kopf mit einem Untersetzer Luft zu. »Engelchen«, rief er in Richtung Herd, »weißt du noch, wann wir am Freitag in der Boje waren?«

»Auf jeden Fall nach neun«, gab Gisela Meier zur Antwort, wischte sich die Hände an ihrer Schürze ab und schaltete den Herd aus. »Wir haben ja hier noch Abendbrot gegessen und

Tee getrunken. Die Tagesschau haben wir auch noch gesehen. Dann sind wir gemütlich zum Strand geradelt und dort etwas spazieren gegangen.«

»Jo«, brummte Helge Meier. »Kann wohl hinkommen.«

»Und da war Onno Dierken bereits im Lokal?«

»Nee, der Onno kam später. Wir hatten schon unsere Getränke, meine ich, oder, Gisela?«

Seine Frau zuckte mit den Schultern. »Das weiß ich nicht mehr so genau«, gab sie zu. »Aber am Anfang war er noch nicht da, da muss ich dir recht geben.«

»Kommt 21.30 Uhr ungefähr hin?«, fragte Henry und stellte seine Teetasse ab.

Meier wechselte einen fragenden Blick mit seiner Frau. Die nickte unsicher.

»Wo hat Onno Dierken gesessen?«

»Hinten, am Fenster«, sagte Gisela Meier prompt. »Er hat ein bisschen mit Susanne geschnackt. Die wirkte allerdings leicht genervt von ihm.«

»Worum ging es da? Haben Sie etwas mitbekommen?«

»Nee, gar nichts. Es war viel zu viel los. Ich habe nur an Susannes Verhalten und an ihrem Gesicht gesehen, dass sie keine Lust hatte, mit ihm zu reden. Er wollte sie in ein Gespräch verwickeln, hat immer wieder angefangen, wenn sie im Begriff war wegzugehen.«

»Haben sie gestritten? Wurde es laut?«

»Nein, das nicht. Kein Streit. Onno wollte reden, und Susanne hatte keine Lust. Mehr war da nicht. Die ging dann später zu einem anderen Tisch und blieb da länger stehen.«

»Mit wem hat Susanne Flemming da gesprochen?«, hakte Henry nach.

»Mit einem Mann, aber ich kenne ihn nicht«, bekräftigte Herr Meier.

Frau Meier kannte ihn auch nicht.

»Können Sie beschreiben, wie der Mann an dem anderen Tisch aussah?«

Beide verneinten.

»Ich würde gerne morgen einen Ortstermin vornehmen«, stellte Henry fest. »Könnten Sie sich morgen früh um 9 Uhr an der Boje 8 einfinden?«

Es klingelte. Jeder blickte zur Tür.

»Das könnte meine Kollegin sein«, erwog Henry Olsen. »Ich habe sie herbestellt. Sie dürfte auch noch ein paar Fragen haben.«

Gisela Meier ging zur Tür und brachte die blonde Kommissarin mit.

Swantje ließ sich von den anderen auf den neuesten Stand bringen. Sie wollte wissen, woher die Meiers Dierken kannten.

»Wir sind zusammen zur Schule gegangen«, erklärte Helge Meier. »Und haben eine Zeit lang miteinander geboßelt. Sie wissen ja, ostfriesischer Nationalsport. So ähnlich wie Kegeln.«

»Kennen Sie seine Vorgeschichte, also, warum er lange nicht mehr auf Juist war?«

»Natürlich, das wissen wir alle. Er hat seine Lebensgefährtin umgebracht.« Helge Meier schnäuzte sich in ein Taschentuch.

Henry wunderte sich. Spielte Meier ihm gerade etwas vor? Er wirkte emotional völlig gelassen. Wusste er mehr?

»Sie kennen also Onno Dierken seit Langem. Sie kennen seine Stärken und Schwächen, haben schon früh Einblicke in seine Persönlichkeit gewonnen. Ich könnte mir vorstellen, dass man versucht, sich zu erinnern, wann es angefangen hat. Wann die Persönlichkeit dieses Menschen sich so krass verändert hat, sei es durch äußere Umstände, durch Krankheit oder was auch immer. Wie haben Sie das gesehen? Was ist passiert? Oder haben Sie Onno schon immer eine solche Tat zugetraut?«

Helge Meier schien ihm nicht ganz folgen zu können. In seinem Gesicht spiegelte sich Ratlosigkeit. »Ich habe mir über ihn nicht sonderlich viele Gedanken gemacht«, gab er zu. »So wichtig ist er mir nicht. Mir hat er nichts getan. Meiner Frau auch nicht. Und wenn er seine Strafe verbüßt hat, sollte es auch mal gut sein. Meine Meinung.«

»Aber Sie wussten, wozu Dierkens fähig ist. Waren Sie nicht beunruhigt«, hakte Henry nach, »als Sie ihn im Lokal gesehen haben? Hatten Sie nicht Sorge um die Wirtin?«

»Ach wo, warum denn? Onno machte einen friedlichen Eindruck, wollte einfach reden. Jeder hat eine zweite Chance verdient. Für mich ist er kein böser Mensch. Er ist nur Onno. Ein bisschen verrückt vielleicht, nicht gerade die hellste Kerze auf der Torte, aber Angst? Nein. Angst braucht man vor ihm nun wirklich nicht zu haben.«

»Trauen Sie ihm zu, Susanne Flemming getötet zu haben?«, wollte Henry wissen.

»Nein. Ganz sicher nicht. Es geht nicht darum, ob ich es ihm zutraue oder nicht. Ich habe sein Gesicht gesehen. Darin war nichts Böses, kein Hass, keine Wut, nichts dergleichen. Onno war entspannt. Er freute sich auf sein Bier und war gut drauf. So habe ich das empfunden. Meine Frau auch. Wir haben uns hinterher darüber ausgetauscht.«

Henry wandte sich nun direkt an Gisela Meier. »Wie denken Sie darüber, Frau Meier? Wie haben Sie Onno Dierken erlebt?«

»Genau wie mein Mann«, sagte sie mit gesenkter Stimme. »Er war freundlich und gut gelaunt. Onno ist eigentlich ein ganz Netter, hatte wohl viel Pech mit dieser Freundin damals. Die Elke war nicht einfach, vom Wesen her. Die hatte ihn schön unter ihrer Fuchtel. Irgendwann lässt sich das kein

Mann mehr gefallen. Der Onno hätte Schluss machen sollen mit ihr, anstatt so lange zu warten, bis er die Kontrolle verliert. Möchten Sie noch Tee?«

KAPITEL 24

Der Vorschlag, eine kleine kulinarische Erholungspause einzulegen, kam von Henry. Er schlug das Lütje Teehuus vor, welches Swantje vom Namen her bekannt vorkam.

Beim Betreten des Cafés war sie sich sicher, schon einmal dort gewesen zu sein. Sie erkannte die blau gemusterte Keramik auf den Fensterbänken, das hübsche Teeservice auf einem der Tische.

Henry steuerte einen Nischenplatz an und fragte Swantje mit Gesten, ob sie mit seiner Wahl einverstanden war.

Sie setzten sich einander gegenüber und bestellten Ostfriesentee auf Stövchen und Sanddorntorte, eine Spezialität des Hauses.

»Im Herbst und Winter muss es hier besonders kuschelig sein«, sagte Swantje, die Henry nicht erzählen wollte, dass sie mit Holger, ihrem Nochmann, vor vielen Jahren in der Nähe des Kamins gesessen hatte. Ein Feuer hatte darin gebrannt und eine angenehme, kuschelige Wärme ausgeströmt. Kerzen auf den Tischen hatten für Gemütlichkeit gesorgt, sie hatten sich wohlgefühlt. Alles war gut gewesen.

»So, Frau Brandt, was machen wir nun mit unseren beiden Hauptverdächtigen?«, lenkte Henry den Fokus wieder auf den Fall. »Mit Onno Dierken wird uns der Täter praktisch auf dem Silbertablett serviert.«

»Du findest die Theorie zu einfach?« Swantje schluckte. Auf keinen Fall wollte sie Henry von dem Chat mit Onno

Dierken berichten. Diese Sache musste sie allein durchziehen, auch wenn ihr etwas unwohl bei dem Gedanken war.

Ein kratziges Geräusch ertönte, als er sich nachdenklich den Dreitagebart massierte. »Weißt du, was mich daran vor allem stört? Dass Gissemann unsere Aufmerksamkeit von Anfang an auf Dierken lenken wollte.«

Swantje stimmte ihm zu. »Aus diesem Grund würde ich mir wünschen, dass er es nicht ist. Im Moment spricht leider alles gegen ihn.«

»Aber lass uns zusammenfassen, was wir über Hein Asmussen wissen. Ich werde nicht schlau aus ihm und kann nicht verhehlen, dass er mir von Grund auf unsympathisch ist. Er hat offensichtlich ein Problem mit Frauen. Er ist der Typ Mann, der von sich glaubt, jede Frau rumkriegen zu können. Sobald sie ihm selbstbewusst gegenübertritt und mit ihm auf Augenhöhe diskutieren will, zeigt er seine narzisstische Seite. Er unterdrückt die Frau, in diesem Fall Susanne Flemming, und macht sie klein. Seine hämischen Lach-Smileys sprechen Bände.«

»Und was sollte seine Androhung, Flemming wegen angeblicher Schwarzarbeiter anzuzeigen? Ich habe das überprüft. Es stimmt nicht. Die Beschäftigten sind alle regelkonform angemeldet. Asmussen hat sich einen Sport daraus gemacht, sich über seine Kontrahentin lustig zu machen und sie zu verhöhnen. Als ›weichgespülte Linksgrünversiffte‹ beleidigt zu werden, muss sie als umweltbewusste Insulanerin bis ins Mark getroffen haben. Kein Wunder, dass ihr irgendwann der Kragen geplatzt ist. Susanne Flemming hat sich schließlich gegen ihn gewehrt, indem sie den Spieß umgedreht hat – allerdings zeigte sie sich dabei rhetorisch geschickter.«

»Nun ja, ich denke, ihn als gestörten Kleingeist und Faschisten zu bezeichnen, war auch nicht besonders geschickt. Asmussen wird sich von ihr provoziert gefühlt haben.«

»So provoziert, dass er zur Waffe griff?« Swantje schenkte Henry und sich Tee nach.

»Asmussen hat kein Alibi«, bemerkte Henry.

»Du willst ihn als Täter sehen, aber es gibt keine Zeugen, die ihn am Freitagabend in der Boje 8 gesehen haben. Es gibt keine Spuren, keine Beweise, nur Indizien.«

»Dafür war Onno Dierken bekanntlich in der Boje 8. Aber wo ist die Verbindung? Was hatte er mit Susanne Flemming zu tun? Wo ist das Motiv?« Nachdenklich schob er sich das letzte Stück von der Sanddorntorte in den Mund. »Lecker«, sagte er, »ich hoffe, wir waren hier nicht zum letzten Mal.«

»Die Verbindung könnte Lars sein«, dachte Swantje laut nach.

»Lars?«

»Ja, Hajo Flemming hat nach seinem Aufwachen aus dem Koma immer wieder den Namen Lars gerufen. Wir müssen herausfinden, wen er damit meint.«

Swantje und Henry beschlossen, zum Reiterhof zurückzukehren, um herauszufinden, wer Lars war. Nur einer konnte ihnen aktuell darüber Auskunft geben.

Sie trafen Werner Rübsamen beim Kaffeetrinken im Hof an. Er hatte die Hose hochgekrempelt, um etwas Sonne an seine bleichen Beine zu lassen. Neben ihm lag seine glimmende Pfeife. Beim Anblick der Kommissare verdüsterte sich seine ohnehin nicht sehr freundliche Miene. »Was denn noch?«, knurrte er. »Ich muss ja besonders interessant für Sie sein.«

»Vielleicht interessiert es Sie, dass Ihr Chef aufgewacht ist«, sagte Swantje in einem betont ruhigen Tonfall.

Werner Rübsamen stieß seinen Becher um und fluchte, als er Kaffee auf seiner Hose verschüttete. Mit dem Ärmel seiner Arbeitsjacke wischte er an dem dunklen Fleck herum. Den Becher ließ er einfach liegen. »Hat er was gesagt?«

Swantje fielen die dunklen, fast schwarzen Ränder unter seinen Augen auf. »Er fragte nach Lars.«

Der Pferdepfleger setzte einen nicht gerade intelligent wirkenden Gesichtsausdruck auf, als er wiederholte: »Er fragte nach Lars?«

»Ich nehme an, Sie können uns darüber aufklären, wer Lars ist.« Sie setzte sich zu ihm auf die Rundbank, die um eine knorrige Eiche gruppiert war, während Henry stehen blieb.

Gedankenverloren starrte Rübsamen auf seine schmutzigen Schuhe. Er schien in Gedanken weit weg zu sein. Sein Unterkiefer mahlte.

»Herr Rübsamen?« Swantje riss ihn behutsam aus seiner Versunkenheit. »Ich habe Sie nach Lars gefragt.«

Plötzlich straffte sein Körper sich, und er sah sie mit trübem Blick an. »Na schön«, sagte er, »Lars ist sein Sohn.«

»Hajos Sohn? Also auch Susanne Flemmings Sohn?«

»Nein, das nicht.« Werner Rübsamen riss sich die Kappe vom Kopf und strich sich mit einer fahrigen Bewegung die verschwitzten Haare aus der Stirn. »Nur Hajos Sohn. Es war Hajos zweite Ehe.«

»Warum haben Sie ihn uns unterschlagen? Wir haben Sie gefragt, ob Hajo Flemming Kinder hat, und Sie haben es verneint.«

»Ich habe es nicht verneint, ich habe nur einfach nicht darauf geantwortet.«

»Was für uns auf das Gleiche hinausläuft. Schweigen kann die Wahrheit bedeuten, aber auch eine Lüge. Ich wüsste gerne den Grund für Ihr Schweigen.«

Werner Rübsamen rang mit sich. »Na gut, weil ich nicht sicher bin, ob es Hajo recht ist, wenn ich darüber rede.«

»Warum sollte es ihm nicht recht sein?«, übernahm Henry, der spürte, dass Swantje eine Atempause brauchte.

»Weil es eine private Frage ist.«

Sie verstummten, als eine Familie mit zwei Töchtern im Grundschulalter das Gelände betrat, die wissen wollten, ob sie einen Ausritt am Strand buchen konnten.

»Ich komme gleich«, rief Werner ihnen zu.

Das Elternpaar ging mit den Mädchen in Richtung der Stallungen. Dort würden sich zwei Schülerinnen um sie kümmern, die sich etwas Geld mit Ausmisten und dem Striegeln der Ponys verdienten.

»Hören Sie bitte«, Henry rang nach Worten, »die Ehefrau von Hajo Flemming ist ermordet worden. Auch wenn die beiden in Trennung lebten, waren sie noch verheiratet. Susanne Flemmings Mitarbeiterin Dana Weghorst ist seitdem verschwunden, und seit Kurzem ist auch Ihr Bekannter Onno Dierken unauffindbar. Leider werden aktuell auch noch zwei Urlauberinnen auf Juist vermisst. Und da kommen Sie uns mit privat? Hier ist nichts mehr privat, Herr Rübsamen!«

»Also gut«, stammelte Rübsamen. »Hajo Flemming hat noch einen Sohn. Er hat zwei Söhne. Lars und Martin.«

»Ach, jetzt wird's interessant. Ich glaube, wir setzen uns nun doch mal irgendwo zusammen hin, wo wir in Ruhe reden können, hm?«

»Wir könnten in die Gaststube gehen, in die ehemalige.« Der Pferdewirt deutete auf ein lang gestrecktes Gebäude neben dem Reitstall. Er hob seinen Kaffeebecher vom Boden auf, schüttelte ihn aus und ging vor.

Nach einem kurzen Strandspaziergang, dem zweiten innerhalb von zwei Tagen, waren sie wieder bei dem stillgelegten kleinen Arbeiterhaus mit den verwitterten Fensterrahmen angekommen, das seit Tagen Danas Gefängnis war.

»Wenn ich mich darauf verlassen kann, dass du es nicht ausnutzt«, sagte Chris, »wenn ich felsenfest auf dich bauen kann, dann darfst du ab sofort in der oberen Etage wohnen, damit du es etwas bequemer hast. Da gibt es ein großes Badezimmer mit Badewanne und eine Küche, in der du dir einen Kaffee kochen kannst. Ich besorge dir alles Nötige dafür. Richtig kochen darfst du nicht, denn das würde man draußen riechen.«

»Meinst du das ernst?« Danas Herz schlug eine Spur schneller.

»Klar, irgendwie finde ich es mittlerweile selbst doof, dich in den Keller zu sperren. Es ist so viel passiert, ich meine damit gefühlstechnisch, dass ich es nicht übers Herz bringen würde.«

»Ich halte mich an unsere Abmachung«, sagte Dana ernst. »Versprochen. Wohnst du dann auch oben?«

Chris schüttelte den Kopf. »Nein. Früher gehörte das Haus meinen Großeltern. Vielleicht ziehe ich irgendwann hier ein, dafür muss ich es aber erst Stück für Stück entkernen und sanieren, das ist viel Arbeit und kostet mich eine Kleinigkeit. Doch alles hängt davon ab, ob ich heil aus dieser Sache herauskomme. Das ist mehr als ungewiss.«

»Mit deiner Familie?«

»Für mich allein wäre es zu groß. Viele Möbel meiner Großeltern stehen noch drin.«

»Leben deine Eltern noch?«

»Nein, sie sind beide tot.«

»Das tut mir leid.«

»Das muss es nicht. Meine Kindheit war nicht schön. Ich hatte eher – wie sagt man, wenn man es nett ausdrücken will –

ein distanziertes Verhältnis zu meinen Eltern. Meine Großeltern standen mir näher.«

»Hast du Geschwister?«

»Du fragst wieder zu viel.« Er drehte sich von ihr weg und wirkte schlagartig verschlossen. Mit einer Handbewegung gab er ihr zu verstehen, dass sie eine Grenze überschritten hatte. »Warte, Bettwäsche müsste noch im Schrank sein«, sagte er schnell, um die gute Stimmung zurückzuholen, »du kannst im Elternschlafzimmer schlafen, musst nur das Bett beziehen.«

»Das werde ich hinkriegen«, sagte Dana lächelnd. Sie war erleichtert, nicht in den Keller zurückzumüssen, obwohl sie sich mittlerweile sogar an die Umstände dort gewöhnt hatte. Sie hatte keine Angst mehr vor Chris, und das war das Wichtigste. Sie war außerdem auf dem besten Weg, Gefühle für ihn zu entwickeln – auch wenn sie sich das noch vor wenigen Stunden verboten hatte. Neugierig, aber auch leicht angewidert, sah sie sich um. Ein typisches Wohnzimmer älterer Leute aus den späten 70ern.

Die Einrichtung wirkte altbacken und wuchtig, irgendwo angesiedelt zwischen den 60er- und 80er-Jahren. Sicher war sie mal teuer gewesen und früher gemütlich, doch jetzt wirkte der Raum verstaubt und modrig. Die Bezüge, Vorhänge und Teppiche waren ausgeblichen und hatten einen muffigen Geruch angenommen. Dana hätte gerne gelüftet, erkannte aber auf einen Blick, dass die Fenster Schlösser hatten und die Schlüssel abgezogen waren. »Kannst du bitte mal kurz durchlüften?«, fragte sie hoffnungsvoll.

Chris schüttelte den Kopf. »Keine Chance«, sagte er, »ich habe keine Schlüssel für die Fenster. Meine Großeltern hatten Angst vor Einbrechern und haben sie deshalb immer abgeschlossen. Ist vielleicht auch besser so. So kommst du nicht auf dumme Gedanken.« Er zwinkerte ihr zu. »Wenn du dich ruhig verhältst, wovon ich ausgehe, kann ich für ein paar Minuten die Haustür offen lassen. Dann kommt frische Luft hinein.«

Dana nickte und setzte sich auf die Sofakante.

Chris öffnete die Haustür weit und setzte sich zu ihr. Eine Weile unterhielten sie sich über die Geschichte und die Einrichtung des Hauses. Chris hielt sich aber äußerst bedeckt.

»Ich werde später Essen holen«, schlug er vor. »Hast du einen bestimmten Wunsch?«

»Ein oder zwei Fischbrötchen wären großartig«, sagte sie, »dazu vielleicht eine Cola.«

»Das dürfte zu machen sein. Richte dich in der Zwischenzeit ein. Deine Sachen hole ich später. Bis bald!« Er gab ihr einen flüchtigen Kuss auf die Wange. Dann ging er und schloss die Haustür hinter sich ab.

Swantje und Henry schoben ihre Fahrräder in der Wilhelmstraße nebeneinanderher, um noch ein paar Minuten ungestört reden zu können, bevor sie auf der Wache wieder unter Kollegen waren. Doch eine Sache wollte Swantje direkt klären, deshalb stellte sie sich in eine Hausecke und wählte die Nummer der Juister Polizeiwache. Marvin Gissemann war sofort am Apparat.

»Moin«, sagte sie, »gut, dass ich Sie gleich am Telefon habe. Es geht um die Frage, ob Hajo Flemming Kinder hat. Ein Zeuge hat von zwei Söhnen gesprochen: Martin und Lars Flemming. Checken Sie mal bitte, ob das richtig ist.«

»Hajo Flemming und Kinder? Das wäre mir neu. Ich bin früher bei ihm geritten – das war noch, bevor sich bei mir die Pferdehaarallergie entwickelt hat. Kinder gab es definitiv keine.«

»Nicht?«, fragte Swantje irritiert.

»Nein, das müsste ich wissen, ich war ja oft dort.«

»Überprüfen Sie es bitte dennoch und melden Sie sich sofort bei mir. Es ist wichtig. Unter Umständen entgeht uns sonst eine wichtige Spur.«

»Klar, mache ich«, sagte er lahm und legte auf.

Während sie auf seinen Rückanruf wartete, fand sie endlich mal Gelegenheit, einen Blick in die Auslagen der Schaufenster zu werfen. Sportgeschäfte, Souvenirläden und Modeboutiquen luden zum Stöbern und Shoppen ein. Es gab auch kleine Läden mit Schmuck, Kunsthandwerk oder Schreibwaren. Sie musste beiseitetreten, um einem Pferdegespann Platz zu machen. Die Kaltblüter trabten gemütlich an ihr vorbei.

»Ich mag an Juist, dass das Tempo ein anderes zu sein scheint«, sagte Swantje. »Man entspannt sich sofort, wenn man die Insel betritt. Auch wenn wir nicht im Urlaub hier sind, empfinde ich keinen Stress. Ich mag das Hufgetrappel der Fuhrwerke, den Geruch der Pferde, die Entschleunigung, die überall spürbar ist. Juist folgt einem eigenen Rhythmus, den ich am liebsten mit nach Hause nehmen würde.«

Henry stimmte ihr zu. »Ich möchte gerne wiederkommen und hier ein paar Urlaubstage verbringen. Am liebsten im Herbst, wenn die Insel ruhiger geworden ist und allmählich den Juistern wieder gehört.« Er suchte Augenkontakt mit Swantje, aber die richtete ihren Blick schnell nach vorne.

Bald fanden sie sich auf dem Kurplatz mit dem Schiffchenteich wieder. Dort stellten sie ihre Fahrräder ab und sahen eine Weile den Kindern beim Spiel mit den Booten zu.

Swantje hatte jedoch keine Ruhe und schaute immer wieder auf ihr Handy, ob Marvin ihr inzwischen eine Nachricht hinterlassen hatte. Onno Dierken hatte sie in dem Moment völlig vergessen.

Sie kamen am Leuchtturm Memmertfeuer vorbei. Henry hatte gelesen, dass der Leuchtturm früher auf der Vogelinsel Memmert vor Juist gestanden hatte, dort abmontiert worden war und eigentlich entsorgt werden sollte. Das teilte er Swantje mit. »Er ist seitdem nicht mehr in Betrieb«, sagte er. »Aber gut, dass es ihn noch gibt. Der kleine Leuchtturm ist eines der Wahrzeichen von Juist, wie auch das Seezeichen, das wir jetzt ansteuern. Oder sollen wir langsam zurück auf die Wache?«

»Noch nicht. Ich brauche etwas Abstand«, sagte Swantje. »Lass uns auf die Aussichtsplattform gehen und ein bisschen Schiffe gucken. Das macht den Kopf frei.«

Sie stiegen die Treppen hinauf. Oben frischte der Wind auf, und sie ließen sich ordentlich durchpusten, wobei Henry schmunzelnd bemerkte, dass es bei ihm auf dem Kopf nicht mehr viel zum Durchpusten gab. Swantje erwiderte sein Lachen und stellte wieder einmal fest, dass er niedliche Grübchen hatte. Sie wollte sich aber nicht davon beeinflussen lassen und beobachtete stattdessen lieber die Frisia, die gerade ablegte. Swantje winkte den Abreisenden hinterher, wie es alle Touristen taten, die auf dem Seezeichen oder direkt am Hafen standen.

»Wenn Hajo Flemming Kinder hat, warum melden die sich nicht bei uns?«, überlegte Swantje. »Die Frau ihres Vaters ist einem Tötungsdelikt zum Opfer gefallen, ihr Vater liegt im Krankenhaus. Den können wir leider im Moment nicht befragen. Aber wenn wir mit den Söhnen sprechen könnten, wären wir vermutlich einen Riesenschritt weiter.«

»Vielleicht hatten die Söhne keinen guten Kontakt zu ihrer Stiefmutter und melden sich deshalb nicht«, bemerkte Henry.

»Die Frage ist, ob sie überhaupt von dem Mord erfahren haben. Wir wissen nicht, ob sie auf Juist leben oder ganz woanders. Die Meldung ist womöglich nicht spektakulär genug, dass sie zur dpa-Meldung wird und überregional wahrgenommen wird.« Erneut wischte sie über das Display ihres Handys. »Na los, Gissemann, bitte melde dich!«

Auf dem Weg zurück ins Inseldorf kamen sie durch die Friesenstraße und fanden die Inselbuchhandlung von Thomas Koch, von der Swantje gehört hatte.

»Geht ganz schnell«, sagte sie, »ich brauche unbedingt einen Juist-Krimi, wenn ich schon mal da bin. Ich kann nur einschlafen, wenn ich vorher ein paar Seiten gelesen habe.« Sie wartete Henrys Antwort nicht ab, sondern betrat, ohne zu zögern, die kleine Buchhandlung mit der gemütlichen Atmosphäre.

Die Entscheidung war schnell gefallen, und sie ging schnurstracks mit dem Krimi zur Kasse, der als Erstes ihr Interesse geweckt hatte.

»Haben wir nicht schon genug Krimi?«, neckte Henry sie, als sie mit dem Buch aus dem Laden kam.

»Je mehr Krimi in der Realität, desto mehr brauche ich ihn in literarischer Form. Das relativiert alles. Davon kann ich nie genug haben.«

Beim Blick auf ihr Handy bemerkte sie, dass Onno Dierken sich im Messenger gemeldet hatte. Sie würde die Nachricht später öffnen.

Kurz darauf kamen Henry und Swantje am Restaurant Meeresleuchten vorbei.

»Der Kakao soll hier legendär sein«, sagte Henry augenzwinkernd. »Darf ich dich einladen?«

Swantje war hin- und hergerissen. Die Wache rief nun immer lauter, aber ihr war im Laufe ihrer beruflichen Tätigkeit bei der Polizei klar geworden, dass sie mit ihrer Energie haushalten musste. Hin und wieder brauchte sie eine kurze Auszeit, um das Gesagte und Erlebte zu verarbeiten, alle Fäden zusammenzuführen und ihre volle Arbeitskraft wiederherzustellen. Es gab allerdings noch einen anderen Grund, mit Henry einzukehren. Sie könnte auf der Toilette ganz in Ruhe Dierkens Nachricht öffnen.

»Sehr gerne«, sagte sie deshalb.

Sie traten ein. Henry ging vor und suchte einen schönen Platz am Fenster. Swantjes Blick fiel auf Weinkisten aus Holz, die als Deko-Objekt an die Wand genagelt waren und tatsächlich Weinflaschen beinhalteten.

»Ich kann mir nicht erklären, warum Rübsamen uns verschwiegen hat, dass Hajo Flemming zwei Söhne hat«, überlegte Swantje, während sie interessehalber die Speisekarte studierte. »Das muss doch einen Grund haben. Was wäre so schlimm daran gewesen, ehrlich auf die simple Frage nach Flemmings Kindern zu antworten?«

Henry hatte ebenfalls daran zu knabbern. »Irgendwas muss da dran sein«, sagte er. »Möglicherweise sind die Flemmings alle untereinander zerstritten, und Rübsamen hat die beiden Kinder, die längst erwachsen sein müssten, sehr lange nicht mehr zu Gesicht bekommen. Vielleicht hat Hajo Flemming auch nie groß über seine Jungs gesprochen, und sie sind einfach in Vergessenheit geraten.«

»Kinder geraten nie in Vergessenheit«, gab Swantje zurück. Sie dachte an ihre Tochter Insa und dass sie sie heute Abend unbedingt anrufen wollte.

»Die eigenen nicht, auch wenn sie noch so viel Blödsinn anstellen. Aber Rübsamen hatte sicher mehr Distanz zu den Flemmings. Oder – auch die Möglichkeit besteht – man hat ihn zum Stillschweigen verdonnert. Wie heißt noch mal der zweite Sohn von Hajo Flemming?« Henry beobachtete aus dem Fenster eine Möwe, die von einem der Tische blitzschnell ein Stück Weißbrot stibitzte.

»Martin«, sagte Swantje. »Lars und Martin, wobei Martin der Ältere ist. Lars soll drei Jahre jünger sein. Nachher auf der Wache werden wir beide im Netz durchleuchten, sofern die Verbindung nicht wieder spinnt. Heute Vormittag gab es ständig Probleme damit.«

»Die werden wohl noch immer nicht behoben sein«, meinte Henry, »sonst hätte sich Marvin längst gemeldet.«

Henry winkte der Bedienung und bestellte zweimal Schokolade mit Sahne, dazu Apfelkuchen. »Morgen wird wohl die DNA-Analyse da sein«, hoffte er, »und der Befund des Grafologen aus Aurich. Wegen der Schriftproben. Fast alle Zeugen haben bereits eine Probe abgegeben, bis auf ...«

»Onno Dierken«, ergänzte Swantje. »Entschuldige mich bitte einen Moment. Ich bin gleich wieder da.« Sie verschwand in Richtung Toilette. Mit zittrigen Händen holte sie das Handy hervor und las Onnos Nachricht.

»Moin, meine Liebe, es tut mir so leid, aber ich habe leider schlechte Nachrichten. Das schöne Hotel direkt am Strand ist bis unters Dach ausgebucht. Was machen wir denn nun? Ich bin ganz verzweifelt, denn ich möchte dich unbedingt sehen, dir nah sein. Ich kann es kaum noch erwarten, dich in den Armen zu halten und an deinen schönen blonden Haaren zu schnuppern!«

»Wie schade«, schrieb Swantje zurück. »Wann warst du denn zuletzt in dem schönen Hotel?«

»Ist nicht lange her, Süße. Sag jetzt, wo möchtest du dich stattdessen treffen? In einem anderen Hotel? Ich kümmere mich darum.«

»Super Idee, mein Lieber, ich warte sehnsüchtig auf deine Antwort!«

Mit einem Anflug von Übelkeit schloss sie den Messenger und ließ das Handy in ihre Tasche fallen. So zuwider ihr der Chat mit Dierken auch war, verspürte sie dennoch ein Kribbeln am ganzen Körper. Sie hatte eine Idee. Vielleicht ein Schritt in die richtige Richtung?

»Wir müssen Dierken finden«, sagte Henry kurz darauf. »Wenn wir ihn haben, haben wir möglicherweise auch Dana. Und da auch er sich auf dem Reiterhof auskennt, kann er uns vielleicht über die Hintergründe der Familie Flemming aufklären.«

»Vielleicht kennt er außerdem den Aufenthaltsort von Simone Franz und Silke Bönninger«, sagte Swantje.

»Lange wird er nicht durchhalten.« Henry räusperte sich. »Jeder von den Kollegen hat ein Foto von jeder gesuchten Person auf dem Handy. Es muss jemanden in der Bevölkerung geben, der zumindest eine von den Gesuchten gesehen hat. So groß ist Juist zum Glück nicht. Und niemand verschwindet einfach so von der Insel.«

»Spätestens am Donnerstag bei der Geldübergabe haben wir ihn. Dann ist das Spiel aus.«

»Donnerstag ist viel zu spät«, gab Henry zu bedenken. »Die Uhr tickt. Drei Frauen befinden sich möglicherweise in Lebensgefahr. Die Insel ist voller Polizisten, und dennoch treten wir auf der Stelle. Was hat Onno Dierken vor, was ist sein nächster Schritt?« Er verstummte, als die Kellnerin mit dem Tablett kam. Es duftete verführerisch nach warmem Kakao und Apfelkuchen.

Swantje probierte sofort davon. »Hm, ist das lecker. Die Schokolade ist so dick, dass du sicher am Ende einen Löffel benutzen musst.«

Henry nickte. »Was habe ich gesagt? Ich wusste, dass es dir hier gefällt!«

»Und schon wieder Kuchen! Vorhin hatten wir erst Sanddorntorte. Ich kann trotzdem nicht widerstehen«, sagte sie.

»Wenn wir den Fall gelöst haben, wird mir kein einziges Kleidungsstück mehr passen.«

»Das würde mich überhaupt nicht stören.«

Swantje warf ihm einen warnenden Blick zu.

In den nächsten Minuten waren beide mit ihrem Apfelkuchen beschäftigt.

»Onno Dierken wird versuchen, Kontakt zu seiner Mutter aufzunehmen«, vermutete Henry nach dem letzten Bissen. »Er wird Sachen bei ihr haben, die er dringend benötigt. Vor der Pension müssen wir immer wieder Patrouille laufen. Anders geht es nicht.«

»Lass dich bloß nicht von Anni Dierken erwischen. Sie hat Angst um den guten Ruf ihrer Frühstückspension.«

Henry warf ihr über den Rand seiner Tasse einen Blick zu. Auf seiner Oberlippe hatte die Schlagsahne weiße Spuren hinterlassen. »Glaubst du wirklich, dass sie so denkt? Warum zeigt sie dann ihren Sohn an, wenn sie so viel Wert auf das Image ihrer Pension legt?«

»Das hätte sie wahrscheinlich nicht getan, wenn nicht zwei ihrer Stammgäste verschwunden wären. Sie scheint ehrlich besorgt zu sein und will sich nicht nachsagen lassen, nicht alles versucht zu haben«, bemerkte Swantje. »Ich glaube, wenn denen etwas zustoßen sollte, würde sie sich das nie verzeihen. Und dann könnte sie ihren Laden dichtmachen. Da liefert sie lieber ihren Sohn aus.«

Henry wischte sich mit der Serviette über den Mund. »So, min Deern, aufgegessen, ausgetrunken, ich glaube, wir sollten aufbrechen.« Er legte einen Schein auf den Tisch. »Stimmt so!«, rief er der Bedienung zu, die gerade den Nachbartisch abräumte.

KAPITEL 25

Er sah seinen alten Bekannten auf einer Bank in der Sonne sitzen und Pfeife rauchen. Ein Fels in der Brandung, jahrzehntelang ein Leben für die Pferde, unverzichtbar für die Flemmings. Eine eigene Familie hatte sein Bekannter keine, hatte auch nie eine gewollt, weil er als Kind traumatische Erfahrungen in seiner Herkunftsfamilie gemacht hatte, und Freunde brauchte er nicht. Hajo Flemming und die Pferde waren seine Familie. Früher auch Susanne und die Kinder. Eines Tages würde der olle Werner wahrscheinlich auf dem Reiterhof sterben.

Nun bemerkte Werner ihn, stieß einen Pfiff aus und winkte ihn mit brummiger Miene zu sich heran. Werner Rübsamens Gesicht war immer griesgrämig, obwohl er eigentlich ein zufriedenes Leben führte, wie Onno wusste. Heute sah er besonders grantig aus.

»Was ist los?«, fragte Onno und bemühte sich vergeblich, seine Unruhe in den Griff zu bekommen.

»Die Bullen waren hier«, knurrte Werner. »Sie haben nach dir gefragt. Setz dich, Junge.«

»Hab ich mitbekommen. Und?«, fragte Onno atemlos und stieß Werner beim Hinsetzen an. »Was wollten sie?«

Werner Rübsamen zuckte mit den Schultern. »Keine Ahnung. Aber ich glaube, dass die vermuten, dass du dich hier rumtreibst. Die tun mich beobachten und dich suchen.«

»Ich habe doch nichts getan!«

»Pff, was weiß ich«, sagte Werner mit einer wegwischenden Handbewegung. »Ist mir auch egal. Soll nicht meine Sorge sein. Meinetwegen kannst du bleiben, solange du willst. Zumindest bis Hajo wieder da ist. Wie es aussieht, lassen die ihn nicht so schnell wieder raus aus der Klinik. Vielleicht auch nie wieder, wer kann das schon wissen? Hajo hatte schon länger ein schwaches Herz, und wenn der sich mal so richtig aufregen tut, kann das auch mal schiefgehen.«

»Worüber hat er sich denn aufgeregt?«

»Wenn ich das wüsste. War im Stall bei Rico, der hinkt seit längerer Zeit. Weißt du ja. Habe sein Hinterbein versorgt und ihn bandagiert. Da hörte ich Hajo draußen mit einem Mann streiten. Keinen Plan, worum es ging. Ich hörte nur ›Susanne‹, immer wieder ›Susanne‹ und irgendwas mit ihrer Kette. Fand ich komisch, aber geht mich ja nichts an. Vielleicht hat die jemand gestohlen oder so. Die beiden hatten jedenfalls ordentlich Beef miteinander, schrien sich die ganze Zeit an. Irgendwann hörte ich einen Schrei, dann einen dumpfen Schlag, und ich bin sofort rausgerannt. Hajo lag vor der Stalltür, reagierte nicht. War wohl schon weggetreten. Vom anderen Mann keine Spur. Der war nicht mehr zu sehen, wie vom Erdboden verschluckt. Ich bin noch bis zur Straße hin- und zurückgerannt, rauf und runter. Fehlanzeige. Alles leer, wie ausgestorben. Dann bin ich wieder zu Hajo und habe mich um den gekümmert. Ich habe den Rettungsdienst gerufen. Die waren zum Glück schnell da und haben ihn mitgenommen.«

Onno zitterte am ganzen Körper. »Hast du das der Polizei erzählt?«

Werner tippte sich an die Stirn. »Natürlich nicht! Was denkst du? Ich bin doch nicht bekloppt. Ich will meine Ruhe. Draußen sitzen und mein Pfeifchen rauchen wie jetzt gerade.«

Hektisch blickte Onno sich um. »Glaubst du, die sind hier noch irgendwo?«

Werner winkte ab. »Ach was, reg dich ab, die haben was anderes zu tun, als hier pausenlos rumzulungern. Kann sein, dass sie vermuten, dass du dich hier verstecken tust, kann aber auch sein, dass sie denken, du bist bei deiner Mutter oder mit irgendeiner Tussi im Bett. Was weiß ich. Geht mir am Allerwertesten vorbei.« Er zog genüsslich an seiner Pfeife.

Onno schluckte. »Ich darf also noch ein bisschen bleiben?«

»Meinetwegen kannst du bleiben, bis du Wurzeln schlägst. Wie gesagt, spätestens, bis Hajo wieder da ist. Der schmeißt dich raus, wenn er dich auch nur riecht, jede Wette. Der will keine Penner in seinem Stall.«

»Ich bin doch kein Penner.«

»Nee, aber so was Ähnliches. Zumindest für Hajo. Jemand, der schon mal Ärger mit der Polizei hatte und im Knast war, den will er nicht. So, nun ab mit dir. Ein bisschen was zu essen und zu saufen bringe ich dir nachher auf den Heuboden. Brauchst du sonst noch was?«

Onno dachte an seine Zahnschmerzen. »Vielleicht eine Zahnbürste, wenn du eine hast. Mein Backenzahn tut weh. Ein Aspirin und einen Korn, der betäubt. Ach ja, und eine Seife wäre nett, dann kann ich mich an der Regentonne waschen.«

»Unsinn. Du kannst heute Abend baden. Ich mache dir alles fertig. Eine Zahnbürste und Zahnpasta und so ein Zeug besorge ich dir. Und jetzt lass mich in Ruhe mein Pfeifchen rauchen, bevor die Pferde mich wieder brauchen.«

KAPITEL 26

Mittwoch, 7. August, 0.20 Uhr

Dana konnte nicht schlafen. Sie musste unentwegt an Chris denken und fragte sich, warum er nicht mehr aufgetaucht war, obwohl er versprochen hatte, gegen 19 Uhr zurückzukommen, um ihr Krabbenbrötchen zu bringen. Aber nicht nur deswegen kreisten ihre Gedanken permanent um Chris. Es hatte mit seiner Frage, ob er ihre Hand nehmen dürfe, zu tun. Damit hatte er sie gewaltig durcheinandergebracht. Er hatte eine Schwelle überschritten. Es ging ihr alles zu schnell. Und doch hatte er mit seinem Geständnis, oft an sie zu denken und nachts von ihr zu träumen, Gefühle in ihr ausgelöst. Seitdem hatte sie kein einziges Mal mehr an David gedacht, wie ihr gerade bewusst wurde. Auch mit ihm würde sie Schluss machen, genau wie mit Kai.

Und nun plötzlich Chris. Worauf hatte sie sich da nur eingelassen und wohin sollte das führen? Mit einem Typen wie Chris hatte sie nie etwas zu tun haben wollen. Es war immer ihre größte Angst gewesen, unwissentlich an einen toxischen Menschen, einen Narzissten oder gar Psychopathen zu geraten und nicht gesund aus dieser Beziehung herauszukommen. Bei einer Freundin hatte sie mitbekommen, wie stark toxische Beziehungen nachwirken und die Persönlichkeit eines Menschen verändern konnten. Der Partner hatte anfangs vor Charme nur so gesprüht, hatte der Freundin jeden Stein aus dem Weg geräumt und sie auf Händen getragen, aber schon nach wenigen Wochen war es mit dem Lovebombing vorbei gewesen und er hatte seine andere Seite gezeigt – sein kontrollierendes, erstickendes Wesen. Monatelang hatte er sie mit seinem Verhalten gequält und sie mit seiner völlig überzogenen Eifersucht fast in den Wahnsinn getrieben. Ihre Freundin benötigte auch zwei Jahre nach der Trennung noch die Hilfe eines Psychologen und wollte nie wieder einen Mann in ihre Nähe lassen. Dana hoffte, dass ihr nicht das Gleiche passieren würde. Sie wusste, dass sie vorsichtig sein musste, und doch schien es fast zu spät zu sein. Chris hatte eine Welle von Gefühlen in ihr ausgelöst, gegen die sie kaum noch ankam. Es war wie ein Meer von gewaltigen Emotionen, wie ein Strudel, der sie mit sich fortriss – in die Tiefe ihres Unterbewusstseins.

Vielleicht ist doch alles anders, sprach sie sich selbst Mut zu, vielleicht ist er nicht toxisch, nur gewalttätig, würde sich aber niemals gegen mich richten. Erschrocken über ihre eigenen Gedanken schlug sich Dana gegen die Stirn. Nur gewalttätig – ich glaube, ich habe sie nicht mehr alle, dachte sie.

Aber es half nichts. Chris' Wirkung auf sie war zu stark, zu übermächtig. So muss sich Abhängigkeit anfühlen, dachte sie bitter.

Doch schnell gewann ihr Herz wieder die Oberhand über ihren Verstand.

Mit geschlossenen Augen spürte sie wieder dem Gefühl nach, das seine kräftige Hand in ihrer ausgelöst hatte. Sie spürte wieder seinen starken Arm in ihrem Rücken, der ihr Halt gab und die schönste aller Emotionen in ihr auslöste. Das leise Kribbeln in ihrem Körper wurde immer stärker und wurde zu einem Verlangen, das nur noch zu ihm hinführte.

Sie war auf dem besten Weg, sich zu verlieben. Und durfte es nicht. Durfte auf keinen Fall die Kontrolle verlieren. Verdammt noch mal, reiß dich zusammen, du dummes Ding, beschwor sie sich, bleib stark und lass den Typen nicht zu nah an dich heran.

Doch Dana war kein Kopfmensch, das war sie nie gewesen. Dafür war sie viel zu emotional, verließ sich stets auf ihre Intuition. Eine Weile noch träumte sie vor sich hin, schloss die Augen und umarmte sich, als sei er es, der sie umschlang. So schnell die warnende Stimme in ihrem Kopf sich gemeldet hatte, so schnell hatte sie sie vergessen.

Ein Laut, der aus dem Stockwerk über ihr kam, ließ sie aufhorchen. Es war ein anderes Geräusch als das, das sie kannte. Das war ein Brummen, Rauschen und Dröhnen gewesen. Daran hatte sie sich gewöhnt, konnte sogar gut dabei schlafen. Nun war es etwas anderes. Sie hatte das Gefühl, dass sie nicht allein war, dass sich jemand im Haus aufhielt, obwohl Chris ihr versichert hatte, dass es unbewohnt war.

Alle paar Minuten hörte sie ein Knacken, Klopfen und Trippeln. Oder bildete sie sich das ein? Wurde sie langsam verrückt? Sie hatte mal gelesen, dass Menschen in Isolationshaft zu Halluzinationen neigten, dass sie Wahnvorstellungen entwickelten, wenn sie zu lange sich selbst überlassen waren, ohne jeglichen menschlichen Kontakt.

Da, wieder dieses schleifende Geräusch aus der obersten Etage. Angestrengt horchte Dana in die Dunkelheit. Ihr Herz klopfte zum Zerspringen. Tatsächlich hatte sie in diesem lange nicht mehr benutzten Schlafzimmer mehr Angst als unten im Keller. Dort hatte sie sich auf unbestimmte Weise geborgener gefühlt, geschützter.

Mit einem beklommenen Gefühl stieg sie die alte hölzerne Wendeltreppe hoch, um nachzusehen. Hoffentlich waren da keine Tiere, dann hätte sie nicht gewusst, was sie tun sollte. Doch die Tür, die das Treppenhaus mit der Wohnung im ersten Stock verband, war abgeschlossen. Eine Weile lauschte sie noch, aber es war wieder ruhig geworden. Langsam ging sie die knarrenden Stufen wieder hinunter.

Minutenlang saß sie kerzengerade auf dem Bett und lauschte in die Dunkelheit. Chris hatte ihr verboten, das Licht anzuschalten, um nicht auf sich aufmerksam zu machen. Als sie wieder ein Schleifgeräusch zu hören glaubte, blickte sie zur Zimmerdecke, um zu orten, aus welcher Richtung es kam. Doch in dem Moment verstummte es wieder.

Später suchte sie das angrenzende Badezimmer auf, wusch sich und putzte sich zum zweiten Mal in dieser Nacht die Zähne mit der Zahnbürste, die Chris ihr gebracht hatte. Hier konnte sie wenigstens Licht machen, denn das Bad hatte kein Fenster. Sie brauchte dieses alltägliche Ritual, um sich zu beruhigen.

Anschließend ging sie zurück ins Schlafzimmer und legte sich auf das alte weiße Schleiflackbett. Dana konnte nicht verhindern, dass ihre Gedanken immer wieder zu Chris wanderten. Eine Bindung war entstanden, die sie sich nicht erklären konnte. Jede Berührung von ihm hatte ein Kribbeln in ihr ausgelöst, hatte sie mit Licht und Wärme geflutet. Sie wusste noch genau, wie sich seine Hand angefühlt hatte, groß, warm, kräftig, aber doch weich. Sie berührte sich selbst und spürte diesem Gefühl nach. Es war so schön gewesen, Hand in Hand mit ihm über den Strand zu laufen. Wie schön musste es sein, von diesen Händen am ganzen Körper verwöhnt zu werden, die Nähe zu diesem Mann zu genießen, ganz und gar. Während Dana sich selbst streichelte, kämpfte sie gegen ihre Gefühle an. Sie wurde langsam verrückt. Unmöglich, sich in einen Verbrecher zu verlieben. Er hatte ihre Chefin getötet und würde vielleicht auch sie töten, wenn nicht alles nach Plan lief. Und doch konnte sie nicht aufhören, an ihn zu denken und sich nach seinen großen, warmen Händen zu verzehren. Was stimmte nicht mit ihr? Sie hielt inne, knipste nun doch die kleine Lampe neben sich an und starrte an die Zimmerdecke, betrachtete den hässlichen hölzernen Kronleuchter und zählte die durch Fliegendreck entstandenen Flecken.

Chris hatte ihr erzählt, was er mit diesem Haus vorhatte. Er hatte es renovieren wollen, um mit seiner Familie hier einzuziehen. Er hatte sogar schon damit begonnen, Böden aufzureißen und Tapeten zu entfernen, dann aber bemerkt, dass das Haus einen Wasserschaden hatte. Das Dröhnen und Brummen, so hatte er ihr erklärt, kam von einer Trocknungsmaschine, die Tag und Nacht lief, um der Luft Feuchtigkeit zu entziehen und die Wände zu trocknen. Und er hatte etwas gesagt, was ihr zu denken gab. Er habe sich überlegt, dass er nun viel lieber mit ihr hier leben würde, sobald das Haus fertig war. Seine Ehe sei schon lange eine Farce gewesen, wie eine bröckelnde Mauer, die nun endgültig eingestürzt war. Er wollte sich von seiner Frau trennen und ein neues Leben beginnen. Ob Dana sich vorstellen könne, mit ihm hier zu leben? Nach einer umfassenden Renovierung natürlich, mit schönen Tapeten, Bodenbelägen und Möbeln in einem gänzlich anderen Stil. Dana hatte nicht darauf geantwortet, ihn nur angesehen. Aber am liebsten hätte sie gejubelt und wäre ihm um den Hals gefallen. Kein Zweifel, sie war verrückt geworden! Sie schloss ihre Augen, seufzte tief und streichelte sich in den Schlaf.

Um 9 Uhr war das Gutachten des Grafologen da. Seiner Einschätzung nach gab es keinen Treffer. Keine der eingesandten Schriftproben ergab eine Übereinstimmung mit der Schrift auf dem Bierdeckel. Allerdings hatten sie noch immer keine

Schriftprobe von Onno Dierkens. Swantje fiel ein, dass sie seine Mutter darum bitten könnte.

Mit Spannung hatten die Ermittler auf die Einschätzung des Grafologen hinsichtlich Charakter und Persönlichkeit des Täters gewartet. Halblaut las Swantje die forensische Handschriftanalyse der Bierdeckelprobe vor, sodass auch Henry sofort im Bilde war. »Die Handschrift ist fließend, jedoch unregelmäßig. Der Schreiber nutzt Druckschrift, wobei einzelne Buchstaben stark voneinander abweichen. Auffällig sind ungleichmäßige Buchstabenabstände, schwankende Strichstärken und übertriebene Schleifen. Dies deutet auf eine Person hin, die unter innerer Anspannung steht, jedoch bemüht ist, die Kontrolle zu bewahren. Die Person zeigt sich gleichzeitig dominant und verletzt. Die runden Buchstaben deuten darauf hin, dass der Schreiber eine bestimmte Vergangenheit auslöschen oder verbergen möchte.«

»Das kann ich mir vorstellen«, unterbrach Henry lachend. »Das würde ich an seiner Stelle auch tun.«

Swantje ließ sich nicht beirren. »Der Schreiber zeigt eine Mischung aus kontrollierter Präzision und emotionaler Unberechenbarkeit«, fuhr sie fort. »Dies deutet auf eine Person hin, die strategisch plant, aber von inneren Dämonen getrieben wird.«

»Innere Dämonen, soso«, murmelte Henry kopfschüttelnd und legte die Akte weg, in der er gerade geblättert hatte. »Kleiner Teufel, was?«

»Hier steht noch etwas von Kontrolle und Chaos. Moment«, betonte Swantje, »ich zitiere: ›Die Handschriftanalyse deutet auf eine komplexe Persönlichkeit hin, die zwischen Kontrolle und Chaos balanciert. Der Täter könnte ein hochintelligenter, aber emotional instabiler Mensch sein, getrieben von einem starken Gerechtigkeitsempfinden, das mit seiner persönlichen Weltanschauung verflochten ist. Seine Handschrift zeigt nicht nur Wut und Aggression, sondern auch Anzeichen von Verletzlichkeit und innerer Zerrissenheit.‹«

»Das will der Grafologe aus drei profanen Wörtern herausgelesen haben? Nicht dein Ernst!«

»Manchmal reicht sogar ein Wort.«

»Beeindruckend, aber im Moment wenig hilfreich«, brachte es Henry auf den Punkt. »Zudem stelle ich mir die Frage: Welcher Mörder ist nicht unberechenbar, emotional instabil und hat Chaos im Kopf?«

Die DNA-Analyse kam eine Stunde später aus dem Labor. Es wurden am Tatort Genspuren gefunden, die eindeutig Onno Dierken zugeordnet werden konnten, und darüber hinaus unzählige Mischspuren, die einzeln nicht identifizierbar waren. Kein Wunder, handelte es sich doch um ein Café, in dem sehr viele Menschen ein und aus gehen.

Fast zeitgleich mit der Analyse traf auch die Akte von Onno Dierken ein. Swantje Brandt und Henry Olsen zogen sich in ein derzeit nicht genutztes Büro zurück, um sie in Ruhe studieren zu können.

Bis zum Zeitpunkt der Tötung seiner damaligen Lebensgefährtin hatte Onno Dierken ein unauffälliges Leben geführt. Er war Koch gewesen und hatte mit seiner kleinen Familie in einer Zwei-Zimmer-Einliegerwohnung im Souterrain eines Einfamilienhauses gelebt. Zuletzt war er in der Karl-Wagner-Straße im Ostdorf gemeldet gewesen. Bei der Verurteilung hatte sich das Gericht in Aurich hauptsächlich auf Indizien gestützt. Onno Dierken habe seine Partnerin Elke Neuhaus, die eine Tochter mit in die Beziehung gebracht hatte, im Streit erschlagen.

Er selbst erzählte eine andere Version, an der er bis zuletzt festhielt: Seine Freundin habe ihn nach einem gemeinsamen Kneipenbesuch in der Strandstraße im Streit geohrfeigt. Zu dem Zeitpunkt seien sie schon getrennt gewesen. In dem Streit ging es um Geld und um das Sorgerecht für Elkes Tochter Laura. Onno Dierken wollte das Sorgerecht für sie erwirken und mit ihr bei seiner Mutter in der Frühstückspension leben, weil seine Lebensgefährtin angeblich zu viel trinken und sich zu wenig um Laura kümmern würde. Er habe Elke Neuhaus geschubst, um einen weiteren Schlag, zu dem sie bereits ausgeholt habe, abzuwehren. Dabei sei sie gestürzt und mit dem Hinterkopf unglücklich auf dem Bordstein aufgeschlagen. Sie sei wieder einmal stark betrunken gewesen. Elke Neuhaus habe viel Blut verloren und sei später im Krankenhaus an einer Hirnschwellung gestorben. Er habe noch erste Hilfe geleistet und den Rettungsdienst gerufen.

»Warum wurde er dann so hart bestraft?«, fragte sich Swantje selbst.

Henry rückte seine Lesebrille zurecht. »Es gab Zeugen, die teils widersprüchliche Aussagen gemacht haben. Die Strandstraße war wegen der Herbstferien in Niedersachsen und Nordrhein-Westfalen noch recht bevölkert gewesen. Und zwei Zeugen hatten es unabhängig voneinander so geschildet, dass Onno Dierken seine Freundin hart gegen den Kopf geschlagen habe und sie daraufhin gestürzt sei. Allerdings war die Stelle, an der es passiert war, kaum beleuchtet gewesen. Die nächste Straßenlaterne war einige Meter entfernt.«

»Sie könnten sich also geirrt haben«, sagte Swantje und stützte ihr Kinn auf.

»Das könnten sie, ja.«

»Was haben andere Zeugen ausgesagt?«

»Es liegt noch die Zeugenaussage eines Ehepaares vor. Beide haben die Lage so beurteilt, dass der Beschuldigte die Frau lediglich geschubst habe und sie auf den Kopf gefallen sei.«

»Hm«, machte Swantje. »Dann wundert mich wirklich, warum er zu so einer langen Haft verurteilt wurde.«

»Na ja, er erschien dem Gericht wohl wenig glaubhaft, weil er sehr unsympathisch aufgetreten ist«, bemerkte Henry.

»Inwiefern?«

»Er wurde ausfällig, war unbeherrscht und provozierend. Er hat das Gericht als ›Saftladen‹ beleidigt, den Richter als ›Marionette‹ und die Staatsanwältin sogar als ›Muschi‹.«

»Das war unklug von ihm. Aber wahrscheinlich fühlte er sich tatsächlich unschuldig und komplett an die Wand gedrängt. Ach, was ich dich fragen wollte: Warst du schon einmal in einem Luxushotel?«, erkundigte sich Swantje und sah Henry herausfordernd von der Seite an.

»Nee, du?«

»Wir werden uns gleich eins anschauen.«

»Wozu soll das gut sein?«

»Lass dich überraschen. Wenn wir Glück haben, haben wir gleich vielleicht ein weiteres Puzzleteil.«

An der Rezeption des Strandhotels Kurhaus Juist stellten sich Swantje und Henry mit ihren Dienstausweisen vor. Swantje fragte mithilfe von Fotos, die sie aus den sozialen Medien heruntergeladen hatte, nach den drei vermissten Frauen und wollte wissen, ob sie Hotelgäste seien.

Der Angestellte erkannte sofort zwei von ihnen. »Ja, Frau Bönninger und Frau Franz waren vor etwa 20 Minuten bei mir, um Massagen zu buchen.«

Verwundert zog Swantje die Augenbrauen hoch. »Massagen? Alle drei? Auch die junge Frau mit den schwarzen Haaren?«

Der junge Mann sah näher hin. »Ich bin mir nicht sicher. Wer soll das sein?«

»Ihr Name ist Dana Weghorst.«

»Dana Weghorst? Augenblick, ich sehe mal im System nach.« Bedauernd schüttelte er kurz darauf den Kopf. »Nein, tut mir leid, Frau Weghorst ist kein Hotelgast«, sagte er. »Ich kann sie im System nirgends finden. Meines Wissens hat sie hier noch nie eingecheckt.«

»Auch nicht vor zwei Tagen?«, fragte Swantje dennoch nach.

»Tut mir leid!«

»Und die beiden anderen Damen – wo finde ich sie? Es ist äußerst dringend!«

»Frau Franz und Frau Bönninger belegen zusammen ein Premium-Doppelzimmer. Ich sehe gerade, sie müssten momentan auf dem Zimmer sein. Die Massagen sind für heute um 11.20 Uhr gebucht.«

Der Angestellte nannte ihnen die Zimmernummer und beschrieb den Weg in die zweite Etage. »Wenn Sie möchten, kann Sie gerne jemand begleiten.«

»Nicht nötig, danke Ihnen, wir finden den Weg.«

Die Ferienwohnung war klein, offensichtlich ein Anbau, und lag versteckt in einem Garten, in dem es einen Goldfischteich, Liegestühle und einen Strandkorb gab. Der Rentner Gerhard Kromm und seine Frau Ursula saßen vor ihrem Bungalow in der Sonne und tranken Kaffee.

Marvin trat mit forschem Schritt auf sie zu, gefolgt von Torben. »Guten Tag, mein Name ist Gissemann von der örtlichen Polizeidienststelle. Das hier ist mein Kollege Torben

Dankwort.« Er deutete auf den deutlich muskulöseren Polizeibeamten. »Sind Sie Herr Gerhard Kromm?«

Der Senior sah den Beamten wachsam an und nickte.

»Sie waren gestern auf der Wache und haben Ihr Handy als gestohlen gemeldet, ist das richtig?«

Ursula Kromm antwortete anstelle ihres Mannes. »Wir wissen nicht genau, ob es gestohlen wurde. Wir haben einen Spaziergang am Strand entlang gemacht und in der Domäne Bill etwas gegessen und Kaffee getrunken. Gerhard hat noch mit unserem Sohn und unserer Tochter telefoniert und Fotos verschickt. Auf dem Rückweg war sein Handy plötzlich weg. Er hat es überall gesucht. Wir sind sogar den Weg zurück zum Ausflugslokal noch einmal abgelaufen und haben das Personal gefragt, ob das Handy vielleicht abgegeben worden ist, aber dem war leider nicht so. Deshalb vermuten wir, dass es jemand eingesteckt hat. Mein Mann könnte es aber auch verloren haben. Er ist manchmal etwas tüdelig und …«

»Was war das für ein Handy?«, fiel ihr Marvin ins Wort.

»Habe ich der Polizei doch schon gesagt. Ein älteres Modell, mit Prepaidkarte. Das benutzt er ausschließlich im Urlaub. Zu Hause braucht er keins, wir haben einen Festnetzanschluss. Mein Mann ist altmodisch, was Technik anbelangt. So ein modernes Smartphone möchte er nicht haben, damit würde er sowieso nicht zurechtkommen. Aber warum haben Sie sich extra zu uns auf den Weg gemacht? Kommt so etwas öfter auf Juist vor? Gibt es hier Banden, die die Urlauber bestehlen? Obwohl ich ja der Meinung bin, dass er sein Handy auf dem Spaziergang verloren hat.«

»Bestimmt nicht!«, warf Kromm entrüstet ein.

Marvin wandte sich direkt an Gerhard Kromm. »Können wir Sie bitte allein sprechen?«

»Wir können reingehen«, schlug der Rentner vor und legte

seiner Frau beruhigend die Hand auf die Schulter. »Bis gleich, Schatz!«

Marvin und Torben folgten dem Mann, der ihnen höchstens bis zur Brust ging, in die Ferienwohnung. Sofort standen sie in einem schmalen Mehrzweckraum, der als Küche, Ess- und Wohnzimmer genutzt wurde. Bevor sie sich an den Küchentisch setzten, räumte Gerhard Kromm Tassen und Prospekte beiseite. »Sehen Sie denn eine Chance, dass ich mein Handy wiederbekomme?«, fragte er mit bebender Stimme. »Es sind meine ganzen Fotos drauf, wichtige Erinnerungen, die ich nirgendwo sonst abgespeichert habe. Es ist ein großes Trauerspiel!«

»Das kommt ganz auf Sie an«, sagte Marvin. »Deswegen sind wir hier. Wir möchten Ihnen helfen.«

In Gerhard Kromms Augen blitzte etwas auf. »Wie denn?«, wollte er wissen.

»Versuchen Sie, sich zu erinnern, wen Sie in der Domäne Bill oder auch unterwegs am Strand gesehen haben. Rufen Sie sich jedes Detail in Erinnerung. Ist Ihnen jemand irgendwie aufgefallen?«

Kromm zuckte mit den Schultern. »Da fragen Sie mich was. Paare, Familien, mehrere ältere Frauen, die zusammen am Nebentisch saßen, Tee tranken und Windbeutel mit Schlagsahne aßen.«

»Was für Paare?«

»Sie glauben, es war ein Paar?«

»Das habe ich nicht gesagt. Also?«

»Ich erinnere mich an eine junge Frau, die zusammen mit einem Mann da war. Sie trug eine Mütze, obwohl sie in einem windgeschützten Bereich saß. Ihre Augen waren hinter einer riesigen Sonnenbrille verborgen, was mir auch seltsam vorkam, weil es auf der Terrasse schattig war. Ihre Arme, sogar ihre Hand, waren tätowiert. Wir mögen so etwas nicht. Meine Frau und ich haben uns später darüber unterhalten.«

Marvin verschränkte die Arme. »Und der Typ? Wie sah der aus?«

Gerhard Kromm seufzte. »Ich hab ihn nur von hinten gesehen, aber der hatte auch so eine Mütze auf«, sagte er naserümpfend. »Ein Mann mit Strickmütze mitten im Sommer? Komisch, das machen sonst nur Mädchen, die Angst um ihre Frisur haben. Mehr fällt mir nicht ein. Ja, doch, er humpelte, zog ein Bein nach, das ist mir aufgefallen. Sonst nichts. Ich habe mehr auf die junge Dame geachtet, weil ich sie interessanter fand. Die Kleine hatte ein top Figürchen.«

»Und die beiden kamen Ihnen verdächtig vor?«

»Ja, irgendwie schon.«

»Inwiefern?«, wollte Marvin wissen.

»Nur so ein Gefühl. Jemand anders kommt für mich nicht infrage.«

Torben sah sich um. »Hübsch haben Sie es hier. Praktisch mit dem Ausgang direkt in den Garten. Aber wirklich zu dumm mit dem Handy. So was versaut einem den ganzen Tag, nicht wahr?«

Der Rentner streckte ihm seinen knochigen Zeigefinger entgegen. »Nicht nur einen Tag, glauben Sie mir, nicht nur einen Tag! Aber gut, dass die Polizei auf Juist so aktiv ist. Das gibt es in Hannover schon lange nicht mehr. Die sollten sich mal ein Beispiel daran nehmen.«

Torben grinste. »Oh, danke, danke, ich gebe es weiter!«

»Glauben Sie, Sie schnappen die beiden?«

»Wir bemühen uns«, sagte Torben und strich sich über die frisch rasierte Glatze. »Holen Sie nun bitte Ihre Frau hinzu. Ihr möchten wir auch noch ein paar Fragen stellen.«

KAPITEL 27

Sie hätten den Fahrstuhl nehmen können, aber Swantje entschied sich für die Treppen – nicht nur, um in Bewegung zu bleiben. So konnte sie das Flair des historischen Gebäudes, das wegen seines prachtvollen Baustils auch »Weißes Schloss am Meer« genannt wird, auf sich wirken lassen.

»Sag mal, wie bist du auf dieses Hotel gekommen?«, fragte Henry mit bohrendem Blick, »bist du hellsichtig?«

»Nein, vielmehr war es weibliche Intuition«, sagte Swantje und lächelte vielsagend.

»Ich fasse es nicht. Ich habe mich schon gewundert, warum du mich ausgerechnet hierhergeschleppt hast. Meine Hoffnung, du wolltest mich womöglich verführen, scheint sich ja nicht zu erfüllen.«

»Von der gläsernen Kuppel aus soll man eine fantastische Aussicht auf die Insel haben«, lenkte Swantje ab. »Sie erinnert an die Kuppel des Berliner Reichstagsgebäudes und sorgt dafür, dass das ganze Hotel lichtdurchflutet wirkt.«

»Ich habe nur gelesen, dass das Hotel schon zur Zeit des Deutschen Kaiserreichs viele Gäste beherbergt hat – berühmte Persönlichkeiten, Politiker, aber auch betuchte Familien mit ihrem Gefolge, wie Dienst- und Kindermädchen. Es galt damals schon als schick, modern und fortschrittlich. Schließlich verfügte es bereits vor über hundert Jahren über Dampfheizung und elektrisches Licht, fließendes Wasser und zum Teil sogar über Badezimmer. Etwas ganz Besonderes für eine Nordseeinsel im Jahr 1898. Nicht auszudenken, wer vor uns schon alles über diese Treppen geschwebt ist.«

Sie fanden den Trakt, in dem sich das Zimmer der beiden Frauen befand, auf Anhieb und klopften an eine weiße Kassettentür mit goldenen Türgriffen.

Von drinnen ertönte eine resolute Frauenstimme. »Es passt gerade nicht! Das habe ich Ihnen vorhin schon gesagt. In einer halben Stunde vielleicht.«

»Hier ist nicht der Zimmerservice«, rief Swantje zurück. »Machen Sie bitte auf, Polizei!«

Es dauerte ein paar Sekunden, bis die Tür einen Spaltbreit geöffnet wurde. »Polizei?«, fragte eine große schlanke Frau. Sie steckte in einem weißen Bademantel, dessen Bindegürtel sie sich rasch festband. »Warum denn das?«

»Wir sind von der Kriminalpolizei.« Swantje wies sich aus. Henry tat es ihr nach. »Und wer sind Sie?«

»Ich bin Simone Franz. Ich bin hier zusammen mit meiner Freundin Silke Bönninger.«

»Dürfen wir hereinkommen?«

Silke Bönninger kam gerade aus dem Bad. Sie war ebenfalls in einen flauschigen Bademantel gehüllt und hatte ein Handtuch um den Kopf gewickelt. »Kriminalpolizei? Warum denn das?« Simone Franz wich erschrocken zurück, ließ die Beamten ins Zimmer und schloss schnell die Tür hinter ihnen.

Henry sah sich in dem hübschen Erkerzimmer mit Meerblick um. Weißes Mobiliar, ein Flügelfenster mit goldenen Griffen, ansonsten sanfte Farbtöne, die augenblicklich eine Wohlfühlatmosphäre erzeugten.

»Wir gehen einer Vermisstenanzeige nach«, erklärte Swantje ruhig und stellte sich nun auch der zweiten Dame vor.

»Einer Vermisstenanzeige? Wer wird denn vermisst?«, fragte Silke Bönninger argwöhnisch. Ihr Bademantel war etwas zu knapp, sodass ihre großen Brüste nur halb bedeckt waren.

»Sie!«, presste Henry mit unbewegter Miene hervor.

»Ich?«, fragte Silke begriffsstutzig.

»Sie beide! Sie sind doch in der Pension Annis Ankerglück untergebracht.«

»Ja und? Darf man sich nicht mehr frei bewegen? Ist es verboten, für zwei Tage das Quartier zu wechseln?«

Henry räusperte sich. Er vermied es, Silke Bönninger in den etwas knitterigen Ausschnitt zu sehen. »Verboten nicht, aber wenn Sie sich bei Frau Dierken abgemeldet hätten, dann müssten wir jetzt nicht nach Ihnen suchen. Die Betreiberin der Pension ist in großer Sorge um Sie.«

Die Frauen sahen sich entgeistert an, als wäre ihnen diese Möglichkeit gerade erst bewusst geworden.

»Warum haben Sie überhaupt die Unterkunft gewechselt?«, wollte Henry wissen.

»Na, sehen Sie das nicht?« Simone Franz hatte ihre Sprache wiedergefunden. »Schauen Sie sich doch mal um. Wie schick ist das denn hier bitte! Wir haben eine Kaffeemaschine, ein luxuriöses Badezimmer mit Wellnessdusche und – was für uns entscheidend war – ein megabequemes Queensize-Boxspringbett! Für eine Woche können wir uns dieses Träumchen nicht leisten, aber für zwei Tage geht es schon mal. Man gönnt sich sonst nichts.« Sie zwinkerte ihrer Freundin zu.

Henry ließ zweifelnd seinen Blick schweifen. »Sie haben nicht einmal Gepäck mitgenommen«, erwähnte er. »So spontan war Ihre Unternehmung?«

»Wir wollten einfach nur mal gut schlafen. Was stört Sie denn daran? Darf man in diesem Land gar nichts mehr?«

»Natürlich dürfen Sie. Wie gesagt, Sie hätten sich abmelden können, und gut ist. Das wäre freundlich und respektvoll gewesen. Damit hätten Sie uns und Frau Dierken von der Pension Annis Ankerglück viel Arbeit, Aufregung und Mühe erspart«, stellte Henry klar.

»Es war wirklich spontan«, behauptete Silke Bönninger. »Wir haben jemanden kennengelernt, der uns diesen Tipp gegeben hat. Und wozu braucht man viele Klamotten für zwei Tage? Ein bisschen was hatten wir dabei, weil wir ein professionelles Shooting am Strand hatten. Danach sind wir beide noch shoppen gewesen und haben uns für abends schicke Fummel gekauft. Kosmetika, Handtücher und so weiter bekommen wir hier. Sogar Zahnbürsten und Zahnpasta. Mehr brauchen wir nicht. Wir wollen nur relaxen, und das kann man am besten den ganzen Tag im Bademantel. Einfach mal machen, dem Bauchgefühl folgen und genießen. Das Leben ist so kurz. Was kann daran falsch sein?« Sie strahlte die Beamten mit ihren künstlich aufgehellten Zähnen entwaffnend an.

»Wer ist denn der Typ, den Sie kennengelernt haben?«, fragte Swantje.

»Das müssen wir Ihnen nicht sagen.«

Henry zeigte ein Foto auf seinem Handy. »Vielleicht doch. Wir ermitteln in einem Kriminalfall. Kennen Sie diesen Mann?«

Silke und Simone betrachteten die Aufnahme eingehend. In ihren Gesichtern war zu lesen, dass Henry mit seiner Vermutung recht hatte.

»Das ist doch Onno«, sagte Silke schließlich, wechselte einen Blick mit Simone und schluckte.

Simone stimmte ihr zu. »Ja, Onno Dierken. Was ist mit ihm? Warum zeigen Sie uns das Bild?«

»Also ist Onno Dierken der Unbekannte, der Ihnen diesen Tipp gegeben hat.«

Beide Frauen nickten.

»War er mit Ihnen hier auf dem Zimmer?«

Silke Bönninger presste den Mund zusammen. Ihre Wangen glühten.

»War er es, der die Fotos von Ihnen am Strand gemacht hat?«

»Was ist mit ihm?«, wiederholte Simone Franz.

»Er wird gesucht. Dierken ist dringend verdächtig, schwere Straftaten begangen zu haben. Wir müssen Sie warnen: Onno Dierken ist gefährlich.«

»Himmel«, sagte Simone, griff nach dem Ärmel ihrer Freundin und schien das Gleichgewicht zu verlieren. Beide Frauen setzten sich auf die Bettkante.

»Wann haben Sie Onno Dierken das letzte Mal gesehen?«, fragte Henry, der nun damit rechnen konnte, relevante Informationen zu bekommen.

»Gestern war das«, sagte Simone mit rauer Stimme. Sie griff zum Wasserglas, das neben ihrem Bett stand, und trank es zur Hälfte leer.

»Am Sonntag haben Sie hier eingecheckt. War Onno Dierken mit dabei?«

»Nicht sofort.«

»Ist er mit Ihnen aufs Zimmer gegangen?«

»Nicht direkt, aber er kam später noch dazu«, antwortete Simone Franz tonlos.

»Lustige Rentner, was?«, feixte Torben beim Rückweg durch das Inseldorf.

»Lustig?«

»Ja, ich fand es ziemlich komisch, wie verwundert die waren, dass wir sie wegen eines verloren gegangenen Handys in ihrer Unterkunft aufsuchen. Die Gesichtsausdrücke von den beiden, als wir in Uniform bei denen auf der Terrasse aufkreuzten, werde ich nicht vergessen. Haha, zu lustig!«

»Es ist generell leichter, es mit Bürgern zu tun zu haben, die nicht viel nachfragen«, bemerkte Marvin. »Das ist schließlich unsere Aufgabe.«

»Hast du klasse gelöst, eben. Warst die Ruhe selbst. Die Leutchen hatten das Gefühl, von dir ernst genommen zu werden. So muss das sein. Obwohl es sich nur um ein uraltes Handy handelt, das unsereins längst entsorgt hätte.« Torben packte ein schwarzes Herrenfahrrad, das mitten im Weg stand, hob es hoch, als wäre es ein Kinderdreirad, und wuchtete es in den dafür vorgesehenen Ständer. »Sag mal, Bro, wann wollen wir denn mal wieder zusammen trainieren? Du warst schon länger nicht mehr im TöwerVital. Hat doch immer Spaß gemacht, sich beim Hanteltraining ein wenig zu messen, oder?«

»Dir hat es vor allem Spaß gemacht«, bemerkte Marvin mit einem süffisanten Grinsen, »du konntest mich an allen Stationen schlagen. Deine Gewichte werde ich vermutlich nie erreichen.«

»Komm schon, Bro«, Torben knuffte ihn in den Oberarm, »das hat dir doch früher nichts ausgemacht. Du machst dich rar in der letzten Zeit. Was geht ab bei dir?«

Marvin schaute beim Gehen auf seine Fußspitzen. »Ach, irgendwas ist immer. Meine bessere Hälfte, die ich nicht mehr zufriedenstellen kann und die sich oft überfordert fühlt, die Kids, die immer anstrengender werden, dann der Umbau unseres Hauses, du weißt ja, dass unsere Wohnung für uns vier langsam zu eng wird und wir definitiv mehr Platz brauchen, aber all das verschlingt Zeit, viel Zeit, die ich nicht habe. Ich müsste mich vierteilen.«

»Was macht eigentlich die Renovierung? Geht es langsam voran?«

Marvin winkte ab. »Es ist eine Endlosschleife. Ich hoffe, wir haben irgendwann mal wieder Ruhe. Es reicht langsam!« Er rollte mit den Augen.

»Das glaube ich. So etwas kann einen echt fertigmachen. Aber irgendwann bist du froh, wenn du es geschafft hast.«

»Okay«, sagte Marvin gedankenverloren, und dann, nach einer Weile: »Was meinst du, der hinkende Typ mit der Mütze war eindeutig Onno Dierken, und das Mädel, jo, könnte wohl diese Dana sein, oder? Die verschwundene Studentin. Vielleicht haben die was miteinander, aber niemand soll es merken. Wahrscheinlich ist dem Mädchen die Affäre mit dem älteren Kerl peinlich.«

»Ob Dierken wirklich das Handy geklaut hat?«, fragte sich Torben.

»Keine Ahnung. Vielleicht brauchte er eins?«

»Klingelt's nicht bei dir? Uraltes Handy, Entführung, Erpressung?«

»Du meinst …?«

»Könnte doch sein, oder?« Torben strahlte seinen Kollegen mit seinen sehr weißen Zähnen an.

»Das wäre ja ein verrückter Zufall.«

Torben knuffte ihn in den Oberarm. »Du, dann haben wir ja mal eine brauchbare Spur, was meinst du? Unsere LKA-Tussi wird Augen machen. So weit ist die in ihren Ermittlungen sicherlich noch längst nicht. Oh, geil, Mensch Alter, du bist der Hammer! Komm, lass uns ein Eis holen, da vorne gibt's lecker Softeis!«

»Wir wussten nicht, dass er gefährlich ist«, betonte Simone. Wut und Enttäuschung standen ihr ins Gesicht geschrieben.

»Wie auch? Wir fanden ihn nett! Er war lieb und empathisch und hat uns am laufenden Band Komplimente gemacht. Das kennen wir so nicht von anderen Männern. Lachen konnten wir auch mit ihm.«

»Außerdem war er gut im Bett, ein toller Liebhaber«, ergänzte Silke und leckte sich in Erinnerung an das besondere Date über die Lippen. »Onno ging auf unsere Bedürfnisse ein, hat uns abwechselnd ein bisschen Wellness bereitet, wusste, was uns guttat. Nur Hotelmassagen sind auch nicht der Burner. Er war perfekt, zumindest für diese eine Nacht. Na ja, insgesamt waren es zwei Nächte. Uns allen war klar, dass es danach nicht weitergehen würde. Nur für hier, aber das war schon, na ja …!« Sie strahlte. »Es war großartig!«

»Für uns ist es nicht mehr so einfach, Männer kennenzulernen«, sprach Simone Franz weiter. »In unserem Alter muss man damit leben, dass man langsam unsichtbar wird.«

»Sie hatten hier also Ihren Spaß miteinander«, brachte es Henry auf den Punkt. »Hat Dierken Geld dafür verlangt?«

»Geld? Natürlich nicht!«, empörte sich Simone. »Im Gegenteil, wir haben ihn eingeladen, die Nacht mit uns zu verbringen und uns beim Frühstück Gesellschaft zu leisten.«

»Wie lange haben Sie vor zu bleiben – also in diesem Hotel?«

»Bis morgen. Dann wollten wir zurück in die Pension. Am Samstag reisen wir ab.«

»Was sollen wir nun tun?«, fragte Silke vom Schreibtisch aus.

»Erst mal interessiert uns, was Sie mit Dierken ausgemacht haben. Wird er wiederkommen?«

»Nein, es war eine einmalige Angelegenheit. Meine Freundin und ich hatten keine Erfahrung mit Liebe zu dritt. Wir wollten das einmal ausprobieren, fanden den Gedanken daran immer schon aufregend. Wir werden ihn nicht wiedersehen.«

»Na ja, er ist der Sohn der Pensionswirtin. Vermutlich werden Sie sich in der Pension begegnen.«

»Nein, das sicher nicht«, betonte Silke. »Er wird verreisen, hat er gesagt.«

»Das stimmt«, sprach Simone weiter. »Gestern Morgen hat er uns in aller Früh verlassen, das war so gegen 6 Uhr. Er hat sich supernett von uns verabschiedet, uns Küsschen gegeben. Dann hat er gesagt, dass wir uns nicht wiedersehen werden. Wir waren beide richtig traurig, obwohl wir das ja selbst so wollten. Aber in dem Moment waren wir wie vor den Kopf geschlagen.« Simone Franz bewegte ihre Füße in den weißen Frotteeschlappen, als wollte sie am liebsten weglaufen.

»Wohin wollte er verreisen, wissen Sie das? Hat er Ihnen gesagt, was er vorhat?«

»Nein, mir nicht. Dir?«

Silke schüttelte den Kopf. »Das hat mich nicht interessiert«, sagte sie leise. »Für mich ist die Sache abgeschlossen.«

»Was sollen wir jetzt tun?«, fragte Simone. »Sie haben uns Angst gemacht, wissen Sie das? Wir hätten uns doch nie auf ihn eingelassen, wenn wir gewusst hätten, was er für ein Mensch ist!«

»Sie bleiben vorerst hier«, sagte Swantje. »Wir schicken jemanden vorbei, der unauffällig den Hoteleingang im Auge behält. Außerdem bekommen die Angestellten ein Foto von Dierken. Sie sollen uns sofort verständigen, sollte er im Hotel auftauchen. Und Sie öffnen bitte niemandem die Tür, solange Dierken flüchtig ist. Er könnte versuchen, bei Ihnen Unterschlupf zu finden.«

Simone glättete den Stoff ihres Bademantels. »Das glaube ich nicht.«

»Sicherheit gibt es im Moment leider nicht. Dierken steht unter Strom. Das macht ihn unberechenbar.«

»Die Hausdame wollte gleich wiederkommen«, fiel ihr ein. »Ich meine ja nur, weil wir niemandem öffnen sollten.«

»Dann hängen Sie bitte ein Schild vor die Tür, dass Sie heute keine Zimmerreinigung wünschen. Sie haben hier unsere Kontaktdaten.« Swantje legte ihre Visitenkarte auf den Tisch. »Machen Sie bitte davon Gebrauch. Wir bleiben in Verbindung.«

»Danke, dass Sie uns über Dierken aufgeklärt haben«, sagte Simone leise.

Swantje nickte. »Seine Mutter wird jedenfalls beruhigt sein, dass wir Sie gefunden haben. Wir werden sie gleich darüber in Kenntnis setzen.«

KAPITEL 28

Swantje und Henry beschlossen, einen Umweg über den Strand zu machen, der mit seinem feinsandigen karibisch weißen Sand direkt vor ihnen lag, als sie das imposante Kurhaus-Hotel verließen.

»Wenigstens sind zwei von drei Frauen wieder da«, sagte Henry erleichtert, »gesund und munter. Ein Problem weniger. Noch schöner wäre es, wenn sich das Verschwinden der Studentin genauso aufklären würde. Vielleicht ging es ihm auch bei ihr nur um Sex. Aber vielleicht dämmert ihm inzwischen, dass eine Geiselnahme die blödeste Idee ist, um zu einem Startkapital zu gelangen.«

»Eben. Laut Akte hat Onno Dierken eine eher überdurchschnittliche Intelligenz. Und eine Geiselnahme in der heutigen Zeit ist einfach saudumm. Mich wundert nur, dass Bönninger und Franz ihn als empathischen Menschen beschrieben haben, mit dem sie Spaß haben, reden und lachen konnten. Dierken als leidenschaftlicher und einfühlsamer Liebhaber? Das passt nicht zu dem Bild, das wir bisher von ihm hatten. Irgendwie ergibt das für mich alles im Moment keinen Sinn.« Henry machte einen Bogen um einen etwas größeren Krebs, der noch recht lebendig schien, und sprang über eine Qualle. Er trug schwarze Sneakers, passend zu seiner schwarzen Jeans und dem T-Shirt in gleicher Farbe. »Seine Mutter hat ihn ja auch anders beschrieben«, bemerkte er noch.

»Sie ist seine Mutter. Es ist klar, dass sie eine andere Sichtweise hat. Die Beschreibung der beiden Frauen ist für mich relevanter. Auch ich muss mein Bild von ihm neu zusammensetzen.«

Der Sand unter ihren Füßen wurde fester, und sie konnten etwas an Tempo zulegen.

»Wie ist das Verhältnis zu seiner Mutter?«, fragte Henry, nachdem sie das Kurhaus-Hotel längst hinter sich gelassen hatten. »Geht irgendwas darüber aus der Akte hervor?«

»Du meinst, ob Anni Dierken in Gefahr ist?«

Henry verzog seinen Mund. »Weiß man's? Immerhin hat sie ihn angezeigt. Onno wird davon wissen. Egal, wo er sich derzeit versteckt hält, er bekommt die Jagd auf ihn mit. Er sieht die Polizei, spürt die Aufregung. Er wird ausgegrenzt, von den Insulanern gemieden. Dierken hat keine Freunde auf Juist und wird wohl auch keine mehr finden. Er fühlt sich verfolgt, steht unter massivem Druck. Was macht so einer, wenn er weder ein noch aus weiß?«

Swantje wusste, worauf er hinauswollte. »Also besser heute Nacht Posten beziehen vor Annis Ankerglück?«

Henry nickte. »Vielleicht meldet sich ja einer der Juister Kollegen freiwillig dafür.«

Auf der Polizeiwache in der Carl-Stegmann-Straße stieß der Vorschlag mit der Nachtwache auf wenig Gegenliebe.

»Ich muss leider passen«, sagte Marvin Gissemann zerknirscht. »Die beiden Knirpse zu Hause sind zurzeit fordernder als mein Job. Junior eins ist motzig drauf, weil ein Backenzahn durchbricht, und Junior zwei versteht nicht, warum die Nacht zum Schlafen da ist. Yvonne ist reif für die Klapse, wie sie mir jeden Tag vorjammert. Schwierig. Wir streiten zurzeit viel, leider auch vor den Kids. Woran ich nicht unschuldig bin, muss ich zugeben, denn ich mute ihr gerade ziemlich viel zu mit den permanenten Überstunden.«

»Herr Gissemann, was war eigentlich los, warum haben Sie nicht zurückgerufen? Ich habe die ganze Zeit auf Ihren Rückruf gewartet«, sagte Swantje, die auf sein Gejammer nicht eingehen wollte.

Marvin schlug sich gegen die Stirn. »Damn!«, rief er aus. »Das habe ich völlig vergessen. Meine Frau rief an, sie weinte am Telefon, war mit den Nerven am Ende. Sie wollte unbedingt ihre Mutter fragen, ob sie für ein paar Tage zu uns kommen kann, das möchte ich aber nicht. Meine Schwiegermutter ist die Letzte, die ich in meiner Nähe gebrauchen kann, das habe ich ihr auch gesagt. Sie ist die Dramaqueen in Person, mischt alles auf. Meine Frau und ich haben deswegen gestritten, und darüber habe ich leider die Kinder von Hajo Flemming völlig vergessen. Ich checke das sofort für Sie. Wie hießen seine Söhne noch mal?«

Swantje winkte ab. »Schon in Ordnung, ich erledige das selbst. Nur, kurze Frage, Herr Gissemann, wo waren Sie eigentlich, als der Befund vom Grafologen kam? Darüber hätte ich gerne auch mit Ihnen persönlich gesprochen. Dann hätte ich Sie direkt wegen der Observation fragen können und hätte Ihnen nicht hinterhertelefonieren müssen.«

»Ich musste kurz außer Haus. Etwas für meine Frau in der Apotheke besorgen. Ich habe mich bei Herrn Jonker abgemeldet. Der wusste Bescheid.«

»Was ist mit Ihnen, Herr Jonker, könnten Sie die Observation übernehmen?«

Sebastian Jonker schob ebenfalls sein kränkelndes Kleinkind vor. »Die erste fiebrige Erkältung«, stöhnte er, »ich kann Marvin gut verstehen. Meine Frau schafft das auch nicht allein.«

»Na, da seid ihr zwei euch ja einig«, meinte Swantje, die sich kaum noch an die Kinderkrankheiten ihrer Tochter erinnern konnte und wollte. »Dann machen wir das eben selbst!«

Vor dem Beginn ihrer nächtlichen Observation ruhten sich Swantje und Henry für eine Stunde in der Ferienwohnung aus, aßen mitgebrachte Heringsbrötchen, dazu einen Salat und tranken alkoholfreies Weizenbier. Zuvor hatten sie im polizeilichen Intranet nach Lars und Martin Flemming gesucht und ein paar Nachforschungen angestellt. Sie hatten herausbekommen, dass Lars Flemming seit über 20 Jahren wegen einer geistigen Beeinträchtigung und Suizidgefahr in einer geschlossenen psychiatrischen Einrichtung in Aurich lebte und deshalb für die Tat nicht infrage kam. »Trotzdem würde ich ihn gerne kennenlernen, um mir ein Bild zu machen«, sagte Swantje. »Ob wir wohl einen Besuchstermin bekommen?«

»Wir können uns darum bemühen, wenn wir hier nicht weiterkommen. Im Moment stehen wichtigere Dinge an. Die interessantere Figur ist für mich Martin Flemming. Er hat ebenfalls vor mehr als 20 Jahren seine Heimat verlassen, um sich bei der Bundeswehr für mehrere Jahre zu verpflichten. Mehrfach hat er seinen Wohnsitz gewechselt, war zuletzt als Soldat in Munster in der Lüneburger Heide stationiert. Danach wollte er sich, wie ich auf Rückfrage in Munster erfahren habe, in Frankreich bei der Fremdenlegion melden, doch es verlor sich seine Spur. Ob er jemals in Frankreich angekommen ist und wie sein Weg weiterging, liegt im Dunklen. Die Fremdenlegion operiert bekanntermaßen im

Geheimen. Da sind selbst unsere Mittel äußerst bescheiden, auch nur winzige Einblicke in deren Strukturen und Pläne zu bekommen. Vielleicht fühlte sich Martin Flemming als getriebener Jugendlicher, der zu Hause wenig Struktur fand und dem es an Selbstbewusstsein fehlte, zu solchen Gruppen hingezogen. Vielleicht fand er dort Halt und Kraft, die ihm zu Hause fehlten. Dazu passt meiner Meinung nach auch die Aussage des Pferdepflegers Werner Rübsamen, der behauptete, Martin sei immer schon ›ein bisschen anders‹ gewesen, rebellisch und aufmüpfig. Als Jugendlicher habe er sich wertlos und überflüssig gefühlt. Er wollte nach der Trennung seiner Eltern nichts mehr mit seinem Vater zu tun haben und hat sich nie wieder auf dem Reiterhof blicken lassen, seitdem Hajo dort mit seiner neuen Frau zusammenlebte. Der Streit wird irgendwann infolge der Trennungsgeschichte eskaliert sein. Werner Rübsamen bestätigte eben am Telefon meine Vermutung, dass der Kontakt zwischen Martin und seinem Vater danach komplett abgebrochen ist.«

»Ich hoffe, Hajo Flemming gelangt in den nächsten Tagen wieder zu vollem Bewusstsein, damit wir ihn befragen können«, äußerte Swantje. »Wir brauchen seine Aussage. Im Netz kommen wir nicht weiter, und Zeugen scheint es außer Werner Rübsamen nicht zu geben, die beide Jungs persönlich kennen. Auch Helge Meier nicht. Den habe ich vorhin telefonisch befragt.«

Henry nickte. »Auch wenn Onno Dierken unser Hauptverdächtiger ist, lässt mich der Gedanke nicht los, dass es jemand aus dem Familienkreis sein könnte, der zumindest für den Mord an Susanne Flemming verantwortlich ist. Die meisten Morde geschehen nun einmal innerhalb der Familie. Da geht es um Neid, Eifersucht, Rache, verletzte Gefühle, die oft bis in die Kindheit zurückreichen. Und gerade, weil wir nun wissen, dass es in der Familie Flemming nach einem eskalierten Streit zu einem Kontaktabbruch kam, dürfen wir diese Spur nicht vernachlässigen.«

»Bisher gibt es nicht den geringsten Anhaltspunkt dafür, dass sich Lars oder Martin Flemming auf der Insel befunden haben oder noch befinden«, bemerkte Swantje. »Und ehrlich gesagt glaube ich nicht, dass wir diese Spur weiterverfolgen sollten. Wir haben es nicht allein mit einem Mord, sondern zudem mit einem Entführungsfall zu tun. Es geht um eine beträchtliche Lösegeldforderung.«

»Meiner Meinung nach schließt das eine das andere nicht aus. Angenommen, Martin ist nach langer Odyssee nach Juist zurückgekommen. Was wird er dringend brauchen? Eine Wohnung. Dafür benötigt er Mittel. Er braucht Geld, reichlich Geld, denn er will ein neues Leben anfangen. Und dann geht es ihm noch um etwas anderes. Er will Rache üben, besorgt sich eine Waffe, erschießt die Frau, die sich vor Jahrzehnten in das Leben seiner Mutter gedrängt hat …«

»Woher weißt du, dass sich Susanne Flemming in das Leben seiner Mutter gedrängt hat?«

»Es könnte doch sein. Susanne Flemming war nicht seine leibliche Mutter. Aber wer ist seine leibliche Mutter? Hajo Flemmings erste Frau? Wo ist sie abgeblieben? Wohnt sie noch auf Juist, hat sie ein weiteres Mal geheiratet? Wie auch immer die Umstände damals waren, Martin wird vermutlich als Heranwachsender darunter gelitten haben.«

Swantje schüttelte den Kopf. »Millionen Kinder und Jugendliche teilen das gleiche Schicksal und kommen als Erwachsene nicht auf die Idee, den neuen Lebenspartner ihrer Mutter oder ihres Vaters auszulöschen, weil sie vor vielen Jahren unter der Situation gelitten hatten, auch wenn sie es gedanklich vielleicht hin und wieder durchgespielt hatten.«

»Unter Millionen gibt es den einen, der so etwas dann tatsächlich in die Tat umsetzt. Zumal Martin Flemming als Soldat das Schießen gelernt hat«, überlegte Henry.

»Ich kann dir folgen. Aber Onno? Was ist mit ihm? Der wurde gesehen im Strandcafé.«

»Was nichts bedeuten muss. Onno Dierken kann einfach als Gast dort etwas getrunken haben.«

»Du hast recht«, sagte Swantje seufzend. »Das bringt uns nicht weiter, es sei denn, wir finden Onno und er verstrickt sich in Widersprüche.«

»Er wird gelernt haben zu taktieren. Wenn wir ihm die Tat nicht nachweisen können, wird es schwierig werden.« Henry trank sein Bier aus und ging in die Küche, um eine kleine Provianttasche für die Nacht zu packen.

In den ersten Stunden der Nachtwache vertrieben sich Swantje und Henry die Zeit mit Anekdoten aus ihren Dienststellen. Doch nach Einbruch der Dunkelheit machte sich eine quälende Langeweile breit.

»Wie ich das schon als junger Polizist gehasst habe«, sagte Henry gähnend. »Observationen waren nie mein Ding. Stundenlang in der Dunkelheit in einem Auto warten, das im Winter schnell auskühlt, stets die Umgebung im Blick, massenhaft Kaffee und Cola trinken, um wach zu bleiben, ohne aufs Klo gehen zu können, und sich in Geduld üben, die steifen schmerzenden Gelenke ignorieren, Kopf- und Nackenschmerzen … Nee, das brauche ich eigentlich gar nicht mehr. Je älter ich werde, desto mehr ruft irgendwann das Bett. Und gegen diese Schwerkraft anzukämpfen, kostet mich mehr Energie, als einen großen Typen zu überwältigen.« Er lachte sein typisches Lachen tief aus dem Bauch heraus, und Swantje stimmte mit ein. »Wie recht du hast«, sagte sie, »es gibt weitaus Aufregenderes. Besonders ärgerlich finde ich es, wenn du dir die ganze Nacht um die Ohren schlägst, um auf ein Ereignis zu warten, das möglicherweise nicht eintritt.«

Sie hatten das geschlossene Quad versteckt geparkt, aber so, dass sie den Eingang der Pension im Blick hatten – beschienen vom matten Licht einer Straßenlaterne. Sie beschlossen, abwechselnd zu wachen. Dann könnte jeder mal für ein paar Minuten die Augen schließen und sich entspannen. Das war zwar gegen die Regeln, doch das war ihnen im Moment egal. Die jüngeren Kollegen, denen normalerweise solche Aufgaben zufielen, hatten sich ja allesamt mit mehr oder weniger fadenscheinigen Ausreden aus der Verantwortung gezogen.

Swantje war kurz davor einzunicken, als ihr Diensthandy brummte. Meinert Richters Stimme holte sie sofort in die Realität zurück. »Wo seid ihr gerade?«

Sie nannte ihm ihren Standort.

»Der Erpresser hat gerade angerufen, mit einer KI-Stimme«, dröhnte es an ihr Ohr. »Augenblick, ich spiele die Aufnahme ab.«

Swantje stellte auf Lautsprecher und stieß Henry an, der trotz seiner Müdigkeit die ganze Zeit über wach geblieben war.

»Planänderung«, tönte es blechern durch das Telefon. »Die Scheine deponieren Sie morgen in einem schwarzen Müllsack an der Doornkaatbuddel. Rechte Bank neben dem Eingang. Werfen Sie den Sack hinter die Bank. Ich bin mit Dana Weghorst um 20 Uhr in der Nähe. Achtung, ich bin bewaffnet. Keine falsche Aktion, sonst wird Dana sterben.«

Die Aufnahme war zu Ende. An Richters Räuspern erkannte sie, dass er noch dran war.

Swantje sah zur Seite, um Henrys Reaktion mitzubekommen, aber der atmete nur tief durch.

Schließlich zupfte er sich an der Nase und holte hörbar Luft – ein Zeichen, dass er sich gesammelt hatte. »Da hat sich unser Hauptdarsteller aber eine schöne KI-Stimme ausgesucht«, bemerkte er ironisch. »Noch sind wir mit dem neuen Mist leider erkennungsdienstlich lost. Das wird er wissen, der Superheld. Und nutzt es aus.«

»Was meint er mit Doornkaatbuddel?«, hakte Swantje nach. Weil sie plötzlich schauderte, zog sie die Ärmel ihres dunkelblauen Pullovers über ihre Handgelenke. Sie wunderte sich, dass Henry trotz der kühlen Witterung lediglich eins seiner rockigen T-Shirts trug. Heute war es von den Scorpions, dunkelgrau mit dem aufgedruckten schwarzen Logo der Band zusammen mit einem Skorpion. Dazu trug er graue Jeans – glücklicherweise ohne Löcher.

»Damit ist der Wasserturm gemeint«, erwiderte Henry. Er hat die Form einer Schnapsflasche. Ich weiß, wo das ist. Er steht auf dem höchsten Punkt der Insel, einer Anhöhe. Von da aus hat er alles im Blick.«

»Wie ist Ihre Strategie?«, fragte Richter atemlos. »Das Geld ist bereits angewiesen. Bis morgen erwarten die Angestellten der Bank einen Geldboten aus Aurich. Uns wurde ein reibungsloser Ablauf zugesagt.«

»Wir machen es so, wie er es verlangt«, sagte Swantje mit vor Müdigkeit rauer Stimme. »Wir werden da sein und sehen, was passiert. Ich wüsste gerne, warum er sich ausgerechnet den Wasserturm ausgesucht hat. Dort sieht er weit, klar, aber es ist auch wie eine Falle. Nicht nur für uns, auch für ihn.«

»Vielleicht deshalb«, bemerkte Henry. »Er bekommt jede Bewegung mit und wird sich den Weg freischießen, wenn es anders nicht geht.«

»Haben Sie schon eine Funkzellenabfrage eingeleitet?«, wollte Swantje von Richter wissen.

»Natürlich, sofort. Warten Sie, gerade kommt eine Nachricht durch … Alles klar, er hat mit einem Prepaidhandy angerufen. Das Handy ist ausgeschaltet. Wahrscheinlich hat er es sofort weggeworfen.«

»Ich habe es befürchtet.«

»Wie läuft es bei Ihnen?«

»Alles ruhig«, sagte Swantje und hörte Henry leise seufzen.

»Okay, halten Sie uns auf dem Laufenden. Wie sicher sind Sie, dass Onno Dierken der Mann ist, den wir suchen?«

»Es gibt leider keine Sicherheit. Motive hätten auch Hajo Flemming, der Ehemann der Toten, der erst später in der Nacht von Freitag zu Sonnabend ins Krankenhaus nach Norden geflogen wurde und vorher Zeit gehabt hätte, seine Frau zu töten, oder Hein Asmussen, der politische Gegner von Susanne Flemming. Er hat kein Alibi für die Nacht. Mich würde es nicht wundern, wenn von allen dreien Genspuren im Lokal identifiziert werden könnten«, sagte Swantje und legte nach einer kurzen Abschiedsfloskel auf. »Wie Richter schon sagte, handelt es sich um ein Prepaidhandy, ein älteres Modell, das nicht internetfähig ist und nicht geortet werden kann.«

»Schlau vom Täter«, stellte Henry fest, schloss die Augen und legte die Hände in den Nacken.

»Es tut sich nichts«, stellte Henry Olsen resigniert fest. »Gähnende Langeweile. Quälende Stille. Seit Stunden sind alle Bordsteine hochgeklappt. Ich schlage vor, wir brechen ab.«

»Eine Stunde noch, Henry. Kopf hoch«, versuchte Swantje ihn zu motivieren, »dann wird es wieder hell. Wir müssen diese Möglichkeit nutzen. Onno kann nicht mehrere Tage lang untertauchen, ohne Spuren zu hinterlassen, dafür ist die Insel zu klein. Und sollte seine Geisel noch leben, muss er die ja irgendwie versorgen. Er muss in den kleinen Insel-Supermärkten einkaufen, eventuell eine Apotheke aufsuchen oder einen Drogeriemarkt. Überall haben wir seine Fotos verteilt. Die Angestellten wissen Bescheid und würden uns sofort benachrichtigen. Er hat auf Dauer keine Chance, uns zu entkommen.«

Henry sah sie unter halb geschlossenen Lidern an. »Eigentlich schade«, sagte er, »dass ich dir stundenlang so nahe sein darf und nur wenig davon habe. Dazu bin ich viel zu müde und auf der anderen Seite zu angespannt.«

Abrupt drehte sie den Kopf zu ihm hin. »Wie darf ich das verstehen?«

Er atmete tief durch. »So, wie ich es gemeint habe, Swantje. Ich habe seit Borkum oft an dich gedacht.«

Sie war geschmeichelt, wollte es aber nicht zeigen. Hoffentlich bemerkte er nicht ihre brennenden Wangen, aber dafür war es eigentlich zu dunkel im geschlossenen Quad. »Nun werde man nicht sentimental«, sagte sie spröde. »Wir haben zusammengearbeitet und anscheinend gut funktioniert. Der letzte Abend auf Borkum war nett. Wir haben uns gut unterhalten und konnten uns, glaube ich, auch ein bisschen öffnen. Mehr habe ich da jedenfalls nicht hineininterpretiert.«

»Schade«, sagte Henry und legte seine Hände auf das Lenkrad, als wollte er losfahren. »Ich dachte, weil du …«

»Weil ich … was?«

»Weil du dich an unserem letzten Abend extra für mich schick gemacht hattest. Jedenfalls habe ich das so empfunden. Das rote Kleid, die hohen Schuhe und so. Neu gekauft an unserem letzten Tag auf Borkum. Ich erinnere mich auch an einen roten Lippenstift, den ich vorher nie an dir gesehen habe. Sonst trägst du immer nur blau und weiß und schminkst dich nicht.«

Swantje lachte auf. »Also hör mal, das war dem Abschluss unseres Falls geschuldet. Den wollten wir feiern. Mehr war da doch nicht.«

»Mehr war da nicht? Das sehe ich anders«, sagte er seufzend und griff nach einer Wasserflasche. »Habe ich zumindest anders empfunden.«

KAPITEL 29

Donnerstag, 8. August, 4.30 Uhr

Seit Tagesanbruch durchkämmten Beamte mit schussfesten Westen und mit Mantrailerhunden das Gebiet rund um den Hammersee und um das Ausflugslokal Domäne Bill, in dessen Nähe das Handy des Erpressers eingeloggt gewesen war. Die Hundestaffel war extra aus Emden und Aurich auf die Insel gekommen. Ein Hubschrauber brummte über Juist, mal stehend, mal kreisend, unterstützt von Drohnen mit Wärmebildkameras, die die gesamte Insel scannten. Am Vortag schon hatten Kollegen Bodenproben und botanisches Material zur Auswertung ins Labor gebracht. Es herrschte Erleichterung darüber, dass Silke Bönninger und Simone Franz gefunden worden waren, doch von Dana Weghorst fehlte weiterhin jede Spur. Auch Onno Dierken blieb verschwunden. Swantje und Henry hatten mittlerweile Mühe, ihre Augen offen zu halten, hielten aber weiterhin Stellung vor der Pension Annis Ankerglück.

Es war kurz vor 6 Uhr, als Swantje einen Schatten vorbeihuschen sah. Durch das Adrenalin war sie schlagartig hellwach. Der Schatten bewegte sich auf den Eingang der Pension zu. Swantje stieß Henry an, der ruckartig ebenfalls eine aufrechte Sitzposition einnahm. »Ist er das?«, zischte er mit rauer Stimme, blinzelte angestrengt und hatte schon die Hand am Türgriff.

»Halt! Warte noch!« Sie stoppte ihn mit einer Geste und schaltete das Funkgerät ein. »Sicht auf den mutmaßlichen Täter«, murmelte sie. »Zielperson, genannt Z1, gesichtet vor dem Eingang der Pension Annis Ankerglück. Z1 bleibt vor dem Eingang stehen, zögert, dreht sich um, schaut in unsere Richtung. Möglich, dass er uns bemerkt hat.«

»Nein, er kann uns nicht sehen«, sagte Henry. »An dieser Stelle ist es zu dunkel. Außerdem sind die Scheiben getönt.«

»Was macht er da? Er hält etwas in der Hand.«

Henry drückte auf die Sprechtaste des Funkgeräts. »Achtung, er hat einen Gegenstand ins Gebüsch geworfen!«

»Eine Waffe?«, fragte Torben, der in dieser Nacht Dienst auf der Wache versah.

»Zugriff!« Henry schwang sich aus dem Quad und schlich in gebückter Haltung auf den Eingang zu, die Pistole griffbereit im Holster. Swantje folgte ihm mit Abstand.

»Polizei! Waffen nieder!«, schrie Henry. »Umdrehen und Hände an die Wand!«

Der Mann schien erst wie vom Donner gerührt, kam der Aufforderung dann aber zögerlich nach. Henry klopfte ihn ab und rang ihn nieder, um ihm Handschellen anzulegen. Der Mann stöhnte, wollte sich wehren, doch als er merkte, dass es sinnlos war, gab er auf.

Henry packte ihn an den Oberarmen und zog ihn hoch.

Swantjes Taschenlampe warf einen grellen Schein auf ein bleiches Männergesicht mit umschatteten Augen und dunklen Bartstoppeln. »Sind Sie Onno Dierken?«, rief sie.

Geblendet kniff der Mann die Lider zusammen. »Lasst mich in Ruhe, Menschenskinner!«, brüllte er. »Was wollt ihr alle von mir? Ich bin unschuldig, habe niemandem etwas getan!«

Onno Dierken rieb sich die Augen. Um diese Uhrzeit schrie alles in ihm nach einem warmen Bett. Er war nicht mehr in dem Alter, in dem er eine schlaflose Nacht einfach wegsteckte. »Jetzt sagen Sie schon, was wollen Sie von mir? Wie lange wollen Sie mich hier noch festhalten? Ich möchte einen Anwalt sprechen.« Er griff nach seinem Wasserglas und trank es mit gurgelnden Geräuschen in einem Zug leer.

»Das sagten Sie bereits«, bemerkte Henry Olsen zugeknöpft. »Wir werden jemanden kontaktieren, das haben wir Ihnen zugesagt. Herr Dierken, ich muss Sie belehren, Sie gelten als dringend tatverdächtig.«

»Tatverdächtig wofür? Was wird mir zur Last gelegt?«

Henry Olsen stöhnte. Auch ihm setzte die Müdigkeit inzwischen heftig zu. Er musste sich bemühen, seiner Stimme Kraft zu verleihen. »Ihnen wird zur Last gelegt, den Mord an Susanne Flemming verübt und eine Frau entführt zu haben«, sagte er in einem neutralen Tonfall. »Es handelt sich um Dana Weghorst.«

Onno Dierken presste den Mund zusammen und schwieg.

Henry zog eine Plastiktüte hervor. »Ist das Ihr Messer? Wir haben es im Gebüsch gefunden.«

»Nein. Gehört mir nicht.«

»Wem gehört es dann? Wir haben gesehen, wie Sie es weggeschleudert haben.«

Onno Dierken zuckte mit den Schultern. »Vielleicht meiner Mutter.«

»Was hatten Sie mit dem Messer vor?«

»Keine Ahnung. Eventuell einen Fisch ausnehmen.«

»Haben Sie einen gefangen?«

»Ich hatte diesmal kein Glück.«

»Das Messer wird erkennungstechnisch untersucht. Sollte sich menschliche DNA an der Klinge finden, haben Sie ein gewaltiges Problem. Also sagen Sie lieber gleich die Wahrheit.«

»Was für eine Wahrheit? So ein Ding findet sich in jeder Küche. Dieses hier gehört in die Küche unserer Pension, und gut ist. Es wurde nicht benutzt, jedenfalls nicht von mir.«

»Warum haben Sie das Messer dann weggeworfen?«, fragte Swantje. »Sie müssen ein schlechtes Gewissen gehabt haben. Sie wissen, dass es nicht gut aussieht, wenn man nachts von der Polizei mit einem Messer angetroffen wird.«

Die Tür öffnete sich mit Schwung, und Marvin Gissemann platzte herein. Erstaunt blieb er auf der Schwelle stehen. »Ach, sieh mal einer an. Der Herr Dierken höchstpersönlich. Ich mache hier weiter«, sagte er mit kräftiger Stimme, »dann können Sie beide gehen und sich ein wenig ausruhen, bevor der neue Arbeitstag beginnt.«

»Nette Idee, aber unnötig. Ich bin noch fit«, sagte Henry und rieb sich die juckenden Augen.

»Ich kann auch noch etwas bleiben«, betonte Swantje.

Marvin schüttelte den Kopf. »Nicht vergessen, wir sind ein Team, Herr Olsen und Frau Brandt. Sie sind heute lange genug im Dienst gewesen, sind sogar freundlicherweise für mich eingesprungen. Ich bin um einiges jünger und kann das wohl besser ab als Sie, zumal ich letzte Nacht ein paar Stunden schlafen konnte. Verstehen Sie das bitte nicht falsch, ich will Sie nicht kränken, es ist nur ein Angebot meinerseits.«

»Okay«, gab sich Henry geschlagen, der wusste, dass ihm die Müdigkeit anzusehen war. Er war in einem Alter, in dem er nicht mehr ganz so belastbar war wie zu Beginn seiner Laufbahn bei der Polizei. Seine Befürchtung, Onno Dierken könne dies ausnutzen und die Oberhand gewinnen, zumindest für diese Nacht, war nicht unbegründet. Er wechselte einen Blick mit Swantje und begriff sofort, dass auch sie genug hatte und Marvins Angebot dankbar annahm. Sie verabschiedeten sich in den Feierabend, vielmehr in die Morgenstunden, in denen sie hoffentlich noch etwas Schlaf finden würden.

»Nun zu Ihnen«, fuhr Marvin Gissemann fort, als seine Kollegen vom LKA endlich abgezogen waren. »Wo ist die Studentin Dana Weghorst?«

Onno Dierken schwieg mit verkniffener Miene.

Marvin ließ ihn zappeln. Er wusste, dass die meisten Menschen Stille schlecht aushalten konnten, erst recht, wenn er breitbeinig hinter ihnen stand. Dann wurden sie nervös, zappelig und schließlich redselig, weil sie der Belastung nicht mehr standhielten. Sie plauderten plötzlich Dinge aus, die sie eigentlich für sich hatten behalten wollen. Ihm ging es nicht anders, wenn er unter Druck stand, zum Beispiel wenn Yvonne ihn in die Mangel nahm und unbedingt wissen wollte, warum er so spät von der Arbeit kam. Dann konnte es passieren, dass er sich um Kopf und Kragen redete und seine Worte anschließend bereute.

»Wo ist Dana Weghorst?«, wiederholte Marvin Minuten später. Zum dritten Mal nun stellte er diese Frage, gleichbleibend ruhig, obwohl es innerlich in ihm brodelte.

»Keine Ahnung.«

Am liebsten würde Marvin Onno an den Schultern

packen und ordentlich durchschütteln. Er hatte Mühe, sich zu beherrschen. »Sie sind mit ihr zusammen gesehen worden.«

»Ich?« Dierken tippte auf sich. »Das kann nicht sein. Ich kenne die Frau nicht einmal.«

Marvin lehnte sich vor, sodass er fast Körperkontakt mit dem Beschuldigten hatte. Ihm war bewusst, dass sein kräftiger Oberkörper auf sein Gegenüber bedrohlich wirken musste. »Hören Sie auf zu lügen!«, herrschte er ihn an. »Sie sind gesehen worden, als Sie sich am Abend des 2. August im Strandcafé Boje 8 aufgehalten haben. Dort haben Sie sich mit der Inhaberin Susanne Flemming sowie ihrer Mitarbeiterin Dana Weghorst unterhalten.«

»Wer um Himmels willen soll das denn sein, die Dana … wie auch immer? Ich kenne die nicht.« Onno Dierken lief rot an.

Marvin scrollte durch sein Handy und zeigte ihm ein Foto. »Dana Weghorst. Eine Studentin aus Münster. Sie hat am besagten Abend in der Boje 8 bedient und ist seit dem Zeitpunkt wie vom Erdboden verschluckt.«

Onno verdrehte die Augen und tippte sich an die Stirn. »Ich stehe nicht auf so junge Dinger«, sagte er. »Und auf solche Gruftis schon mal gar nicht. Die sieht aus wie eine Friedhofswärterin.« Er schüttelte sich. »Absolut nicht mein Fall. Für mich müssen Frauen wie Frauen aussehen. Arsch und Titten. Schöne runde Hüften.« Er machte eine entsprechende Handbewegung. »Nicht so eine tätowierte Vogelscheuche mit schwarz-blauen Hexenhaaren.«

Marvin fixierte ihn mit seinen eisblauen Augen. »Sie waren an dem Abend in dem Strandcafé, Herr Dierken«, erinnerte er ihn. »Dafür gibt es Zeugen. Sie sind gesehen worden. Reden Sie sich nicht um Kopf und Kragen. Es lohnt sich nicht, das weiter abzustreiten. Was haben Sie da gewollt?«

»Was ich da gewollt habe?« Dierken lachte laut auf. »Was trinken, wie die meisten Leute, die in so ein Café gehen. Was sonst? Außerdem hatte ich einen Gutschein für die Boje 8. Den wollte ich einlösen.«

Marvin machte ein verblüfftes Gesicht. »Einen Gutschein? Von wem haben Sie den bekommen?« Er setzte sich ihm gegenüber.

Onno blies geräuschvoll Luft aus seinen Wangen. »Keine Ahnung. Er lag im Briefkasten meiner Mutter. Letzten Donnerstag war das. Freibier in der Boje 8. Nur gültig am Freitag, den 2. August, zwischen 21 und 22 Uhr. Fand ich ganz nett, gerade, weil ich im Moment ziemlich blank bin. Also bin ich hin. Hätten Sie wahrscheinlich auch gemacht an meiner Stelle.«

»Das steht nicht zur Debatte«, winkte Marvin ab. »Sie wollten also nur den Gutschein einlösen.«

»Was wohl ein Fehler war«, gab Onno betrübt zu.

»Haben Sie den Gutschein noch?«

»Hä? Natürlich nicht. Ich habe ihn eingelöst. Durfte dann trinken, so viel ich wollte. Ich habe es bei zwei Bieren belassen. Ich bin nichts mehr gewohnt.«

»Und Sie wissen nicht, wer den Gutschein in Ihren Briefkasten geworfen hat?«

Onno schüttelte den Kopf. »Woher denn? So eine Werbeaktion gibt's ja öfter mal«, sagte er.

»Okay. Kommen wir auf Ihren Besuch im Café zurück. Sie sind dort also nicht nur der Wirtin Susanne Flemming, sondern auch Dana Weghorst begegnet.«

»Wenn Sie das meinen«, sagte Onno seufzend. Sein linkes Auge zuckte vor Anspannung und Müdigkeit.

Marvin stellte mit Genugtuung fest, dass Onnos Nervosität zunahm. Gut so. Onno war fertig. Bald hätte er ihn so weit, dass er eine Aussage machen würde. Noch mehr qualvolle Stille würde Onno in dieser Nacht nicht ertragen.

»Meinetwegen, dann kenne ich sie eben«, gab er tatsächlich zu. »Kann sein, dass nicht nur Susanne, sondern auch diese Friedhofswärterin mir ein Bier gebracht hat. Vielleicht habe ich auch das eine oder andere Wort mit ihr gewechselt. Ja und? Ich bin eben ein freundlicher Mensch und weiß, was sich gehört. Ich rede mit Leuten, die im Service beschäftigt sind, und ignoriere sie nicht wie andere Gäste. Das sind auch Menschen, die da arbeiten. Aber deswegen können Sie mich doch nicht hier festhalten. Müssen Sie die ganze Zeit aufnehmen, was ich sage?« Er deutete zum digitalen Aufnahmegerät.

»Natürlich, wir sind ja nicht zum Spaß hier.« Marvin massierte sich das unrasierte Kinn. Kratzige Geräusche waren zu hören. Mit unbewegter Miene nahm er den Verdächtigen ins Visier. »Sie haben, als kein Gast mehr in dem Lokal war, die Wirtin Susanne Flemming getötet und sind dann auf Dana Weghorst gestoßen, von der Sie dachten, dass sie das Lokal bereits verlassen habe. Sie waren überrascht, dass sie noch da war. Ihnen war sofort klar, dass Dana alles mit angesehen hatte. Da sind Sie durchgedreht, wussten nicht, wie Sie sich verhalten sollten. Sie hatten keinen Plan. Also haben Sie kurzerhand die junge Frau überwältigt und sie als Geisel genommen. So konnte sie nicht aussagen. Jedenfalls nicht sofort. Und Sie haben Zeit gewonnen, um einen Plan zu entwickeln, falls Sie das nicht schon vorher getan haben.«

»Absoluter Unfug! Weder das eine noch das andere ist richtig.«

»Und als Sie Dana in Ihrer Gewalt hatten, ist Ihnen die Idee mit der Lösegelderpressung gekommen. Richtig?«

Onno starrte ihn schweigend an. Dann schüttelte er heftig den Kopf.

»Oder war das von Anfang an Ihr Ziel?« Marvin beugte sich im Stehen vor und stützte sich mit beiden Ellenbogen auf dem Schreibtisch ab, kam Onno bedrohlich nahe. »War

Susanne Flemming nur Mittel zum Zweck?«, fuhr er lauter fort. »Ich gehe davon aus, dass Sie in das Café gegangen sind mit der Absicht, Dana Weghorst zu entführen, weil Sie durch Gespräche mit ihr oder der Wirtin mitbekommen hatten, dass Dana aus einer vermögenden Familie stammt. Richtig?« Er setzte sich wieder an den Tisch.

Onno Dierken hustete, weil er sich fast verschluckt hätte. »Ich bin zu Susanne gegangen, um meinen Gutschein einzulösen und um was zu trinken. In den Kneipen, in denen ich früher war, wollte man mich nicht mehr bedienen. Sonntagabend habe ich nicht einmal mehr in meiner alten Stammkneipe was zu trinken bekommen. Die alten Säcke, die ich von früher kannte, haben mich geschnitten. Darum war ich froh über den Gutschein und bin in die Boje 8, obwohl das eigentlich keine Location ist, in die es mich zieht. Ich mag diese aufgetakelten Läden nicht, die auf künstliches Karibikflair machen. Das ist was für Touris. Aber Bier gibt es auch da. An dem Freitag, wie gesagt, sogar Freibier, jedenfalls für mich. Aus keinem anderen Grund habe ich das Strandcafé aufgesucht. Andere Absichten hatte ich nicht.«

»Sie haben schlechte Karten, Herr Dierken. Denn schon einmal wurden Sie wegen eines Tötungsdelikts zu einer langen Haftstrafe verurteilt. Und Sie denken immer noch, dass man Ihnen Glauben schenken wird?«

»Ich habe Susanne Flemming nicht getötet. Und ich habe diese Serviererin nicht entführt.«

Marvin schlug mit der flachen Hand auf die Tischplatte. »Warum werden Sie dann rot, Herr Dierken? Knallrot sind Sie geworden, für mich ein Zeichen, dass Sie lügen! Ich habe mir Ihre Akte angesehen. Eine von den dreien.« Wütend blätterte er in Onnos Akte, die ziemlich dick war. »Sie haben damals Ihre Lebensgefährtin getötet. Sie hatte ein kleines Kind. Dem Kind haben Sie die Mutter genommen.

Und nun stehen Sie, kaum freigelassen, wieder unter Mordverdacht. Eine plausible Erklärung dafür haben Sie nicht. Sie waren zum Zeitpunkt des Mordes allein im Strandcafé. Außer Susanne Flemming und Dana Weghorst war niemand da. Es gibt keine Zeugen außer Dana Weghorst. Und ausgerechnet die ist verschwunden. Seltsam, oder? Und nun wollen Sie mir weismachen, Sie hätten dort nur einen Gutschein eingelöst, um ein oder zwei Biere zu trinken? Für wie blöd halten Sie mich? Damit kommen Sie nicht durch. Mit der Entführung der einzigen Zeugin wollen Sie, skrupellos, wie Sie sind, auch noch ein Geschäft machen, indem Sie ihre vermögenden Eltern erpressen. Ich habe in meiner beruflichen Laufbahn schon viel Monströses erlebt und gesehen. Menschen können Bestien sein, barbarisch und skrupellos. Bei Ihnen scheint die Therapie im Gefängnis kein bisschen angeschlagen zu haben. Man hätte sie nicht entlassen dürfen. Sie hätten zusätzlich ein paar Jahre wegen der besonderen Schwere der Schuld aufgebrummt bekommen müssen. Dann wären Sie jetzt nicht hier und könnten die arme Juister Bevölkerung nicht in Angst und Schrecken versetzen. Ihr Bewährungshelfer kann den Termin nächste Woche streichen. Es bringt nichts mehr, wie ich sehe. Einmal Straftäter, immer Straftäter.« Marvin hielt es nicht länger am Schreibtisch aus. Wie von der Tarantel gestochen sprang er auf, lief ein paar Schritte im Büro auf und ab und blieb schließlich am Fenster stehen. »Zum Donnerwetter noch mal, Herr Dierken, gestehen Sie endlich! Es hat keinen Sinn, die Taten weiter zu leugnen. Die Indizien sprechen gegen Sie.«

»Indizien, Indizien, Bullshit reden Sie. Sie haben keine Beweise, keinen einzigen!«

»Wie gesagt, es gibt Zeugen, die Sie in Susanne Flemmings Café gesehen haben, kurz vor ihrem gewaltsamen

Tod. Danach haben Sie die Studentin entführt. Wahrscheinlich befindet sie sich immer noch in Ihrer Gewalt. Und nun sagen Sie mir endlich: Wo ist Dana Weghorst?«

»Was weiß ich, wo sie sich herumtreibt? Irgendwo wird sie schon sein. Was schauen Sie mich so an? Ich habe die Friedhofswärterin nur kurz gesehen, nur kurz gesprochen. Da lebte die Flemming noch. Danach bin ich nach Hause gegangen, also in die Pension meiner Mutter.«

»Ich gebe Ihnen die Möglichkeit, jetzt und hier zu gestehen«, sagte Marvin mit dem Rücken zum Fenster. »Ihr Geständnis wird sich unter Umständen günstig auf Ihr Strafmaß auswirken. Nennen Sie mir den Aufenthaltsort von Dana Weghorst, und den Anklagepunkt ›Lösegelderpressung‹ lassen wir fallen.«

»Was für Lösegeld? Ich verstehe nur Bahnhof!«

Marvin verschränkte die Arme und atmete tief durch, bevor er zum Weitersprechen ansetzte. »Wie gesagt: Nachdem Sie Susanne Flemming getötet haben, Herr Dierken, waren Sie und die Studentin Weghorst als Einzige noch im Lokal, und mit der Entführung der einzigen Zeugin versuchen Sie nun an Geld zu kommen«, versuchte Marvin ihm auf die Sprünge zu helfen.

»Nein! So war es nicht!«, brüllte Onno mit wutbebender Stimme. »Ich habe nicht mitbekommen, wie Susanne getötet wurde. Ich bin vorher gegangen. Da waren noch Gäste da.«

Marvin kam zurück an den Schreibtisch und setzte sich halb auf die Tischplatte. »Was für Gäste?«, fragte er und griff nach einem Stift. »Wenn Sie sich so sicher sind, dann beschreiben Sie sie mir mal.«

»Ich habe nicht auf sie geachtet. Es waren Touris, ich kannte die Leute nicht. Touris interessieren mich nicht so. Die werde ich sowieso nicht wiedersehen. Ich war auch nicht lange da, weil ich nicht viel Geld habe.«

»Eben sagten Sie noch, Sie hätten einen Gutschein gehabt.«

»Ja, aber nur bis 22 Uhr. Danach galt er nicht mehr, und ich hätte neu bestellen und das dann auch bezahlen müssen. Ich muss mein Geld zusammenhalten.«

»Ausgehen können Sie sich nicht leisten, aber einen Hotelaufenthalt im Strandhotel Kurhaus schon? Finden Sie das nicht seltsam?«

Onno Dierken starrte ihn mit offenem Mund an.

»Menschenskinder, Dierken, Sie stehen unter Mordverdacht. Verstricken Sie sich nicht weiter in Lügen, das macht die Situation nur schlimmer für Sie!«

Onno verschränkte die Hände hinter seinem Kopf und reckte sich. »Kann ich jetzt gehen? Ich bin müde. Ich sage erst wieder was, wenn ich einen Anwalt habe.«

Marvin zog die Augenbrauen zusammen. Er versuchte es noch einmal mit Schweigen, aber der Trick funktionierte nicht mehr. Onno Dierken betrachtete seine sehr kurz geschnittenen Fingernägel und schwieg beharrlich.

»Sie dürfen gehen«, sagte Marvin unwirsch. »Sie bleiben aber auf der Insel und stehen uns jederzeit für eine Vernehmung zur Verfügung. Ab jetzt gelten Sie als Beschuldigter.«

KAPITEL 30

Swantjes erster Anruf an diesem Donnerstagmorgen galt der Bank, die das Lösegeld vorbereitete. Dort erhielt sie die Auskunft, dass für die Übergabe alles bereit sei. Geldboten würden die geforderten 50.000 Euro in gebrauchten Scheinen in zwei Stunden vorbeibringen. Erleichtert zog es sie zur Kaffeemaschine, um ihre Müdigkeit mit einem dritten Kaffee, diesmal schwarz und ohne Zucker, zu vertreiben.

Marvin Gissemann kam aus dem Nebenraum. »So!«, riss er die Aufmerksamkeit an sich, ungeachtet der Tatsache, dass er die Kollegen störte, »heute Abend, wenn hoffentlich alles überstanden ist, dürfen Sie mir einen Schnaps ausgeben. Der Fall ist so gut wie gelöst. Mir ist es nach langem Ringen gelungen, Dierken weichzuklopfen. Er ist kurz davor zu gestehen!«

Swantje und Henry starrten ihn ungläubig an.

Henry war der Erste, der sich gefangen hatte. »Sie glauben tatsächlich, den Fall gelöst zu haben?«

Marvin Gissemann musterte ihn feindselig. »Was schauen Sie so? Bin ich hier der Dumme, oder was? Ständig werde ich wie ein Anfänger behandelt, soll Berichte schreiben und langweilige Telefonate führen, als wäre ich ein Polizeischüler. Ich habe mittlerweile auch einige Jährchen Berufserfahrung auf dem Buckel und kann viele Erfolge verzeichnen. Und nun bin ich es, der einen kniffligen Fall gelöst hat. Ein bisschen Anerkennung verdiene ich schon, finde ich!«

»Mal langsam, Herr Gissemann, zeigen Sie uns erst einmal das Vernehmungsprotokoll. Ich gehe davon aus, dass Sie zudem eine Tonaufnahme von der Vernehmung haben.«

»Selbstverständlich. Sie können sie gleich in Ruhe anhören.«

»Wo ist Dierken jetzt?«

»Ich habe ihn laufen lassen. Musste ich wohl. Sonst wäre es gefährlich für das Entführungsopfer geworden. Er hätte Dana nicht mehr versorgen können. Sehen Sie mich nicht so an! Ich hatte nichts gegen ihn in der Hand. Er hat leider noch nicht vollumfänglich gestanden. Ich habe nur gesagt, dass ich ihn fast so weit habe.«

»Sie haben ihn aber nicht dazu bekommen, den Aufenthaltsort von Dana Weghorst preiszugeben«, sagte Swantje mit schneidender Stimme.

»Was soll das heißen? Onno Dierken ist der Täter. Schluss, aus, Klappe zu. Er hat zum zweiten Mal einen Mord begangen, und nun geht auch noch eine Geiselnahme auf sein Konto! Er ist ein hochgefährlicher Straftäter! Und wer hat ihn überführt? Ich, ein einfacher Juister Streifenbeamter. Nicht Sie, die hochbezahlten Studierten aus der niedersächsischen Hauptstadt. Aber ich habe das Gefühl, das wollen Sie nicht wahrhaben. Sie vom LKA, die stolz auf die bessere Ausbildung sind, gönnen einem schlichten Beamten nicht den geringsten Fahndungserfolg, stimmt's? Das würde an Ihrer Ehre kratzen, an Ihrem Berufsethos! Dann müssten Sie zurück nach Hannover gehen und Ihrem Vorgesetzten beichten, dass nicht Sie den Fall gelöst haben, obwohl Sie den Staat viel Geld gekostet haben. Stattdessen hat ihn ein einfacher Inselpolizist aufgeklärt, der normalerweise für Fahrraddiebstähle, unangeleinte Hunde und unbefugtes Radeln auf der Strandpromenade zuständig ist.«

»Herr Gissemann, mäßigen Sie bitte Ihren Tonfall!«, rief Swantje ihn zur Ordnung und begab sich zur Fotowand, um noch einmal die Verbindungen von Susanne Flemming und Dana Weghorst durchzugehen. Hinter ihr tobte Marvin weiter und wurde von Henry unmissverständlich gebeten, in sein Büro zurückzugehen. Marvin reagierte nicht, blieb stocksteif vor Henrys Schreibtisch stehen.

»Ist gut«, sagte Swantje mit eingefrorener Miene. Sie machte mittlerweile keinen Hehl mehr daraus, dass sie Marvin Gissemann nicht besonders mochte. »Danke für Ihre Auskunft. Sie können gehen!«

Endlich hatte Marvin verstanden. Türknallend verließ er das Großraumbüro.

Swantje brauchte danach einige Minuten, um ihre gesamte Energie wieder auf den Fall zu lenken. Nachdenklich betrachtete sie die Fotos an der Wand, versuchte, Verbindungen herzustellen.

Susanne Flemming und Dana Weghorst waren zufällig durch Danas Saisonjob in dem Strandcafé zusammengekommen, hatten sich vorher nicht gekannt. Dana Weghorst war keine Umweltaktivistin wie Susanne Flemming, die sich nicht nur privat, sondern auch politisch mit ihrem Ehemann Hajo und dem Reeder Hein Asmussen auseinandersetzte. Susanne hatte keine eigenen Kinder und keine nennenswerten Freundschaften auf Juist. Ihre privaten Kontakte begrenzten sich auf die Ökogruppe, in der sie aktiv war. Die Juister Kollegen hatten die Mitglieder dieser Gruppe bereits ausführlich befragt. Alle hatten Alibis und kamen für die Tat nicht infrage.

Dana Weghorst lebte als Einzelgängerin auf Juist. Sie schien nicht auf Bekanntschaften aus gewesen zu sein. Ihre Freunde und ihr Ex-Partner lebten in Münster und hatten sich in der letzten Zeit nicht auf der Insel aufgehalten.

Swantje Brandt hatte noch zwei weitere Felder vorgesehen für die Söhne von Hajo Flemming: Martin und Lars. Bisher hatte keiner der Zeugen etwas über Susannes Beziehung zu ihren Stiefkindern aussagen können außer dem Pferdewirt Werner Rübsamen. Aber der hatte sich nicht sehr kooperativ gezeigt. Und für eine Vorladung reichten die Gründe bisher nicht.

Und Onno Dierken? Über ihn war bekannt, dass er erst eine knappe Woche vor der Tat aus seiner langjährigen Haft entlassen worden war, die er wegen der Tötung seiner Lebensgefährtin abgesessen hatte. Ein Alibi für die Tatzeit hatte er nicht, im Gegenteil, laut Aussage eines Zeugen hatte er sich am fraglichen Tag im Strandcafé aufgehalten. Dies hatte er bei der Vernehmung durch Marvin auch bestätigt. Seine Fingerabdrücke und seine DNA konnten eindeutig sichergestellt werden.

Hein Asmussen hingegen konnte sie von der Liste streichen. Er hatte zwar ebenfalls kein Alibi, aber von ihm konnten keine Genspuren identifiziert werden, auch wenn es wegen der Mischspuren im Lokal dafür keine hundertprozentige Sicherheit gab. Was jedoch in dem Fall mehr zählte: Seine Schriftprobe, die Swantje beim Grafologen eingereicht hatte, war negativ gewesen. Keine Übereinstimmung mit der Handschrift auf dem Bierdeckel.

Aber nun hatten sie endlich eine Schriftprobe von Onno Dierken. Swantje hatte sie bereits an den Grafologen in Aurich gemailt. Gespannt wartete sie auf das Ergebnis.

Gerade, als sie die Aufzeichnung von Dierkens Vernehmung abhören wollte, klopfte es an der Tür. Sie war erleichtert, dass es nicht Marvin war, auf dessen schlechte Laune sie verzichten konnte, sondern die Polizeistudentin Laureen Wiegers. Sie meldete den Zeugen Gerhard Kromm.

Swantje begrüßte den Rentner unten am Empfang mit Handschlag. »Wegen Ihres Handys sind Sie noch einmal hergekommen? Sie haben doch bereits Anzeige erstattet, oder? Die wird noch bearbeitet. So schnell geht das nicht. Wir stecken gerade mitten in Ermittlungen zu einem Gewaltdelikt.«

»Deswegen ist überall Polizei auf der Insel?«

»Ja. Sind Sie auch als Zeuge befragt worden?«

»Nur wegen meines Handys. Gestern war jemand von Ihnen bei mir in der Ferienwohnung und wollte Einzelheiten dazu wissen.«

Swantje stutzte. Erst hatte sie den Mann abwimmeln wollen, aber nun kam ihr etwas seltsam vor. Sie bat ihn mitzukommen, führte ihn in ein leeres Besprechungszimmer und bot ihm einen Platz an.

Henry schaute kurz herein, doch Swantje gab ihm ein Zeichen, dass sie die Zeugenbefragung allein durchführen werde.

»Gestern war ein Kollege bei Ihnen? Jemand von uns?«, wollte Swantje wissen, nachdem Henry leise die Tür hinter sich zugezogen hatte.

»Zwei Polizisten in Uniform.«

»Haben sie sich mit Namen vorgestellt?«

»Ja. Ich habe mir aber nur einen merken können. Es klang so ähnlich wie Gisela.«

»Gissemann?«

Der Zeuge streckte ihr seinen Zeigefinger entgegen. »Genau so hieß er!«

»Und der andere?«

»Er nannte ihn Torben. Den Nachnamen habe ich leider vergessen. Das Alter …«, sagte er kopfschüttelnd.

»Kein Problem. Wir haben hier nur einen Torben. Er heißt Dankwort mit Nachnamen.«

Der Rentner nickte. »Ich habe dem Gissemann ein Pärchen beschrieben, das mir im Lokal aufgefallen war. Er hat sich alles notiert und ist dann wieder gegangen.«

Swantje ließ sich das Paar von ihm beschreiben. Plötzlich dämmerte ihr etwas. Sie zeigte dem Rentner Fotos auf ihrem Diensthandy. Gerhard Kromm runzelte die Stirn. »Das könnte sie gewesen sein.«

Verwundert zog Swantje die Augenbrauen zusammen. Sie konnte kaum glauben, was er soeben gesagt hatte. »Wie sicher sind Sie?« Ihre Stimme zitterte leicht, weil sie merkte, dass ihr Körper von Adrenalin geflutet wurde.

»Ganz sicher leider nicht. Sie hatte ihr Gesicht hinter einer Mütze und Sonnenbrille versteckt. Sie war hoch aufgeschossen und dünn. Früher hätte man Bohnenstange dazu gesagt. Und sie hatte so ein auffälliges Tattoo auf ihrer Hand. Daran würde ich sie wiedererkennen. Meine Frau und ich haben uns noch darüber unterhalten, warum sich Frauen heutzutage extra so hässlich machen.«

»Und der Mann?« Swantje zeigte ihm ein Foto von Onno Dierken.

Kromm schüttelte den Kopf. »Keine Ahnung, ich hab ihn nur von hinten gesehen. Ich weiß aber, dass er humpelte. Ja, daran erinnere ich mich. Der Arme konnte nicht mehr gut laufen, obwohl er viel jünger war als ich.«

»Er humpelte? Sie meinen, er zog ein Bein ein wenig nach, als ob es steif wäre?« Sie machte es vor, wie sie es meinte.

Der Zeuge nickte. »Ja, genau so habe ich es in Erinnerung.«

»Und die beiden waren sicher als Paar da? Haben Sie gesehen, wie sie weggegangen sind?«

»Nein, meine Frau und ich sind vor ihnen aufgebrochen. Die saßen immer noch da, als wir bezahlten. Sie wirkten sehr vertraut miteinander. Ich bin sicher, dass sie ein Paar waren. Und Sie glauben tatsächlich, dass die beiden mein Handy haben?«

»Es ist nicht auszuschließen«, sagte Swantje, die gedanklich schon einen Schritt weiter war. »Wir werden dieser Spur auf jeden Fall nachgehen.«

»Ach, da bin ich aber froh.« Erleichtert drückte er Swantjes Hand zum Abschied etwas zu fest. »Gut, dass mir das auf

Juist passiert ist und nicht in Hannover. Da hätte ich keine Chance gehabt, mein Handy wiederzubekommen.«

Swantje fühlte sich ein wenig benommen, nachdem sie den Zeugen verabschiedet hatte. Hatte er tatsächlich Dana Weghorst gesehen? Und Dana und Onno sollten ein Paar sein? Falls es überhaupt Onno war, den der Zeuge gemeint hatte. Kromm hatte ja auf Onnos Foto nicht reagiert, ihm war aber das Humpeln aufgefallen. Sollte es tatsächlich so sein, so konnte sie es kaum glauben. Swantje ging zu Henry, um ihn auf dem Laufenden zu halten.

»Hältst du den Mann für glaubwürdig?«, fragte Henry zweifelnd. »Oder hat er nur genau das geplappert, von dem er glaubte, dass du es hören wolltest?«

»Ich gehe davon aus, dass Kromm die Studentin wirklich gesehen hat. Dana hat so ein auffälliges Äußeres, das jedem in der Domäne Bill aufgefallen sein müsste. Wir gehen da jetzt mal hin und befragen die Gastronomen. Vielleicht können sie eine Beschreibung von Danas Begleiter abgeben oder sich an Details aus dem Gespräch zwischen den beiden erinnern.«

»Dierken war doch mit den anderen Frauen beschäftigt«, gab Swantje zu bedenken.

»Aber nicht die ganze Zeit. Dierken war viele Jahre im Gefängnis. Er wird einen riesigen Nachholbedarf haben, was Frauen angeht.«

»Meinst du?«

Er nickte. »Meine ich.«

Im Ausflugslokal Domäne Bill, weit im Westen der Insel gelegen, hatte gerade die Kaffeezeit begonnen. Da das Wetter schön war – windstill und wolkenlos –, saßen die meisten Gäste draußen auf der Caféterrasse, mit Ostfriesentee auf Stövchen und dem berühmten Juister Krintstuuten, einem Rosinenkuchen, dick mit Butter bestrichen. Manche hatten auch einen großen Windbeutel oder eine Ostfriesentorte vor sich stehen und machten Fotos davon, bevor sie sich die Köstlichkeiten schmecken ließen.

»Lass uns reingehen«, sagte Henry, »bevor mir das Wasser im Mund zusammenläuft.« Beherzt bahnte er sich einen Weg. An der Kuchentheke streckte er der Kellnerin sein Handy entgegen. »Erinnern Sie sich an diese Frau?«, kam er ohne Umschweife zur Sache. »Sie war gestern hier. In Begleitung.«

Die Frau hinter der Theke besah sich das Foto etwas länger. »Ja, könnte sein. Eventuell saß sie mit Begleitung auf der Terrasse ganz außen.« Sie deutete in die entsprechende Richtung. »Links hinten«, fügte sie hinzu.

»Ist Ihnen etwas an ihr und ihrem Begleiter aufgefallen?«

Die Servierkraft runzelte die Stirn. »Höchstens die auffällige Tätowierung auf ihrer Hand, die sieht man ja auch auf dem Foto. Wie ein Mandala. An mehr kann ich mich nicht erinnern.«

Swantje übernahm. »Okay, können Sie ihr Verhalten beschreiben?«, wollte sie wissen. »Unterschied sie sich in dem Punkt von anderen Gästen?«

»Ihr Verhalten war normal. Sie wirkte eher schüchtern, sprach ziemlich leise.«

»Schien sie Angst zu haben – vielleicht vor ihrem Begleiter?«

»Angst? Nein, das kam mir nicht so vor. Im Gegenteil, sie wirkte auf mich wie frisch verliebt. Etwas vorsichtig und abwartend, fröhlich und positiv gestimmt. Sie schien Gefühle für den Mann zu haben. Lächelte ihn oft an und legte ihren

Kopf schief, wenn er mit ihr sprach, so wie es frisch Verliebte manchmal tun.

»Und ihre Begleitung?«, fragte Swantje freundlich.

»Was soll mit ihm gewesen sein?«

»Wie sah der Mann aus?«

»Hm, das ist schwieriger. Pudelmütze, Sonnenbrille, normale Figur, normale Kleidung, ein bisschen größer als der Durchschnitt.« Mit der Hand deutete sie die ungefähre Körpergröße an. »Als die beiden gingen, ist mir aufgefallen, dass er eine Beeinträchtigung hatte und leicht humpelte.«

Swantje nickte. Die Darstellung stimmte mit der Beschreibung Kromms überein. »Was war Ihr Eindruck von dem Paar, als die beiden aufbrachen?«

»Mein persönlicher Eindruck war, dass die beiden ein Liebespaar waren.«

»Wie kommen Sie darauf?«

»Nun, er berührte sie immer wieder wie zufällig. Die junge Frau ließ sich das gefallen, zog ihren Arm oder ihre Hand nicht weg. Als sie das Lokal verließen, ging sie vor und er war dicht hinter ihr. Dabei legte er seinen Arm leicht um sie. Sie wirkten sehr vertraut miteinander.«

»Haben sie sich geküsst?«

»Nein, davon habe ich nichts mitbekommen.«

»Vielen Dank. Keine weiteren Fragen«, sagte Henry und bedankte sich für die bereitwillige Auskunft der Dame. »Oder doch: Hätten Sie vielleicht ein Stück von der leckeren Ostfriesentorte?« Er wandte sich an Swantje und grinste verschämt. »Möchtest du auch? Ich lade dich ein!«

»Sie haben Glück«, freute sich die Servierkraft, »es sind noch genau zwei Stücke da.«

KAPITEL 31

Nur noch zwei Stunden bis zur Übergabe des Lösegeldes. In den Büros auf der Polizeiwache in der Carl-Stegmann-Straße breitete sich Unruhe und Anspannung aus. Die Ermittler glaubten, gut vorbereitet zu sein. Sie hatten zusätzliche Kräfte vom Festland angefordert, die bereits auf der Fähre sein müssten.

Polizeianwärterin Laureen Wiegers nahm einen Telefonanruf entgegen. »Der ist hier nicht«, sagte sie. »Ich meine damit, der ist bei uns nicht beschäftigt. Sie sind mit der Polizeiwache Juist verbunden.«

Swantje hörte sie noch weiter mit dem Anrufer sprechen, erwartete schon, dass sie auflegen würde, aber Laureen reichte den Anruf an sie weiter. »Ein Lars Flemming am Apparat«, bedeutete sie hinter vorgehaltener Hand.

»Stellen Sie durch!«, sagte Swantje, und ihr Herz begann heftig zu klopfen.

Dana fiel ein Stein vom Herzen, als sie endlich das gewohnte schabende Geräusch des Schlüssels in der Haustür vernahm. Sie hatte keine Lust, den alten amerikanischen Liebesfilm zu Ende zu sehen, den sie bereits kannte. Chris hatte ihr den Fernseher seiner verstorbenen Großmutter zur Verfügung gestellt, auf dem sie ausschließlich DVDs schauen konnte. Damit es dir nicht zu langweilig wird, hatte er gesagt. Ihr war klar, dass er kein Risiko eingehen wollte. Mit einem normalen Fernsehprogramm oder einem Radio hätte sie eventuell vom Stand der Ermittlungen erfahren.

»Hey!«, rief sie und sprang vom Sofa auf. Sie wollte ihm in die Arme fallen, blieb aber erschrocken stehen, als sie seinen Gesichtsausdruck sah.

Zum ersten Mal, seit sie sich kannten, begegnete ihr Chris mit leeren Händen. Sonst hatte er ihr immer etwas Leckeres zu essen und trinken mitgebracht. Er wirkte ernst, besorgt und gehetzt, als er sie flüchtig umarmte.

»Dana, hör mir zu«, sagte er und zog sie an der Hand auf das abgewetzte Sofa seiner Großeltern.

»Ist etwas passiert?«, fragte sie und vergrößerte instinktiv den Abstand zwischen ihnen.

»Nein, nein, alles gut«, versuchte Chris sie zu beschwichtigen, »aber ich denke, wir sollten das hier jetzt beenden. Es wird mir zu unübersichtlich, und ich weiß nicht, wohin das Ganze führen wird.«

»Wie meinst du das?«

»Nun«, er spielte mit seinen Händen, »du weißt ja, in knapp zwei Stunden ist die Geldübergabe.«

Dana nickte.

»Die Insel ist voller Polizei. Sie sind überall, teils in Uniform, zum größten Teil aber in Zivil, wohl, um die auswärtigen Gäste nicht zu beunruhigen.«

»Du erkennst die Polizei in Zivil?«

»Ich habe ein Auge dafür, ja. Wenn man aufmerksam durch die Gegend läuft, merkt man das.«

»Und?«, fragte sie ängstlich.

»Ich gehe davon aus, dass sie mich bald kriegen. Eine Geiselnahme mit Erpressung ist das Dümmste, was man machen kann. Das weiß ich selbst. Ich habe keine Chance. Nicht die geringste.«

Sie schluckte. »Wenn es so dumm ist, warum hast du mich dann mitgenommen? Du hättest mich auch laufen lassen können.«

»Wie denn? Du hast mich gesehen in Susannes Strandcafé. Du hättest eine genaue Beschreibung von mir abgegeben, und sie hätten mich noch in derselben Nacht gefasst. Wäre das klüger gewesen?«

»Nein, das nicht. Ich hätte dich nicht verraten, aber das konntest du ja nicht wissen.«

Chris stieß einen verärgerten Laut aus. »Jetzt lügst du dir selbst was in die Tasche. Vor fünf Tagen kanntest du mich nicht. Ich war ein Unbekannter für dich. Du hast mitbekommen, wie ich Susanne erschossen habe. Du hast die Schüsse gehört. Du hast Angst gehabt, wahrscheinlich sogar Todesangst, dass ich das Gleiche mit dir tun würde. Das tut mir leid. Ich wollte das nicht. Inzwischen bist du mir so vertraut, als würden wir uns schon viele Jahre kennen. Ich schäme mich für das, was ich dir angetan habe. Seien wir mal ehrlich, Dana, du wärst sofort zur Polizei gegangen und hättest dort in aller Ausführlichkeit, eloquent, wie du bist, erzählt, was du gesehen hast. Und Juist ist Juist. Du kommst hier nicht so einfach weg. Du, Dana, bist die Hauptzeugin in dem Fall. Sie hätten mich sofort gehabt.«

Eine Weile blieben sie nebeneinandersitzen, nun Händchen haltend, bis Chris vorschlug, noch einen Kaffee zusammen zu trinken.

»Einen letzten?«, fragte Dana ahnungsvoll, als er Wasser in die alte Maschine füllte.

»Ja, es wird vorerst unser letztes Treffen sein«, sagte er. »Wie es mit uns weitergeht, weiß ich nicht, aber wir werden uns erst mal nicht wiedersehen.«

»Was meinst du damit? Jetzt sprich doch mal Klartext! Was hast du vor, Chris? Ich habe mich schon gewundert, dass du mir nichts mitgebracht hast wie sonst. Ich habe seit heute Morgen nichts mehr gegessen.«

Abrupt wandte er sich ihr zu. »Doch«, sagte er mit glasigem Blick, »ich habe dir etwas mitgebracht.« Er öffnete seine Lederjacke und steckte seine Hand in die Innentasche.

»Ich möchte meinen Bruder sprechen«, dröhnte Lars' aufgeregte Stimme aus dem Lautsprecher des Telefons.

»Ihren Bruder? Wen meinen Sie damit?«, fragte Swantje mit einem unguten Gefühl. Sie drückte die Aufnahmetaste.

»Den Matze. Er hat gesagt, dass er bei der Polizei arbeitet, aber ich weiß nicht wo und kann ihn nirgends finden, obwohl ich seit über einer Stunde herumtelefoniere.«

»Wo haben Sie denn schon nach ihm gesucht?«

»Überall an der Küste. Er hat gesagt, er arbeitet am Meer. In Norden, in Aurich, auf Norderney, auf Borkum … Ich dachte eigentlich nicht, dass er wieder nach Juist zurück ist.«

»Und wer sind Sie?«

»Lars.«

Ihr Herz pochte. »Lars – und wie weiter?«, fragte sie aufgeregt.

»Flemming.«

»Der Sohn von Hajo Flemming, dem Reitstallbesitzer?«

»Ja, richtig.«

»Das Festnetz zeigt eine Auricher Nummer an. Wo genau befinden Sie sich?«

»In Aurich. In meiner Einrichtung.«

Swantje fragte nach dem Namen der Einrichtung, und Lars gab bereitwillig Auskunft.

»Und Matze ist Ihr Bruder?«

»Das sagte ich Ihnen ja. Ich suche ihn.«

»Matze ist doch bestimmt eine Abkürzung, ein Kosename. Wie heißt Ihr Bruder denn richtig?«

»Martin. Martin Flemming.«

»Aha, und was wollen Sie von Ihrem Bruder?«

»Er hat versprochen, mich zu holen. Es ist langweilig hier. Martin hat gesagt, wenn er fertig ist mit dem Haus, will er mich holen.«

»Er hat Ihnen versprochen, dass er Sie bei sich aufnehmen wird?«

»Ja, so war es abgemacht.«

»Ich verstehe. Sagen Sie mir, wer Ihre Mutter ist? Sie könnte Sie schließlich auch holen.«

Schweigen in der Leitung. »Meine Mutter hat mich noch nie besucht«, sagte Lars schließlich mit monotoner Stimme. »Nicht mal angerufen. Nur mein Bruder. Er ist der Einzige, der sich manchmal um mich kümmert. Außer ihm habe ich niemanden.«

»Was ist mit Ihrer Mutter?«

»Weiß ich nicht. Das frage ich mich auch. Matze sagt, sie wäre verreist. Aber sie kann doch nicht dauernd verreist sein. Irgendwann muss sie doch mal wieder nach Hause kommen.«

»Ist Susanne Flemming Ihre Mutter?«

»Nein. Die ist die zweite Frau meines Vaters. Er hat wieder geheiratet, nachdem er sich von meiner Mutter getrennt hat. Für Martin und mich war sie nie eine Mutter. Sie mag uns nicht. Und ich mag sie auch nicht«, stellte er klar. »Ich kann sie nicht ausstehen.«

Swantje holte tief Luft. »Herr Flemming, ich würde Sie gerne einmal in Aurich besuchen. Wäre das möglich? Dann können wir uns in Ruhe unterhalten, vielleicht bei einer Tasse Kaffee. Ich lade Sie in ein schönes Café ein. Das ist viel besser als am Telefon. Was halten Sie davon?«

»Ich gehe gern in Cafés«, sagte Lars.

»Gut. Wie wäre es mit morgen? Hätten Sie da Zeit?«

»Morgen ist es schlecht. Da gehen wir schwimmen. Abends ist Kegeln. Aber vielleicht am Wochenende. Ich müsste mal die Betreuerin fragen, ob das geht.«

»Hm, ist die Nummer, die ich auf dem Display sehe, die Festnetznummer der Einrichtung, Herr Flemming?«

»Weiß nicht. Meine Telefonnummer kenne ich nicht. Ich muss auflegen, wir wollen gleich zusammen kochen. Es gibt Gemüseauflauf. Ich soll Kartoffeln schälen, das kann ich am besten. Meine Betreuerin hat mich schon zum dritten Mal gerufen. Gleich wird sie sauer, weil ich so lange telefoniere.«

»Guten Appetit!«, sagte Swantje schnell. »Ich rufe Sie morgen an. Dann vereinbaren wir einen Besuchstermin für Sonnabend, einverstanden?«

Lars hatte aufgelegt.

KAPITEL 32

In einer halben Stunde war es so weit. Die Geldboten waren längst da gewesen und hatten die Scheine in einem Koffer übergeben. Swantje hatte sich gewundert, dass sie tatsächlich mit einem offenen Pferdegespann vorgefahren waren. Aber auf einer Insel war die Gefahr eines Raubüberfalls relativ gering.

Die Ermittler hatten vereinbart, erst kurz vor dem Termin ihre abgesprochenen Posten zu beziehen – einer nach dem anderen, wie zufällig. Jeder in Zivil.

Swantje ging noch einmal zur Toilette und bürstete sich die Haare. Aus dem Spiegel blickte ihr das blasse Gesicht einer verhärmten Frau entgegen. Sie hatte in den letzten Tagen zu wenig Schlaf bekommen, fühlte sich nicht in ihrer Mitte und war überarbeitet. Blauviolette Ringe unter den Augen ließen sie krank und müde erscheinen. Ihr Haar saß nicht. Die hellblonde Mähne, durch die sich erste graue Strähnen zogen, war längst keine Frisur mehr. Sie hatte vor zwei Wochen bereits zum Friseur gehen wollen, hatte es aber zeitlich nicht geschafft. Kurzerhand band sie ihre struppig nachgewachsenen Haare zu einem Pferdeschwanz zusammen. Den kurz aufflackernden Gedanken an Henry schob sie beiseite. Keine Gefühle aufkommen lassen, ermahnte sie sich. Keine Zeit für die Liebe. Sie hatte sich vorgenommen, während der andauernden Ermittlung auch nicht mehr an Holger zu denken. Jede Form von Selbstmitleid oder Sehnsucht würde ihr Kraft und Energie rauben, die sie für den Fall brauchte.

Von draußen brüllte jemand ihren Namen. »Ich komme gleich!«, rief sie zurück, ließ noch sekundenlang kaltes Wasser über die Handgelenke laufen und öffnete die Toilettentür.

»Was ist das?« Dana starrte mit gerunzelter Stirn auf ein Stück Kartonpapier, kaum größer als eine Visitenkarte. »Eine Fahrkarte?«

Chris nickte. »Ja, die Fähre geht in …«, er blickte auf die Uhr, »55 Minuten. Du wirst sie nehmen und dann zurück nach Münster zu deinen Eltern fahren und wahrscheinlich auch zu deinem Freund. Zu einem der beiden Typen«, fügte er mit süffisantem Lächeln hinzu und reichte ihr eine ausgedruckte Fahrkarte zweiter Klasse von Norddeich nach Münster. »Der Zug fährt direkt am Fähranleger ab. Gegenüber ist der Bahnhof, wie du weißt. Er fährt bis Münster durch. Du brauchst nicht einmal umzusteigen.«

»Was soll das bedeuten?«

Chris öffnete beide Hände. »Du bist frei, Dana! Du kannst machen, was du willst. Ich würde dir aber raten, diese verdammte Fähre zu nehmen, damit du nicht von der Polizei aufgegriffen wirst und denen dann tagelang Rede und Antwort stehen musst. Das möchte ich dir ersparen. Also hör auf meinen Rat und mach dich schnellstmöglich vom Acker. Wenn du die Fähre verpasst, wird es schwierig. Gleich wird die Geldübergabe stattfinden. Danach wird ganz Juist nach dir suchen!«

»Das tun sie doch sicher längst.«

»Wenn du nach der Geldübergabe nicht auftauchst, werden sie jeden Stein umdrehen, um dich zu finden, das schwöre ich dir.«

»Meine Sachen«, murmelte sie, »die sind noch in der Pension. Ich habe nichts bei mir. Nicht einmal mein Handy.«

Wieder griff er in seine Innentasche. »Da«, sagte er, »frisch aufgeladen. Da hast du es wieder. Ich vertraue dir, Dana. Solltest du jetzt sofort die Polizei rufen, dann ist es so. Früher oder später werde ich denen sowieso ins Netz gehen.«

»Wo ist das Handy meiner Chefin? Das alte Nokia?«

»Das existiert nicht mehr, genauso wenig wie ihr iPhone, das sie in ihrer Jackentasche hatte. Alle beide tot, genau wie sie. Ich habe ihre Telefone im Hammersee versenkt.«

Dana nickte. »Ich verrate dich nicht, das verspreche ich dir! Was hast du vor? Wirst du dich stellen?«

Gedankenverloren nippte er an seinem Kaffee. »Ich weiß es nicht.«

»Ich glaube, ich bin die dümmste Frau Deutschlands«, sagte sie, »aber ich mag dich sehr, und ich werde dich vermissen.«

»Du bist nicht dumm«, entgegnete er, »ganz im Gegenteil. Du bist anders als alle anderen Frauen, die ich jemals kennengelernt habe. Du bist etwas ganz Besonderes und hast sicher einen Platz in meinem Herzen, solange ich lebe. Das klingt pathetisch, aber es ist die Wahrheit!«

Sie glaubte ihm. »Bevor wir uns trennen«, sagte sie und fummelte an den Fransen der ursprünglich weißen Tischdecke, »möchte ich, dass du mir erzählst, warum du das alles getan hast. Ich möchte den Grund verstehen, weißt du, die ganze Geschichte. Ich möchte *dich* verstehen, Chris.«

Verlegen grinste er. »Wir haben nicht mehr viel Zeit.«

»Beeil dich. Es ist mir so wichtig.«

»Also gut«, begann er, »es war wegen dieser Kette. Wegen dieser bescheuerten Kette. Himmel, wenn ich sie nicht zufällig gefunden hätte, wäre das alles nicht passiert.«

»Wegen einer Kette?«, fragte Dana und riss ungläubig die Augen auf.

KAPITEL 33

Langsam bewegten sich Swantje und Henry durch die Dünen auf den höchsten Punkt mit dem Wasserturm zu. Der 13 Meter hohe Turm aus dunkel gebrannten Ziegelsteinen stellte seit 1927 die Trinkwasserversorgung auf der Insel sicher und galt als eines der Wahrzeichen von Juist. Swantje fragte sich, ob der Täter den Übergabeort des Lösegeldes zufällig gewählt oder ob er eine Verbindung zu ihm hatte. Zumindest war der Turm so auffällig, dass jeder Tourist auf Juist zwangsläufig darauf aufmerksam werden musste. Swantje wusste, dass er abgeschlossen und nicht frei zugänglich war. Hielt der Entführer seine Geisel hier versteckt? Möglich war es. Sicherheitshalber hatte Swantje sich von der Gemeinde einen Schlüssel besorgt. Ihre Idee, schon vorher nachzusehen, hatte sie verworfen, um die Gesundheit der Geisel nicht aufs Spiel zu setzen.

Henry schleppte sich mit einem schweren Wanderrucksack ab, in dem sich ein fester Müllsack mit den gebrauchten Scheinen befand. Hin und wieder stöhnte er, weil er das Gewicht des Rucksacks anscheinend unterschätzt hatte. Kein Wunder, schließlich hatte er noch nie in seinem Leben so viele Geldscheine auf einmal mit sich herumgetragen.

Der Wasserturm war bereits in Sichtweite. Um ihn herum standen Bänke zum Ausruhen. Swantje fiel sofort die Bank rechts vom Eingang des Turmes ins Auge, von der der Täter gesprochen hatte. Dahinter sollten sie den Müllsack mit dem Geld deponieren.

Ob er schon da war? Diskret sah sie sich nach allen Seiten um, konnte aber nichts Auffälliges erkennen.

Die Uhr am Wasserturm zeigte 19.25 Uhr. Swantje meldete sich über Funk mit ihrem Kürzel und sprach bewusst tief. So konnte sie leise reden, aber trotzdem bestimmt rüberkommen. »Einsatzleitung, hier ist Team Anton. Wir haben die Übergabestelle erreicht und nehmen Position ein.«

Prompt bekam sie die Bestätigung. »Verstanden. Hier ist Team Berta. Halten Sie Ihre Position und bleiben Sie bereit.«

Swantje erkannte die sonore Stimme von Meinert Richter. Sie wusste, dass die Kollegen in einem Umkreis von 50 Metern ihre Stellungen bezogen hatten. Unter ihrer zivilen Kleidung trugen sie Schutzwesten. Sie hatten Pistolen am Körper und würden unverzüglich von ihnen Gebrauch machen, sollte sich eine Gefahrenlage ergeben.

»Hier ist Team Berta«, meldete sich Meinert Richter. »Sorgen Sie dafür, dass das Geld sicher abgelegt wird. Wir halten weiterhin Ausschau nach der Entführten.«

Swantje nickte Henry zu, der sich auf die Bank zubewegte, die Hand fest am Holster. Gesichert wurde er von Torben Dankwort, der als guter Schütze galt. Zuletzt beschleunigte Henry seine Schritte, wuchtete kurz vor dem Erreichen der Bank beidhändig den Geldsack aus dem Rucksack, drehte sich noch einmal nach allen Seiten um und stopfte dann den Sack hinter die Bank. Einen Moment lang setzte er sich, um die Umgebung zu scannen, weiterhin gesichert von Torben. Als der ihm zunickte, setzte Henry den Rucksack wieder auf und trat langsam den Rückzug an.

Swantje hielt die Luft an. Sie betete, dass Henry auf seinem Weg zurück nichts passieren würde. Gleich würde Dierken seinen großen Auftritt haben. Vielleicht zum letzten

Mal in seinem Leben würde er mit der Polizei Katz und Maus spielen. Bis zum bitteren Ende würde er dieses Spiel ausreizen.

Wie das Spiel ausgehen würde, war völlig unklar. Vorrang hatte immer der Schutz der Geisel. Hoffentlich gab es keine weiteren Toten. Die Chance des Täters, mit dem Lösegeld zu entkommen, war gleich null. Er müsste schon jemanden kennen, der im Besitz eines Pilotenscheins und eines Privatjets war und ihn von der Insel fliegen würde. Am Flughafen hatten zwei Kollegen Stellung bezogen.

Zum Glück war es nicht Marvin Gissemann. Swantje war nicht gut auf ihn zu sprechen, weil er Dierken einfach hatte laufen lassen, ohne ihn beschatten zu lassen. Genug Personal war inzwischen auf der Insel. In diesem speziellen Fall hätte er auf einen Eilantrag bei der Staatsanwaltschaft verzichten können. Es war Gefahr im Verzug, da hätte er auch eigenmächtig handeln können, und das war ihm bekannt gewesen.

Swantje bereute, dass sie sich von ihm hatte wegschicken lassen. Sie und Henry hätten die Nacht trotz großer Müdigkeit durchmachen müssen. Sie erkannte ihren Irrtum. Auf Marvin war kein Verlass, das hatte er mehr als einmal bewiesen. Auch sein unabgesprochener Besuch bei dem bestohlenen Rentner war ein dienstliches Vergehen. Wenn das Ganze hier vorbei war, würde sie ihm ein Verfahren an den Hals hängen. Zumindest ein Disziplinarverfahren war drin. So schuldbewusst und kleinlaut, wie sich Marvin heute Morgen gegeben hatte, wusste er anscheinend, was ihm blühte.

Und wenn es gar nicht Dierken war, auf den sie hier warteten, schoss ihr eine warnende Stimme durch den Kopf. Vielleicht suchten sie am Ende doch den Falschen.

Sie hielt ihr Funkgerät dicht vor den Mund. »Team Anton.

Sieht alles ruhig aus. Keine Bewegung des Entführers. Wir stehen zehn Meter vom Turm entfernt. Lösegeld ist sicher abgelegt. Mikrofon unter der Bank ist befestigt.«

»Team Berta. Auch hier alles negativ. Bleiben Sie auf Position«, raunte Meinert Richter durch das Funkgerät.

Kurz darauf tauchten zwei Jungs im Alter zwischen 15 und 18 Jahren auf. Sie steuerten die Sitzbank neben dem Eingang des Wasserturms an, um sich dann mit Anlauf auf die Lehne zu schwingen. Der Jüngere hatte längere Haare mit einem überlangen Pony, den er ständig zurückwarf. Der Ältere trug einen kurz geschnittenen Haarschnitt mit ausrasiertem Nacken.

»Team Anton an Berta«, zischte Swantje. »Haben Sie Sicht auf die zwei Jungs? Wie sollen wir uns verhalten?«

»Team Berta hier. Ich habe die beiden im Blick, werde notfalls eingreifen. Sehen aber sauber aus. Wenn die in fünf Minuten nicht abgezischt sind, mache ich denen Beine.«

Die Jugendlichen packten ihre Vapes aus. Eine Weile rauchten sie ihre E-Zigaretten schweigend und beschäftigten sich mit ihren Handys, bis der Jüngere wieder seinen Pony zurückwarf und den schwarzen Müllsack hinter sich bemerkte. »Digga«, schrie er, »was das?«

Durch die unter der Bank befestigten Mikrofone konnten die Ermittler mithören.

Sein Kumpel drehte langsam den Kopf zu ihm hin. »Junge, lass mal reingucken!«

»Bruder, bist du dumm? Ich pack doch anderer Leute ihren Dreck nicht an!«

»Nur mal kurz! Alter, vielleicht Gras oder so, kannste Kohle mit machen. Safe!« Er wollte den anderen abklatschen, aber der reagierte nicht.

»Nee, lass stecken, Digga, voll eklig!«

»Alter, safe ist das Ding was wert.«

»Nie im Leben. Alter, lass stecken. Wallah, wir ziehen ab.« Der Langhaarige rutschte von der Bank, steckte seine schwarze Vape wieder ein, warf seinen Pony zurück und schlenderte den Weg Richtung Ortsmitte zurück, während er eine lange Sprachnachricht aufs Handy quatschte und seinen Kumpel, der schlecht gelaunt zehn Meter hinter ihm her latschte, nicht mehr beachtete.

»Team Cäsar. Sehen Sie was, Team Anton?«, schallte verzerrt Sebastians Stimme über Funk.

Swantje betätigte den Sprechknopf des Funkgerätes. »Team Anton, Einsatzleitung. Nein, nur zwei Jugendliche, die schon wieder weitergezogen sind. Wir bleiben aufmerksam. Die Stille könnte trügerisch sein. Entfernen Sie sich bitte weiter von dem Turm. Wir können Sie sehen. Verteilen Sie sich in 20 Metern Entfernung in westliche und östliche Richtung, so unauffällig wie möglich.«

In dem Moment ging auf Swantjes Telefon eine Nachricht ein.

»Hey du. Ich habe was für uns, eine hübsche Alternative zum Kurhaus. Eine Nacht mit Frühstück für zwei im Hotel Pabst in der Strandstraße. Das Hotel liegt unmittelbar am Strand, hat eine prima Saunalandschaft, genau das Richtige für uns. Möchte dich so gerne fühlen, spüren, meine Hände durch deine langen blonden Haare gleiten lassen. Ich übernehme alle Kosten. Von Sonnabend auf Sonntag. Sag bitte Ja! Ich habe schon reserviert. Sie halten die Reservierung bis morgen früh, 9 Uhr.«

Ihr Herz machte einen Satz. Der hatte Nerven! Hielt die Polizei seit Tagen auf Trab und flirtete mit ihr, als gäbe es kein Morgen.

Minuten vergingen, in denen die Ermittler voller Anspannung auf ihren Positionen verharrten.

Swantje beobachtete eine Gruppe von Senioren, die vor dem Wasserturm stehen blieben, ihn umrundeten und schließlich weitergingen. Zum Glück hatten sie sich nicht auf den Bänken verteilt.

Dann tauchte ein junger Mann mit Kinderwagen auf, blieb stehen, machte ein Foto vom Turm, tippte eine Nachricht in sein Handy und verschwand.

Zwei Frauen in farbiger Sportkleidung joggten vorbei, ohne die Doornkaatbuddel auch nur eines Blickes zu würdigen. Wahrscheinlich kannten sie sie schon. Möglicherweise lebten sie auf Juist.

Marvins Stimme schnarrte durch das Funkgerät. »Team Anton, hier ist Team Dora. Haben Sie Sicht auf das Opfer und den Entführer?«

»Einsatzleitung, negativ.« Swantje sprach wieder bewusst tief. »Weiterhin kein Sichtkontakt«, murmelte sie. »Wir bleiben in Position und halten Ausschau.«

Swantje merkte, wie ihre Anspannung allmählich wich. Das durfte nicht sein. Sie befanden sich in einer heiklen, unter Umständen hochgefährlichen Situation und durften mit keinem Deut nachlassen, weder körperlich noch geistig. Mit jeder Minute, die verging, wuchs ihr Zweifel, dass sie es wirklich mit Dierken zu tun hatten. Zudem nahm die Müdigkeit wieder zu. Die letzte fast schlaflose Nacht zollte ihren Tribut. Außerdem meldete sich ein menschliches Bedürfnis.

»Team Dora hier.« Das musste wieder Marvin sein. »Achtung, Team Anton«, sagte er. »Ich sehe Bewegung. Mann, mutmaßlich der Entführer, nähert sich mit einem Rucksack. Ziemlich kompakt, würde ich sagen. Der Mann und auch der Rucksack. Er bewegt sich auffällig. Kein Tourist.«

Nun entdeckte Swantje ihn ebenfalls. Sie nahm Blickkontakt mit Henry auf, der ein kleines Fernglas aus seiner Brusttasche zog. Der stämmige Mann, der soeben in das Blickfeld der Beamten trat, hatte einen schlurfenden Gang. War das Dierken mit seinem Gehfehler?

Sie sah Henry zustimmend nicken.

Über Funk gab Swantje die Bestätigung. »Einsatzleitung, hier ist Team Anton. Mutmaßlicher Entführer nähert sich der Übergabestelle mit einem Rucksack. Schlurfender Gang. Entführungsopfer nicht in Sicht.«

»Team Berta hier«, meldete sich Meinert Richter zu Wort. »Verstanden, Team Anton. Halten Sie sich bereit. Keine unüberlegten Aktionen.«

Swantje sah den schweren Mann vor dem Turm stehen. Immer wieder blickte er sich um, nervös, mit fahrigen, eckigen Bewegungen. Seine rechte Hand glitt in seine Jackentasche. Hielt er dort eine Waffe versteckt? Ihre rechte Hand wanderte automatisch zum Holster. Unzählige Male hatte sie diese Situation trainiert, war darauf vorbereitet.

Sie nahm Position ein, brachte ihre Füße in Stellung, visierte das Ziel an, die Hand an der Waffe, bereit zum Schießen. Tatsächlich, seine Jackentasche zeigte eine Ausbeulung. Er zog die Hand wieder heraus, um sie kurz darauf erneut hineinzustecken. Nun umrundete er schlurfend den Turm. Swantje fühlte das Holster unter ihrer Windjacke. Ohne hinzusehen, bemerkte sie, dass auch Henrys Aufmerksamkeit erhöht war, dass sich seine Körperspannung veränderte und er unter der Lederjacke seine Waffe entsicherte. Er war hoch konzentriert, hatte seine Position zum Schießen eingenommen.

»Einsatzleitung, hier ist Team Anton«, meldete sich Swantje. »Entführer hinter dem Turm verschwunden. Wer sieht ihn? Bitte melden!«

»Team Anton, hier ist Team Emil, Verhandlungsteam. Sicht auf den Mann. Er wandert unruhig auf und ab. Wirkt unentschlossen. Bereit zur Kommunikation mit dem Entführer, falls erforderlich.«

Swantje wusste nicht, wer gesprochen hatte, tippte jedoch

auf einen Kollegen vom Festland. Mehrere Beamte bildeten zusammen ein Verhandlungsteam, um die Kommunikation mit dem Entführer herzustellen, aufrechtzuerhalten und gegebenenfalls deeskalierend zu wirken. »Team Anton«, gab sie zurück. »Verstanden, Verhandlungsteam. Halten Sie sich bereit.«

»Team Dora hier.« Erneut war Marvins aufgeregte Stimme zu hören, höher als gewohnt. »Team Anton, hören Sie: Entführer in Sicht. Er wandert wieder um den Turm herum, dürfte gleich vorne auftauchen. Aber wo ist das Opfer?«

Swantje führte das Funkgerät zum Mund, drückte auf die Sprechtaste. »Einsatzleitung, hier ist Team Anton. Entführer wieder in Sicht, aber kein Opfer. Wirkt er aggressiv?«

»Negativ. Keine Aggression erkennbar. Soll ich Kontakt aufnehmen?«

»Negativ. Hier Team Emil, keinen Kontakt! Auf keinen Fall! Wir machen das selbst!«

Gespannt wartete Swantje auf den Entführer, der gleich vor dem Turm auftauchen müsste. Was wäre, wenn er plötzlich um sich schießen würde? Einen hochnervösen Eindruck hatte er vorhin schon hinterlassen.

Sie hatten alles koordiniert, Besprechungen abgehalten, alle möglichen Situationen durchgespielt. Sollte die Lage eskalieren, würde das SEK aus Aurich, das sich hinter der Düne bereithielt, eingreifen. Aber bis die hier wären, hätte der Mann sie und wahrscheinlich auch Henry über den Haufen geschossen. Sie hoffte, dass es nicht dazu kommen würde. Sie wollte auch nicht die Erste sein, die schoss.

»Team Berta«, schnarrte Richter. »Bleiben Sie ruhig. Halten Sie die Situation unter Kontrolle.«

»Verstanden«, antwortete Swantje, deren Stimme zu zittern begann. »Team Anton hier. Wir versuchen, die Situation zu klären.«

»Verstanden, Team Anton. Hier Team Dora.« Marvin räusperte sich. »Wir müssen das Opfer finden, bevor es zu spät ist.«

Swantje war genervt. Ihrer Meinung nach hatte Marvin in den letzten zwei Tagen komplett versagt. Doch das durfte sie ihn jetzt nicht spüren lassen. Es galt weiterhin, mit ihm professionell auf Augenhöhe zu agieren. »Einsatzleitung, Team Anton«, funkte sie. »Ich weiß, halten Sie Ausschau. Das Opfer könnte in der Nähe sein.«

In dem Moment tauchte der Entführer wieder auf. Schwerfällig, mindestens 150 Kilo schwer. So hatte sie Dierken nicht in Erinnerung, auch wenn er eine kräftige Statur hatte. Vielleicht versuchte er sich so zu tarnen. Wiederholt fummelte der Mann in den Taschen seiner schwarzen Kapuzenjacke, zog einen kleinen Gegenstand heraus und blieb breitbeinig stehen.

»Team Anton hier. Hat er eine Schusswaffe?«

»Team Berta. Negativ. Wir haben die Lage unter Kontrolle.«

Aufmerksam beobachtete Swantje den Mann, wie er sich unbeholfen auf die Bank neben der erhöhten Eingangstür setzte und etwas in sein Handy tippte. Jeden Augenblick würde er sich melden, neue Anweisungen durchgeben und bekannt geben, wie er sich den Austausch »Geld gegen Geisel« vorstellte.

KAPITEL 34

Am Hafen blieben fröhlich winkende Urlauber zurück, die sich glücklich schätzen konnten, noch nicht abreisen zu müssen. Ein Brauch, den Dana kannte, seit sie mit ihren Eltern das erste Mal auf Juist gewesen war. Das Winken zum Abschied am Fähranleger hatte sie immer schon sentimental gestimmt. Ein Ritual wie im wirklichen Leben: Mal gehörte man zu den Glücklichen, zu den Gewinnern, mal zu den Unglücklichen, die einen Verlust wegstecken, die Abschied nehmen mussten.

Die Fähre der Reederei Norden-Frisia hatte schon ein gutes Stück zurückgelegt. Der Schiffsmotor tuckerte leise, Gischt lag in der Luft. Möwen umkreisten das Fährschiff. Der gewohnte Geruch nach Meer und Tang machte Dana schwermütig. Die Menschen am Kai wurden klein wie Streichhölzer und waren bald kaum noch zu erkennen.

Dana setzte sich an einen windgeschützten Platz aufs Oberdeck und hielt den gefütterten braunen Umschlag von Chris fest umklammert, den er ihr zum Abschied zugesteckt hatte. Sie traute sich nicht, ihn zu öffnen, geschweige denn, den Brief zu lesen. Sie ahnte, dass er eine verhängnisvolle Botschaft enthielt, die sie in ihrem desolaten Zustand nicht ertragen würde. Sie war allein, mit sich und ihren trüben Gedanken, und würde es in den nächsten Stunden bleiben. Keiner da, den sie um Rat fragen und mit dem sie sich austauschen könnte. Sie fühlte sich hoffnungslos einsam und verlassen. Sie drehte den Umschlag um. Die bereits vertrauten runden Buchstaben, die weiche Handschrift.

Dana warf einen letzten Blick zurück.

Das Letzte, was sie von der Insel sah, war das stählerne Seezeichen, das mit seiner Form an das Segel eines Schiffes erinnerte.

Immer wieder musste sie sich fast zwanghaft in Erinnerung rufen, dass sie nun frei war und dass sie diesen Zustand nach vielen Tagen in Gefangenschaft eigentlich genießen müsste. Sie müsste dankbar sein, dass sie noch am Leben war, dass es ihr gut ging und dass Chris die Situation nicht ausgenutzt hatte. Seit ihrer Ankunft im Keller des verlassenen Hauses hatte er sie kein einziges Mal gegen ihren Willen angerührt. Erst am Ende, als beide Gefühle füreinander entwickelt hatten, als sie selbst die Nähe zu ihm gewollt hatte.

Es war von beiden ausgegangen.

Und dennoch fühlte sie sich verloren wie nie zuvor in ihrem Leben. Die letzten Tage hatten einer emotionalen Achterbahnfahrt geglichen, mit allen Höhen und Tiefen. Sie hatte Schreckliches gesehen – ihre tote Chefin in einer Blutlache, das bedrückende Gefängnis im Keller eines heruntergekommenen Hauses. Sie hatte Schreckliches ausgestanden – panische Todesangst, die sie in den ersten zwei Tagen nur kraft ihrer Gedanken in den Griff bekommen hatte, aber das nur zeitweise. Unangenehm war auch das Geräusch der Maschinen gewesen, die ununterbrochen gebrummt hatten. Und erst der Geruch – nach Feuchtigkeit, Staub, muffiger, abgestandener Luft und fauligem Wasser.

Chris war ihr zunächst wie ein Monster vorgekommen, kalt und unberechenbar, bis er ihr seinen Namen genannt und begonnen hatte, mit ihr zu reden und sich für sie zu interessieren.

Sie hatte in permanenter Angst um ihr Leben und ihre Gesundheit dahinvegetiert, hatte tagsüber Panikattacken und nachts Albträume durchlebt, um dann plötzlich Vertrauen und Wärme zu spüren wie lange nicht mehr in ihrem Leben – ein Wechselbad der Gefühle. Sie wusste, sie würde lange brauchen, um das alles zu verarbeiten, mit oder ohne Hilfe eines Therapeuten.

Und dann – nach mehreren Tagen – war etwas ganz Unerwartetes geschehen. Sie war verrückt genug, sich in dieses Monster zu verlieben. Nicht nur das, sie war so verrückt, dass sie diesen Verbrecher nun auch noch vermisste, so schmerzlich vermisste, als wäre sie zu einer Einheit mit ihm verschmolzen. Erst vor einer Stunde hatten sie sich voneinander verabschiedet. Lange hatten sie sich in den Armen gelegen und sich geküsst. Zuletzt hatten sie sich an den Händen gehalten und sich tief in die Augen geschaut, als wäre der andere der letzte Mensch, dem sie in ihren Leben so nah sein würden. Als sie auseinandergingen, hatte er ihr besagten Umschlag mit dem Brief zugesteckt.

»Da steht alles drin«, hatte er gesagt, »alles, was du wissen musst.«

Etwas in ihr war zerrissen seitdem.

Als sich ein bärtiger Typ neben sie setzte, der wie ein Seemann aussah, hielt Dana es nicht länger aus. Sie stieg mit ihrem Rucksack die steilen Treppen hinunter und suchte im Unterdeck einen Platz am Fenster. Aus einer Übersprunghandlung heraus studierte sie die Speisekarte, obwohl sie keinen Hunger hatte. Sie wollte einfach ihre Ruhe haben, nicht angesprochen werden und niemanden sehen.

Dana war auf dem Weg nach Norddeich und dann nach Münster, zurück zu Menschen, mit denen sie nichts mehr verband, die sie nicht mehr um sich haben wollte. Chris war der Einzige gewesen, der sie jemals gesehen hatte. Er hatte sie erkannt – Dana mit ihrem ambivalenten Wesen, auf der ewigen Suche nach sich selbst. Eine Träne stahl sich aus ihrem Auge. Bis vor wenigen Tagen hatte sie von sich geglaubt, nicht beziehungsfähig zu sein. Sie hatte keine feste Beziehung gewollt, nur lockere, unverbindliche Kontakte. Aber nun hatte sich etwas verändert. Sie konnte nur noch an Chris denken, verzehrte sich nach ihm, spürte beim Gedanken an ihn einen schmerzhaften Stich im Herzen und bei der Erinnerung an seine Berührungen einen ziehenden süßen Schmerz in ihrem Bauch. Noch nie hatte sie darüber nachgedacht, was die Redewendung »jemandem das Herz brechen« wirklich bedeutete. Jetzt wusste sie es. Ihr Herz war gebrochen. Sie war nicht mehr eins, sie war nur noch halb. Gerne hätte sie geweint, aber sie fühlte sich zu leer, zu mitgenommen.

Der Brief in ihrem Rucksack machte es nicht besser. Er löste eine gewaltige Unruhe in ihr aus. Sie sollte, sie musste ihn lesen, aber nicht jetzt. Es war zu früh.

Flüchtig warf sie einen Blick auf ihr Handy und dachte darüber nach, was Chris gerade wohl machte. Es war der Zeitpunkt der Geldübergabe. Hoffentlich ging alles gut! Chris brauchte das Geld, um den Ausbau seines Hauses voranzutreiben, um seine Wünsche zu verwirklichen. Vielleicht kam tatsächlich eines Tages alles so, wie es sich Dana erhoffte: dass er sich von seiner Frau trennen und sich zu ihr bekennen würde. Sie würden heiraten und sich in Chris' Haus wunderschön einrichten. Sie würden Kinder bekommen, vielleicht einen Hund aus dem Tierheim adoptieren, zusammen alt und grau werden und ihren Lebensabend an der herrlichen Nordseeluft genießen. Sie sah sich mit Chris Händchen haltend auf einer blau gestrichenen Bank vor ihrem Häuschen sitzen, ein Glas Wein trinken, darüber glücklich, dass sie einander hatten.

Als sie auf ihr Handy schaute, bemerkte sie, dass in der Zwischenzeit viele Nachrichten eingegangen waren – von Kai, von David, von ihren Eltern und ihren drei besten Freundinnen. Sie öffnete keine einzige. In wenigen Stunden war sie wieder in Münster. Dann wäre Zeit genug zu reden. Auch wenn sie sich davor fürchtete.

Vor dem Wasserturm breitete sich Hektik aus. Der Mann stand plötzlich auf. Er machte unkontrollierte Bewegungen, fuchtelte mit den Armen, als hätte er Schwierigkeiten, das Gleichgewicht zu halten.

»Team Berta hier. Achtung! Er hat den Sack entdeckt!«, funkte Meinert Richter.

Marvin meldete sich. »Team Dora. Sicht auf die Geisel?«

»Team Anton«, flüsterte Swantje. »Negativ. Moment ... da kommt jemand ...«

Regungslos verharrte Swantje in ihrer Position und beobachtete, wie sich eine kräftige Frau mittleren Alters auf den Mann zubewegte.

Beide kamen sich entgegen, beschleunigten ihre Schritte. Der korpulente Mann lief nun relativ rund; er schien seine Gehprobleme überwunden zu haben.

»Team Berta hier. Was passiert jetzt? Was ist mit der Frau? Gehört die zu ihm?«

Swantje räusperte sich. »Team Anton«, sprach sie nuschelnd in ihr Funkgerät. »Ich glaube, die gehören zusammen.«

»Ist das Dana Weghorst?«, funkte Team Berta.

»Nein, dann müsste sie mindestens 50 Kilogramm zugelegt haben«, merkte Swantje an.

»Team Berta hier. Was sehen Sie?«

Swantje traute ihren Augen kaum. »Team Anton. Die umarmen sich«, sagte sie. »Die küssen sich. Die sind ein Paar!«

Team Emil meldete sich über Funk: »Nicht wahr, oder? Wir beobachten gerade ein Liebespaar?«

»Team Anton. Die steuern unsere Bank an. Er breitet eine Decke auf der Bank aus, zieht Gläser und eine Flasche Weißwein hervor sowie eine Tupperdose. Die picknicken.«

»Team Dora hier. Die picknicken? Im Ernst?« Marvins schallendes Gelächter ertönte, aber er merkte es schnell und ließ die Sendetaste los.

»Team Cäsar. Ja, scheiße, ich sehe es auch, die picknicken tatsächlich. Fehlanzeige, das ist nicht unser Mann!«

»Team Dora. Also war der wohl nur so nervös, weil das Date bevorstand. Und jetzt?«, funkte Marvin.

»Team Anton, Einsatzleitung. Wir warten noch 30 Minuten. Dann brechen wir ab.«

40 Minuten später hörten sie den korpulenten Mann durch das unter der Bank angebrachte Mikrofon sagen: »Ich schlage vor, wir packen zusammen und ziehen weiter zu Frankies Grill. Ich habe Hunger. Das bisschen Grünzeug reicht mir nicht. Ich habe seit dem Frühstück nichts gegessen. Boah, was habe ich Bock auf 'ne Currywurst mit Pommes. Und später können wir noch in die Spelunke gehen und ein paar Biere zischen. Oder alternativ in meine Ferienwohnung.« Dabei streichelte er ihren Oberschenkel.

»Gute Idee«, fand sein Date, lachte laut und schloss die Tupperdose.

Zur gleichen Zeit schalteten die Ermittler ihre Funkgeräte aus.

KAPITEL 35

»Das war wohl nichts«, seufzte Swantje und befüllte den Wasserbehälter der Kaffeemaschine. Sie waren wieder auf der Wache in der Carl-Stegmann-Straße und warteten auf einen Anruf des Entführers. »Haben wir etwas falsch gemacht?«, fragte sie laut in die Runde. »Waren wir zu nah dran?«

»Eigentlich nicht«, fand Sebastian. »Dass Touristen in der Nähe waren, konnten wir nicht verhindern. Aber das muss der Entführer eingeplant haben, sonst hätte er einen anderen Übergabeort vorgeschlagen. Er hat einen Ort gewählt, der einigermaßen bevölkert ist, um sicherzugehen, dass wir nicht zur Waffe greifen.«

»Aber dann hat er es sich wohl anders überlegt«, meinte Marvin. »Er wird einen dritten Übergabeort vorschlagen, warum auch immer. Nur er kennt den Grund dafür. Dieser Scheißtyp spielt Katz und Maus mit uns.«

»Herr Gissemann, Sie sind doch schon lange auf Juist«, wandte sich Swantje direkt an ihn. »Wie lange genau, wenn ich fragen darf?«

»Natürlich darfst du«, sagte Marvin, wohl in der Hoffnung, dass sie sein Duzen erwidern würde. Aber er musste damit rechnen, dass sie seinen etwas plumpen Versuch überhören würde. »Seit fast drei Jahren.«

»Aber Sie stammen von der Insel? Zumindest hatten Sie das mal erwähnt.«

»Ja, als Kleinkind habe ich hier gelebt. Später sind wir weggezogen. Meine Eltern fanden Arbeit auf dem Festland.

Deshalb haben wir eine Weile in Norden gewohnt, später in Bremen. Meine Ausbildung bei der Polizei habe ich in Hannover absolviert.«

»Und irgendwann wollten Sie zurück nach Juist.«

»Ja, weil es auf der Insel so schön ist und weil ich meine Kinder frei und natürlich aufwachsen sehen möchte. Hier können sie sich entfalten und haben wundervolle Spielmöglichkeiten. In einer Großstadt könnte ich mir Leon und Lucas nicht vorstellen, das wäre nichts für sie. Gerade für Kinder ist so eine kleine autofreie Insel das reinste Paradies.«

»Marvin hat das große Glück wie ich, ein Haus auf Juist geerbt zu haben«, fügte Sebastian erklärend hinzu.

»Ach, das ist ja wirklich ein Riesenglück«, fand Swantje. »Wo befindet sich das Haus denn?«

»Na ja, es ist eher ein Häuschen. Etwas außerhalb. Es ist marode und muss umfassend renoviert werden. Das nimmt viel Zeit in Anspruch. Nicht so einfach bei dem Schichtdienst. Im Moment wohnen wir zu viert in einer Dreizimmerwohnung. Da wird es langsam zu eng für uns.«

»Hast du den Wasserrohrbruch eigentlich in den Griff bekommen oder ist das immer noch ein Problem?«, wollte Sebastian wissen.

»Es geht voran«, sagte Marvin, dem es sichtlich peinlich war, mit seiner geerbten Immobilie plötzlich im Mittelpunkt zu stehen. »Alles braucht seine Zeit. Und es kostet eine Kleinigkeit«, fügte er mit einem zerknirschten Gesichtsausdruck hinzu.

»Meine Eltern hatten mal einen Wasserrohrbruch«, erzählte Sebastian. »Da war was los, sage ich dir. Ein halbes Jahr hat das gedauert. Erst das Leck finden, dann die Wände aufbohren, das kaputte Rohr austauschen, die Wände trocknen mit diesen schrecklichen Trocknungsmaschinen, die Tag und Nacht laufen müssen und dröhnen, dass man nicht schlafen kann, ein Höllenlärm, sage ich dir, du kannst dich auf nichts mehr konzentrieren, zählst jeden Tag, bis das endlich ausgestanden ist. Dazu kommt der Gestank. Das stinkt furchtbar, so ein offenes kaputtes Rohr. Und dann folgt ja erst die Renovierung, die auch noch mal viel Zeit verschlingt.«

»Ein halbes Jahr?« Erschrocken riss Marvin die Augen auf. »Du machst Witze!«

»Leider nein.«

»Wo Sie ein echtes Inselkind sind«, wandte sich Swantje an Marvin, »müssten Sie eigentlich den Reiterhof Flemming gut kennen. Oder die Brüder Lars und Martin Flemming.«

»Bedaure«, sagte Marvin. »Ich war viel zu klein, um hier Kontakte zu knüpfen. Ich war nur ein Jahr im Kindergarten, dann sind wir weggezogen. Für mich sind viele Insulaner immer noch Fremde. In meinem Alter schließt man nicht mehr so schnell Freundschaften. In meiner Freizeit treffe ich mich eigentlich nur mit Torben oder auch mal mit Sebastian und seiner Familie. Wir passen vom Alter her gut zusammen. Auch unsere Frauen verstehen sich gut.«

»Ich freue mich, dass Sie heute so redselig sind«, sagte Swantje mit leicht ironischem Unterton. »Haben Sie den Namen Martin Flemming denn schon mal gehört vor unseren Ermittlungen?«

Marvin schüttelte den Kopf. »Leider nein. So, will jemand ein süßes Stückchen? Ich laufe rasch zum Bäcker rüber, der kleine Hunger meldet sich gerade.«

Es wollte keiner etwas außer ihm. Marvin verließ achselzuckend das Büro.

Swantje rubbelte sich über die Arme, weil sie plötzlich fröstelte. »Hoffentlich geht es Dana gut«, kam sie zu den Ermittlungen zurück. »Ich mache mir fürchterliche Sorgen um sie und frage mich, ob wir etwas übersehen haben.«

»Wir haben jeden Stein auf Juist umgedreht«, sagte Sebastian. »Wir sind in Mannschaftsstärke von Haus zu Haus gezogen, haben die Bevölkerung befragt und Flugblätter verteilt. Wir haben Mantrailer losgeschickt mit super ausgebildeten Spürhunden. Wir haben Drohnen eingesetzt und Hubschrauber mit Wärmebildkameras. Wir haben mit einer Hundertschaft aus Norden und Aurich ganze Dünenlandschaften durchpflügt. Außerdem haben wir einen Zeugenaufruf mit Danas Foto im Fernsehen, in den sozialen Medien und im Rundfunk gestartet. Ich wüsste nicht, wo wir etwas übersehen haben könnten.«

»Da kann man nur hoffen, dass sie noch am Leben ist«, sagte Henry und massierte seinen kratzigen Dreitagebart. »Wir hätten Dierken nicht laufen lassen sollen.«

»Dann hätte er Dana nicht versorgen können«, merkte Sebastian an. »Da hat Marvin schon recht gehabt.« Er lehnte am Sideboard, auf dem die Kaffeemaschine stand, und hielt schon seinen Becher parat.

Swantje sah ihn flüchtig an. »Er wird sie vielleicht auch unter diesen Umständen nicht mehr versorgen. Der Täter weiß, dass die Polizei ihn im Visier hat, er steht unter Beobachtung. Das wird ihn entweder sehr wachsam sein lassen oder ...«

»Oder er wird Fehler machen«, setzte Henry ihren Satz fort. Unruhig lief er im Raum auf und ab. »Wenn er doch endlich anrufen würde. Dierken braucht Geld, sonst hätte er diese ganze bescheuerte Aktion nicht gestartet. Kaum ein Mensch riskiert heutzutage noch eine Entführung. Dierken ist kopflos, er hat eine lange Haftstrafe hinter sich und will auf keinen Fall wieder hinter Gittern. Das macht ihn gefährlich.«

Mit leicht zittriger Hand schenkte sich Swantje Kaffee ein, obwohl er noch nicht komplett durchgelaufen war. »Das sehe ich genauso«, sagte sie seufzend. »Der Täter benötigt für seinen Neustart dringend die nötigen Mittel. Irgendetwas ist schiefgelaufen. Aber er wird sich wieder melden. Er wird sich gleich melden«, sprach sie sich selbst gut zu.

Und das tat er.

Durch das Klingeln des Telefons erschrak sie so, dass sie Kaffee auf den Boden verschüttete und leise fluchte. Sie ging zum Papierbehälter und wischte die kleine Pfütze hektisch auf.

»Ein Anruf aus Aurich«, meldete Laureen Wiegers. »Irgendein Grafologe. Ich stelle durch.«

Mit gerunzelter Stirn nahm Swantje den Anruf entgegen. Aufmerksam hörte sie zu. »Und Sie sind sicher, dass es einen Treffer gibt?«, fragte sie dann. »Wie sicher sind Sie?«

»Die Probe war eindeutig. Zu 100 Prozent.«

Swantje bedankte sich und legte auf. »So, der Kaffee ist durchgelaufen«, rief sie den anderen zu. Sie merkte, dass ihr das Blut aus dem Kopf gewichen war und sie blass wie ein Leichenhemd aussehen musste. »Bedient euch, Leute! Ich muss kurz im Haus etwas erledigen.« Auf dem Weg nach draußen fiel ihr eine Fitnessuhr auf, die auf einem unbenutzten Schreibtisch lag und aufgeladen wurde.

»Gehört dir die Uhr, Torben?«, fragte sie.

Er hielt seinen Arm hoch. »Nee, meine Smartwatch habe ich an. Erst 7.000 Schritte heute. Das ist gar nichts; ich muss noch ein bisschen was tun. Wenn ich hier einigermaßen pünktlich rauskomme, geht's direkt nach der Arbeit ins TöwerVital aufs Laufband und dann an die Gewichte. Ich glaube, die auf dem Tisch ist von Marvin.«

Swantje nickte. Sie verließ das Büro, um in einem leer stehenden Zimmer am Ende des Ganges in Ruhe telefonieren zu können. Sie wählte die Nummer des Landeskriminalamts in Hannover und ließ sich mit der Personalabteilung verbinden.

Als sie zu Henry und den anderen zurückkam, fand sie einen Zettel auf ihrem Schreibtisch vor. »Musste leider dringend weg. Magen-Darm. Marvin.«

Nachdenklich betrachtete Swantje die Notiz. »Marvin krank? Der wirkte doch eben noch topfit. Verstehe ich nicht. Hat er euch noch etwas gesagt?«

»Das kommt manchmal von einer Minute auf die andere«, bemerkte Sebastian. »Es geht wieder um. Letzten Monat hatte ich diesen Mist, ebenfalls ganz plötzlich. Meine Frau und mein Sohn hatten es dann auch. Scheußlich.«

»Gesagt hat Marvin nichts? Er wollte vorhin zum Bäcker, das ist keine halbe Stunde her. Wenn man Magen-Darm hat, kann man doch nichts essen.«

»Das muss ihn auf dem Weg zurück ereilt haben. In der einen Hand hielt er die Bäckertüte, mit der anderen hielt er sich den Bauch. Er war kreidebleich. Also, ich glaube ihm das!«

Swantje verzog minimal das Gesicht, beschloss jedoch, den Mund zu halten. Nervös wartete sie auf den entscheidenden Anruf, der nun endlich alles ins Rollen bringen würde.

Auf ihrem Telefon ging eine Nachricht ein. Da sie unter Strom stand, sah sie sofort nach.

»Na, du wilde Hilde«, schrieb Onno, »schon zu einem Entschluss gekommen? Lust auf ein lockeres Saunadate im Strandhotel mit anschließendem Verwöhnprogramm auf dem Zimmer? Du hast dir Entspannung verdient, Süße. Du darfst entscheiden, was ich mit dir tun soll. Ich habe alles drauf, was ein guter Liebhaber draufhaben sollte.« Es folgte ein Zwinker-Smiley.

»Das klingt gut«, schrieb sie zurück. »Aber wir haben ja alle Zeit der Welt, lass es uns langsam angehen. Erst mal Kaffee trinken und quatschen.«

»Wo? Bei dir oder bei mir?«

»In einem Café.«

»In einem Café? Ernsthaft?«

»Ja, Schatz, wir haben uns sicher viel zu erzählen. Ich warte im Café Baumanns auf dich. Meine Oma ist auch hier. Die möchte dich unbedingt kennenlernen. Kannst du verstopfte Toiletten reparieren? Meine Oma braucht dringend Hilfe. Der Klempner ist im Urlaub.«

Pause.

Und dann blockierte er sie.

Dana ging ins Bordrestaurant und bestellte einen Ostfriesentee mit Kluntjes und Sahne und einen gebutterten Krintstuuten – in Erinnerung an ihren Besuch mit Chris in der Domäne Bill. Sie wusste jetzt schon, dass sie das Rosinengebäck zu Hause in Münster vermissen würde.

Und als sie endlich die Bank am Fenster ganz für sich allein hatte, gab sie sich einen Ruck und nahm den großen gefütterten Brief aus ihrem Rucksack. Noch einmal zögerte sie, drehte und wendete ihn, bevor sie den Umschlag öffnete und den Bogen mit zittriger Hand hervorholte. Doch es war noch etwas darin. Verwundert zog sie ihre Kette heraus. Der zerbrechliche Tonanhänger war unversehrt geblieben.

»Meine liebe Dana«, begann sie zu lesen und wischte sich über die Augen, die sogleich wieder feucht wurden.

»Nun bist du also auf dem Weg nach Hause. Entschuldige bitte meine etwas krakelige Schrift. Ich hoffe, du kannst sie lesen. Ich bin es nicht mehr gewohnt, mit der Hand zu schreiben, aber ich finde, du verdienst einen richtigen handgeschriebenen Brief.«

Am Datum erkannte Dana, dass er den Brief schon vor zwei Tagen geschrieben hatte.

»Oft hast du mich nach dem Grund für alles gefragt, und ich habe mich gewunden, dir darauf zu antworten. Vielleicht, weil die Antwort für mich selbst zu schmerzhaft ist. Ich muss mich meiner Geschichte stellen, und das fällt mir nicht leicht.

Womit soll ich beginnen? Am besten mit dem Anfang, meiner Kindheit.

Aufgewachsen bin ich auf Juist, und zwar auf dem Reiterhof meiner Großeltern. Schon mit drei Jahren habe ich Reiten gelernt. Mein Opa hat es mir beigebracht. Zu meinem fünften Geburtstag habe ich ein Shetlandpony bekommen, das hieß Maja. Maja war mein Ein und Alles, meine beste Freundin. Ich wollte nicht in den Kindergarten gehen und später nicht zur Schule, denn ich wollte immer nur bei Maja sein, so viel Zeit wie möglich mit ihr verbringen.

Auf dem Hof meiner Großeltern hatte ich alles, was eine glückliche Kindheit ausmacht – viel Platz zum Toben und Spielen, viel Freiraum für Abenteuer und liebende, großartige Menschen um mich herum. Ich habe besonders meinen Großvater sehr geliebt. Ja, auch meine Eltern haben mir ein behütetes Zuhause geboten. Es war ein liebevolles, verständnisvolles Elternhaus mit viel Geborgenheit und Liebe.

Damals haben wir mit meinen Großeltern unter einem Dach gewohnt.

Einige Jahre später zogen wir in das Haus meiner anderen Großeltern. Das war für mich in Ordnung, denn zum Reiterhof war es nicht weit. Oft bin ich nachmittags dorthin geradelt. Als ich älter wurde, habe ich größere Ponys geritten, denn für Maja war ich inzwischen zu groß geworden.

Alles änderte sich, als ich etwa 15 Jahre alt war und meine Mutter eines Nachmittags beim Gardinenaufhängen von der Leiter stürzte. Sie musste mehrfach operiert werden und lag mit kompliziertem Bein- und Beckenbruch für längere Zeit im Krankenhaus. Von der Krankenkasse bekamen wir eine Haushälterin zugewiesen. Sie hieß Susanne. Susanne war ein Drachen. Lars und ich mochten sie von Anfang an nicht. Ständig schrie sie uns an, wenn wir in ihren Augen etwas falsch gemacht hatten. Sie war ein paar Jahre jünger und leider auch attraktiver als meine Mutter, wie ich heute als Erwachsener sagen kann. Schnell bemerkten mein Bruder und ich, dass mein Vater nur noch Augen für sie hatte. Susanne verhielt sich in Gegenwart meines Vaters ganz anders. Sie war supernett, fleißig, hilfsbereit, charmant und lustig. Obwohl Lars wegen einer frühkindlichen Hirnhautentzündung geistig zurückgeblieben war, spürte er genau wie ich, dass die beiden sich ineinander verliebt hatten. Noch während des Klinikaufenthaltes meiner Mutter begannen sie eine Affäre. Lars und ich hörten nachts die Geräusche, die aus Papas Schlafzimmer kamen, das Stöhnen und die Lustschreie, und ekelten uns zu Tode.

Die Reha meiner Mutter fand im Oktober und November auf Borkum statt. Das weiß ich noch so genau, weil ich ständig ums Haus herum fegen musste.

Die Adventszeit begann mit ihren Lichtern und der besonderen heimeligen Stimmung auf der Insel – und immer noch ohne meine Mutter. Etwa eine Woche vor Weihnachten brachte uns Susanne einen Brief von Mama, in dem sie uns mitteilte, dass sie während ihrer Reha auf Borkum einen Mann kennengelernt habe und mit ihm nach Gran Canaria auswandern wolle. Schon Weihnachten wolle sie mit ihm dort verbringen. Sie bat uns um unser Verständnis für diesen Schritt und wünschte uns frohe Weihnachten. Sie habe uns dennoch lieb und würde oft an uns denken und uns bald besuchen. ›Sucht bitte nicht nach mir‹, stand in diesem Brief, und den letzten Satz werde ich auch nie vergessen: ›Gönnt mir mein Glück, ich habe lange danach gesucht.‹

Was dann folgte, war eine bittere Zeit für meinen Bruder und mich. Susanne zog bei uns ein, und Lars und ich mussten uns damit arrangieren. Anfangs fiel es uns sehr schwer. Wir mussten viel arbeiten, im Haushalt und im Garten. Das brauchten wir früher bei unserer Mutter nicht zu tun. Die Schule kam dadurch zu kurz, und wir wurden immer schlechter. Mein Bruder besuchte eine Förderschule, aber er ging nicht mehr gerne hin. Doch Kinder sind anpassungsfähig und gewöhnen sich mit der Zeit an alles. So haben wir uns schließlich an das Zusammenleben mit Susanne gewöhnt. Mein Vater war glücklich mit ihr und schien Ulrike, unsere Mutter, vergessen zu haben. Er schien allerdings auch uns, seine Söhne, vergessen zu haben, denn er nahm uns nicht in Schutz, wenn Susanne uns anschrie und ohrfeigte, uns das ohnehin knappe Taschengeld strich und uns alles verbot, was Spaß machte, einfach, weil sie es konnte und wollte.

Als mein Großvater gestorben war, zogen wir auf den Reiterhof zurück, und mein Vater übernahm die Leitung. Leider konnte er nicht alle Angestellten halten. Inzwischen sind nur noch ein Festangestellter da und saisonale Aushilfen.

Mein Bruder und ich mussten viel mithelfen, aber meistens haben wir das gerne getan, denn wir liebten Pferde über alles.

Irgendwann kam diese Hexe Susanne auf die Idee, meinen Bruder wegen seiner geistigen Behinderung einweisen zu lassen. Angeblich sei er auf sie losgegangen, habe sie geschlagen und sogar gewürgt. Lars bestritt das vehement, und ich glaubte ihm, denn ich wusste, dass er nie aggressiv war oder gar gewalttätig wurde. Aber es half alles nichts. Susanne wollte ihn loswerden. Und so verlor mein kleiner Lars mit knapp 16 Jahren sein Zuhause und kam in eine geschlossene psychiatrische Einrichtung nach Aurich. Da lebt er bis heute. Ich habe ihm versprochen, ihn dort herauszuholen, sobald sich die Verhältnisse ändern, ich es zu etwas gebracht habe und wir als Familie mehr Platz haben. In unserer kleinen Wohnung auf Juist war das bisher nicht möglich. Aber das ist nicht so einfach. Wie es aussieht, wird er auch in Zukunft dort leben müssen, denn mit meiner kriminellen Vergangenheit würde mir sowieso nicht erlaubt werden, mich um Lars zu kümmern.

So, und dann gab es einen Hoffnungsschimmer, denn ich habe unerwartet geerbt. Mein anderer Großvater hat mir das alte Arbeiterhaus vermacht, in dem er schon mit seinen Eltern gelebt hatte und in dem auch meine Familie zeitweise ein Zuhause gefunden hatte. Meine Frau Yvonne war begeistert, als sie davon hörte, und freute sich wie verrückt darauf, mit mir und den Kindern in einem Haus mit Garten zu wohnen, in dem die Kinder herumtollen könnten und sie Obst und Gemüse anbauen würde. Nur leider stellte sich heraus, dass das Haus in einem stark renovierungsbedürftigen Zustand war und umfassend saniert werden musste. Wir haben nicht viel Geld, also war klar, dass ich viel Eigenleistung erbringen muss. Als gelernter Handwerker war das keine große Herausforderung für mich, aber mein Problem war die knapp bemessene Zeit, die mir dafür zur Verfügung stand.

Dennoch ging es in den ersten Wochen gut voran. Die Renovierung machte Fortschritte, und es war endlich Land in Sicht. Alles lief gut, bis ich plötzlich Wasser im Keller entdeckte. Ich ging dem nach und fand einen größeren Wasserschaden im ehemaligen Vorratsraum. Daraufhin habe ich einen Klempner beauftragt, die Wand zu öffnen, um zu sehen, wie es unter der Oberfläche aussah. Es war ein Freitag, und der Klempner wollte schon mittags Feierabend machen. Wäre es ein anderer Wochentag gewesen, dann hätten die Geschehnisse wahrscheinlich einen anderen Ausgang genommen.

Als der Klempner gegangen war, habe ich einfach mit seinem Presslufthammer weitergearbeitet, denn ich wollte dem

Wasserschaden noch vor dem Wochenende auf den Grund gehen. Also habe ich selbst die Wand aufgerissen.

Ja, liebe Dana, was ich dann zu sehen bekam, bedeutete für mich den größten Schock meines Lebens. Ich glaube, ich habe noch nie so laut und ausdauernd geschrien. Hinter der Wand in dem früheren Kartoffelkeller lag in einem kleinen Verschlag eine verweste Leiche. Schnell wurde mir klar, dass es sich um die sterblichen Überreste von Mama handeln musste, denn ich erkannte ihre Beinschiene und ihren orangefarbenen Rippenpullover, den sie selbst gestrickt und oft getragen hatte. Die Haut der Leiche erinnerte mich an Leder, aber ihre kastanienbraunen Haare sahen fast noch aus wie früher. Nur wirkten sie zerfranst und hatten jeglichen Glanz verloren.

Ich wusste nicht, wie lange ich neben der Leiche gekauert hatte – war es eine halbe oder eine ganze Stunde oder zwei Stunden? Ich stand völlig neben mir, war zu keinem klaren Gedanken fähig. Irgendwann sickerte zu mir durch, was passiert war: Mama war tot. Ein furchtbarer Schock. All die Jahre dachte ich, dass sie uns Kinder verlassen hatte, um sich mit ihrem Lover ein neues Leben im sonnigen Süden aufzubauen. Oft hatte ich mir ausgemalt, wie sie auf Gran Canaria in der Morgensonne frühstückten, dann im Meer um die Wette schwammen, sich gegenseitig den Rücken eincremten, nachmittags Siesta hielten und abends unter Sonnenschirmen aus Palmenblättern mit bunten Cocktails auf ihr Glück anstießen. Für uns Kinder fühlte sich dieser massive Vertrauensbruch, dass Mama uns im Stich gelassen hatte, entsetzlich an, besonders für meinen kleinen Bruder, der viel abhängiger von Mama gewesen war als ich und sie schmerzlich vermisste. Unzählige Male hatte er sich in den Schlaf geweint, und ich hatte ihn getröstet. Er hätte sie so sehr gebraucht. Mir brach es das Herz, als er gegen seinen Willen ins Heim eingeliefert worden war. Das musste sich wie ein Verrat für ihn angefühlt haben. Auch heute noch fragt er oft nach ihr. Ich schaffe es noch nicht, ihm reinen Wein einzuschenken, aber bald muss ich das wohl tun, denn er soll nicht länger im Ungewissen leben. Niemand von uns hatte jemals daran gedacht, dass Mama uns gar nicht freiwillig verlassen hat.

Aber zurück zu dem verhängnisvollen Tag.

Mein erster Gedanke war, als ich wieder halbwegs zur Besinnung gekommen war, dass ein Unbekannter meine Mutter ermordet hatte. Doch dann entdeckte ich in einer Ecke des Verschlags eine Kette, die Susanne gehörte. Die Kette bestand aus einem schwarzen Lederband mit einem Anhänger. Es war ein blau gemusterter getöpferter Minikrug, der beim Aufprall auf dem harten Betonboden zu Bruch gegangen sein musste. Susanne hatte diese Kette oft getragen. Sie stammte aus einer kleinen Töpferei auf Juist.

In dem Moment wurde mir schlagartig alles klar: der fingierte Brief von meiner Mutter, Susannes Eile damals, so schnell wie möglich meinen Vater zu heiraten und mit ihm in unserem Haus zusammenzuleben, und Susannes Bestreben, meinen Bruder dauerhaft loszuwerden. Mein Hass auf sie wurde so stark, dass ich keinen anderen Gedanken mehr zulassen konnte, als Mama und Lars zu rächen. Die Pistole fiel mir ein, die ich von meiner letzten Arbeitsstelle noch hatte, aber seitdem nicht mehr angefasst hatte. Ich hatte auch noch ein Magazin mit Patronen dafür. Ich steckte die Waffe ein und machte mich auf den Weg zu Susannes Strandcafé.

Ich gebe zu: Ich habe Susanne getötet, weil sie mir das Liebste genommen hat. Sie hat mir meine Mutter Ulrike genommen, auf die wir viele Jahre gewartet haben und auf die mein Bruder Lars immer noch wartet. Ich weiß, dass unsere Mutter meinen Kindern eine gute Oma geworden wäre, und bin sehr traurig, dass Leon und Lucas ohne Großeltern aufwachsen müssen, denn für mich waren meine Großeltern mütterlicherseits neben meiner Mama das Größte und Beste in meinem Leben.

Außerdem hat Susanne mir meinen geliebten Bruder genommen, der schon so lange in einer geschlossenen Einrichtung leben muss. Das hat er nicht verdient.

So, nun weißt du alles, Dana. Vielleicht verstehst du nun, warum ich deine Kette, die der von Susanne glich, nicht leiden mochte und dich zwingen wollte, sie abzulegen. Aber du bist zunächst standhaft geblieben, was ich sehr bewundert habe. Das bist eben du, und du hast mir mit deinem Mut und deiner Entschlusskraft sehr imponiert. Die Kette bekommst du nun zurück. Ich habe sie dir in den Umschlag gelegt.

Übrigens, dass ich dich mitgenommen und in diesen fürchterlichen Keller gesteckt habe, war nicht geplant. Ich wollte dir zu keinem Zeitpunkt wehtun, das musst du mir glauben. Ich habe dich sofort in mein Herz geschlossen, vom ersten Augenblick an eigentlich, und habe mich ernsthaft in dich verliebt. So gerne wäre ich mit dir richtig zusammengekommen und hätte mein Leben mit dir geteilt. Ich hätte mir ohne Weiteres vorstellen können, mit dir noch einmal eine Familie zu gründen. Dass das nicht möglich ist, zerreißt mir das Herz. Wenn ich dich früher getroffen hätte, dann hätte ich Susanne nicht getötet, sosehr ich sie auch gehasst habe. Dann hätte ich dich nicht eingesperrt, dann wären wir vermutlich ein ganz normales Liebespaar geworden, denn mit meiner Ehe geht es so oder so zu Ende. Sie ist zerrüttet; meine Frau und ich haben uns auseinandergelebt.

Ich musste eine kurze Pause einlegen, weil ich geweint habe. Das gibt ein Mann nicht gerne zu, aber dir gegenüber kann ich offen sein. Ich weiß, du verstehst mich.

Vor mir auf dem Schreibtisch liegt meine Pistole. Ich werde sie gleich entsichern. Meine liebste Dana, dies ist mein Abschiedsbrief an dich. Versuch bitte, mich zu verstehen!

Im Freitod sehe ich die einzige Möglichkeit, meiner Familie diese große Schande zu ersparen. Ich möchte vermeiden, dass meine Frau Yvonne von der Polizei befragt wird und sich unangenehmen Situationen aussetzen muss, und ich möchte verhindern, dass meine beiden kleinen Söhne ihren Vater im Gefängnis besuchen müssen. Dann lieber einen Vater, dem sie auf dem Friedhof Blumen bringen und zu Weihnachten eine Kerze anzünden können.

Dir, liebste Dana, wünsche ich von Herzen das Allerbeste. Ich hoffe, dass du eines Tages glücklich wirst. Geh, wohin dein Herz dich trägt, und ergreife einen Beruf, der dir Erfüllung bringt, der zu dir passt und deinen Bedürfnissen gerecht wird. Richte dich nicht mehr nach den Wünschen anderer, sondern nur nach deinen eigenen. Du hast mir erzählt, dass du etwas mit deinen Händen machen möchtest, etwas Schöpferisches, Bleibendes. Tu nur noch das, was dich glücklich macht, und umgib dich nur noch mit Menschen und Dingen, die dir guttun. Alles andere lässt du in Zukunft einfach hinter dir.

In tiefer Liebe, dein Chris«

Benommen steckte Dana den Brief in den Umschlag zurück. Ihr Herz klopfte ihr bis zum Hals, und sie hatte das Gefühl, dass sie nicht mehr atmen konnte. So bekam sie kaum mit, dass der Kapitän der Frisia plötzlich vor ihr stand.

KAPITEL 36

Laureen Wiegers meldete sich telefonisch aus dem Nebenzimmer. »Ein Anruf von Bord der Frisia. Ich habe den Mann nicht ganz verstanden. Irgendein Typ von der Crew des Schiffes. Die Verbindung war schlecht. Ich stelle durch.«

Swantje konnte sich zunächst keinen Reim darauf machen. Einen Anruf von der Crew der Fähre hatte sie noch nie entgegengenommen. »Swantje Brandt, Kriminalhauptkommissarin.«

»Wir haben sie!«, dröhnte eine männliche Stimme aus dem Hörer.

»Wie bitte?« Das Blut begann in Swantjes Ohren zu rauschen. »Von wem sprechen Sie?«

»Dana Weghorst«, rief der Mann gehetzt ins Mobiltelefon, »sie lebt und es geht ihr gut.«

»Und wer sind Sie?«, fragte Swantje und stellte das Gespräch laut, damit alle mithören konnten.

»Mein Name ist Björn Hansen, ich bin der Erste Offizier an Bord der Frisia. Wir haben die gesuchte Person anhand von Fotos identifiziert. Es ist Dana Weghorst! Sie befindet sich wohlbehalten an Bord unseres Schiffes auf dem Weg nach Norddeich. Wie ist das weitere Vorgehen?«

Swantje Brandt musste sich erst einmal sammeln. »Dana Weghorst ist auf der Fähre?«, wiederholte sie laut und suchte Blickkontakt mit ihren anwesenden Kollegen.

»So ist es. Sie sitzt im Unterdeck der Frisia und trinkt Tee. Es geht ihr gut. Sie wirkt nur etwas angeschlagen, müde und blass.«

»Moment. Bleiben Sie bitte am Apparat.« Swantje musste sich kurz besprechen. Sie hatte mit weiteren Anrufen des Entführers gerechnet, fast sogar mit dem Schlimmsten, aber mit Sicherheit nicht damit, dass die Geisel plötzlich ohne Lösegeldübergabe freigelassen worden war und an Bord der Frisia Tee trank.

»Wir leiten es weiter«, sagte Henry und sprang auf. »Die sollen bei Dana bleiben, bis Kollegen von der Bundespolizei da sind. Die Kollegen sollen mit Dana nach Juist zurückfliegen. Ich funke mal rüber, ob ein Polizei-Heli frei ist.«

Swantje zeigte sich einverstanden und teilte dies dem Offizier mit.

»Wir legen in 35 Minuten an«, sagte Björn Hansen. »Der Kapitän wird Frau Weghorst so lange an Bord festhalten. Vorher werden wir nicht ablegen.«

»Sehr gut! Wir werden alles Notwendige veranlassen«, sagte Swantje und legte auf.

»Würden Sie den Entführer wiedererkennen?«, fragte Swantje 90 Minuten später und schob der Studentin einen Becher Tee hin. Henry saß neben ihr und hörte der Vernehmung zu.

»Ich war schon in Norddeich«, sagte Dana vorwurfsvoll. »Der Kapitän hat mich persönlich über die Gangway begleitet. Mein Zug nach Münster wäre eine Viertelstunde später abgefahren. Da kommen Beamte von der Bundespolizei auf mich zu und bitten mich, mit ihnen zurück nach Juist zu fliegen. Ich finde das unmöglich! Hätte ich nicht erst mal nach Hause fahren können?«

Swantje atmete tief durch. »Ich verstehe Sie sehr gut, Frau Weghorst, aber da es sich um einen Entführungsfall handelt, ist es wichtig, dass wir Ihre Aussage heute noch bekommen. Ich werde dafür sorgen, dass Sie gleich morgen früh den Flieger nach Norddeich nehmen können und dann problemlos die Anschlussbahn erreichen.« Sie hatte Mitleid mit der jungen Frau, die sehr mitgenommen aussah. Dana hatte dunkle Ringe unter den Augen, war fahl, und ihre Haut wirkte durchscheinend. Sie schien geweint zu haben. Kein Wunder nach dem Martyrium, das sie durchgemacht hatte.

»Natürlich würde ich ihn wiedererkennen«, beantwortete Dana die Frage der Ermittler, an die diese sie noch einmal erinnert hatten. Sie wärmte ihre Hände an dem Heißgetränk.

»Er hat sich Ihnen also gezeigt und nicht versucht, sein Gesicht zu verbergen?«

»Nein, er hat sich von Anfang an offen gezeigt. Er hat nicht einmal eine Mütze getragen oder so etwas. Jedenfalls nicht, wenn er zu Hause war.«

»Zu Hause?«

»Na, da, wo er mich eingesperrt hatte«, sagte Dana mürrisch.

Swantje lehnte sich vor und blickte die Studentin freundlich an. »Wie würden Sie ihn beschreiben?«

Dana atmete tief durch. »Er ist groß und kräftig, sieht sehr gut aus, hat blaue Augen, sehr schöne, freundliche Augen, wie ich finde. Ein symmetrisches Gesicht. Ich habe mir einen Verbrecher immer anders vorgestellt, mit eng stehenden kalten Augen und breitem Kinn. Das ist ein Vorurteil. Er wirkte sympathisch, lieb.«

»Lieb?«

»Ja, er wirkte eher wie ein Knuddelbär als ein Verbrecher. Trotzdem hatte ich anfangs Angst vor ihm.«

»Nur anfangs – später nicht mehr?«

»Das hat sich gelegt, weil er von Tag zu Tag freundlicher

wurde. Irgendwann habe ich nicht mehr damit gerechnet, dass er mir etwas antun könnte.«

»Wie kam das?«

»Er hat mir immer etwas mitgebracht, hat sogar meine Wünsche berücksichtigt. Mal eine Pizza, einen Döner, ein Fischbrötchen, etwas vom Asiaten. Er war die meiste Zeit richtig nett.«

»Was ist Ihnen noch an ihm aufgefallen?«

»Er hatte mal einen Unfall und hat deshalb eine leichte Behinderung. Manchmal humpelt er.«

»Er hat einen Gehfehler?«

»Ja, genau. Er hat Schwierigkeiten, längere Strecken zu gehen. Dann zieht er sein linkes Bein nach, weil es schmerzt. Darum mussten wir öfter Pausen machen.«

»Sie waren mit ihm unterwegs?«

»Ja, zum Schluss. Da hat er mich eingeladen in die Domäne Bill und zum Seezeichen am Hafen. Wir waren auf der Aussichtsplattform. An dem Tag war der Himmel wolkenlos, und wir hatten einen herrlichen Ausblick über die Insel.«

»Warum haben Sie nicht versucht zu fliehen?«

»Ich weiß«, sagte Dana zögerlich. »Ich wollte irgendwie nicht. Ich fühlte mich wie gelähmt. Ich konnte nicht.«

Swantje machte sich Notizen, obwohl das Gespräch selbstverständlich aufgezeichnet wurde. »Hat er Sie gut behandelt?«, fragte sie nach.

»Absolut, ich kann mich nicht beklagen.«

»Wo hat er Sie gefangen gehalten?«

»In einem Haus. In einem alten renovierungsbedürftigen Häuschen«, fügte Dana hinzu.

»Würden Sie das Haus wiedererkennen?«

»Ich denke ja. Es war in einer Straße hinter dem Deich.«

»Straßenname, Hausnummer?«

Dana schüttelte den Kopf.

»Aber Sie könnten uns zu dem Haus führen?«

Die junge Frau mit den blauen Strähnen wirkte plötzlich sehr in sich gekehrt. Sie nickte und bat um ein Glas Wasser.

»Ich hätte auch eine Frage«, sagte Henry und rückte ein Stück näher an sie heran. »Hat er Ihnen seinen Namen genannt?«

»Ja, hat er. Er heißt Chris.«

»Chris?« Henry stutzte. »Chris – und wie weiter?«

»Er hat seinen Nachnamen nicht erwähnt. Das war mir auch nicht wichtig.«

»Glauben Sie, dass es sein richtiger Name ist?«

Dana zuckte mit den Schultern. »Woher soll ich das wissen?«

Henry räusperte sich, als Zeichen, dass er weitermachen wollte.

»Schauen Sie mal«, sagte er freundlich, »ich habe hier ein paar Fotos.« Er rief die Fotogalerie auf und scrollte durch die Bilder, bis er gefunden hatte, wonach er suchte. »Nehmen Sie sich Zeit, sie in Ruhe zu betrachten. Erkennen Sie ihn darunter?« Als Erstes zeigte er zwei Porträtbilder von Onno Dierken, dann von Hein Asmussen und zuletzt von Ansgar Löbbert.

Die Studentin schüttelte fortwährend ihren Kopf. »Nein«, sagte sie, »er ist nicht dabei.«

Henry durchbohrte sie mit seinem Blick. »Sind Sie sicher? Frau Weghorst, schauen Sie bitte noch einmal ganz genau hin. Sind Sie sicher, dass es keiner der Männer war?«

»Er ist nicht dabei!«, wiederholte Dana Weghorst mit fester Stimme und bat um eine Pause, um die Toilette aufsuchen zu können. Swantje stand auf, um sie zu begleiten.

»Sie hat Dierken nicht erkannt«, wunderte sich Sebastian, als Swantje mit Dana den Raum verlassen hatte. »Sind die Fotos denn aktuell?«

»Neuere haben wir nicht«, sagte Henry und massierte sein stoppeliges Kinn. »Sie hat den Täter gesehen. Vielleicht hat er sie dermaßen unter Druck gesetzt, dass sie ihn deckt.«

»Wir sollten eine Psychologin hinzuziehen, was meinen Sie?«

»Das auf jeden Fall.« Henry ging ins Intranet, um eine Liste der Polizeipsychologen durchzugehen. Dabei stieß er auf eine Mail vom Norder Krankenhaus, die vom Chefarzt persönlich erst vor wenigen Minuten versandt worden war. Darin teilte er mit, dass Hans-Joachim Flemming gerade zur Reha nach Norderney ausgeflogen worden sei. Sein Zustand habe sich stabilisiert und er könne ab Freitag zur Sache befragt werden.

Henry machte mit der Nordseeklinik Norderney einen Besuchstermin für den nächsten Vormittag aus. Dann kontaktierte er zwei Polizeipsychologinnen und bat sie um umgehenden Rückruf.

»Ich habe einen schlimmen Verdacht«, sagte Swantje abends am Küchentisch. Sie hatten keine Lust gehabt, auswärts zu essen, und sich stattdessen Fisch vom Hafen mitgebracht. Dazu gab es Salate und gut gekühltes Flensburger Bier. »Einen richtig schlimmen sogar. Ich traue mich kaum, ihn auszusprechen.«

»Ich glaube, ich weiß, was du meinst.« Henry nahm einen kräftigen Schluck direkt aus der Flasche. »Ich will auch lieber nicht darüber nachdenken, was das für uns bedeuten würde.«

Swantje bestrich eine Scheibe Brot mit Butter. »Ich wünschte, es wäre anders.«

»Du wünschtest, es wäre Onno?«

»Es wäre zumindest einfacher gewesen.«

»Und du hältst die Studentin für glaubwürdig?«

»Auf jeden Fall! Ich möchte das nur gerne von der Psychologin bestätigt haben. Dieser Chris benutzt einen Decknamen, so viel steht fest.«

»Und du glaubst auch, es ist Martin, der auf die Insel zurückgekommen ist, um sich zu rächen?«

»Ich müsste mich schon schwer irren, wenn er es nicht wäre!«

Mit dem Fischmesser zerteilte Henry vorsichtig seine Scholle, um möglichst alle Gräten zu erwischen. »Warum hat er sich nicht noch einmal gemeldet, was denkst du? Will er das Geld nicht mehr?«

»Ich weiß es nicht. Ich könnte mir vorstellen, dass ihm die Sache zu heiß geworden ist. Wahrscheinlich war er in der Nähe und hat das Polizeiaufgebot gesehen. Da hat er kehrtgemacht.«

»Wo wird er stecken? In dem Haus?« Henry griff nach seinem Bier.

»Das wäre dumm, oder? Wahrscheinlich hat er Frau und Kinder und lebt inkognito ein richtig biederes Leben als Familienvater.«

»Und warum weiß niemand etwas davon? Warum hat sein Vater keinen Kontakt zu ihm und warum behauptet dieser Pferdepfleger, ihn seit Jahren nicht gesehen zu haben?«

»Vielleicht lebt er auch gar nicht so inkognito«, sinnierte Swantje. Sie griff nach dem Besteck. Eigentlich liebte sie frischen Fisch mit Kartoffelsalat. Aber heute hatte sie keinen Appetit.

»Weißt du, wozu ich Lust hätte?«, fragte Henry.

Überrascht sah Swantje auf. »Nein, wozu denn?«

»Ich hätte Lust auf einen Fernsehabend mit dir. Mal nicht über den Fall brüten, sondern ein Stück Normalität leben.

Dabei was Nettes trinken, etwas Knabberzeug dazu und auf dem Sofa eine Decke über uns ausbreiten. Dich im Arm halten …« Er verstummte, lächelte aber. Seine Wangen glühten. Sein Gesicht hatte einen warmen, weichen Ausdruck bekommen.

»Du wirkst so entspannt, dabei läuft der Täter noch frei auf Juist herum.«

»Wenn ich eins gelernt habe in den vielen Dienstjahren, dann die Notwendigkeit, dass man auch mal ausruhen muss, um all seine körperlichen und geistigen Kräfte beisammenzuhalten. Vergiss nicht, wir zwei sind zwar kaum ersetzbar«, sagte er augenzwinkernd, »aber es muss auch manchmal ohne uns gehen. Im Moment sind zahlreiche Kollegen auf der Suche nach dem Täter. Es gibt strenge Kontrollen am Fähranleger und am Flughafen. Er kommt nicht von der Insel weg.« Scheu streichelte er ihr über die Schulter.

Swantje wurde ein wenig rot. »Was gibt's denn heute im Fernsehen?«, fragte sie und räusperte ihre Schüchternheit weg.

»Ist das wichtig?«

»Nein, eigentlich nicht.«

»Dann komm. Lass uns umziehen aufs Sofa.«

KAPITEL 37

Freitag, 9. August, 11.40 Uhr

Eine Stunde nach der Landung auf der Nachbarinsel Norderney trafen die beiden LKA-Ermittler Hajo Flemming beim Zeitunglesen in der Lounge der Rehaklinik an. Er schien sie erwartet zu haben, denn er war gut angezogen und trug Straßenschuhe.

Flemming wirkte erschöpft und ausgemergelt und dadurch wesentlich älter, als er war. Swantje Brandt und Henry Olsen stellten sich ihm vor und erkundigten sich nach seinem Befinden.

»Es geht von Tag zu Tag besser«, sagte er leiernd. »Entschuldigen Sie, dass ich sitzen bleibe, aber mein Kreislauf macht noch nicht so wirklich mit.«

»Ich bitte Sie«, sagte Swantje und gab mit einer Geste zu verstehen, dass er sich nicht zu bemühen brauchte. »Sie wissen Bescheid?«, fragte sie vorsichtig.

»Worauf wollen Sie hinaus? Dass meine Frau tot ist? Ja, man hat mich darüber unterrichtet.« Er verzog keine Miene.

»Wie geht es Ihnen damit?«

»Nun, sie hatte viel Stress in der letzten Zeit. Das Café, das nicht richtig lief, die politischen Auseinandersetzungen mit diesem Reeder, dem der Schuppen gehört und der die Pacht nicht verlängern wollte, außer zu einem horrenden Preis. Vielleicht hat sie ja jetzt ihren Frieden gefunden. Ich würde es ihr gönnen.«

»Sie gönnen Ihrer Frau den Tod?«, fragte Swantje.

»Ihren Frieden gönne ich ihr«, korrigierte Flemming. »Das ist ein Unterschied!«

»Mit Ihnen hatte Ihre Frau auch ein wenig Stress, nicht wahr?«, hakte Henry vorsichtig nach. »Die Scheidung soll holprig verlaufen sein, wie uns zu Ohren gekommen ist.«

»Wo läuft so etwas schon glatt nach bald 20 Jahren? Die meisten führen nach so langer Zeit einen Rosenkrieg. Aber bitte, nehmen Sie doch Platz.«

Swantje und Henry ließen sich nicht zweimal bitten und setzten sich ihm gegenüber aufs Sofa.

»Was führt Sie zu mir?«, wollte Hajo Flemming wissen. »Ich nehme an, es geht nicht allein darum, mir mitzuteilen, dass meine Frau tot ist.«

»Nein. Wir möchten uns gerne mit Ihnen über Ihre Söhne Martin und Lars unterhalten«, sagte Swantje.

»Da gibt es nichts zu reden«, sagte Hajo Flemming unwirsch.

»Wann haben Sie Ihre Söhne zum letzten Mal gesehen?«

Hajo Flemming presste den Mund zusammen. Seine weißen Hände, die er unentwegt knetete, verrieten seine Anspannung. »Ich muss zugeben«, sagte er nach einigem Nachdenken, »dass ich meinen jüngeren Sohn Lars leider sträflich vernachlässigt habe. Er lebt in einer Klinik für psychisch Kranke in Aurich, und ich habe ihn zuletzt – lassen Sie mich überlegen – vor vielleicht drei Jahren dort besucht. Als ich dort war, hat er mir das Gefühl gegeben, dass er mich nicht sehen wollte, also habe ich von weiteren Besuchen abgesehen. Mehrere Male habe ich versucht, ihn telefonisch zu erreichen, doch telefonieren wollte er auch nicht mit mir. Mir blieb also nichts anderes übrig, als ihn in Ruhe zu lassen. So wollte er es.«

»Und Martin?«, hakte Swantje nach.

»Martin hat sich völlig abgeseilt«, erwiderte der Senior. »Nach der Schule hat er eine Schlosserlehre auf Juist gemacht, und danach ging er … lassen Sie mich überlegen … Er ist zur Bundeswehr, aber wohin genau, das weiß ich nicht mehr.« Hajo rollte die Augen. »Ich habe mich geweigert, ihn weiterhin finanziell zu unterstützen, weil ich so enttäuscht war, dass er den Weg als Handwerker nicht weiterverfolgte, und weil ich es nicht einsehe, Kinder zu sehr zu verwöhnen. Schließlich hat er selbst Geld verdient. Außerdem kann man nicht auf jede Laune eingehen. Im Übrigen kostet mich der Reiterbetrieb eine Kleinigkeit. Die Unterhaltung der Pferde ist kostspielig und die Instandhaltung des Hofes verschlingt Unsummen. Dazu kommen Steuern und Versicherungen und nicht zuletzt die gewaltige Konkurrenz der Fuhrunternehmen untereinander auf Juist.« Unablässig knetete er seine Hände, blickte starr geradeaus und dann wieder auf seine Schuhspitzen. Wenn er nicht redete, war seine Mundpartie verkniffen. »Der Kontakt ist leider abgebrochen«, gab er zu. »Martin wollte von meiner zweiten Frau nichts wissen. Die zwei waren wie Hund und Katz, und ich konnte nichts dagegen tun. Gut, was soll ich sagen: Martin ist erwachsen und geht seinen eigenen Weg. Ich habe genug mit mir selbst zu tun und früher ja auch mit meiner zweiten Frau, die recht anspruchsvoll war. Sie verlangte alle paar Jahre ein neues Auto und gab viel Geld für Klamotten, Friseure und Kosmetiksalons aus. Tja, Martin hat sich nie mehr bei uns blicken lassen. Leider kann ich Ihnen nicht sagen, was aus ihm geworden ist. Der Kontakt ist abgebrochen, als er wegging.« Erneut verfiel Hajo Fleming in eisiges Schweigen. Er nahm seine Zeitung wieder auf und tat so, als wäre das Gespräch für ihn beendet. Seine wechselnde Gesichtsfarbe und sein mahlender Kiefer verrieten jedoch, dass er noch nicht fertig war.

Die beiden Kommissare warteten ab. Swantje hatte genug Menschenkenntnis, um zu wissen, dass Hajo Flemming noch etwas loswerden wollte.

Minuten später faltete er sorgfältig seine Zeitung zusammen und veränderte seine Sitzhaltung. »Nun denn, was soll's«, sagte er seufzend, »Schluss, aus, Ende Gelände. Es hat keinen Sinn mehr, meine Söhne zu schützen.« Er räusperte sich und griff nach seinem Wasserglas, um es zur Hälfte zu leeren. »Es hat sich nicht ganz so zugetragen, wie ich Ihnen vorhin weismachen wollte«, sagte er, als er das Glas hart zurückstellte. »Mein Sohn Martin hat mich vor ungefähr einer Woche auf dem Reiterhof aufgesucht und mich mit Vorwürfen bombardiert. Fertiggemacht hat er mich. Angeblich hätte er seine Mutter gefunden, tot, als mumifizierte Leiche im Keller.« Er lachte künstlich auf, schüttelte den Kopf und räusperte sich. »Ich habe ihm natürlich kein Wort geglaubt. Martin hatte schon immer einen Hang zum Drama. Als Kind hat er Geschichten erzählt, die erstunken und erlogen waren, nur um auf sich aufmerksam zu machen.«

»Was wirft er Ihnen aktuell vor?«, fragte Swantje nach.

»Nun, er hat behauptet, Susanne und ich hätten seine Mutter auf dem Gewissen. Wir hätten Ulrike umgebracht und im Keller einbetoniert.« Wieder entwich ihm ein künstliches Lachen. »Der spinnt, der Junge. Erst lässt er sich jahrelang nicht blicken, bricht den Kontakt ab, und dann macht er mir die Hölle heiß. Was soll ich sagen? Ich wollte ihn vom Hof jagen. Er lief mir hinterher, versuchte, sich mit mir zusammen ins Haus zu drängen, aber das ließ ich nicht zu. Ich habe ihn weggestoßen. Mit einem barbarischen Schrei hat er die Tür aufgerissen und ist ins Haus gestürmt. Er griff mich sofort an, schlug mich gegen meine rechte Schläfe, dass ich fast zu Boden ging. Halb tot, halb ohnmächtig bemerkte ich einen wahnsinnigen Schmerz an der rechten Halsseite. Ich glaube, das war ein Handkantenschlag, denn Martin hat mal Karate gelernt, und später war er wie gesagt bei der Bundeswehr. In dem Moment dachte ich, dass ich das nicht überlebe.« Er hielt sich den Kopf in Erinnerung an den Vorfall. »Und dann verlor ich das Bewusstsein«, sprach er weiter. »Der Rest ist Ihnen bekannt. Nicht umsonst bin ich hier, nachdem ich die ersten Tage auf der Intensivstation verbracht habe.«

»Ach«, stieß Henry überrascht aus, »es war also kein Herzinfarkt?«

»Nein, auch kein Schlaganfall … oder doch«, präzisierte Flemming, »ein leichter Schlaganfall aufgrund des Handkantenschlages. Martin allein ist schuld daran, dass ich hier bin. Er lügt, wo er kann, das hat er früher schon getan. Ich will mit ihm nichts mehr zu tun haben. Sagen Sie ihm das bitte! So, und nun muss ich Sie leider verabschieden, ich will mir das Abendessen nicht entgehen lassen, das ist der beste Teil des Tages. Ich wünsche Ihnen eine gute Heimfahrt.« Damit stand er auf und verließ mit steifen Bewegungen und einem leicht schwankenden Gang die Lobby.

»Du liebe Güte«, sagte Swantje, als sie im Taxi auf dem Weg zum Flugplatz Norderney Platz genommen hatten. »Hans-Joachim Flemming weiß nicht, dass sein Sohn mittlerweile Marvin heißt!«

»Du weißt es schon länger, oder?«, fragte Henry und betrachtete seine Kollegin aufmerksam im Profil.

Swantje nickte. »Ja, nach und nach hat sich für mich das Puzzle zusammengefügt. Marvin fehlt oft für mehrere Stunden auf der Arbeit oder verschwindet früher, ohne sich abzumelden. Er weigert sich, auf den Reiterhof zu fahren, um Werner Rübsamen zu befragen, angeblich wegen einer Pferdehaarallergie.«

»Das ist mir auch aufgefallen«, äußerte Henry.

»Schließlich war es seine Handschrift, die ihn verraten hat. Ich meine damit, dass sein A aussieht wie ein O. Ich habe eine Schriftprobe von ihm vom Grafologen prüfen lassen. Volltreffer, Henry! Er ist es! Marvin hat die Worte auf den Bierdeckel in dem Strandcafé geschrieben, und damit nicht genug: Ich habe seine Personalakte aus Hannover angefordert. Als er seine Ausbildung bei der Polizei begann, hieß er noch Martin Flemming. Er muss nach der Heirat mit seiner Frau Yvonne deren Nachnamen angenommen haben. Daraufhin hat Martin wohl auch seinen Vornamen geändert. Aber das entscheidende Puzzleteil lieferte meine Nachfrage bei der Polizeidienststelle in Hannover. Beim Wechsel der Dienststelle hat Marvin seine Dienstwaffe nicht zurückgegeben. Seine Heckler und Koch P7 hat er in Hannover als gestohlen gemeldet.«

»Ach, sieh mal an«, sagte Henry, »die P7 ist die Tatwaffe! Ein Auslaufmodell, das offiziell bei der Polizei Niedersachsen nicht mehr in Gebrauch ist. Er hat sie die ganze Zeit behalten und nun gegen seine Stiefmutter eingesetzt.«

»Und es gibt noch ein Puzzleteil«, sagte Swantje mit vielsagendem Blick. »Das hat uns seine Uhr geliefert.«

»Seine Uhr?« Henry zog die Augenbrauen zusammen.

»Ja, er besitzt so eine Smartwatch, eine Fitnessuhr. Zufällig hing sie am Ladekabel, als Marvin zum Bäcker ging. Ich weiß, ich hätte es nicht tun dürfen, aber ich habe mir die Daten der Tatnacht angeschaut. Sein Puls, sein Blutdruck und seine Herzfrequenz waren auffällig hoch. Sie blieben noch stundenlang auf diesem extremen Level. Und seitdem gab es immer wieder Situationen, in denen diese Werte derart hochgeschnellt sind – mindestens viermal am Tag. Das waren vermutlich die Zeiten, in denen er unterwegs war, um Dana Weghorst zu versorgen. Er hatte dabei jedes Mal Stress; schließlich konnte er nicht wissen, wie er sie vorfinden würde und was auf ihn zukäme.«

Henry hatte atemlos zugehört. »Stimmt, du hattest keine Berechtigung dazu. Dieses Indiz wird daher im Prozess keine Rolle spielen. Aber ich denke, wir haben auch so genug Beweise gegen ihn in der Tasche.« Er zückte sein Diensthandy. »Ich rufe bei der Staatsanwaltschaft in Aurich an. Die sollen sofort einen Haftbefehl ausstellen, und dann werden wir unserem Kollegen Martin Flemming mal einen Besuch abstatten.«

Wenig später erhielten sie den Haftbefehl per Mail und begaben sich nach der Landung auf Juist mit ihren E-Bikes sofort zur Polizeistation, um ein paar Kollegen abzuholen. Zu viert machten sie sich dann auf den Weg zu Marvin Gissemann.

Seine Frau Yvonne öffnete die Tür. Beim Anblick der uniformierten Kollegen ihres Mannes schien sie zu taumeln. Sie hielt sich am Türrahmen fest und betrachtete verwundert das Paar mittleren Alters in Zivil, das sie noch nie zuvor gesehen hatte.

»Ist Ihr Mann zu Hause?«, kam Swantje ohne Umschweife zur Sache, nachdem sie sich und Henry als Beamte des Landeskriminalamts Hannover vorgestellt hatte.

Yvonne Gissemann trat ein paar Schritte zurück, um ihre beiden Kinder zu beruhigen. Sie waren aus dem Wohnzimmer gekommen und klammerten sich ängstlich an sie. Mit der Aussicht auf ein Eis schickte sie die beiden auf ihr Zimmer.

»Kommen Sie herein«, sagte Yvonne mit dünner Stimme. Sie war sehr blass geworden. »Mit Marvin stimmt etwas nicht. Es ist gut, dass Sie da sind!«

Zurück auf der Wache fiel es Swantje Brandt schwer, professionell zu bleiben. Üblicherweise lächelte sie einem Beschuldigten zu Beginn einer Vernehmung freundlich zu, um eine offene und wertschätzende Atmosphäre zu schaffen – völlig unabhängig vom Vergehen des Angeklagten. Aber so einen brisanten Fall wie diesen hatte sie noch nie gehabt. Ernst schaute sie ihrem Gegenüber ins Gesicht. Wut und Enttäuschung brodelten in ihr und machten es ihr schwer, in der Rolle zu bleiben. Als sie gerade mit der Beschuldigtenvernehmung beginnen wollte, klopfte es an der Tür. Sebastian Jonker stand vor ihr, blass und übernächtigt. Marvin würdigte er keines Blickes. Er entschuldigte sich wortreich bei Swantje und Henry. »Ich möchte wirklich nicht stören«, sagte er, »Frau Brandt, ich weiß, es ist ein denkbar ungünstiger Zeitpunkt, aber kommen Sie doch bitte kurz mit ins Nebenzimmer. Da wartet jemand auf Sie.«

Swantje Brandt sah ihn zweifelnd an, bat dann jedoch Henry und Torben, die Stellung zu halten. Torben nickte, hielt jedoch die ganze Zeit über den Kopf gesenkt. Ihm war anzusehen, wie enttäuscht auch er war. Schließlich hatte er mit Marvin nicht nur beruflich, sondern auch privat öfter Kontakt gehabt.

Kurz bevor Swantje den Raum verließ, bemerkte sie seinen verzweifelten Blick, als wolle er ihr zurufen, ihn mitzunehmen und ihn nicht bei Marvin, der die längste Zeit sein Freund gewesen war, zu lassen.

Nebenan wartete eine Zeugin, eine verhärmt wirkende Frau mit heller Haut und Sommersprossen, die ein Stück Papier in den von Arbeit geschundenen Händen hielt. Ohne ein Wort zu sagen, drückte sie es Swantje in die Hand.

»Eine Visitenkarte?«, fragte Swantje mit gerunzelter Stirn.

Die Zeugin nickte. »Ich wollte im Strandcafé saubermachen, am letzten Sonnabend, als noch nicht bekannt war, was dort passiert ist, und habe in der Nähe der Leiche diese Karte gefunden.«

»Und Sie geben sie mir erst jetzt?«

Die Zeugin machte ein zerknirschtes Gesicht. »Tut mir leid, ich war so durcheinander, da habe ich es vergessen. Die Karte steckte noch in der Tasche meiner Jeans, und als ich die Jeans waschen wollte, habe ich sie wiedergefunden. Ich hoffe nicht, dass das wichtig war.«

»Gut, dass Sie gekommen sind«, sagte Swantje seufzend und bat die Zeugin, sich auszuweisen. Swantje hatte ihr Alter zwischen 38 und 45 geschätzt. Tatsächlich war sie erst 32 Jahre alt. »Frau Akkermann, Sie sind wohnhaft in Norden?«

Inga Akkermann nickte. »Ich komme jeden Sonnabend zum Putzen nach Juist. Diesmal früher, weil ich bei meiner Cousine übernachte. Bei der Gelegenheit wollte ich Ihnen die Karte geben. Ich hoffe, Sie glauben mir, wenn ich Ihnen sage, dass ich mit dem Verbrechen nichts zu tun habe. Ich war nur zum Putzen da. Ich kannte die Frau Flemming gar nicht.«

»Seien Sie unbesorgt«, beruhigte Swantje sie, »das weiß ich.«

Inga Akkermann bedankte sich. Ihr war anzusehen, wie sie sich ab dem Moment entspannte.

»POM Marvin Gissemann, Polizeistation Juist«, las sie vor. »Was heißt eigentlich POM?«

»Polizeiobermeister«, sagte Swantje tonlos und atmete tief durch.

KAPITEL 38

»Guten Tag, Herr Gissemann«, sprach Swantje eine Dreiviertelstunde später ihren ehemaligen Kollegen förmlich an. Denn alle Beteiligten waren sich darüber im Klaren, dass er nun kein Kollege mehr war. Nie war Swantje so froh gewesen wie heute, dass sie auf sein wiederholtes Duzen nicht eingegangen war, denn so hatte sie Distanz bewahren können. Sie hatte ihn von Anfang an gesiezt, und das war gut so.

Vor ihr saß ein in sich gekehrter junger Mann mit gräulicher Gesichtsfarbe. Seine Augen waren schwarz umschattet, die dunkelblonden Haare wirkten strähnig und ungewaschen. Ihm war anzusehen, dass er die ganze Nacht keinen Schlaf bekommen hatte. Von seiner früheren Selbstgefälligkeit war nichts übrig geblieben. Innerhalb von 24 Stunden war aus dem selbstbewussten, manchmal überheblich wirkenden Polizeibeamten ein komplett anderer Mensch geworden.

»Also, Herr Gissemann«, begann sie betont sachlich die Beschuldigtenbelehrung, »Sie sind sich bewusst, dass Sie des Mordes angeklagt sind?« Noch immer konnte es Swantje nicht fassen, dass einer ihrer Kollegen kriminell geworden war. Sie hatte es schockierend gefunden, Marvin Gissemann als Tatverdächtigen überhaupt in Betracht ziehen zu müssen. Mit ihm zusammen hatte sie in dem Fall ermittelt, hatte Spuren verfolgt und Beweise sowie Indizien zusammengetragen, nicht wissend, dass er selbst der Täter war. Sie fühlte sich wie im falschen Film. Es war erschütternd und schlichtweg unglaublich.

Marvin Gissemann nahm eine aufrechte Haltung an. »Ja, dessen bin ich mir bewusst.«

»Ist das Ihre Visitenkarte?« Sie zeigte ihm das Beweisstück, das Inga Akkermann am Morgen nach der Tat an sich genommen hatte.

Marvin starrte darauf. »Wo haben Sie die her?«

»Eine Zeugin hat sie gefunden.«

»Wo? Und wann?«

»Im Strandcafé. In unmittelbarer Nähe der Leiche.«

Marvin riss die Augen auf. »Dana Weghorst?«

Swantje schüttelte den Kopf. »Nein, Herr Gissemann. Können Sie uns erklären, warum Sie Frau Flemming getötet haben?«

Marvin blickte auf seine Hände, die er steif unter sich hielt, als gehörten sie nicht zu seinem Körper. »Es war nicht geplant«, sagte er mit heiserer Stimme. »Im Grunde genommen war es ein Unfall. Ich wollte ihr keine Schmerzen zufügen, aber die Situation ist eskaliert.«

»Ein Unfall? Diese Ausrede hören wir nach einer Festnahme öfter, wie Ihnen bekannt sein dürfte. Dennoch: Erklären Sie uns bitte genauer, was passiert ist.«

»Ich war in einen Streit mit Susanne verwickelt. Das Gespräch wurde hitzig und ist schnell eskaliert. Sie hat mich angegriffen und mir vorgehalten, ich würde lügen.«

»Sie hat Sie angegriffen? Körperlich oder verbal?«

»Verbal, aber heftig, sehr beleidigend. Das hat sie früher schon getan, als ich als Jugendlicher mit ihr unter einem Dach leben musste. Sie war immer gegen meinen Bruder und mich, hat gegen uns gehetzt, uns beschimpft, bedroht und manchmal auch geschlagen. Und als sie in der Boje 8 steif und fest behauptete, ich würde lügen, verlor ich die Kontrolle. Bevor ich wusste, was passierte, griff ich nach meiner Waffe und … es geschah einfach.«

»Es geschah einfach? Sie haben einen Menschen getötet, Herr Gissemann. Sie wissen um die Konsequenzen, und so einfach geschieht eine solche Tat nicht. Sie waren bewaffnet, als Sie das Strandcafé Ihrer Stiefmutter aufgesucht haben. Damit haben Sie schlechte Karten. Das Gericht wird das gegen Sie auslegen. Zudem hatten Sie ein Betäubungsmittel dabei. Warum?«

»Mit dem Mittel wollte ich sie betäuben und quälen, so wie sie mich immer gequält hat. Ich wollte sie nicht töten.«

»Warum dann die Pistole?«

»Damit wollte ich sie einschüchtern. Sonst hätte sie mich nicht zu Wort kommen lassen. Wie früher. Früher waren mein Bruder und ich meistens Luft für sie. In jeder Minute, in jeder Sekunde, hat sie uns das Gefühl gegeben, nicht da zu sein, keine Lebensberechtigung zu haben. Entweder hat sie uns angeschrien oder sie hat uns gar nicht wahrgenommen. Wir waren überflüssig. Susanne hat uns wie Dreck behandelt, wie etwas, das man loswerden muss.«

»Ich nehme Ihnen Ihre Behauptung nicht ab, dass Sie Frau Flemming mit der Pistole nur einschüchtern wollten. Das Magazin war voll. Sie hätten die Waffe auch ohne Patronen mitnehmen oder eine Attrappe benutzen können. Die gibt es in jedem Karnevalssortiment.«

»Eine Attrappe? Nicht mein Ding, viel zu leicht. Das merkt doch jeder.«

»Frau Flemming hätte es vermutlich nicht gemerkt. Es hätte für sie keinen Unterschied gemacht. Oder doch einen entscheidenden: Sie würde noch leben, und Sie, Herr Gissemann, hätten keine so große Schuld auf sich geladen und müssten sich jetzt nicht dafür verantworten.«

Marvin zuckte desinteressiert mit den Schultern.

»Worum ging es in dem Streit?«

Marvin schluckte. Seine Augen waren vor Anstrengung gerötet und wirkten kleiner als sonst. »Sie hat meine Mutter getötet«, stammelte er mit tränenerstickter Stimme, »aus Eifersucht und Berechnung, weil sie mit meinem Vater zusammenleben und meine Mutter loswerden wollte. Ich habe die Leiche meiner Mutter in einem Kellerverschlag gefunden. Der Verschlag war einbetoniert. Susanne hat alles abgestritten. Keine einzige Frage hat sie mir beantwortet, diese Drecksau. Dabei habe ich ihre Kette gefunden und sie damit konfrontiert. Meine Mutter muss sie ihr im Kampf abgerissen haben. Ich habe die Kette sofort erkannt.« Er bat um ein Glas Wasser, das er auch bekam.

»Können Sie uns die Kette zeigen?«

»Ja, natürlich, ich habe sie aufbewahrt. Sie liegt bei mir zu Hause im Safe.«

»Und die sterblichen Überreste Ihrer Mutter?«, fragte Swantje schaudernd. »Was haben Sie damit gemacht?«

»Ich habe sie vergraben. Im Garten meiner Großeltern. Unter dem Apfelbaum, den ich als Kind mit meiner Mutter zusammen gepflanzt habe. Die Leiche war mumifiziert. Sie hatte keine Ähnlichkeit mehr mit meiner Mutter.«

»Woher wussten Sie dann, dass es sich um Ihre Mutter handelte?«

»An ihrem orangefarbenen Pullover habe ich sie erkannt, einem Rippenpullover. Den hat sie geliebt und oft getragen. Sie hat ihn selbst gestrickt. Der Pullover hing an der Leiche.«

»Wir werden die sterblichen Überreste exhumieren lassen«, stellte Swantje klar. »Wir brauchen den Befund der Obduktion.«

Er nickte. Nach und nach erzählte er die ganze Geschichte. Swantje und Henry hörten aufmerksam zu.

Henry übernahm, weil er spürte, dass seine Kollegin eine Pause brauchte. »Gut, das Motiv haben Sie uns ausführlich dargelegt. Wir werden es überprüfen. Aber warum haben Sie den Tatort verlassen? Als Polizist wissen Sie, dass Sie umgehend Ihre Kollegen hätten rufen müssen.«

Marvin löste sich aus seiner starren Haltung und benutzte endlich seine Hände. »Ich war in Panik«, erklärte er aufgeregt. »Ich wusste nicht, was ich tun sollte. Ich wollte nur weg. Ich hatte Angst um meine Familie, meine Frau und meine Kinder. Ich sah das Blut, das in Strömen aus Susanne herausschoss, und ich wusste sofort, dass sie tot war. Erst da wurde mir bewusst, was ich angerichtet hatte. Vorher war ich wie in Trance. Schlagartig war ich wieder wach und in Panik. In dem Moment war ich kein Polizist. Ich war nur die Privatperson Marvin.«

»Ich kann Ihnen nicht so ganz folgen, Herr Gissemann. Wenn es so wäre, dann wären Sie herausgestürmt und hätten nicht noch eine Nachricht auf einem Bierdeckel hinterlassen.«

Marvin schloss die Augen halb und runzelte die Stirn. »Sie haben recht, das hätte ich besser bleiben lassen sollen«, murmelte er kaum hörbar.

»Wie bitte? Können Sie das bitte wiederholen?«, forderte Swantje ihn auf.

Er atmete tief durch. »Okay, Sie haben mich«, sagte er etwas lauter und räusperte sich kräftig. »Es war der blanke Hass. Himmel, was habe ich Susanne gehasst! Ich musste diesen Satz schreiben: ›Das ist dafür!‹ Dafür, dass du uns die Mutter genommen hast. Dafür, dass du sie kaltblütig umgebracht und im Keller einbetoniert hast. Dafür, dass du uns 20 Jahre lang weisgemacht hast, sie wäre mit ihrem Liebhaber nach Gran Canaria durchgebrannt und hätte uns Kinder im Stich gelassen. Das war der schlimmste Vertrauensbruch, den man Kindern antun kann. Dafür, dass du Schlampe meinen kleinen Bruder in eine geschlossene Einrichtung eingewiesen hast. Dafür, dass du uns jahrelang drangsaliert und gequält hast. Dafür, dass du unser Leben ruiniert hast.«

Swantje und Henry wechselten einen Blick. Sosehr sie Marvins Leid in diesem Moment auch verstanden, würde ihm die Sache mit dem Bierdeckel vermutlich ein paar Jahre mehr einbringen. Denn damit war der Tatbestand des Mordes bewiesen.

»Sie haben nach der Tat eine Geisel in Ihre Gewalt gebracht. Haben Sie eine Erklärung dafür, warum Sie Dana Weghorst entführt haben?«, setzte Henry die Vernehmung fort.

»Sie hat alles mit angesehen. Ich konnte sie nicht laufen lassen«, antwortete Marvin aufgewühlt.

»Was hatten Sie mit der Studentin vor?«

Marvin zuckte mit den Schultern und starrte ins Leere. »Nichts. Gar nichts. Ich habe sie nur mitgenommen. Später habe ich mir erst Gedanken darüber gemacht, was das für mich bedeutete und wie es mit ihr weitergehen sollte.«

Henry Olsen verschränkte die Arme und beobachtete Marvin aus halb geschlossenen Augen. »Sie haben nachgedacht, wie Sie Gewinn aus der Entführung ziehen können – mit einer Lösegelderpressung.«

»Nein, nein, die war nur eine Finte. Ich wollte Zeit schinden. Ich wollte vielleicht ... Dana ein wenig Hoffnung geben.«

»Hoffnung geben? Soso. Warum haben Sie sie nicht einfach laufen lassen?«

»Ich fand, es war noch zu früh. Ich brauchte Zeit, um einen Plan zu entwickeln.«

»Der nicht funktioniert hat.«

Marvin schüttelte den Kopf. »Es war ja kein richtiger Plan«, sagte er leise. »Ich habe irgendwann eingesehen, dass ich verloren habe. Dass nichts mehr zu retten war. Auch nicht mein eigenes Leben. Ich wollte es beenden.«

»Ihr Leben? Sie wollten Suizid begehen?«

Marvin seufzte. »Ich hatte noch sechs Patronen im Magazin.«

»Warum haben Sie es nicht getan?«

»Weil ...«, Tränen schossen ihm in die Augen, »weil Leon plötzlich vor mir stand. Er ist erst drei. Er wollte auf meinen Arm, weil er sich wehgetan hatte. Da habe ich die Waffe schnell in der Schublade verschwinden lassen und meinen Sohn getröstet. Keine Sorge, die Pistole habe ich vorher gesichert.«

»Sie wollten nicht mehr auf den Reiterhof. Die Pferdehaarallergie war nur vorgetäuscht, nehme ich an.«

Marvin nickte. »So ist es.«

»Eine Frage habe ich noch«, sagte Henry und rieb sich die Nasenflügel. »Seit drei Jahren leben Sie wieder auf Juist. Wie kann es sein, dass Hajo und Susanne Flemming Sie nicht bemerkt haben? Auch nicht der Pferdepfleger Werner Rübsamen, der Sie schon als kleiner Junge kannte, oder Freunde und Bekannte von früher, ehemalige Mitschüler? Auf so einer kleinen Insel, die nicht viel größer als ein Dorf ist, muss man sich doch mal über den Weg laufen, sei es beim Einkaufen, beim Friseur, beim Arzt, bei Festen, bei Aktivitäten am Strand, und wie ich gehört habe, waren Sie öfter mit Torben unterwegs, haben mit ihm im TöwerVital trainiert.«

»Sie haben mich nicht erkannt, weil viele Jahre vergangen waren und ich mich stark verändert habe«, erklärte Marvin. »Ich bin nicht mehr übergewichtig wie früher, habe eine andere Haarfarbe, trage blaue Kontaktlinsen, denn meine Augen sind eigentlich braun, und habe mich sogar einer Schönheitsoperation unterzogen.«

Überrascht riss Henry die Augen auf. »Was haben Sie an sich machen lassen?«

»Die Nase«, sagte Marvin, »ich habe sie verkürzen und verschmälern lassen. Früher hatte ich eine viel markantere Nase, wie mein Vater und Lars, falls Sie ihn mal kennenlernen sollten. Auch mein Kinn habe ich operieren lassen. Es war früher fliehend, und jetzt hat es Kontur. Man hat mir dafür etwas Knorpel aus der Hüfte entnommen. Schmerzhaft, aber ich gefalle mir selbst jetzt besser. Aber einmal wurde es dann doch brenzlig. Im Inselmarkt sprach mich Susanne an, ob ich es sei, Martin, und seit wann ich wieder da sei. Ich habe sie seltsam angesehen und gesagt: ›Sie müssen mich mit jemandem verwechseln. Ich urlaube hier nur.‹ Und damit war die Sache erledigt. Nie wieder wurde ich für den gehalten, der ich mal war. Keiner hat mich mehr mit Martin angesprochen. Aber um auf Ihre Frage von vorhin zurückzukommen: Meinen beiden Jungs habe ich es letztlich zu verdanken, dass ich noch lebe.«

Henry stand auf, wanderte fünf Schritte umher, kehrte dann um und ging fünf Schritte zurück, um schließlich am Fenster stehen zu bleiben. Draußen fuhren Urlauber auf Fahrrädern vorbei. In einem überdachten Anhänger saßen zwei Kleinkinder eng nebeneinander. Henry musste an seine beiden kleinen Enkel denken. Hoffentlich ging es Theo und Mats gut. Seine Tochter war manchmal so unzuverlässig und egoistisch, besonders, wenn sie frisch verknallt war wie derzeit wieder. Es wurde Zeit, nach Hause zu fahren und nach ihr und seinen Enkeln zu sehen, die fast im gleichen Alter waren wie die Söhne von Marvin.

Erleichtert stellte er fest, dass Swantje ihm ein Zeichen gab, die Beschuldigtenvernehmung fortsetzen zu wollen.

»Vielleicht freut es Sie zu hören, dass es Ihrem Vater besser geht«, übernahm Swantje und nahm Marvin ins Visier.

»Ach ja?« Marvin schluckte hörbar.

»Er hat noch einmal Glück gehabt, sagen die Ärzte. Das hätte auch anders ausgehen können.«

»Was meinen Sie damit?«

»Nun, Sie haben ihm mit einem Handkantenschlag schwere Verletzungen an der Halswirbelsäule zugefügt. Fast hätten Sie ihn damit tödlich verletzt.«

Er senkte den Blick. Wieder knetete er seine Hände, bis die Handknöchel weiß wurden.

»Warum, Herr Gissemann?«

Marvin atmete tief durch. »Er hat zugelassen, was Susanne mit meiner Mutter gemacht hat.« Seine Stimme nahm einen weinerlichen Klang an. »Sie hat meine Mutter die Kellertreppe runtergestoßen«, sagte er heiser. »Dabei muss sich meine Mutter mehrere Brüche zugezogen haben. Sie kam gerade erst aus der Reha wegen eines schweren Bruchs. Im Keller hat Susanne sie dann getötet.« Er verschränkte die Arme, um seine Hände unter Kontrolle zu bekommen.

Nun war es an Swantje, tief Luft zu holen. »Wie hat sie das getan?«

»Mit einer Drahtschlinge. Damit hat sie sie erwürgt. Susanne hat die Schlinge fest um den Hals meiner Mutter gezurrt, als diese handlungsunfähig am Boden lag.«

»Woher wissen Sie das? Hat Susanne das zugegeben?«

»Susanne nicht«, sagte Marvin.

KAPITEL 39

Onno traf seine Mutter im Wintergarten ihrer Pension mit Strickzeug und Rätselheften vor sich an. Sie hatte einen geblümten Becher mit Kakao vor sich stehen. Konzentriert brütete sie mit einem Bleistift in der Hand über einem Kreuzworträtsel.

»Darf ich mich zu dir setzen, Mama?«

»Hilf mir mal, ich komme nicht drauf. Wie nennt man ein zweimastiges Segelboot?«

»Wie viele Buchstaben?«

»Vier.«

Er überlegte kurz, dann sagte er: »Yawl.«

»Hä?«

»Ja, so heißt das. Bin ich auch mal mitgefahren. Ist lange her.«

»Und ein Meereskrebs mit sechs Buchstaben?«

»Hummer«, rief Onno wie aus der Pistole geschossen.

Dankbar lächelnd trug sie die Buchstaben ein.

»Noch was?«

»Danke, das Lösungswort habe ich nun.« Über den Rand ihrer altmodischen Lesebrille hinweg blinzelte sie ihn an. »Willst du auch einen Kakao? Es ist noch etwas im Topf.«

Er schüttelte den Kopf. »Ich mache mir gleich einen Kaffee.«

Sie nickte. »Was ist los?«

Er setzte sich zu ihr. »Ich möchte dir etwas sagen, Mama. Ab dem 15. habe ich einen Job.«

»Auf dem Reiterhof?«

»Nein. In Wilhelmshaven. Als Hafenarbeiter. Das ging unerwartet schnell. Sie haben sogar eine Unterkunft für mich besorgt. Mit Küchenzeile und eigenem kleinen Bad. Das ist mehr, als ich erwartet habe.«

»Ja, dann gratuliere ich mal. Ich freue mich für dich.«

»Du sagst das so trocken. Echte Freude kann ich bei dir nicht spüren.«

»Doch, natürlich freue ich mich. Meinetwegen öffnen wir nachher einen Sekt. Dann können die Frauen mittrinken. Die feierwütigen Weiber. Die, die du in dem Luxushotel verführt hast.«

Er rollte mit den Augen. »Es war umgekehrt, Mama. Die haben mich verführt. Simone und Silke – die haben Erfahrung für zehn! Von denen konnte ich noch etwas lernen. Was für ein Abenteuer. Das werde ich nie vergessen. Aber ist ja jetzt auch egal.«

»Hauptsache, es ist nichts Schlimmeres passiert. Und mit dem Mord scheinst du ja wohl nichts zu tun zu haben. Die lassen dich nun offensichtlich in Ruhe.«

»Aber du hast mich verdächtigt, hast sogar geglaubt, dass ich die Frauen entführt habe und auch die Studentin. Dass du so von mir gedacht hast, nehme ich dir übel.«

Anni Dierken atmete tief durch. »Ich weiß. Es tut mir leid. Trotzdem, ein Unschuldslamm bist du ja nun wirklich nicht.«

»Das mit Elke tut mir furchtbar leid. Ich wünschte, ich könnte es ungeschehen machen. So etwas würde mir heute nicht mehr passieren.«

»Das hoffe ich.« Anni legte ihrem Sohn ihre knochige Hand auf den Oberarm.

»Nur eine Sache hängt mir noch nach«, sagte er seufzend.

Fragend schaute Anni zu ihm auf.

»Laura. Ich denke oft an sie. Was ist mit ihr?«

Anni Dierken setzte ihre Lesebrille ab. »Also, wenn es dir wirklich so wichtig ist, dann … na ja, ich habe die Telefonnummer ihrer Großmutter. Du könntest sie anrufen und fragen. Wenn Inge aber Nein sagt, heißt das tatsächlich Nein, verstanden? Kein Flehen und kein Betteln!«

»Versprochen. Ehrenwort, Mama, ich halte mich daran. Wenn Inge Lauras Nummer nicht rausgibt, dann ist es so, und ich werde es akzeptieren.«

»Und wenn Laura dich nicht sprechen will, lässt du es auch. Sie ist erwachsen. Sie kann selbst entscheiden.«

»Natürlich. Aber ich würde ihr gerne alles erklären. Ich möchte versuchen, etwas bei ihr gutzumachen, zumindest ein klein wenig. Bald verdiene ich mein eigenes Geld.«

»Na ja, ob sie das jemals verstehen wird … Hör auf meinen Rat, Onno. Ich würde es sein lassen. Man sollte keine schlafenden Hunde wecken. Wer weiß, ob es nicht ein Trauma in ihr auslöst, und dann ist sie damit allein und keiner kann ihr helfen. Wenn dir etwas an ihr liegt, lass sie in Ruhe.«

Nachdenklich zupfte er an der Tischdecke. »Ich werde es mir durch den Kopf gehen lassen. Vielleicht spreche ich stattdessen nur mit ihrer Großmutter.«

»Das ist sicher die bessere Idee. Ich wünsch dir viel Glück, mein Junge. Aber noch mehr Glück wünsche ich dir für deine neue Arbeitsstelle in Wilhelmshaven. Wann ziehst du um?«

Meinert Richter schaute vorbei. »Ich hoffe, ich störe nicht«, sagte er, nachdem er sich mit einem kurzen Klopfen angemeldet hatte, »aber dürfte ich Sie ein paar Minuten sprechen, Frau Brandt?«

»Jetzt nicht«, sagte Swantje etwas ungehalten. »Ich bin mitten in einer Vernehmung.«

»Wieso?«, wunderte sich Richter und sah sich um, »wen vernehmen Sie denn?«

Anscheinend hatte er noch nichts von der Wendung im Fall mitbekommen. Swantje nickte ihm freundlich zu. »Später, Herr Richter.«

Meinert Richter murmelte eine Entschuldigung und zog verblüfft die Tür hinter sich zu.

Marvin Gissemann bat um ein weiteres Glas Wasser. Henry stand auf und brachte ihm eins.

»Also, von wem wissen Sie, wie Ihre Mutter ums Leben gekommen ist«, setzte Swantje die Vernehmung fort.

»Mein Vater hat mir alles erzählt.« Marvin nippte am Wasser, verschluckte sich und hustete.

Swantje wartete ab, bis er sich beruhigt hatte.

»Am Freitagnachmittag«, sagte Marvin, »als ich bei ihm war. Ich habe ihn mit der Halskette konfrontiert, die ich im Verschlag gefunden habe. Er hat nach und nach alles zugegeben.« Marvin machte eine Pause, schien gedanklich in der Vergangenheit zu sein.

»Was genau hat er zugegeben?«

»Nachdem Susanne meine Mutter mit der Drahtschlinge ermordet hat, hat sie sie in den Kartoffelkeller gezogen, einen kleinen Vorratsraum, der schon lange nicht mehr als solcher genutzt worden war. Der Raum hatte nur eine schmale Öffnung. Die hat Susanne zugemauert und im weiteren Verlauf betoniert.«

»Das konnte sie?«

»Ja, das konnte sie. Ihr Vater hatte ein Baugeschäft.«

»Und niemand hat sich über die frische Mauer gewundert?«

»Nein. Den Keller hatte hauptsächlich meine Mutter betreten. Meinem Vater war die zugemauerte Öffnung des Verschlags nicht einmal aufgefallen.«

»Aber Ihr Vater ist doch irgendwann misstrauisch geworden«, bemerkte Swantje.

»Mein Vater muss etwas geahnt haben. Letztlich war es wohl der Abschiedsbrief, den meine Mutter angeblich geschrieben hat, weil sie ein neues Leben anfangen wollte. Immer wieder hat Hajo Susanne auf das Verschwinden meiner Mutter angesprochen und auf den Brief. Er ahnte wohl, dass sie ihn anstelle meiner Mutter geschrieben hatte. Der Wortlaut passte eher zu Susanne, und auch die Handschrift meiner Mutter hatte sie äußerst schlecht kopiert. Irgendwann ist Susanne aufgrund der ständigen Anschuldigungen zusammengebrochen und hat alles zugegeben. Sie hat meinen Vater angefleht, Stillschweigen zu bewahren und weiter Gras über die Sache wachsen zu lassen. Es würde nichts mehr ändern, und meine Mutter könne er damit nicht wieder zum Leben erwecken. Susanne schwor ihm in ihrer hochdramatischen Art ewige Liebe und Treue. Sie hat ihn mit ihrer erstickenden Liebe erpresst. Wobei das meiner Meinung nach keine Liebe war, nur Berechnung, von Anfang an Berechnung. Sie wollte das bequeme Leben an der Seite meines Vaters, weil sie sich davon eine bessere Zukunft versprach. Ob sie meinen Vater als Menschen wollte, ist fraglich.«

»Warum hat Ihr Vater Susanne nicht angezeigt? Warum ist er nicht zur Polizei gegangen?«

»Mein Vater sagte, er hätte das immer wieder gedanklich durchgespielt, sich letztlich aber dagegen entschieden. Er wollte kein Aufsehen, wohl auch wegen des Reitstalls. Gäste wären ausgeblieben, Eltern hätten ihre Kinder nicht mehr zum Reiten geschickt. Das wäre das Ende seines Betriebs gewesen. Er hatte Verantwortung seinen Tieren und den

Angestellten gegenüber. Damals gab es noch mehr Mitarbeiter auf dem Hof als heute.«

»Ihrem Vater ist sicher klar, dass auch er sich schuldig gemacht hat. Er ist des Mitwissens einer Straftat schuldig und wird sich dafür verantworten müssen.«

Marvin machte eine wegwischende Geste. »Mir egal«, sagte er. »Ich wünschte, der Handkantenschlag wäre tödlich gewesen.«

»Seien Sie froh, dass er es nicht war. Es gibt schon genug Tote in Ihrer Familie.«

»Ich müsste mal auf die Toilette«, sagte Marvin.

Swantje gab Torben und Sebastian ein Zeichen. »Gehen Sie bitte mit!«, sagte sie.

Fünf Minuten und ein Wasserglas später erreichte die Vernehmung ihren Höhepunkt.

»Sie kennen Onno Dierken?«, fragte Swantje sachlich. »Auch persönlich?«

Marvin räusperte sich. »Nicht direkt«, sagte er, »ich habe ihn ein- oder zweimal gesehen.«

»Aber Sie haben mitbekommen, dass Dierken aufgrund seiner Vorgeschichte auf der Insel gemieden wird?«

»Ja«, gab Marvin mit gesenktem Blick zu.

»Und da dachten Sie sich, es würde sich doch bestimmt gut fügen, wenn Sie ihm in seiner Notlage ein wenig behilflich sein könnten, nicht wahr?«

Überrascht sah Marvin auf. »Was meinen Sie damit?«

»Nun, Herr Dierken hat behauptet, er hätte einen Gutschein für Freigetränke im Strandcafé bekommen. Der Gutschein galt ab 21 Uhr. Woher hatten Sie den?«

»Susanne hatte solche Gutscheine im Verkauf. Normale Verzehrgutscheine, aber auch ein Getränkepaket in einem bestimmten Zeitslot, in dem das Café normalerweise nicht so gut besucht ist. Sie wollte damit das Lokal füllen und weitere Gäste anziehen.«

»Und sie hat nicht gemerkt, dass Sie den Gutschein gekauft haben?«

»Ich habe ihn bei Dana gekauft. Dana kannte mich da noch nicht.«

»Sie wollten erreichen, dass Dierken zum richtigen Zeitpunkt von Zeugen gesehen wird. Dafür war Ihnen jedes Mittel recht. Sie haben Dierken den Gutschein also zukommen lassen. Und Sie haben sich seine körperliche Besonderheit zunutze gemacht, indem Sie sein Humpeln imitiert haben, geben Sie das zu?« Swantje beobachtete ihn, ließ ihm Zeit zu antworten.

Marvin Gissemann seufzte und schwieg.

»Dabei haben Sie nur einen Fehler gemacht«, sagte Swantje nach einer kurzen Pause, in der sie ihn genau unter die Lupe nahm. »Sie haben das rechte mit dem linken Bein verwechselt, Herr Gissemann. Onno Dierken zieht das rechte Bein nach, nicht das linke wie Sie.«

Überrascht hob Marvin das Kinn. »Woher …?«

Swantje verzog den Mund. »Hin und wieder habe ich eine ganz gute Beobachtungsgabe.«

»Ich dachte, ich hätte einen perfekten Plan«, sagte er mit gedämpfter Stimme.

»Das höre ich nicht zum ersten Mal bei einer Vernehmung«, äußerte Swantje. »Würden Sie einem DNA-Test zustimmen?« Swantje dachte an die forensischen Proben, die bei der Beweisaufnahme genommen worden waren. Solange die Ermittlungen liefen, wurden am Opfer sichergestellte Spuren in Kühlschränken im Institut für Rechtsmedizin in Aurich aufbewahrt und unter einer Aktennummer zusammengetragen. Es wäre sinnvoll, Marvins Spuren darunter nachzuweisen, da sie wusste, dass Marvin nach der Tat nicht mehr am

Tatort gewesen war. Er hatte am Tag der Tat keinen Dienst gehabt, und am Folgetag war er eifrig darauf bedacht gewesen, mögliche Zeugen zu ermitteln. Die DNA-Spuren wären der ultimative, unumstößliche Beweis. Ein Geständnis könnte der Täter immer noch zurückziehen.

»Was ist jetzt?«, fragte er, »kann ich gehen?«

Swantje glaubte, sich verhört zu haben. Hoffte er tatsächlich, noch irgendwie aus der Sache herauszukommen? Marvin schien unter Wirklichkeitsverzerrung zu leiden. Er war kein Polizeibeamter mehr, er war Täter. Das schien er immer noch nicht begriffen zu haben, obwohl er die ihm zur Last gelegten Taten gerade zugegeben hatte. Sie sagte erst einmal nichts.

»Es ist doch alles klar jetzt, oder? Ich kann doch wohl gehen, solange der Prozess nicht begonnen hat. Wir sind Kollegen, oder nicht? Ich lebe mit meiner Familie auf Juist, ich kann sowieso nicht weg.«

»Wie gesagt, was wir von Ihnen brauchen«, sagte Henry, »ist ein DNA-Test. Stimmen Sie dem zu?«

»Warum das?«

»Sie könnten Ihr Geständnis zurückziehen.«

»Wenn's sein muss«, antwortete Marvin. »Ich kann das echt nicht glauben, dass ich hier sitze, auf der anderen Seite des Tisches wie ein Beschuldigter. Ich bin geschockt!«

»Sie *sind* ein Beschuldigter, Herr Gissemann«, legte Swantje sachlich dar.

Torben verließ mit Marvin den Vernehmungsraum, um ihn zum DNA-Abstrich zu bringen. Draußen prallten sie mit Dana zusammen, die gerade hereingeführt wurde.

»Chris!«, schrie sie entgeistert und wollte sich in seine Arme stürzen. »Ich dachte schon, ich würde dich nie wiedersehen!« Sie strahlte ihn an, überwältigt vom Glück des Wiedersehens, wirkte aber schnell ernüchtert, als sie seinen Gesichtsausdruck bemerkte.

»Ich heiße Martin«, sagte er tonlos und drängte sich an ihr vorbei. Er wollte fliehen, kam aber nur bis zum Flur, wo er offiziell verhaftet und in Handschellen abgeführt wurde.

Henry las ihm seine Rechte vor.

KAPITEL 40

Henry deckte den Tisch. In der Pfanne brutzelte frische Scholle direkt vom Kutter. Es roch köstlich.

»Was mir völlig schleierhaft geblieben ist«, bemerkte er, »ist, warum sich Dana Weghorst ausgerechnet in diesen Kerl verlieben musste.«

Swantje hatte sich mit der Frage auch schon auseinandergesetzt. »Sagt dir der Begriff Stockholm-Syndrom etwas?«, wollte sie wissen. »Das Opfer solidarisiert sich mit dem Aggressor, weil es instinktiv spürt, dass es so die größte Chance hat, heil aus der Gefahrenlage herauszukommen.«

»Davon gehört habe ich auch schon. Wie passiert so etwas? Macht das Opfer das bewusst?«

»Nein, das geschieht eher unbewusst und ohne Absicht. Die Ursache ist Kontrollverlust und dominantes Verhalten des Täters.«

»Warum Stockholm?«

»Es gab mal eine Geiselnahme bei einem Banküberfall 1973 in Stockholm. Die Geiseln solidarisierten sich so sehr mit dem Geiselnehmer, dass sie sich sogar der Polizei gegenüber feindselig verhielten. Wir haben das auch bei Dana gesehen. Bei ihrer Ankunft am Fährhafen von Norddeich soll sie sich aggressiv verhalten und sich geweigert haben, die Kollegen zum Flugplatz zu begleiten, um für die Zeugenvernehmung zurück nach Juist zu fliegen. Die Kollegen hatten Mühe, sie von der Notwendigkeit zu überzeugen. Das ist ein typisches Beispiel für die Wirklichkeitsverzerrung, auf die es der Täter anlegt.«

»Okay, aber hier geht es um mehr, oder sehe ich das falsch? Es geht um mehr als um pure Solidarität und Sympathie, sie ist regelrecht verschossen in den Kerl. Wie hat er das geschafft?«

»Das ist die Frage. Er war natürlich von Beginn an in der stärkeren Position. Eine Beziehung, entstanden aus Dominanz und Abhängigkeit, die im Alltag ohnehin keinen Bestand hätte.«

»Aber sie scheint richtig zu trauern. Wie kann man nur wegen so eines Scheißkerls Liebeskummer haben?«

»Es gibt auch noch das Lima-Syndrom«, gab Swantje zu bedenken.

»Was ist das nun wieder?«

»Da verliebt sich der Geiselnehmer in die Geisel. Beides scheint hier zusammenzutreffen.«

»Martin Flemming.« Henry schlug sich die Hände vors Gesicht und schüttelte ungläubig den Kopf. »Mit dem haben wir tagelang zusammengearbeitet, ohne es zu wissen. Weißt du, warum er seinen Namen geändert hat?«

»Ja, das hat er mir verraten. Sein Hass auf seinen Vater und seine Stiefmutter war so groß, dass er nicht mehr er selbst sein wollte. Er wollte mit Yvonne ein neues Leben beginnen, mit neuem Namen und verändertem Aussehen. Deswegen hat er sich auch seine Nase und sein Kinn operieren lassen, damit er optisch nicht mehr seinem Vater glich. Nichts sollte ihn mehr an seine schwere Kindheit und Jugend erinnern. Sicher hatte er Träume und Pläne für seine Zukunft. Hätte der Hass nicht die Oberhand über ihn gewonnen, dann hätte er sie nach und nach verwirklichen können. Schade um ihn. Morgen wird er dem Haftrichter vorgeführt.« Sie drehte den Fisch in der Pfanne um. »Hoffentlich hat das alles bei Dana kein Trauma ausgelöst. Sie wird ohnehin viel Zeit brauchen, um die Entführung zu verarbeiten.«

»Und sie wird Zeit brauchen, um zu erkennen, dass es keine Liebe war, sondern Solidarität mit dem Aggressor«, ergänzte Henry. »Die Polizeipsychologin wird ihr zu einer Therapie raten. Hast du eigentlich mit Lars Flemming einen Besuchstermin ausgemacht?«, wollte er wissen. »Er freut sich doch sicher auf unseren Besuch.«

»Ich habe ihn angerufen, um uns zu verabreden. Da sagte er, das sei nicht mehr nötig, sein Vater hätte sich gemeldet, um ihn am Wochenende abzuholen. Hajo Flemming wünscht sich, dass Lars wieder bei ihm auf dem Hof lebt. Sein Sohn könne mithelfen und ein wenig im Stall arbeiten, aber nur, wenn er dazu Lust habe; er müsse es nicht. Er erwarte gar nichts von ihm, möchte ihn nur in seiner Nähe haben. Hajo freue sich auf ihn, meinte Lars, und ich habe am Telefon herausgehört, dass er es kaum erwarten kann, endlich zurück nach Hause zu kommen.«

»Ach, wie schön«, sagte Henry. »Das freut mich für ihn.«

Swantje bemerkte, dass seine Augen strahlten. Durch seine Grübchen wirkte sein Lächeln besonders schön. Heute trug Henry ausnahmsweise ein weißes Bandshirt, das ihm ziemlich gut stand, wie sie zugeben musste.

»Du siehst braun aus in dem hellen Shirt«, bemerkte sie, »als hättest du zwei Wochen in der Sonne gelegen, anstatt zu arbeiten.«

»Oha, das hört sich aus deinem Mund fast an wie ein Kompliment«, fand er. »Und du? Das letzte Mal hattest du ein rotes Kleid im Gepäck. Wo ist das jetzt?«

»Es war nicht in meinem Koffer. Ich hatte es extra neu gekauft.«

»Das weiß ich. Du hättest es mitnehmen können.«

»Das stand nicht zur Debatte. Außerdem war ich nicht in der Stimmung dafür.«

»Und bist du es jetzt?«

Sie zuckte mit den Schultern. »Eventuell, aber nun ist es zu spät.« Sie legte ihm eine Scholle mit einer Scheibe Zitrone auf seinen Teller. Dazu gab es einen Klacks fertigen Kartoffelsalat.

Beim Essen spürte sie seine Blicke, konnte sie aber nicht erwidern. Zu lange war es her, dass sie geflirtet hatte. Sie war nicht in Übung und traute sich nichts mehr zu.

»Wie lange bleibst du noch?«, fragte er ein wenig heiser.

Swantje zuckte mit den Schultern. »Ich werde nachher mal schauen, wann morgen Fähren fahren. Vielleicht ist es wieder nur eine einzige am Tag. Die muss es dann sein.«

»Morgen fährt keine«, sagte er trocken.

»Überhaupt keine?«

»Nein«, behauptete er. »Alle Fähren der Rederei Norden-Frisia befinden sich gerade zur Wartung in der Werft. Sie werden gründlich durchgecheckt, quasi auf Herz und Nieren überprüft, und müssen, wie es aussieht, noch mehrere Tage dortbleiben. Kein Wegkommen von Juist.« Mit einem Ausdruck des Bedauerns hob er Schultern und Arme.

»Überhaupt kein Wegkommen? Nicht einmal mit dem Flieger?«

Er runzelte die Stirn. »Seit wann willst du fliegen?«

»Ich meine ja nur.«

Seine Miene erinnerte sie an einen alten Bernhardiner. »Nicht einmal mit dem Flieger«, sagte er mit dem Brustton der Überzeugung. »Allesamt zur Wartung verdonnert, neuer TÜV steht an.«

»Neuer TÜV. Muss auch mal sein. Aber schade«, sagte sie, »dass ausgerechnet uns das trifft, wo wir es so eilig haben, von hier wegzukommen.«

»Nicht wahr? Hab ich auch gedacht. Uns bleibt wohl nichts anderes übrig, als es noch ein paar Tage auszuhalten, so schwer es uns auch fällt. Ich habe mir sagen lassen, dass wenigstens die Geschäfte offen haben. Dann könnten wir ja losziehen und nach einem Kleid gucken oder so. Nur ein Vorschlag meinerseits, um die Wartezeit zu überbrücken.« Treuherzig schlug er sich gegen die Brust.

Sie verzog keine Miene. »Du hättest Schriftsteller werden sollen und nicht Polizist, bei deiner Fantasie.«

Ihre Blicke trafen sich.

Und dann lachte er los, tief aus dem Bauch heraus, wie sie es von ihm kannte und liebte.

ENDE

DANK

Ich danke meiner Familie – meinem Mann Thomas und meinen Kindern Julia, Nele und Sascha, dass sie mich und meine Arbeit verstehen.

Danke, Nele und Josie, für den kleinen Exkurs in die Jugendsprache.

Ich danke dem gesamten Team des Gmeiner-Verlags für die herzliche und kompetente Begleitung.

Mirjam Hecht danke ich für die Herstellung des Buches.

Besonders danke ich meiner wunderbaren Lektorin Katja Ernst, mit der ich seit vielen Jahren zusammenarbeite, für diesen schönen, inspirierenden, produktiven Austausch. Wie immer hat die Zusammenarbeit großen Spaß gemacht.

Ein weiteres Dankeschön geht an Hans-Michael Kirstein, Diplom-Designer, Maler, Illustrator, Cartoonist, der die Bilder und die Karte zu diesem Buch beigesteuert hat.

Eine wertvolle Bereicherung ist auch das Syndikat, Verein für deutschsprachige Kriminalliteratur, dem ich wegweisende Veranstaltungen und Fortbildungen verdanke, wie die jährlich stattfindende Criminale oder den Krimitag.

Auch den Buchhändlerinnen und Buchhändlern habe ich zu danken sowie den Veranstalterinnen und Veranstaltern, die mich zu Lesungen einladen.

Nicht zuletzt danke ich Ihnen, liebe Leserinnen und Leser, für Ihr Vertrauen. Ich freue mich auf die Begegnungen mit Ihnen!

Ihre Alida Leimbach

KATHRIN HANKE
HEIDE-NOVELA
Kriminalroman
GMEINER

Alida Leimbach im Gmeiner-Verlag:

Kommissare Schöndorf und Brunner ermitteln:

1. Fall: Wintergruft
ISBN 978-3-8392-1201-1

2. Fall: Villenzauber
ISBN 978-3-8392-1376-6

3. Fall: Börsentöpfchen
ISBN 978-3-8392-1603-3

4. Fall: Deichkrone
ISBN 978-3-8392-2140-2

5. Fall: Die Tote von der Maiwoche
ISBN 978-3-8392-2402-1

Kriminalkommissarin Swantje Brandt ermittelt:

1. Fall: Strandmörder
ISBN 978-3-8392-0417-7

2. Fall: Mord im Strandcafé
ISBN 978-3-8392-0808-3

Kriminalkommissar Johann Conradi ermittelt:

Tod unterm Nierentisch
ISBN 978-3-8392-2140-2

Weitere:

Ostfriesenkind
ISBN 978-3-8392-2862-3